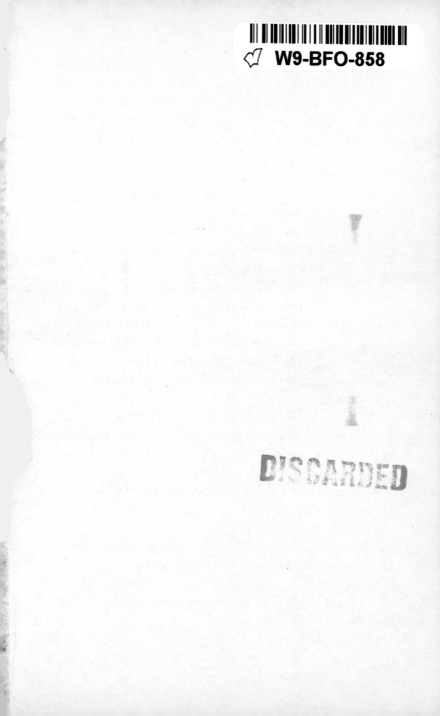

Éxtasis ante la muerte

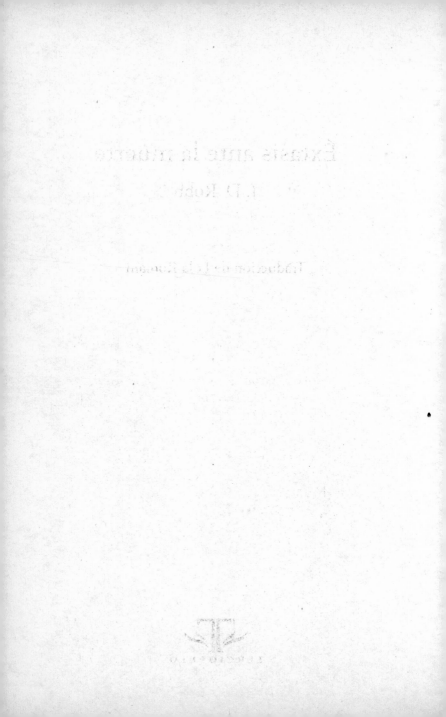

Éxtasis ante la muerte

J. D. Robb

Traducción de Lola Romaní

TERCIOPELO

Primera edición: enero de 2008

Título original: *Rapture in Death*
Copyright © 1996 by Nora Roberts

Ésta es una obra de ficción. Nombres, personajes, lugares
y situaciones son producto de la imaginación del autor.
Cualquier semejanza con la realidad es pura coincidencia.

Este título ha sido editado por Berkley Books,
editorial dentro de The Berkley Publishing Group,
una división de Penguin Putnam Inc.

© de la traducción: Lola Romaní
© de esta edición: Libros del Atril, S.L.
Marquès de l'Argentera, 17. Pral. 1.ª
08003 Barcelona.
correo@terciopelo.net
www.terciopelo.net

Diseño de la colección: © Damià Mathews
Imagen de portada: © imasd
Fotografía de portada: © Getty Images
Fotografía de la autora: © John Earle

Impreso por Litografía Rosés, S. A.
Energía, 11-27
08850 Gavà (Barcelona)

ISBN: 978-84-96575-61-5
Depósito legal: B. 54-779-2007

Y aunque no me causo daño alguno, todavía sigo siendo mi propio verdugo.

JOHN DONNE

Se halla el éxtasis en la solitaria orilla.

LORD BYRON

Capítulo uno

El callejón era oscuro y apestaba a orín y a vómito. Era un hogar para las ratas veloces y los huesudos felinos de mirada hambrienta que les daban caza. Ojos rojos brillaban en la noche, algunos de ellos eran humanos y todos ellos, fieros.

A Eve se le aceleró ligeramente el corazón al penetrar en esas fétidas sombras de contornos borrosos. Él había entrado ahí, estaba segura de eso. Su trabajo consistía en seguirlo, encontrarlo y capturarlo. Llevaba el arma bien sujeta, y la mano permanecía firme.

—Eh, dulzura, ¿quieres hacértelo conmigo? ¿Quieres?

Voces que emergían en la oscuridad, rasposas voces a causa de las drogas o de las bebidas baratas. Gemidos de condenados, risas de locos. Las ratas y los gatos no vivían solos ahí. La compañía de la basura humana que se amontonaba a lo largo de los húmedos muros de ladrillo no ofrecía ninguna comodidad.

Agachada y apuntando a un lado y a otro, Eve rodeó una destrozada unidad de reciclaje que, por el olor que desprendía, hacía una década que no se había puesto en funcionamiento.

El hedor de comida pasada se añadía a la humedad del aire y lo convertía en un caldo grasiento.

Se oyó un gemido suplicante. Eve vio a un chico de unos trece años completamente desnudo. Tenía unas heridas en el rostro que ya se estaban ulcerando. De espaldas al sucio muro, se esforzaba por trepar como un cangrejo. Sus ojos eran dos rendijas por donde se filtraba el miedo y el desamparo.

Eve sintió que el corazón se le llenaba de pena. Ella también había sido una niña una vez, herida, aterrorizada y escondida en un callejón.

—No voy a hacerte daño. —Le habló en voz baja, casi en un murmullo, con la mirada fija en sus ojos mientras bajaba el arma.

Y entonces fue cuando él atacó.

Apareció por detrás, con el estruendo y la velocidad de una ola. Decidido a matar, le asestó un golpe con una tubería. Eve lo esquivó agachándose rápidamente al tiempo que se daba la vuelta. El acero silbó en el aire. No tuvo casi tiempo de maldecirse a sí misma por haber perdido la concentración cuando veinticinco kilos de músculo y determinación la empotraron contra el muro de ladrillo.

El arma salió disparada de su mano. En la oscuridad, se oyó el golpe metálico contra el suelo.

Eve le vio los ojos, un brillo violento intensificado por la droga Zeus. Observó la tubería levantada, calculó el tiempo y rodó segundos antes de que ésta fuera a estrellarse contra los ladrillos. Se impulsó con las piernas y se precipitó de cabeza contra el estómago de él. El tipo gruñó, se tambaleó y alargó las manos hacia el cuello de Eve. Ella aprovechó la posición para darle un fuerte puñetazo en la mandíbula. El dolor del contacto se le extendió por todo el brazo.

La gente chillaba y se arrastraba por encontrar un lugar seguro en ese estrecho mundo donde nada ni nadie se encontraba a salvo. Eve giró sobre sí misma con fuerza y utilizó la inercia del giro para propinar un golpe que rompió la nariz de su adversario. La sangre salió a borbotones, añadiéndose a la horrible mezcla de olores.

Tenía la mirada enloquecida, pero el hombre casi ni se movió a pesar del golpe. El dolor no era un contrincante para el dios de las drogas. Sonriendo con el rostro lleno de sangre, se golpeó la palma de la mano con la tubería.

—Te voy a matar. Te voy a matar, zorra. —Caminó alrededor de Eve mientras hacía oscilar la tubería como si fuera un látigo. Sonreía, sonreía mientras sangraba—. Voy a abrirte la cabeza y me voy a comer tu cerebro.

Eve sabía que lo decía en serio, y notó que la adrenalina le subía al punto máximo. A vida o muerte. Eve respiraba entrecortadamente, el sudor le bajaba por el cuerpo como si fuera aceite. Esquivó el siguiente golpe poniéndose de rodillas y, apoyando una mano en la bota, volvió a ponerse en pie, sonriendo.

—Prueba esto, cabrón de mierda. —Tenía el arma de reserva en la mano. No tenía intención de inmovilizarle. Ese disparo solamente provocaría cosquillas a ese tipo de ciento diez kilos colocado de Zeus. El arma estaba puesta en posición de tirar a matar.

En cuanto él se precipitó contra ella, Eve le disparó. Los ojos murieron primero. Eve ya había visto suceder eso anteriormente. Los ojos se pusieron vidriosos como los de una muñeca, incluso mientras continuaba precipitándose contra ella. Eve dio un paso a un lado, lista para disparar de nuevo, pero la tubería se le cayó de la mano. El cuerpo del tipo inició esa compulsiva danza provocada por la sobrecarga del sistema nervioso.

Cayó a sus pies, una masa de humanidad en ruinas que había jugado a ser un dios.

—Ya no vas a sacrificar a ninguna otra virgen, capullo —dijo Eve.

Se pasó una mano por la cara mientras sentía que le bajaba la energía. Dejó caer el brazo con que sujetaba el arma.

Un ligero susurro de piel contra cemento la puso en guardia. Empezó a volverse con el arma levantada, pero unos brazos la sujetaron y la obligaron a ponerse de puntillas.

—Debes vigilar siempre tu espalda, teniente.

La voz sonó en un susurro justo antes de que unos dientes empezaran a mordisquearle el lóbulo de la oreja.

—Roarke, joder. Casi te derribo.

—Ni siquiera has estado cerca de hacerlo. —Riendo, la hizo darse media vuelta entre sus brazos y apretó los labios, hambrientos y calientes, contra los de ella—. Me encanta verte trabajar —susurró mientras su mano se deslizaba por su cuerpo hasta tomar uno de sus pechos—. Es… estimulante.

—Corta. —Pero el corazón le latía con fuerza y la orden no tuvo plena determinación—. Éste no es lugar para la seducción.

—Todo lo contrario. Una luna de miel es un período tradicional para la seducción. —La hizo apartarse un poco y le puso ambas manos sobre los hombros—. Me preguntaba dónde habrías ido. Debería haberlo imaginado. —Echó un vistazo al cuerpo tendido a sus pies—. ¿Qué ha hecho?

—Tenía una debilidad por destrozar el cráneo de las mujeres jóvenes y luego se comía el cerebro.

—Oh. —Roarke parpadeó y meneó la cabeza—. De verdad, Eve, podrías haber elegido algo menos desagradable.

—Hace un par de años había un tipo en la colonia Terra que tenía este perfil, así que me preguntaba… —Se interrumpió y frunció el ceño. Estaban de pie en un apestoso callejón, con la muerte a sus pies. Y Roarke, el impresionante ángel negro que era Roarke, vestía un esmoquin—. ¿Para qué te has vestido así?

—Teníamos planes —le recordó—. ¿Cena?

—Me olvidé. —Apartó el arma—. No pensé que esto me ocuparía tanto tiempo. —Suspiró—. Supongo que debería asearme.

—Me gustas tal como estás. —Él se acercó a ella otra vez, tomó posesión—. Olvídate de la cena… de momento. —Su sonrisa apareció con lentitud, irresistible—. Pero sí insisto en tener un entorno un tanto más estético. Fin del programa —ordenó.

El callejón, los olores y el montón de cuerpos parpadearon y desaparecieron.

Se quedaron de pie en una enorme habitación vacía cuyas paredes estaban ocupadas por varios equipos y luces parpadeantes. Tanto el suelo como el techo eran unos grandes espejos de color negro preparados para la proyección de los hologramas disponibles en el programa.

Era uno de los juguetes más nuevos y sofisticados de Roarke.

—Iniciar escenario tropical 4-B. Mantener estado de control dual.

Como respuesta obtuvieron un bramido de olas y el brillo de la luz de las estrellas en el agua. Debajo de sus pies la arena era tan blanca como el azúcar. Las palmeras oscilaban como unas bailarinas exóticas.

—Esto está mejor —decidió Roarke, y empezó a desabrocharle la camisa—. Mejor incluso cuando te tenga desnuda.

—Me has tenido desnuda cada vez que he parpadeado durante las últimas tres semanas.

Él arqueó una ceja.

—Privilegios del esposo. ¿Alguna queja?

«Esposo.» Todavía le asaltaba un sobresalto interno ante esa idea. Ese hombre de cabellera negra de guerrero, de rostro de poeta, de salvajes y azules ojos de irlandés era su esposo. No se acostumbraba a ello.

—No. Solamente… —Se le entrecortó la respiración al sentir que una de sus manos de largos dedos jugaba sobre sus pechos— era una observación.

—Policías. —Sonrió y le desabrochó los vaqueros—. Siempre haciendo observaciones. Estás fuera de servicio, teniente Dallas.

—Solamente estaba entrenando mis reflejos. Tres semanas lejos del trabajo y uno se oxida.

Él deslizó una mano entre sus muslos desnudos y la sujetó por el pubis. La miró mientras ella gemía y echaba la cabeza hacia atrás.

—Tus reflejos están perfectamente —murmuró, y la hizo tumbarse encima de la suave arena blanca.

«Su esposa.»

A Roarke le gustaba recordarlo mientras ella le montaba, mientras ella se movía debajo de él, mientras ella permanecía tumbada a su lado, inerte. Esa fascinante mujer, esa policía dedicada, esa alma atormentada le pertenecía.

La había observado trabajar durante todo el programa, en el callejón, contra ese asesino colocado. Y sabía que ella se enfrentaba a su trabajo real con la misma determinación fuerte y valiente con que lo había hecho entonces.

Él la admiraba por ello, a pesar de los malos momentos que eso le provocaba. Al cabo de unos días volverían a Nueva York y él tendría que compartirla con sus obligaciones. De momento, no quería compartirla con nada. Con nadie.

A él no le eran extraños los callejones repletos de basura y de gente desamparada. Había crecido entre ellos, se había ocultado en ellos y, al final, se había escapado de ellos. Había hecho de su vida lo que era en esos momentos, y entonces ella había aparecido, afilada y letal como una flecha, y se la había cambiado de nuevo.

Una vez, la policía había sido su enemigo, luego fue su diversión, y ahora se encontraba ligado a una de ellos.

Hacía tan sólo dos semanas que ella había caminado hacia él vestida con una túnica de un profundo color de bronce, las manos repletas de flores. Los hematomas que un asesino le había provocado tan sólo unas horas antes habían sido disimuladas con maquillaje. Y en esos ojos, en esos grandes ojos del color del coñac que mostraban tanto, él había observado nerviosismo y diversión.

«Allá vamos, Roarke. —Casi la había oído decirlo en cuanto ella puso su mano en la de él—. Para bien o para mal, te acepto. Que Dios nos ayude.»

Ahora ella llevaba el anillo que él le había dado, y él llevaba el que ella le había ofrecido. Él había insistido en eso, aunque ese tipo de tradiciones no estaban exactamente de moda a mitad del siglo XXI. Él había querido tener un testimonio tangible de lo que representaban el uno para el otro, un símbolo de ello.

Ahora, él le tomó la mano y le besó el dedo que lucía el anillo de oro labrado que le había hecho para ella. Eve tenía los ojos cerrados. Observó los ángulos agudos de su rostro, la boca generosa, el pelo corto y marrón revuelto y en punta.

—Te amo, Eve.

Un ligero tono rojizo inundó las mejillas de ella. Resultaba tan sencillo conmoverla. Se preguntó si ella tendría la más mínima idea de lo grande que era su corazón.

—Lo sé. —Eve abrió los ojos—. Estoy, estoy, empezando a acostumbrarme.

—Bien.

Mientras escuchaba la música del agua al acariciar la arena, el susurro balsámico de la brisa al rozar las hojas de las palmeras, Eve se apartó el pelo de la cara. «Un hombre como él —pensó—, poderoso, rico e impulsivo, es capaz de invocar escenas como ésa con un chasquido de dedos.» Y lo había hecho para ella.

—Me haces feliz.

Él sonrió y esa sonrisa le provocó un cosquilleo de placer en el estómago.

—Lo sé.

Con una fuerza ágil y sin ningún esfuerzo, él la levantó y la hizo ponerse a horcajadas encima de él. Deslizó las manos por el cuerpo esbelto y musculoso de ella.

—¿Estás preparada para admitir que te alegras de que te raptara y te llevara fuera del planeta para pasar la última parte de nuestra luna de miel?

Eve sonrió al recordar su pánico, su terquedad al negarse a poner los pies en el transporte que les estaba esperando y cómo él, riéndose, la había cargado encima del hombro y había subido a bordo mientras ella le maldecía.

—Me gustaba París —repuso—. Y me encantó esa semana que pasamos en la isla. No veía ningún motivo para venir a un complejo a medio construir en el espacio si íbamos a pasar la mayor parte del tiempo en la cama de todas maneras.

—Estabas asustada. —A él le había encantado que ella se hubiera puesto fuera de sí ante la idea de su primer viaje fuera del planeta, y le había gustado haberla mantenido ocupada y distraída durante la mayor parte del trayecto.

—No lo estaba. —«Hasta la médula —pensó—. Asustada hasta la médula.»—. Estaba enojada, y con razón, porque tú habías hecho planes sin hablarlo conmigo.

—Me parece recordar que había alguien ocupado en un caso que me dijo que planificara lo que me pareciera bien. Eras una novia guapísima.

Eso la hizo sonreír.

—Era el vestido.

—No, eras tú. —Llevó una mano hasta el rostro de ella—. Eve Dallas. Mía.

El amor la invadió. Siempre lo hacía en oleadas enormes e inesperadas que la azotaban sin compasión.

—Te amo. —Acercó su cuerpo al de él y puso sus labios encima de los de él—. Parece que eres mío.

Υ

Ya era medianoche cuando cenaron. En la terraza bañada por la luna de la alta torre del casi terminado Gran Hotel Olimpo, Eve saboreaba una langosta rellena y contemplaba las vistas.

Con Roarke al mando, el complejo Olimpo estaría terminado y completamente equipado en un año. De momento lo tenían por completo para ellos, si no se tenían en cuenta los equipos de constructores, los empleados, los arquitectos, los ingenieros, los pilotos ni otros habitantes que compartían la enorme estación espacial.

Desde la pequeña mesa donde cenaban, Eve divisaba el centro del complejo. Las luces brillantes, encendidas para los trabajadores nocturnos, y el silencioso zumbido de la maquinaria delataban un ritmo de trabajo de veinticuatro horas. Las fuentes y los haces de luces como arco iris atravesando las aguas eran para ella. Eve lo sabía.

Él había querido que ella viera lo que estaba construyendo y, quizá, que empezara a comprender de qué formaba parte ahora. Como esposa.

«Esposa.» Exhaló con tanta fuerza que el aire le hizo volar el flequillo. Dio un sorbo del champán helado que él le había servido. Haría falta un poco de tiempo para que comprendiera cómo había pasado de ser Eve Dallas, teniente de Homicidios, a ser la esposa de un hombre de quien algunos decían que poseía más dinero y poder que Dios.

—¿Algún problema?

Ella le miró y sonrió ligeramente.

—No. —Con una expresión de intensa concentración, se llevó a los labios una porción de langosta bañada en mantequilla, mantequilla de verdad, ya que no había sucedáneos en la mesa de Roarke—. ¿Cómo voy a ser capaz de tragar lo que hacen pasar por comida en el comedor de la Central cuando vuelva al trabajo?

—En cualquier caso, siempre comes barritas de caramelo en el trabajo. —Le llenó la copa de vino y arqueó una ceja al ver que ella le miraba con suspicacia.

—¿Intentas emborracharme, amigo?

—Completamente.

Ella se rio. Él había notado que lo hacía más a menudo y con mayor facilidad durante esos días. Se encogió de hombros y tomó su copa.

—Qué demonios, voy a complacerte. Y cuando esté borracha —se bebió el carísimo vino como si fuera agua— voy a ofrecerte una corrida que tardarás en olvidar.

La lascivia, que él había creído sedada por el momento, se le enroscó, cosquilleante, en el vientre.

—Bueno, en ese caso —se sirvió su propia copa, hasta el borde— emborrachémonos los dos.

—Me gusta aquí —anunció ella.

Se apartó de la mesa de un empujón y llevó su copa hasta la gruesa baranda de piedra tallada. Debía de haber costado una fortuna extraerla de la cantera y transportarla hasta allí. Pero se trataba de Roarke, después de todo.

Apoyada en la baranda, Eve observó las luces y el juego del agua de las fuentes, estudió los edificios, cúpulas y torres brillantes y elegantes que alojarían a suntuosos clientes y a sus suntuosos juegos.

El casino estaba terminado y brillaba como una bola de oro en la noche. Una de las doce piscinas se encontraba iluminada y el agua despedía unos destellos de azul cobalto. Los pasajes aéreos zigzagueaban entre los edificios como hilos de plata. Ahora se encontraban vacíos, pero Eve se imaginó el aspecto que tendrían dentro de seis meses o un año: atestados de gente envuelta en seda y cargada de joyas. Estas personas acudirían ahí para ser mimados entre los muros de mármol de los balnearios, en sus baños de arcilla y en sus equipos de cuidados corporales, acompañados por sus amables asesores y solícitos androides. Acudirían ahí para gastar fortunas en el casino, para beber licores exclusivos en los clubes, para hacer el amor con los cuerpos tensos y suaves de los acompañantes con licencia.

Roarke les ofrecería un mundo, y ellos acudirían a él. Pero ya no sería su mundo cuando esas gentes lo ocuparan. Eve se encontraba más cómoda en las calles, en el ruidoso mundo de la ley y el crimen. Roarke lo comprendía, pensó ella, dado que él provenía del mismo lugar. Por eso le había ofrecido ese espacio en ese momento que era sólo para ellos.

—Vas a conseguir algo importante aquí —le dijo mientras se daba la vuelta y se apoyaba contra la baranda.

—Ése es el plan.

—No. —Eve negó con la cabeza, y se sintió complacida al notar que ésta empezaba a darle vueltas a causa del vino—. Vas a conseguir que la gente hable de esto durante siglos, que sueñe con venir aquí. Has recorrido un largo camino desde el tiempo en que eras un ladronzuelo que recorría los callejones de Dublín, Roarke.

Él sonrió con lentitud y con cierto disimulo.

—No hace tanto tiempo, teniente. Todavía ando metiendo la mano en los bolsillos, pero ahora lo hago de forma tan legal como es posible. Estar casado con una policía limita ciertas actividades.

Ella frunció el ceño.

—No quiero oír hablar de eso.

—Querida Eve. —Se levantó con la botella en la mano—. Tan de manual. Todavía tan intranquila por haberte enamorado locamente de un personaje turbio. —Le llenó el vaso otra vez y dejó la botella a un lado—. Un personaje que, hace tan sólo unos meses, se encontraba en tu lista de sospechosos de asesinato.

—¿Disfrutas con eso? ¿Te gusta ser sospechoso?

—Me gusta. —Le acarició el pómulo con el pulgar, en un punto donde un hematoma ya había desaparecido, excepto en su memoria—. Y me siento un poco preocupado por ti.

«Mucho», admitió para sí.

—Soy una buena policía.

—Lo sé. La única a quien he admirado por completo. Qué extraño giro del destino que yo me haya enamorado de una mujer tan devota de la justicia.

—A mí me parece todavía más extraño que yo me haya vinculado con alguien que puede comprar y vender planetas por capricho.

—Que te hayas casado. —Se rio. Le hizo darse la vuelta y le acarició la nuca con la punta de la nariz—. Adelante, dilo. Estamos casados. Esa palabra no va provocarte ningún ahogo.

—Ya lo sé que lo estamos. —Eve se obligó a relajarse y apoyó el cuerpo contra el de él—. Permíteme vivir esto un tiempo. Me gusta estar aquí, lejos, contigo.

—Entonces, entiendo que te alegras de que te presionara para que te tomaras tres semanas libres.

—No me presionaste.

—Tuve que darte la lata. —Le mordisqueó la oreja—. Amenazarte. —Deslizó las manos hasta sus pechos—. Suplicarte.

Ella se rio.

—Tú nunca has suplicado por nada. Pero quizá sí me diste la lata. Yo no he tenido tres semanas libres desde… nunca.

Roarke decidió no decirle que tampoco las había tenido ahora. Era difícil que pasara un período de veinticuatro horas sin poner algún programa que la hiciera enfrentarse con el crimen.

—¿Por qué no hacemos que sean cuatro?

—Roarke...

Él se rio.

—Sólo ha sido un intento. Bébete el champán. Todavía no estás lo bastante borracha para lo que tengo en mente.

—¿Ah? —Se le aceleró el pulso y se sintió tonta—. ¿Y qué es eso?

—Perderá emoción si te lo cuento —decidió él—. Digamos solamente que tengo intención de tenerte ocupada durante las próximas cuarenta y ocho horas que nos quedan aquí.

—¿Cuarenta y ocho horas? —Con una carcajada, vació la copa—. ¿Cuándo empezamos?

—No hay momento mejor que... —Se interrumpió y frunció el ceño al oír el timbre de la puerta—. Dije al personal que dejaran todo despejado. Quédate aquí. —Le recompuso la bata que acababa de desanudarle—. Voy a mandarles lejos. Muy lejos.

—Trae otra botella de camino —le dijo ella, sonriente mientras vertía las últimas gotas en la copa—. Alguien se ha bebido esta botella entera.

Divertido, Roarke entró y atravesó la amplia zona de estar de techo de cristal y suelo alfombrado. Decidió que la quería ahí, en ese suave suelo y las estrellas frías como el hielo sobre sus cabezas. Sacó una larga lila blanca de uno de los platos de porcelana y pensó que le mostraría qué era capaz de hacer un hombre hábil con los pétalos de una flor.

Sonreía al entrar en el vestíbulo de paredes lustrosas y ondulante escalera de mármol. Encendió la pantalla del portero y se dispuso a mandar al infierno al servicio de habitaciones por la interrupción.

Con cierta sorpresa, se encontró con el rostro de uno de sus ingenieros ayudantes.

—¿Carter? ¿Algún problema?

Carter se pasó la mano por un rostro que se veía pálido como el de un muerto y empapado de sudor.

—Señor. Me temo que sí hay un problema. Tengo que hablar con usted. Por favor.

—De acuerdo. Un momento. —Roarke dejó escapar un suspiro mientras apagaba la pantalla y abría las cerraduras. Carter era joven por la posición que tenía, estaba en la veintena, pero era un genio en cuanto a diseño y ejecución. Si había un problema con la construcción, era mejor enfrentarse a él en ese momento.

—¿Se trata de la rampa aérea del salón? —preguntó Roarke mientras abría la puerta—. Creía que ya habías arreglado las deficiencias ahí.

—No… quiero decir, sí, señor. Lo he hecho. Ahora funciona perfectamente.

Roarke se dio cuenta de que el hombre estaba temblando y se olvidó del enojo.

—¿Ha habido algún accidente? —Tomó a Carter del brazo, le acompañó hasta la zona de estar y le hizo sentar en una silla—. ¿Se ha hecho daño alguien?

—No lo sé, quiere decir, ¿un accidente? —Carter parpadeó y se quedó con la mirada inerte y vidriosa—. Señorita, señora, teniente —dijo cuando Eve entró. Empezó a levantarse, pero cayó con gesto de debilidad sobre la silla en cuanto ella le empujó para que se sentara.

—Está bajo los efectos de una conmoción —le dijo apresuradamente a Roarke—. Trae un poco de ese excelente coñac que tienes por ahí. —Se agachó al lado del hombre para quedar a la misma altura que él. Observó que tenía las pupilas pequeñas como puntas de aguja—. Carter, ¿verdad? Tómeselo con calma.

—Yo… —Su rostro tomó un tono de cera ahora—. Creo que voy a…

Antes de que pudiera acabar la frase, Eve le hizo poner la cabeza entre las rodillas.

—Respire. Solamente respire. Ese coñac, Roarke. Tome un trago de esto.

—Sí, señor.

—Por Dios, deja de llamarme señor.

El color volvió a aparecer en las mejillas de Carter, fuera por el coñac o por la vergüenza. Asintió con la cabeza, tragó y exhaló con fuerza.

—Lo siento. Creí que me encontraba bien. Vine directamente. No sé si hubiera… no sabía qué otra cosa hacer. —Se tapó la cara con una mano, como un niño ante una película de terror. Inhaló con dificultad y rápidamente añadió—: Se trata de Drew, Drew Mathias, mi compañero de habitación. Está muerto.

Exhaló como si el aire le estallara desde los pulmones y volvió a inhalar de forma entrecortada, tembloroso. Dio un largo sorbo del coñac y tosió. La mirada de Roarke se tornó inexpresiva. Recompuso en su mente una imagen de Mathias: joven, ambicioso, de pelo rojo y con pecas, un experto en electrónica y especialista en autotrónica.

—¿Dónde, Carter? ¿Cómo ha sido?

—Pensé que debía decírselo inmediatamente. —Ahora las mejillas de Carter eran como dos banderas rojas—. Vine directamente a decírselo a usted… y a su esposa. Pensé que ya que ella es… es policía, que podría hacer algo.

—¿Hace falta un policía, Carter? —Eve le quitó la copa de la mano temblorosa—. ¿Por qué necesitas a un policía?

—Creo… debe de haberse… suicidado, teniente. Estaba allí colgando, colgando de la lámpara del techo de la sala. Y su cara… Oh, Dios. Oh, Jesús.

Eve dejó que Carter enterrara el rostro entre las manos y se dirigió a Roarke.

—¿Quién tiene la autoridad en este lugar para algo como esto?

—Tenemos una seguridad de tipo estándar, la mayor parte automatizada. —Asintió e inclinó la cabeza—. Yo diría que eres tú, teniente.

—De acuerdo. Mira a ver si puedes preparar un equipo de campo para mí. Necesito una grabadora, audio y vídeo, un poco de sellador, bolsas de pruebas, pinzas y un par de cepillos pequeños.

Eve dejó escapar un suspiro sibilante y se pasó una mano por el pelo. No dispondría del equipo para medir la temperatura corporal y la hora del fallecimiento. No habría ningún escáner, ningún equipo de registro, ninguna de las sustancias químicas estándar que los forenses acostumbraban a llevar a la escena del crimen.

Tendría que improvisar.

—Aquí hay un médico, ¿verdad? Llámale. Tendrá que hacer de forense. Voy a vestirme.

La mayoría de técnicos utilizaban las alas del hotel terminadas como habitáculos. Carter y Mathias se lo habían montado lo suficientemente bien y compartían una espaciosa suite de dos habitaciones durante ese turno en la estación. Mientras bajaban al piso diez, Eve le dio a Roarke la grabadora de mano.

—¿Podrás manejar esto, verdad?

Él arqueó una ceja. Estaba fabricada por una de sus empresas.

—Creo que me apañaré.

—Bien. —Le dirigió una leve sonrisa—. Eres el suplente. ¿Está ahí, Carter?

—Sí. —Pero salió del ascensor como un borracho enfrentándose a una prueba de sobriedad. Tuvo que limpiarse dos veces el sudor de la palma de la mano para que el lector se la reconociera. Cuando la puerta se abrió, dio un paso hacia atrás.

—Preferiría no volver a entrar tan pronto.

—Quédese ahí —le dijo ella—. Quizá le necesite.

Eve entró. Las luces brillaban, cegadoras, a la máxima potencia. La música sonaba desde la unidad de pared, un potente rock cuyos chillidos de la vocalista le recordaron a su amiga Mavis. Las baldosas del suelo eran de un color azul como el del Caribe y daban la sensación de caminar sobre el agua.

A lo largo de las paredes norte y sur había unos bancos de ordenadores. Estaciones de trabajo, supuso Eve. Estaban atestadas de todo tipo de tableros electrónicos, microchips y herramientas.

Vio unas ropas tiradas en un montón encima del sofá, unas gafas de realidad virtual encima de la mesa de café, tres latas de cerveza asiática, dos de las cuales ya habían sido dobladas para meterlas en el aparato de reciclaje, y un cuenco lleno de galletas con especias.

Y vio el cuerpo desnudo de Drew Mathias colgado, meciéndose suavemente desde un nudo corredizo hecho con sábanas y sujeto a un brillante candelabro de cristal azul.

—Oh, diablos. —Suspiró—. ¿Cuántos años, Roarke? ¿Veinte?

—No muchos más. —Roarke apretó los labios mientras observaba el rostro infantil de Mathias. Ahora tenía un tono púrpura, los ojos aparecían hinchados y los labios habían quedado con una horrorosa mueca de risa. Un maligno capricho de la muerte le había dejado sonriendo.

—De acuerdo, haremos lo que podamos. Dallas, teniente Eve, Departamento de Policía y Seguridad de Nueva York, presente hasta que las adecuadas autoridades interespaciales puedan ser contactadas y transportadas. Muerte sospechosa. Mathias, Drew, Gran Hotel Olimpo, habitación 1026, 1 de agosto de 2058, 1:00 horas.

—Quiero bajarle de ahí —dijo Roarke. No debería haberse sentido sorprendido ante la facilidad con que Eve pasó de ser una mujer a ser una policía.

—Todavía no. Ahora a él le da igual, yo necesito grabar la escena antes de que nada cambie de sitio. —Se dirigió a la puerta—. ¿Tocó usted algo, Carter?

—No. —Se pasó el dorso de la mano por la boca—. Abrí la puerta, exactamente como ahora, y entré. Le vi enseguida. Se… se le ve enseguida. Supongo que me quedé ahí un minuto. En pie, simplemente. Supe que estaba muerto. Lo vi en su cara.

—¿Por qué no va a la habitación de al lado? —sugirió, señalando hacia la izquierda—. Puede tumbarse ahí un rato. Más tarde necesitaré hablar con usted.

—De acuerdo.

—No llame a nadie —le ordenó.

—No. No, no llamaré a nadie.

Ella entró de nuevo y cerró la puerta con llave. Dirigió la mirada hacia Roarke y ambos mantuvieron la vista el uno en el otro un momento. Eve sabía que él estaba pensando, al igual que ella, que había algunas personas —como ella— que no podían escapar de la muerte.

—Empecemos —le dijo.

Capítulo dos

*E*l médico se llamaba Wang, y era mayor, tal y como lo eran la mayor parte de médicos que se encontraban en proyectos fuera del planeta. Habría podido retirarse a los noventa pero, al igual que otros de su clase, había escogido continuar dando tumbos de un lugar a otro atendiendo rasguños y golpes, pasando medicamentos para el mareo espacial y el equilibrio gravitatorio, atendiendo un parto ocasional y realizando diagnósticos.

Pero reconocía un cuerpo muerto cuando lo veía.

—Muerto. —Su pronunciación era defectuosa y sonaba ligeramente exótica. Tenía un color de piel amarillento y el rostro, arrugado como un mapa viejo. Los ojos eran negros, almendrados. La cabeza, brillante y lustrosa, le daba el aspecto de una vieja y bastante ajada bola de billar.

—Sí, ya me he dado cuenta. —Eve se frotó los ojos. Nunca había tratado con un médico espacial, pero había oído hablar de ellos. No les gustaba que les modificaran su cómoda rutina.

—Establezca la causa y la hora.

—Estrangulación. —Wang dio unos golpecitos en el horrible cuello de Mathias con un largo dedo índice—. Auto provocada. Hora de la muerte, diría que entre las diez y las once de la noche del día de hoy, de este mes, de este año.

Ella le dedicó una sonrisa de labios apretados.

—Gracias, doctor. No hay ninguna otra señal de violencia en el cuerpo, así que acepto su diagnóstico de suicidio. Pero quiero los resultados del examen de sustancias químicas. Veremos si fue químicamente inducida. ¿Trató usted al fallecido por alguna causa?

—No podría decirlo, pero no me resulta familiar. Por supuesto, si fuera así, tendría su historial. Supongo que habría acudido para un diagnóstico estándar a su llegada.

—También me gustaría verlo.

—Haré todo lo que pueda para ayudarla, señora Roarke.

Eve entrecerró los ojos.

—Dallas, teniente Dallas. Dese prisa, Wang. —Miró el cuerpo otra vez. «Un hombre pequeño —pensó—, delgado, pálido. Muerto.»

Con los labios fruncidos, observó el rostro. En otras ocasiones había visto los extraños trucos que la muerte, y en especial la muerte violenta, jugaban con las expresiones. Pero nunca había visto nada parecido a esa amplia sonrisa de ojos hinchados. Le provocaba estremecimientos.

Ese desperdicio, ese triste desperdicio de una vida tan joven la ponía insoportablemente triste.

—Lléveselo con usted, Wang. Envíeme los informes. Puede mandarme los informes básicos al TeleLink de mi suite. Necesitaré saber quién es su familiar más allegado.

—Por supuesto. —Le sonrió—. Teniente Roarke.

Ella le devolvió la sonrisa, mostrándole los dientes, y decidió que no quería jugar al juego de los nombres. Se puso de pie y, a horcajadas, observó a Wang mientras éste daba instrucciones a sus ayudantes para que transportaran el cuerpo.

—Te parece gracioso —le dijo a Roarke.

Él parpadeó con expresión inocente.

—¿Qué?

—Teniente Roarke.

Roarke le acarició la cara, necesitaba hacerlo.

—¿Por qué no? A ambos nos vendría bien descargarnos con algo cómico.

—Sí, pero tu doctor Wang sólo vale para una risa de un minuto. —Observó al médico salir delante del cuerpo, que estaba siendo transportado en una camilla—. Me saca de quicio. Me saca totalmente de quicio.

—No es un nombre tan malo.

—No. —Estuvo a punto de reírse mientras se frotaba el rostro con las manos—. No se trata de eso. El chico. Un chico como ése que desecha sus siguientes cien años de vida. Eso me saca de quicio.

—Sí. —Él empezó a masajearle los hombros—. ¿Estás segura de que se trata de un suicidio?

—No hay señales de pelea. No hay ninguna herida adicional en el cuerpo. —Se estremeció bajo sus manos—. Entrevistaré a Carter y hablaré con algunos otros, pero tal y como yo lo veo, Drew Mathias llegó a casa, encendió las luces y la música. Se tomó un par de cervezas, quizá se metió en un viaje de realidad virtual y se comió unas cuantas galletas. Luego entró, sacó las sábanas de la cama y se confeccionó una cuerda con un nudo muy preciso y profesional.

Eve se dio la vuelta y observó la habitación para memorizar la escena.

—Se sacó la ropa y la tiró a un lado. Se subió a la mesa. Se ven las huellas de los pies. Ató la cuerda a la lámpara y posiblemente dio un par de tirones para asegurarse de que era seguro. Luego introdujo la cabeza en el nudo y utilizó el control remoto para elevar la lámpara. Se ahogó hasta morir.

Tomó el control remoto que ya había introducido en una bolsa de pruebas.

—No debió de ser una muerte rápida. Es un ascenso lento, no es suficientemente rápido para romperle el cuello limpiamente, pero él no se debatió, no cambió de opinión. Si lo hubiera hecho, se verían los arañazos de las uñas en el cuello allí donde habría intentado soltarse.

Roarke frunció el ceño.

—Pero ¿no sería algo instintivo, voluntario, hacer justamente eso?

—No lo sé. Yo diría que depende de la fuerza de voluntad que tuviera, de hasta qué punto deseara morir. Y por qué. Quizá estaba colocado. Eso lo sabremos muy pronto. Con una mezcla adecuada de sustancias, el cerebro no registra el dolor. Quizá incluso lo disfrutó.

—No voy a negar que hay algunas sustancias ilegales flotando por aquí. Es imposible supervisar a cada uno de los miembros del personal y regular sus hábitos y elecciones personales. —Roarke se encogió de hombros y, con el ceño fruncido, levantó la vista hasta el impresionante candelabro—. No me parece que Mathias fuera un consumidor habitual, ni tampoco un consumidor esporádico.

—La gente es una sorpresa constante, y resulta una maravilla interminable saber lo que se meten en las venas. —Ahora fue Eve quien se encogió de hombros—. Realizaré el registro habitual de sustancias aquí y a ver qué puedo averiguar por parte de Carter. —Se apartó el pelo con una mano—. ¿Por qué no subes y duermes un poco?

—No, me quedo. Eve —añadió, antes de que ella le interrumpiera—, me has nombrado suplente.

Eso la hizo sonreír un poco.

—Cualquier ayudante decente sabría que necesito un café para enfrentarme a esto.

—Entonces me ocuparé de que tengas un café. —Le tomó el rostro con las dos manos—. Quería alejarte de todo esto durante un tiempo. —La soltó y se dirigió hacia la cocina anexa para encargarse del café.

Eve entró en la habitación. Las luces estaban bajas y Carter se encontraba sentado a un lado de la cama, la cabeza apoyada en las manos. Se enderezó de un sobresalto en cuanto la oyó entrar.

—Tómeselo con calma, Carter, no está usted arrestado todavía. —Al ver que sus mejillas empalidecían, se sentó a su lado—. Lo siento. Pésimo sentido del humor de policía. Voy a grabar esto, ¿de acuerdo?

—Sí. —Tragó con dificultad—. De acuerdo.

—Dallas, teniente Eve, entrevista con Carter… ¿cuál es su nombre completo, Carter?

—Eh… Jack. Jack Carter.

—Carter, Jack, a propósito de la muerte de Mathias, Drew. Carter, usted compartía la suite 1036 con el fallecido.

—Sí, durante los últimos cinco meses. Éramos amigos.

—Hábleme de esta noche. ¿A qué hora llegó a casa?

—No lo sé. Sobre las 00:30 horas, supongo. Tenía una cita. Había estado viéndome con una persona, Lisa Cardeaux. Es una de las paisajistas. Queríamos visitar el complejo de ocio. Se pasaba un vídeo nuevo. Después de eso, fuimos al club Atenas. Se encuentra abierto para los empleados del complejo. Nos tomamos un par de copas, escuchamos un poco de música. Mañana tiene que levantarse temprano, así que no nos quedamos hasta tarde. —Sonrió con debilidad—. Intenté convencerla de que me dejara subir, pero no lo conseguí.

—De acuerdo, así que salió usted con Lisa. ¿Volvió a casa directamente?

—Sí. Ella está justo en la casa del personal. Le gusta estar ahí. No le gusta encerrarse en una habitación de hotel. Eso es lo que dice. Sólo se tarda dos minutos en la rampa para llegar aquí. Subí. —Exhaló y se frotó el pecho con la mano, como para apaciguarse el corazón—. Drew tenía la puerta cerrada. Tenía una manía con eso. Algunos miembros del personal dejan las cerraduras abiertas, pero Drew tenía todo ese equipo y estaba paranoico con que alguien pudiera meter la mano en él.

—¿Está el lector de manos codificado para alguien más, aparte de ustedes dos?

—No.

—Bien. ¿Luego, qué?

—Le vi. Enseguida. Entonces fue cuando vine a buscarles.

—De acuerdo. ¿Cuándo fue la última vez que lo vio con vida?

—Esta mañana. —Carter se frotó los ojos e intentó visualizar esa escena de normalidad. Luces, comida, conversación—. Desayunamos.

—¿Cómo estaba él? ¿Preocupado, deprimido?

—No. —Los ojos de Carter parecieron enfocar algo y mostraron, por primera vez, cierta expresión animada—. Eso es lo que no me puedo meter en la cabeza. Él estaba bien. Estaba por ahí haciendo bromas, tomándome el pelo con Lisa porque yo no había... ya sabe... marcado gol. Nos estuvimos pinchando el uno al otro, en plan de colegas. Yo le dije que hacía tanto tiempo que él no marcaba un gol que no se daría cuenta el día que lo hiciera. Y que por qué no conseguía a una chica para venir con nosotros esta noche y ver cómo se hacía.

—¿Él estaba saliendo con alguien?

—No. Siempre hablaba de esa niña de la que estaba colgado. Ella no está en la estación. La niña. Así es como la llamaba. Iba a dedicar su próximo turno libre para hacerle una visita. Dijo que lo tenía todo, cerebro, cuerpo y un aguante con el sexo que no había forma de vencer. ¿Por qué tendría que conformarse con marcas inferiores si había probado lo máximo?

—¿No sabe cómo se llama ella?

—No. Era sólo la niña. Si le soy sincero, creo que se lo inventó. Drew no era lo que se diría un ligón, sabe. Era muy tímido con las mujeres y estaba muy metido en los juegos de fantasía y en la autotrónica. Siempre estaba trabajando en algo.

—¿Qué sabe sobre sus otros amigos?

—No tenía muchos. Se quedaba callado cuando estaba con mucha gente. Introvertido, ¿sabe?

—¿Consumía sustancias, Carter?

—Claro, los estimulantes básicos si tenía que hacer un turno nocturno.

—Ilegales, Carter. ¿Consumía?

—¿Drew? —Sus ojos cansados adquirieron una expresión de sorpresa—. Imposible. Totalmente imposible. Era un chico recto por completo. Nunca se hubiera involucrado en sustancias ilegales, teniente. Tenía una buena cabeza y quería continuar teniéndola. Y quería mantener su trabajo, prosperar. A uno le despiden por este tipo de cosas. Sólo hace falta que te pillen una sola vez en una comprobación rutinaria.

—¿Está seguro de que se habría enterado usted si él hubiera decidido experimentar?

—Uno conoce a alguien con quien convive durante cinco meses. —Los ojos de Carter adquirieron una expresión de tristeza otra vez—. Uno se acostumbra a sus hábitos y a todo. Ya le he dicho que no se relacionaba mucho con otra gente. Se sentía más a gusto solo, jugando con su equipo y sumergiéndose en sus programas de juegos de rol.

—Un solitario, entonces. Un introvertido.

—Sí, ése era su carácter. Pero no estaba preocupado, no estaba deprimido. No dejaba de decir que estaba con algo importante, un juguete nuevo. Siempre estaba con un juguete nuevo —murmuró Carter—. Justo la semana pasada dijo que esta vez iba a hacer una fortuna y que haría sudar a Roarke.

—¿A Roarke?

—No quería decir nada malo con eso —repuso Carter

con rapidez, defendiendo al muerto—. Tiene que comprenderlo, Roarke…, muchos de nosotros, bueno, él es lo más, ¿sabe? Nuestro ídolo al máximo. Está bañado en créditos, lleva ropa magnífica, tiene importantes negocios, poder, una mujer sexy… —se interrumpió y se ruborizó—. Perdón.

—No pasa nada. —Ya decidiría más tarde si se sentía divertida o sorprendida de que un chico que apenas tenía veinte años la considerara sexy.

—Es sólo que muchos de nosotros, los técnicos, bueno, mucha gente, aspiramos a eso. Roarke es el máximo exponente. Drew le admiraba muchísimo. Tenía ambiciones. Señora… teniente. Él tenía objetivos y planes. ¿Por qué tendría que hacer eso? —De repente, se le llenaron los ojos de lágrimas—. ¿Por qué tendría que haber hecho eso?

—No lo sé, Carter. A veces uno nunca sabe por qué.

Lo condujo hacia atrás, por los recuerdos del pasado, hasta que consiguió obtener una imagen de Drew Mathias. Al cabo de una hora, lo único que le quedaba por hacer era elaborar un informe para quien fuera a ser transportado hasta allí para cerrar el caso.

En el ascensor que les llevaba al ático, Eve se apoyó en la pared de espejo.

—Ha sido una buena idea ponerle en otra habitación y en otro piso. Dormirá mejor esta noche.

—Dormirá mejor si se toma los tranquilizantes. ¿Y tú? ¿Podrás dormir?

—Sí. Podría apartarlo de mi cabeza antes si tuviera una idea de qué era lo que le preocupaba, de qué fue lo que le empujó a hacerlo. —Salió al pasillo y esperó hasta que Roarke hubo desactivado el sistema de seguridad de su suite—. La imagen que me he compuesto es la del típico tonto con grandes aspiraciones. Tímido con las mujeres, sumergido en sus fantasías. Feliz con su trabajo. —Se encogió de hombros—.

No había ninguna llamada entrante ni saliente en su Tele-Link, ningún correo electrónico enviado ni recibido, ningún mensaje grabado, y el sistema de seguridad de la puerta fue conectado a las 16:00 horas por Mathias, desconectada a las 00.36 horas por Carter. No tuvo ninguna visita, no salió. Se instaló para pasar la tarde y se colgó.

—No se trata de un homicidio.

—No, no es un homicidio. —Eve se preguntó si eso era mejor o peor—. No hay nadie a quien culpar, nadie a quien castigar. Sólo hay un chico muerto. Una vida desperdiciada. —Se dio la vuelta hacia él repentinamente y le pasó los brazos alrededor del cuerpo, abrazándolo con fuerza—. Roarke, me has cambiado la vida.

Sorprendido, le tomó el rostro y lo levantó. Eve tenía los ojos húmedos, pero su expresión era dura, fiera y enojada.

—¿Qué es eso?

—Me has cambiado la vida —volvió a decir—. Por lo menos, parte de ella. Empiezo a darme cuenta de que es la mejor parte de ella. Quiero que lo sepas. Quiero que lo recuerdes cuando volvamos y las cosas vuelvan a su rutina, si yo me olvido de expresarte lo que siento o lo que pienso o cuánto significas para mí.

Conmovido, le dio un beso en la frente.

—No voy a permitirte que lo olvides. Ven a la cama. Estás cansada.

—Sí, lo estoy.

Se apartó el pelo de la cara mientras se dirigían a la habitación. Faltaban menos de cuarenta y ocho horas, recordó. No permitiría que una muerte absurda le amargara las últimas horas de su luna de miel. Ladeó la cabeza y pestañeó con coquetería.

—¿Sabes? Carter cree que soy sexy.

Roarke se detuvo y entrecerró los ojos.

—¿Perdón?

Oh, le encantaba cuando esa melodiosa voz irlandesa adquiría un tono de arrogancia.

—Eres el máximo exponente —continuó, mientras giraba la cabeza para destensar el cuello y empezaba a desabotonarse la camisa.

—¿Lo soy? ¿De verdad?

—Tope al máximo, lo cual es, tal como diría Mavis, magnífico. Y una de las razones por la que eres impresionante es porque tienes una esposa sexy.

Desnuda hasta la cintura, se sentó en la cama y se sacó los zapatos. Le miró y vio que él había introducido las manos en los bolsillos y que sonreía. Ella también sonrió. Le resultó muy agradable sonreír.

—Así que, señor máximo exponente —ladeó la cabeza y arqueó una ceja—, ¿qué vas a hacer con tu mujer sexy?

Roarke se pasó la lengua por los dientes y dio un paso hacia delante.

—¿Por qué no te lo demuestro?

Eve pensó que sería mejor, pensando en el viaje de vuelta, que la lanzaran al espacio como una pelota de niño. Estaba equivocada. Argumentó, con lo que le parecieron razones completamente lógicas, por qué no debía entrar en el transporte privado de Roarke.

—No quiero morir.

Él se rio de ella, lo cual hizo que ella le mirara con ojos encendidos. Luego, la tomó en brazos y la subió a bordo.

—No pienso quedarme aquí dentro. —Sintió que el corazón se le aceleraba en cuanto entraron en la lujosa cabina—. Lo digo en serio. Tendrás que dejarme inconsciente si quieres que me quede en esta lujosa trampa mortal.

—Ajá. —Eligió un amplio asiento de cuero negro, se sentó con Eve en el regazo y, con un rápido movimiento, le inmovilizó los brazos para impedir cualquier posible represalia.

—Eh. Para ya. —Aterrorizada, Eve luchó, se retorció y maldijo—. Déjame salir. Déjame salir de aquí.

El suave trasero moviéndose sobre su regazo le dio una sólida pista de cómo quería pasar las primeras horas del viaje.

—Despeguen en cuanto obtengan permiso —ordenó Roarke al piloto y, sonriendo a la azafata de vuelo, le anunció—: No vamos a necesitarla durante un buen rato. —En cuanto ella hubo salido discretamente, cerró las cerraduras de la cabina.

—Voy a hacerte daño —le aseguró Eve. Cuando oyó el zumbido de los motores que se encendían y notó la ligera vibración bajo los pies que indicaba un despegue inminente, pensó seriamente en deshacerse a mordiscos del cinturón de seguridad—. No voy a hacer esto —afirmó, tajante—. No voy a hacer esto. Dile que se detenga.

—Demasiado tarde. —Él le pasó los brazos alrededor del cuerpo y hundió la nariz en su nuca—. Relájate, Eve. Confía en mí. Estás más segura aquí que conduciendo por el centro de la ciudad.

—Tonterías. Oh, Dios. —Apretó los ojos con fuerza en cuando el motor emitió un poderoso rugido. El aparato pareció hacer un despegue completamente vertical que le dejó el estómago en el suelo, abajo. La gravedad la impulsó hacia atrás, contra Roarke.

Casi no respiraba cuando el vuelo se suavizó y se dio cuenta de que la presión que sentía en el pecho estaba causada por el hecho de que estaba aguantando la respiración. Dejó salir el aire de golpe y volvió a inhalar como un submarinista que sale a la superficie desde una gran profundidad.

Se dijo a sí misma que todavía estaba viva. Y eso ya era

algo. Ahora tendría que matarle. Fue entonces cuando se dio cuenta de que no sólo ya no tenía el cinturón de seguridad atado sino que su camisa estaba desabrochada y de que él tenía las manos sobre sus pechos.

—Si crees que vamos a tener sexo después de que…

Él se limitó a darle la vuelta para ponerla de cara a él. Eve vio el brillo divertido y lascivo en sus ojos un instante antes de que los labios de él se cerraran alrededor de su pezón.

—Cabrón. —Pero se rio al notar que una ola de placer le atravesaba el cuerpo y sujetó a Roarke por la nuca para animarle a seguir.

Ella nunca estaba segura de qué era lo que él iba a hacerle, de qué iba a hacer por ella. Esas salvajes oleadas de placer, la lenta y emocionante evolución. Se contoneó contra él y se permitió olvidarse de todo excepto de cómo sus dientes la mordisqueaban y su lengua la lamía.

Así que fue ella quien lo empujó hasta la gruesa y suave alfombra, ella quien atrajo los labios de él hasta los suyos.

—Dentro de mí. —Tiró de su camisa, deseosa de sentir ese cuerpo tenso y musculoso con las palmas de sus manos—. Te quiero dentro de mí.

—Todavía nos quedan horas. —Acercó los labios a sus pechos, tan pequeños, tan firmes, calientes ya por el contacto con sus manos—. Necesito saborearte.

Lo hizo incansablemente. La sutil variedad de olores, desde los labios al cuello, del cuello al hombro, del hombro al pecho. La saboreó con ternura, con delicadeza y con una callada concentración atenta al placer de ambos.

La notó temblar bajo sus manos y su boca.

La piel se le llenó de sudor mientras él bajaba hasta su vientre, le bajaba los pantalones y avanzaba a mordiscos por entre sus muslos. Notó la lengua de él jugar en ese punto y Eve gimió. Elevó las caderas para él a pesar de que él ya la sujetaba, la elevaba y la obligaba a abrirse. Cuando la lengua de él se deslizó perezosa por su centro de calor, Roarke notó que el primer orgasmo la atravesaba.

—Más. —Ansioso ahora, la devoró. Ella se abandonaba a él de una forma que no había hecho con nadie más, y él lo sabía. Ella se abandonaba a todo lo que hacían juntos.

En el momento en que Eve permaneció estremecida y con los brazos relajados encima de la alfombra, él la levantó por las caderas y se introdujo en ella. Unidos.

Eve abrió los ojos y se encontró con los de él. Lo que vio en ellos era concentración. Un control absoluto. Ella deseaba, necesitaba, destruirlo, saber que ella podía, al igual que él podía destruirla a ella.

—Más —insistió ella mientras le rodeaba la cintura con las piernas para empujarle más adentro. Observó un ligero temblor en los ojos de él, una profunda y oscura necesidad que residía en su interior y, atrayendo la boca de él a la suya y mordisqueando esos labios perfectamente cincelados, se movió debajo de él.

Él cerró los puños alrededor del pelo de ella, su respiración se aceleró y empezó a impulsarse dentro de ella con más fuerza, con más rapidez cada vez hasta que le pareció que el corazón iba a explotarle. Ella siguió su ritmo, fue al encuentro de cada empujón, clavándole las uñas cortas y sin pintar en la espalda, en los hombros, en las caderas. Unos pequeños mordiscos deliciosamente dolorosos.

Él notó que ella se corría otra vez, notó la violenta contracción de los músculos de ella que se cerraron gloriosamente alrededor de él. «Otra vez», era lo único que él podía pensar. «Otra vez y otra vez y otra vez», mientras bombeaba dentro de ella y se tragaba sus gemidos, tembloroso al oír el emocionante sonido de carne contra carne.

Notó que el cuerpo de ella se tensaba otra vez y que volvía a llegar al clímax. Mientras un largo, grave y ronco gemido se le escapaba de los labios, él apretó el rostro contra el pelo de ella y, con un último empujón, se vació.

Cayó inerte encima de ella. La cabeza le daba vueltas y el corazón le latía con fuerza. Ella estaba completamente relajada debajo de él y Roarke sólo notó la violencia del corazón de ella contra el suyo.

—No podemos seguir así —consiguió decir Eve al cabo de un momento—. Nos mataremos.

Él se rio.

—Será una buena muerte, en cualquier caso. Tenía intención de hacerlo un poco más romántico, un poco de vino y de música como colofón de la luna de miel. —Levantó la cabeza y le sonrió—. Pero esto también ha funcionado.

—Eso no significa que no esté enojada contigo.

—Por supuesto. Las veces que hemos tenido mejor sexo es cuando estás enojada conmigo. —Le sujetó el mentón con los dientes y le lamió el hoyuelo que se le dibujaba en el centro—. Te adoro, Eve.

Mientras ella intentaba aceptarlo, como siempre tenía que hacer, él se apartó, se puso en pie con agilidad y se dirigió, desnudo, hasta una consola que se encontraba entre dos sillas. Depositó la palma de la mano encima de ella y la puerta se abrió.

—Tengo algo para ti.

Ella miró con suspicacia la caja de terciopelo que él extrajo.

—No tienes que hacerme regalos. Ya sabes que no quiero que lo hagas.

—Sí. Te hace sentir incómoda. —Sonrió—. Quizá es por eso que lo hago. —Se sentó en el suelo, a su lado, y le dio la caja—: Ábrela.

Ella se imaginó que sería una joya. Parecía que le gustaba

mucho ofrecerle elementos ornamentales para el cuerpo: diamantes, esmeraldas, telas doradas que la dejaban perpleja y con las que no acababa de sentirse cómoda. Pero cuando la abrió, solamente vio un sencillo capullo de una hermosa flor blanca.

—¿Es una flor?

—De tu ramo de novia. Lo he hecho tratar.

—Una petunia. —Eve se sintió conmovida al sacarla de la caja. Simple, básica, normal, una flor que puede crecer en cualquier jardín. Los pétalos eran suaves, estaban húmedos de rocío y frescos.

—Es un proceso nuevo en el cual una de mis empresas ha estado trabajando. Consigue conservar sin cambiar la textura básica. Quería que lo tuvieras. —Le puso una mano encima de la de ella—. Quería que los dos lo tuviéramos, para que nos recuerde que hay algunas cosas que duran.

Ella levantó la mirada hasta la de él. Ambos provenían de situaciones miserables, pensó, y habían sobrevivido a ellas. Se habían encontrado a causa de la violencia y de la tragedia, y la habían superado. Habían caminado por senderos distintos, pero habían encontrado una ruta común.

«Hay algunas cosas que duran —pensó—. Algunas cosas normales. Como el amor.»

Capítulo tres

*L*a Central de Policía no había cambiado en tres semanas. El café continuaba siendo horroroso, el ruido, insoportable, y la vista a través de la minúscula ventana era igual de miserable.

Estaba emocionada por estar de vuelta.

Los policías de su unidad habían preparado un mensaje de bienvenida. El mensaje parpadeaba en la pantalla de su monitor, así que se imaginó que había sido su viejo amigo Feeney, el mago de la informática, a quien debía darle las gracias por haber traspasado el código de seguridad.

BIENVENIDA, TENIENTE AMOR
Hurra-hurra

«¿Hurra-hurra?» Se le escapó una carcajada. Quizá era un sentido del humor de adolescente, pero la hacía sentir como en casa.

Echó un vistazo a su mesa de trabajo. No había tenido tiempo de ordenar nada en el breve espacio de tiempo entre el inesperado cierre del anterior caso, durante su despedida de soltera, y el día de la boda. Pero se dio cuenta de que había un disco enfundando con pulcritud y etiquetado encima del montón de papeles de la mesa.

Eso tenía que haber sido obra de Peabody, concluyó Eve. Introdujo el disco en su unidad de escritorio, soltó una maldición y dio unos golpes al disco duro para detener los hipos que emitía. Al final, pudo ver que la fiable Peabody había, por supuesto, redactado el informe del arresto y lo había archivado.

Eve pensó que no habría sido fácil para ella. No, dado que ella había estado compartiendo cama con el acusado.

Dirigió la mirada al montón de trabajo viejo y sonrió. Vio que tenía un montón de citas en el tribunal para los siguientes días. Los malabarismos que había tenido que hacer en su agenda para satisfacer la petición de Roarke de tener tres semanas libres tenían su precio. Había llegado el momento de pagarlo.

Bueno, él también había tenido que hacer malabarismos, se recordó a sí misma. Y ahora habían vuelto al trabajo y a la normalidad. En lugar de ponerse a repasar los casos para los que tendría que ofrecer testimonio muy pronto, encendió el TeleLink y programó una búsqueda de la oficial Peabody.

El rostro familiar y serio, enmarcado por la mata de pelo negro como un casco, parpadeó en la pantalla.

—Teniente. Bienvenida.

—Gracias, Peabody. En mi oficina, por favor. Inmediatamente.

Sin esperar respuesta, Eve apagó la unidad y sonrió para sí. Se había ocupado de que Peabody fuera trasladada al Departamento de Homicidios. Ahora tenía intención de dar un paso más allá. Encendió el TeleLink otra vez.

—Teniente Dallas. ¿Está libre el comandante?

—Teniente. —La secretaria del comandante le sonrió—. ¿Qué tal ha ido su luna de miel.

—Ha sido muy agradable. —Sintió que se ruborizaba un poco ante el brillo que percibió en los ojos de la mujer. El «hurra-hurra» la había divertido. Pero esa mirada soñadora la hacía sentir incómoda—. Gracias.

—Fue usted una hermosa novia, teniente. Vi las fotos y ha habido algunos programas sobre el evento; los canales rosas no dejaban de hablar de ello. Vimos imágenes de usted en París, también. Parecía tan romántico.

—Sí. —Eve pensó que ése era el precio de la fama, y de estar con Roarke—. Fue... esto... agradable. ¿Y el comandante?

—Ah, por supuesto. Un momento, por favor.

Mientras la unidad emitía un zumbido de espera, Eve meneó la cabeza. Podía aceptar el hecho de estar en el centro de atención, pero nunca sería capaz de disfrutar de ello.

—Dallas. —El comandante la recibió con una amplia sonrisa y con una expresión extraña en su rostro duro y oscuro—. Se la ve... bien.

—Gracias, señor.

—¿Disfrutó usted de su luna de miel?

Dios, pensó, cuándo le preguntarían si había disfrutado de que la hubieran follado por todo el mundo y en el espacio exterior.

—Sí, señor. Gracias. Entiendo que ya ha leído usted el informe de la oficial Peabody acerca de la resolución del caso Pandora.

—Sí, muy completo. El fiscal va a pedir lo máximo para Casto. Hizo usted un buen trabajo, teniente.

Eve era muy consciente de que no sólo había estado muy cerca de perderse el día de su boda sino de perder el resto de su vida.

—Resulta difícil cuando se trata de otro policía —le dijo—. Yo tenía prisa, señor, y sólo tuve tiempo de hacerle llegar mi recomendación para el traslado de Peabody, permanente, a mi departamento. Su ayuda, en este asunto y en otros, ha sido de un valor incalculable.

—Es una buena policía —asintió Whitney.

—Estoy de acuerdo. Tengo una petición que hacerle, comandante.

Al cabo de cinco minutos, en cuanto Peabody entró en la atiborrada oficina de Eve, ésta se encontraba recostada en la silla mientras observaba unos datos en el monitor.

—Tengo que presentarme en el tribunal dentro de una hora —anunció sin ningún preliminar—. Acerca del caso Salvatori. ¿Qué sabes de eso, Peabody?

—Vito Salvatori va a ser juzgado por asesinato múltiple, con la circunstancia añadida de tortura. Es un presunto distribuidor de sustancias ilegales y está acusado de matar a tres conocidos traficantes de Zeus y de TRL. Las víctimas fueron quemadas vivas en una pequeña pensión del Lower East Side el invierno pasado, después de que les fueran cortadas las orejas y vaciados los ojos. Usted fue la responsable del caso.

Peabody recitó la información en tono objetivo, de pie, con expresión atenta y vestida con un impecable uniforme.

—Muy bien, oficial. ¿Leíste mi informe del arresto en este caso?

—Sí, teniente. Lo hice.

Eve asintió. Un airbús pasó con un fuerte zumbido muy cerca de la ventana.

—Entonces sabes que cuando reduje a Salvatori, le rompí el brazo izquierdo a la altura del hombro, la mandíbula y le dejé sin varios dientes. Sus abogados van a intentar fusilarme por emplear una fuerza excesiva.

—Les va a resultar difícil, teniente, dado que él intentaba incendiar el edificio en que se encontraban cuando usted lo acorraló. Si usted no lo hubiera reducido de cualquier forma posible, él habría sido el fulminado. Por decirlo así.

—Muy bien, Peabody. Tengo éste y algunos más durante esta semana. Necesito tener todos los casos relacionados con mi agenda ante los tribunales descargados y resumidos. Puedes traerme los datos dentro de treinta minutos, en la salida este.

—Teniente, estoy realizando un trabajo. El detective Crouch me tiene indagando en los registros de vehículos. —Solamente un ligero tono de burla reveló el sentimiento de Peabody hacia Crouch y el trabajo pesado que éste le había encomendado.

—Yo me ocupo de Crouch. El comandante ha accedido a mi petición. Tú has sido asignada a mí. Así que deniega cualquier otro trabajo que te hayan asignado y empieza a mover el culo.

Peabody parpadeó con expresión de sorpresa.

—¿Asignada a usted, teniente?

—¿Has perdido oído mientras yo estaba fuera?

—No, teniente, pero…

—¿O es que tienes una debilidad por Crouch? —Eve disfrutaba dejando boquiabierta a Peabody.

—¿Está bromeando? Él es… —Se contuvo y se puso tensa—. No es exactamente mi tipo, teniente. Creo que aprendí la lección acerca de los vínculos románticos en el trabajo.

—No seas muy severa contigo en eso, Peabody. A mí también me gustaba Casto. Hiciste un trabajo excelente en ese caso.

Que le dijeran eso resultaba de ayuda, pero la herida todavía estaba abierta.

—Gracias, teniente.

—Y por eso has sido asignada a mí como ayudante personal. ¿Quieres una placa de detective, oficial?

Peabody sabía qué era lo que se le estaba ofreciendo: una oportunidad, un regalo salido de la nada. Cerró los ojos un momento hasta que fue capaz de controlar la voz.

—Sí, teniente, la quiero.

—Bien. Pues vas a sudarla. Consigue la información que te he pedido y empecemos a trabajar.

—Enseguida. —Ya en la puerta, Peabody se detuvo y se volvió—. Le estoy muy agradecida por la oportunidad que me está usted ofreciendo.

—No lo esté. Te la has ganado. Y si lo jodes, te voy a mandar a tráfico. —Eve sonrió ligeramente—. A tráfico aéreo.

Ofrecer testimonio ante el tribunal formaba parte de su trabajo, al igual que lo era tratar con gente como S. T. Fitzhugh, abogado de la defensa. Era un hombre escurridizo y descarado, un hombre que defendía los peores crímenes siempre y cuando hubiera créditos por medio. Su éxito en ayudar a señores de la droga, asesinos y acosadores sexuales a escapar al brazo de la ley era tanto que podía costearse los trajes caros y los zapatos hechos a medida que tanto le gustaba exhibir.

Ofrecía una imagen gallarda ante el tribunal. Su piel, de un color como el del chocolate, contrastaba con la suavidad de los tonos y los tejidos que vestía. Su rostro alargado y atractivo era de una piel tersa como la seda de su chaqueta gracias al tratamiento de belleza que realizaba tres veces por semana en Adonis, el mejor salón de belleza para hombres de toda la ciudad. Tenía una silueta esbelta, más estrecha en las caderas y ancha a la altura de los hombros. La voz era profunda y rica como la de un barítono.

Era un hombre que coqueteaba con la prensa, que se relacionaba con la élite criminal y que poseía su propio Jet Star.

Uno de los pequeños placeres de Eve consistía en fastidiarle.

—Permítame que intente hacerme una imagen clara, teniente. —Fitzhugh levantó las manos y juntó los pulgares, en un signo de paréntesis—. Una imagen clara de las circunstancias que la condujeron a atacar a mi cliente en su puesto de trabajo.

El fiscal protestó. Fitzhugh reformuló la frase con elegancia.

—Usted, teniente Dallas, causó a mi cliente un gran daño físico la noche en cuestión.

Fitzhugh miró hacia atrás, a Salvatori, que se había vestido con un sencillo traje negro para la ocasión. Por consejo de su abogado, se había saltado los últimos tratamientos cosméticos y rejuvenecedores de los últimos tres meses. Se le veía el pelo agrisado, y tanto el rostro como el cuerpo, chupados. Tenía un aspecto de hombre mayor, completamente desvalido.

Eve se imaginó que el jurado compararía a ese delicado hombre mayor con la policía joven y en forma.

—El señor Salvatori se resistió e intentó prender fuego a un acelerante. Fue necesario reducirle.

—¿Reducirle? —Despacio, Fitzhugh caminó hacia atrás, pasó al lado del androide a cargo de la grabación y bajó de la tribuna del jurado. Una de las seis cámaras automáticas le siguió hasta que él puso una mano encima del delgado hombro de Salvatori—. Tuvo usted que reducirle, y el reducirle tuvo como consecuencia una mandíbula fracturada y un brazo roto.

Eve dirigió una rápida mirada al jurado. Varios de sus miembros mostraban una expresión demasiado empática.

—Eso es correcto. El señor Salvatori se negó a abandonar el edificio y desprenderse del cuchillo y de la antorcha de acetileno que tenía en su posesión.

—¿Iba usted armada, teniente?

—Sí.

—¿Y lleva usted el arma estándar de los miembros del Departamento de Policía y Seguridad de Nueva York?

—Sí.

—Si, tal y como usted afirma, el señor Salvatori iba armado y presentó resistencia, ¿por qué no le administró usted el tranquilizante?

—Fallé el tiro. El señor Salvatori se sentía bastante ágil esa noche.

—Comprendo. Durante los diez años que hace que está usted en el cuerpo de la policía, teniente, ¿cuántas veces le ha parecido necesario emplear la fuerza máxima? ¿Matar?

Eve no hizo caso del retortijón que sintió en el estómago.

—Tres veces.

—¿Tres? —Fitzhugh dejó que esa palabra resonara en la sala, permitió que el jurado estudiara a la mujer que se encontraba sentada en la silla de los testigos. A una mujer que había matado—. ¿No es ése un alto porcentaje? ¿No diría usted que ese porcentaje indica una predilección por el empleo de la violencia?

El fiscal se puso en pie inmediatamente y protestó en tono amargo con el argumento típico de que la testigo no estaba siendo juzgada. Pero Eve pensó que era obvio que sí lo estaba siendo. Un policía siempre estaba siendo juzgado.

—El señor Salvatori estaba armado —empezó Eve en tono frío—. Yo tenía un permiso de arresto por el asesinato con tortura de tres personas. Tres personas cuyas lenguas y ojos fueron extirpados antes de ser quemados, crimen por el cual el señor Salvatori se encuentra acusado ante este tribunal. Él se negó a cooperar al lanzarme el cuchillo a la cabeza, lo cual me hizo fallar la puntería. Entonces se precipitó contra mí y me tiró al suelo. Creo que sus palabras fueron: «Voy a sacarte el corazón, zorra». En ese momento luchamos cuerpo a cuerpo. Yo le rompí la mandíbula, varios dientes y, cuando quiso golpearme con la antorcha, le rompí el jodido brazo.

—¿Y disfrutó usted, teniente?

Eve miró a Fitzhugh directamente a los ojos.

—No, señor, no disfruté. Pero sí me gustó seguir con vida.

—Escurridizo —dijo Eve en cuanto subió al coche.

—No conseguirá librar a Salvatori. —Peabody se instaló en el asiento y, para eliminar el fuerte calor en el interior del vehículo, se dedicó a toquetear la unidad de control de temperatura—. Las pruebas son demasiado claras. Y usted no le permitió que la sacara de su sitio.

—Sí, se lo permití. —Eve se pasó una mano por el pelo y luego aceleró el coche en dirección al tráfico de última hora del centro de la ciudad. Las calles estaban tan cargadas que le hacían apretar las mandíbulas y, por encima de sus cabezas, el cielo estaba surcado por airbuses, furgonetas repletas de turistas y transportes públicos repletos de trabajadores—. Nosotros nos esforzamos para sacar a capullos como Salvatori de las calles y tipos como Fitzhugh consiguen fortunas haciéndoles volver a ellas. —Se encogió de hombros—. A veces me saca de quicio.

—Sea quien sea quien los vuelve a poner en la calle, continuaremos esforzándonos para encerrarlos otra vez.

Con una carcajada, Eve miró a su compañera.

—Eres una optimista, Peabody. Me pregunto cuánto tiempo te va a durar. Vamos a dar un paseo antes de fichar de vuelta —dijo, cambiando de dirección por un impulso—. Quiero sacarme el aire de ese tribunal de los pulmones.

—Teniente, usted no me necesitaba hoy en el tribunal. ¿Por qué me hizo asistir?

—Si vas a conseguir esa placa de detective, Peabody, tienes que conocer con qué te vas a enfrentar. No se trata solamente de asesinos y ladrones y capos de la droga. Se trata de los abogados.

A Eve no le sorprendió encontrar las calles atiborradas y sin espacio para aparcar. Con paciencia, Eve entró en una zona prohibida y encendió la luz oficial.

Al salir del coche, clavó la mirada en un tipo con mala pinta que se encontraba en una de las rampas. Éste sonrió, le guiñó un ojo e, inmediatamente, salió disparado hacia un territorio más favorable.

—Esta zona está llena de malos tipos, capos de la droga y putas sin licencia —señaló Eve en tono despreocupado—. Por eso me gusta. —Abrió la puerta del club Down and Dirty y penetró en el denso ambiente cargado del olor del licor barato y de la mala comida.

Las cabinas privadas que se alineaban a lo largo de una de las paredes se encontraban abiertas para airearse del denso olor a sexo rancio. Era un garito que se mostraba orgulloso de ser asqueroso y de rozar los límites de la ley sobre salubridad y decencia.

El escenario estaba ocupado por una banda de músicos holográficos que tocaban con apatía para unos clientes que no prestaban ninguna atención.

Mavis Freestone se encontraba en una cabina insonorizada de la parte trasera. Su pelo era como una fuente púrpura, y llevaba dos tiras de una brillante tela plateada estratégicamente colocadas alrededor de su cuerpo pequeño y descocado. Por cómo movía los labios y contoneaba las caderas, Eve estuvo segura de que se encontraba ensayando uno de sus temas vocales más interesantes.

Eve se acercó al cristal y esperó hasta que los ojos de Mavis acabaran un largo recorrido y cayeran sobre ella. Los labios de Mavis, de un tono púrpura tan subido como el del pelo, dibujaron una «O» de sorpresa. Su cuerpo zigzagueó de alegría e, inmediatamente, la puerta se abrió. Un estruendo imposible de guitarras se precipitó al exterior junto con ella.

Mavis se lanzó a los brazos de Eve y, a pesar de que gritó, sólo una o dos palabras resultaron inteligibles entre la atronadora música.

—¿Qué? —Riendo, Eve cerró la puerta con un golpe seco y meneó con fuerza la cabeza como para expulsar el eco de ese estruendo—. Dios, Mavis, ¿qué era eso?

—Mi número nuevo. Va a dejar inconsciente a todo el mundo.

—Estoy convencida.

—Has vuelto. —Mavis le estampó un beso imposible de esquivar—. Vamos a sentarnos. Tomemos una copa. Cuéntame todos los detalles. No te olvides de nada. Eh, Peabody. Tía, ¿no te estás asando en ese uniforme?

Arrastró a Eve hasta una de las pegajosas mesas y presionó el menú para que se desplegara.

—¿Qué quieres tomar? Va a mi cuenta. Crack me paga bastante bien por un par de bolos a la semana que hago aquí. No va a admitir que te ha echado de menos. Oh, me alegro tanto de verte. Tienes un aspecto magnífico. Se te ve feliz. ¿No es verdad que está magnífica, Peabody? El sexo es tan, como terapéutico, ¿verdad?

Eve volvió a reírse. Era consciente que había ido allí justo para eso. Una diversión despreocupada.

—Sólo un par de aguas con gas, Mavis. Estamos de servicio.

—Vaya, como si alguien aquí fuera a chivarse. Desabróchate un poco el uniforme, Peabody. Tengo calor sólo de mirarte. ¿Qué tal París? ¿Cómo estaba la isla? ¿Y el complejo vacacional? ¿Te folló viva en todos esos sitios?

—Bonita, hermosa, interesante y sí, lo hizo. ¿Qué tal está Leonardo?

Mavis puso una expresión de ojos soñadora. Sonrió y marcó el tablero del menú con una uña pintada de plata.

—Está estupendo. Convivir es mejor de lo que me había imaginado. Ha diseñado este vestido para mí.

Eve observó las delgadas tiras plateadas que casi cubrían los pechos de Mavis.

—¿Así es cómo lo llamas?

—Tengo ese número nuevo, ¿sabes? ¡Oh, tengo tantas cosas que contarte! —Tomó el agua con gas en cuanto ésta apareció por la ranura—. No sé por dónde empezar. Está ese chico, el ingeniero musical. Estoy trabajando con él. Estamos preparando un disco, Eve. Está convencido de que puede hacerlo rodar. Es un tipo fantástico, Jess Barrow. Estaba triunfando hace un par de años con sus propios temas. Quizá hayas oído hablar de él.

—No. —Eve sabía que, a pesar de que era una mujer que había vivido en las calles durante una gran parte de su vida, Mavis continuaba siendo sorprendentemente ingenua en ciertos temas—. ¿Cuánto le estás pagando?

—No es eso. —Mavis hizo un puchero con los labios—. Tengo que encargarme de los gastos de grabación, claro. Así es como funciona; y si tenemos éxito, él se lleva el sesenta por ciento durante los primeros tres años. Después de eso, renegociamos.

—He oído hablar de él —comentó Peabody. Se había desabrochado el botón del cuello: un tributo a su simpatía por Mavis—. Tuvo un par de grandes éxitos hace un par de años y estaba liado con Cassandra. —Al ver que Eve arqueaba una ceja, se encogió de hombros—. La cantante, ya sabes.

—¿Eres aficionada a la música, Peabody? Nunca dejas de sorprenderme.

—Me gusta escuchar música —dijo Peabody antes de tomar un sorbo del agua con gas—. Como todo el mundo.

—Bueno, la conexión con Cassandra ha terminado —dijo Mavis en tono alegre—. Él buscaba una nueva vocalista. Y ésa soy yo.

Eve se preguntó qué otra cosa debía de estar buscando.

—¿Qué piensa Leonardo al respecto?

—Piensa que es estupendo. Tienes que venir al estudio, Eve, vernos en plena acción. Jess es un genio.

Por supuesto, Eve tenía intención de verles en plena acción. La lista de gente a quien Eve quería era muy corta. Y Mavis se encontraba en ella.

Esperó hasta que estuvo de vuelta en el coche con Peabody y conducía en dirección a la Central de Policía.

—Realiza una búsqueda de James Barrow, Peabody.

Sin ningún signo de sorpresa, Peabody sacó su agenda e introdujo la búsqueda.

—A Mavis no va a gustarle eso.

—No tiene por qué enterarse, ¿verdad?

Eve rodeó un carrito que ofrecía pinchitos de fruta y luego se dirigió hacia la calle Diez, donde unas taladradoras estaban destrozando la calle otra vez. En el cielo, un globo desplegaba una pancarta publicitaria que anunciaba un día especial para el comprador en Bloomingdale. Ventas antes de temporada de abrigos de invierno para hombres y mujeres y en el departamento unisex, un veinte por ciento de descuento. Vaya oferta. Eve distinguió una silueta de hombre conocida que se dirigía arrastrando los pies hacia un trío de chicas y suspiró.

—Mierda. Ahí está Clevis.

—¿Clevis?

—Éste es su territorio —repuso Eve simplemente mientras entraba en una zona de descarga—. Yo hacía esta calle cuando vestía de uniforme. Hace años que este tipo está aquí. Vamos, Peabody, vamos a salvar a esas niñas.

Salió del coche y esquivó a un par de hombres que discutían sobre béisbol. Por el olor que desprendían, pensó que debían de haber estado discutiendo bajo ese calor durante demasiado tiempo. Gritó, pero el ruido de las taladradoras ahogó su voz. Resignada, aceleró el paso e interceptó a Clevis antes de que éste llegara hasta las desprevenidas chicas de mejillas sonrosadas.

—Eh, Clevis.

Él la miró con ojos parpadeantes desde detrás de las gafas de sol. Tenía el pelo de un color rubio como el de la arena. Los rizos que le enmarcaban el rostro le hacían parecer tan inocente como un querubín. Tenía ochenta años, por lo menos.

—Dallas. Eh, Dallas. Hace una eternidad que no te veo. —Dedicó a Peabody una sonrisa de dientes blancos—. ¿Quién eres?

—Peabody, te presento a Clevis. Clevis, supongo que no vas a molestar a esas chicas, ¿verdad?

—No, mierda, no. No iba a molestarlas. —Frunció el ceño—. Sólo iba a enseñársela, eso es todo.

—No creo que vayas a hacerlo, Clevis. Tienes que meterte dentro, salir de este calor.

—Me gusta el calor. —Dejó escapar una risa—. Ahí van —dijo con un suspiro mientras el trío de chicas atravesaban la calle corriendo y riéndose—. Supongo que no voy a poder enseñársela hoy. Te la enseñaré a ti.

—Clevis, no… —Eve dejó escapar un suspiro. El hombre ya se había abierto el abrigo. Iba totalmente desnudo excepto por un enorme lazo de color azul atado ostentosamente alrededor de su arrugado miembro—. Muy bonito, Clevis. Es un buen color para ti. Hace juego con el color de tus ojos. —Le puso una mano encima del hombro, en gesto amistoso—. Vamos a dar un paseo, ¿De acuerdo?

—Está bien. ¿Te gusta el color azul, Peabody?

Peabody asintió con la cabeza con un gesto solemne mientras abría la puerta trasera de la unidad y le ayudaba a entrar.

—El azul es mi color favorito. —Cerró la puerta del vehículo y se encontró con los ojos risueños de Eve—. Bienvenida, teniente.

—Es agradable estar de vuelta, Peabody. Después de todo, es agradable estar de vuelta.

También era agradable estar en casa. Eve condujo a través de las altas puertas de acero que protegían la enorme fortaleza. Ahora ya no era tan impresionante subir por el sinuoso camino, entre esos campos de césped tan bien cuidados y esos árboles en flor, hasta la elegante casa de piedra y cristal donde ahora vivía.

El contraste entre su lugar de trabajo y su vivienda ya no resultaba tan sorprendente. Ahí había tranquilidad, el tipo de tranquilidad que sólo los muy ricos pueden permitirse en una ciudad enorme como ésa. Se escuchaba el canto de los pájaros, se veía el cielo y se percibía el aroma dulce del césped recién cortado. Tan sólo a unos minutos de distancia se encontraba la masa numerosa, sudorosa y ruidosa de Nueva York.

Esto, suponía, era un santuario. Tanto para Roarke como para ella.

Dos almas perdidas. Él les había calificado así una vez. Eve se preguntó si ya no estaban tan perdidas desde que se habían encontrado el uno al otro.

Dejó el coche ante la puerta de entrada. Sabía que la carrocería vieja y poco elegante ofendería a Summerset, el estirado criado de Roarke. Hubiera sido muy sencillo ponerlo en automático y mandarlo a la parte trasera de la casa hasta el espacio reservado para su vehículo, pero disfrutaba molestando a Summerset.

Abrió la puerta y lo encontró de pie en el enorme vestíbulo, con la nariz levantada y una expresión burlona en los labios.

—Teniente, su vehículo es impresentable.

—Eh, es una propiedad de la ciudad. —Se agachó para tomar en brazos al gordo gato que había acudido a recibirla—. Si no lo quieres ahí, lo puedes desplazar tú mismo.

En ese momento se oyeron unas carcajadas que venían del otro lado del vestíbulo. Eve arqueó una ceja.

—¿Tenemos compañía?

—Por supuesto. —Con una mirada de desaprobación, Summerset observó su camisa y sus pantalones envejecidos, así como el arnés con el arma que todavía llevaba atado a uno de los costados—. Le aconsejo que tome un baño y se cambie antes de encontrarse con los invitados.

—Te aconsejo que pases de mí —dijo en tono alegre mientras pasaba de largo por su lado.

En el salón central, lleno de tesoros que Roarke había coleccionado por todo el universo conocido, se estaba celebrando una pequeña fiesta. Unos canapés se alineaban elegantemente encima de unas bandejas de plata, un vino de un dorado pálido llenaba las brillantes copas de cristal. Roarke parecía un ángel oscuro, vestido con lo que él hubiera calificado de ropa cómoda: una camisa de seda negra abierta por el cuello, unos pantalones negros perfectamente ajustados a la cintura con un cinturón de hebilla plateada que le sentaban a la perfección. Tenía el aspecto de lo que era: rico, impresionante y peligroso.

Sólo había una pareja con él en la espaciosa habitación. El hombre era tan claro como oscuro era Roarke. El pelo, largo y rubio, caía en cascada flotante hasta los hombros de una chaqueta azul.

El rostro era cuadrado y atractivo. Los labios eran sólo ligeramente demasiado finos, pero la fuerza de sus ojos oscuros evitaba que el observador se diera cuenta.

La mujer era despampanante. El pelo rizado y de un rojo profundo, de un color como el del vino, se encontraba recogido en un moño alto que dejaba escapar unos rizos que coqueteaban con la nuca. Tenía los ojos verdes, agudos como los de un gato, y las pestañas eran negras como la tinta china. Los pómulos altos daban elegancia a su rostro de piel de alabastro y labios sensuales y generosos.

El cuerpo no se quedaba atrás, envuelto en una estrecha túnica suelta de color esmeralda que le dejaba los fuertes hombros al descubierto y que marcaba la caída entre los impresionantes pechos hasta la cintura.

—Roarke. —La mujer volvió a reír con facilidad mientras le pasaba una blanca mano entre el pelo y le daba un beso de seda—. Te he echado de menos terriblemente.

Eve recordó que llevaba el arma ajustada a uno de los lados del cuerpo y pensó que, aunque la programara a la menor potencia, podía hacer que esa pelirroja bailara una danza bastante nerviosa. «Un pensamiento pasajero», se dijo a sí misma. Dejó al gato en el suelo antes de romperle las costillas a pesar de la gruesa capa de grasa que lo rodeaba.

—No le echarías tanto de menos —comentó en tono despreocupado mientras entraba. Roarke levantó la mirada y le sonrió.

«Tendré que borrarte esa expresión orgullosa de la cara, amigo. Muy pronto», pensó.

—Eve, no te hemos oído llegar.

—Es evidente. —Tomó un canapé de una de las bandejas y, sin prestarle atención, se lo llevó a la boca.

—Me parece que no conoces a nuestros invitados. Reeanna Ott, William Shaffer, mi esposa, Eve Dallas.

—Vigila, Ree, va armada. —Riendo, William se le acercó y le ofreció la mano. Se movió dando un rodeo, como un caballo perezoso—. Es un placer conocerte, Eve. Un verdadero placer. Ree y yo estamos desolados por no haber podido asistir a vuestra boda.

—Destrozados. —Reeanna le sonrió con ojos verdes y brillantes—. William y yo estábamos impacientes por encontrarnos, cara a cara, con la mujer que ha puesto a Roarke de rodillas.

—Todavía está de pie. —Eve miró a Roarke mientras éste le ofrecía una copa de vino—. De momento.

—Ree y William estaban en el laboratorio de Tarus Tres, trabajando en unos proyectos para mí. Acaban de volver al planeta para un merecido descanso.

—¿Ah, sí? —Como si le importara lo más mínimo.

—Ese proyecto ha sido especialmente agradable —dijo William—. Dentro de un año, dos a lo sumo, Industrias Roarke introducirá en el mercado una nueva tecnología que revolucionará el mundo del ocio.

—El ocio. —Eve sonrió débilmente—. Bueno, eso es devastador.

—La verdad es que tiene potencial para serlo. —Reeanna dio un sorbo de vino y observó con atención a Eve: atractiva, irritada, competente. Dura—. También hay unos potenciales descubrimientos médicos.

—Éste es el tema de Ree. —William levantó la copa en un gesto de brindis hacia ella y con una expresión cálida en la mirada—. Es la experta médica. Yo soy el tipo de los juegos.

—Estoy segura de que, después de un largo día, Eve no

tiene ganas de oír nuestras tonterías. Científicos —dijo Reeanna con una sonrisa de disculpa—. Son tan aburridos. Vosotros acabáis de llegar de Olimpo. —Reeanna cambió el peso de ese despampanante cuerpo de un pie a otro con un susurro de seda—. William y yo formamos parte del equipo que diseñó los centros médicos y de ocio allí. ¿Tuvisteis tiempo de visitarlos?

—Brevemente. —Estaba siendo poco educada, se dijo Eve a sí misma. Tendría que empezar a acostumbrarse a volver a casa y encontrarse a Roarke rodeado de mujeres impresionantes—. Impresionante, incluso a medio construir. Las instalaciones médicas todavía resultarán más impresionantes cuando tengan todo el equipo. ¿Era vuestra la habitación de hologramas del hotel principal? —le preguntó a William.

—Culpable —dijo, con una sonrisa—. Me encanta jugar. ¿Y a ti?

—Eve lo considera un trabajo. La verdad es que tuvimos un incidente mientras estábamos ahí —añadió Roarke—. Un suicidio. Uno de los técnicos de autotrónica. ¿Mathias?

William frunció el ceño.

—Mathias… ¿Joven, pelirrojo, pecas?

—Sí.

—Dios santo. —Se estremeció y dio un largo trago—. ¿Un suicidio? ¿Estás seguro de que no fue un accidente? Recuerdo a un chico joven y entusiasta, con grandes ideas. No me pareció alguien que se pudiera quitar la vida.

—Eso es lo que hizo —dijo Eve, escuetamente—. Se colgó.

—Qué terrible. —Pálida ahora, Reeanna se sentó en el brazo del sillón—. ¿Yo le conocía, William?

—No lo creo. Quizá le viste alguna vez en alguno de los clubes mientras estábamos allí, pero no lo recuerdo como un tipo muy sociable.

—En cualquier caso, lo siento mucho —dijo Reeanna—. Y qué terrible que hayáis tenido que manejar una tragedia así durante vuestra luna de miel. No continuemos hablando de ello. —*Galahad* saltó al sillón y apretó la cabeza contra la elegante mano de Reeanna—. Preferiría oír hablar de la boda que nos perdimos.

—Quedaos a cenar. —Roarke apretó el brazo de Eve en un gesto de disculpa—. Vais a llorar de aburrimiento con la historia.

—Ojalá pudiéramos. —William acarició el hombro de Reeanna con la misma suavidad con que ésta acariciaba al gato—. Tenemos que ir al teatro. Ya llegamos tarde.

—Tienes razón, como siempre. —Con evidente fastidio, Reeanna se levantó—. Espero que nos veamos pronto. Estaremos en el planeta durante un mes o dos, y me encantaría tener la oportunidad de conocerte, Eve. Roarke y yo... hace mucho que nos conocemos.

—Seréis bienvenidos en cualquier momento. Y os veré a los dos mañana en la oficina, con un informe completo.

—A primera hora. —Reeanna dejó la copa a un lado—. Quizá podríamos comer juntas un día de éstos, Eve. Sólo mujeres. —Los ojos le brillaron con una alegría tan fácil que Eve se sintió ridícula—. Podemos comparar las notas acerca de Roarke.

La invitación fue hecha con un tono demasiado amistoso para sentirse ofendida. Eve se dio cuenta de que sonreía.

—Podría ser interesante. —Los acompañó hasta la puerta al lado de Roarke y los despidió con la mano—. Pero ¿cuántas notas habrá que comparar?

—Hace mucho tiempo. —La abrazó por la cintura para darle un tardío beso de bienvenida—. Años. Eones.

—Ha pagado por tener ese cuerpo.

—Yo lo calificaría de excelente inversión.

Eve alzó la cabeza y lo miró con una expresión amarga.

—¿Existe alguna mujer hermosa que no haya pasado por tu cama?

Roarke ladeó la cabeza y entrecerró los ojos, pensativo.

—No. —Se rio en cuanto ella le dio un empujón—. No tenías intención de hacerlo, si no, me hubieras dado un puñetazo. —Entonces notó un puñetazo en el vientre y soltó un gruñido. Se frotó la zona, contento de que ella lo hubiera hecho—. Tendría que haber escapado mientras podía.

—Que eso te sirva de lección, chico ligón. —Pero Eve le permitió que la tomara en brazos y se la cargara al hombro.

—¿Hambre? —le preguntó él.

—Me muero de hambre.

—Yo también. —Empezó a subir las escaleras—. Comamos en la cama.

Capítulo cuatro

*C*uando Eve se despertó, el gato estaba tumbado encima de su pecho y el TeleLink estaba sonando. Estaba empezando a amanecer. La luz que entraba por la ventana del techo era tenue y agrisada a causa de la tormenta. Con los ojos todavía entrecerrados, alargó la mano para contestar.

—Bloquear vídeo —ordenó, aclarándose la voz—. Dallas.

—Aviso a Dallas, teniente Eve. Muerte sospechosa, 5002, Madison Avenue, unidad 3800. Busque al residente Foxx, Arthur. Código cuatro.

—Recibido. Contacte con Peabody, oficial Delia, como ayudante. Mi autorización.

—Confirmado. Aviso terminado.

—¿Código cuatro? —Roarke había apartado al gato y se había sentado en la cama. Acariciaba al animal con gesto perezoso y éste se encontraba en un evidente éxtasis felino.

—Significa que tengo tiempo de una ducha y un café. —Eve no encontró una bata a mano, así que se dirigió desnuda hacia el baño—. Hay un uniforme en la escena —dijo desde dentro del baño. Entró en la unidad de ducha todavía frotándose los ojos somnolientos—. Presión máxima, treinta y ocho grados.

—Estará hirviendo.

—Me gusta que esté hirviendo. —Dejó escapar un largo suspiro de placer en cuanto el agua humeante le cayó por todo el cuerpo. Dio unos golpecitos en un contenedor de cristal y se llenó la palma de la mano de un jabón de un color verde oscuro. Cuando salió de la ducha, ya estaba despierta.

Arqueó una ceja en expresión de sorpresa al ver a Roarke de pie en la puerta del baño con una taza de café en la mano.

—¿Para mí?

—Forma parte del servicio.

—Gracias. —Tomó la taza y se la llevó a la unidad de secado. Mientras el aire caliente la rodeaba, tomó el café a sorbitos—. ¿Qué haces? ¿Me miras mientras me ducho?

—Me gusta mirarte. Tengo algo con las mujeres altas y esbeltas cuando están mojadas y desnudas.

Entró en la ducha y pidió veinte grados.

Eve se estremeció. No podía comprender por qué un hombre que tenía todo el lujo del mundo en las manos prefería la ducha fría. Abrió la puerta de la unidad de secado y se pasó la mano por la mata de pelo mal cortado. Utilizó un poco de la crema de cara que Mavis siempre insistía en que usara y se limpió los dientes.

—No tienes que levantarte porque yo lo haga.

—Ya me he levantado —se limitó a decir Roarke y escogió una toalla caliente en lugar de entrar en la unidad de secado—. ¿Tienes tiempo de desayunar?

Eve observó su reflejo en el espejo: pelo brillante, piel brillante.

—Tomaré algo más tarde.

Él se anudó la toalla alrededor de la cintura, se echó la húmeda mata de pelo hacia atrás y ladeó la cabeza.

—¿Qué?

—Supongo que a mí también me gusta mirarte. —Y entró en la habitación para vestirse.

El tráfico en la calle no era denso. Los airbuses atronaban en el cielo, en medio de la fina lluvia, transportando a los trabajadores nocturnos a sus casas y a los diurnos a su trabajo. Las vallas publicitarias estaban en silencio y los carritos que ofrecían comida y bebida ya se estaban preparando para el día que empezaba. El humo emergía de los ventiladores en las calles y aceras procedente del mundo subterráneo del metro y los comercios. El aire estaba cargado de vapor.

Eve se dirigió hacia el centro a buen ritmo.

La parte de Madison donde el cuerpo la estaba esperando estaba repleta de tiendas exclusivas y de edificios altos y plateados que albergaban a aquellos que podían permitirse comprar allí. Los pasajes aéreos estaban cubiertos para proteger a los paseantes de las inclemencias del exterior y del ruido que empezaría a incrementarse en una hora o dos.

Eve pasó al lado de un taxi que llevaba a un único pasajero. Una elegante rubia que vestía una chaqueta brillante con los colores del arco iris. «Acompañante con licencia —pensó Eve, que se dirige a casa después de una noche de trabajo.» Los ricos podían permitirse comprar sexo de lujo además de buenas ropas. Eve entró en el aparcamiento subterráneo de la escena y mostró la placa ante el puesto de seguridad. Tanto la placa como ella fueron escaneadas y una luz verde parpadeó mostrando el número de aparcamiento que se le había asignado.

Se encontraba, por supuesto, en el extremo más alejado del ascensor.

«A los policías —pensó con resignación mientras se dirigía hacia el ascensor— no se nos ofrecen los mejores sitios.»

Eve recitó el número de la unidad ante la caja de voz y el ascensor subió. Hubo un tiempo, no tan lejano, en que Eve se hubiera sentido impresionada ante el lujoso vestíbulo del piso 38, con sus cascadas de hibisco de color escarlata y sus estatuas de bronce. Observó las pequeñas y tintineantes fuentes que se encontraban a cada lado de la entrada y se dio cuenta de que era muy posible que su esposo fuera el propietario del edificio. Vio a una agente que vigilaba la puerta de la 3800 y le mostró la placa.

—Teniente. —La policía se irguió y escondió la barriga—. Mi compañero se encuentra dentro con el compañero de piso del fallecido. El señor Foxx, al descubrir el cuerpo de su compañero, llamó a una ambulancia. Nosotros respondimos también, como es habitual. La ambulancia se encuentra a la espera, hasta que usted haya inspeccionado la escena.

—¿Está asegurada?

—Lo está ahora. —Dirigió la mirada hacia la puerta—. No hemos sido capaces de sacarle gran cosa a Foxx, teniente. Está un poco histérico. No sabemos qué puede haber tocado, aparte del cuerpo.

—¿Movió el cuerpo?

—No, teniente. Es decir, el cuerpo todavía está en la bañera, pero intentó, esto…, revivir al muerto. Tenía que estar muy conmocionado para hacerlo. Hay tanta sangre que uno se puede bañar en ella. Se cortó las muñecas —le explicó—. Según la inspección visual, él llevaba muerto por lo menos una hora cuando su compañero de piso descubrió el cuerpo.

Eve sujetó con fuerza su equipo de trabajo de campo.

—¿Ha sido avisado el forense?

—Está de camino, señor.

—Bien. Permita la entrada a la oficial Peabody cuando llegue, y continúe en la puerta. Ábrala —añadió y esperó a que la policía introdujera la llave maestra en la ranura. La puerta se deslizó a un lado y Eve, inmediatamente, oyó unos sollozos fuertes y entrecortados.

—Está así desde que hemos llegado —murmuró la uniforme—. Espero que le pueda tranquilizar.

Sin decir nada, Eve entró y dejó que la puerta se cerrara

a sus espaldas. El recibidor estaba decorado con mármol blanco y negro. Unas columnas en espiral estaban recubiertas por una especie de enredadera en flor y, sobre su cabeza, un candelabro de cristal negro se abría en cinco ornamentados brazos. Al otro lado del pórtico se encontraba la zona de estar, decorada con los mismos motivos. Unos sofás de piel negra, los suelos blancos, las mesas de ébano, lámparas blancas. Las cortinas, de rayas blancas y negras, se encontraban cerradas, pero la luz provenía tanto del techo como del suelo.

Una pantalla de juegos se encontraba apagada, pero no había sido colocada en su sitio. Unas escaleras de un blanco pulido se elevaban hasta el segundo piso, que mostraba una barandilla blanca de estilo clásico. Unos abundantes helechos verdes colgaban de unas macetas que colgaban del alto techo.

El dinero podía ser abundante, pensó Eve, pero la muerte no sentía ningún respeto por él. Era un club que no tenía sistema de clases. Los sollozos la condujeron hasta un pequeño estudio atestado de libros antiguos y amueblado con acolchadas sillas del color del borgoña.

Hundido en una de ellas se encontraba un hombre. Su rostro atractivo era de un pálido tono dorado y estaba surcado de lágrimas. El pelo también era dorado, tenía el brillo de las monedas nuevas, y lo llevaba revuelto. Vestía una bata de seda blanca que se veía manchada de sangre seca. Llevaba los pies desnudos y los dedos de las manos llenos de anillos que brillaban a cada temblor de las manos. En el tobillo izquierdo se veía el tatuaje de un cisne negro.

Un agente que estaba sentado a su lado con expresión abatida levantó la vista hacia Eve y empezó a decir algo. Pero Eve hizo un rápido gesto de negación con la cabeza mientras le mostraba la placa. Señalando hacia el techo, ladeó la cabeza en un gesto de interrogación. El agente asintió, levantó el pulgar de la mano y meneó la cabeza.

Eve volvió a salir fuera. Quería ver el cuerpo, ver la escena, antes de hablar con el testigo.

En la segunda planta había varias habitaciones. A pesar de todo, le resultó bastante sencillo encontrar el camino. Se limitó a seguir los restos de sangre. Entró en un dormitorio. En él, la decoración era de unos suaves verdes y azules que daban la sensación de estar nadando bajo el agua. La cama era ovalada, con sábanas azules de satén, y estaba repleta de almohadas. También había estatuas, una gran variedad de desnudos. Los armarios estaban empotrados en las paredes y daban al dormitorio un aspecto despejado y, para Eve, de poca vida. La alfombra de un color azul como el del océano era blanda como una nube, y estaba manchada de sangre.

Siguió el rastro hasta el baño principal. La muerte no la impresionaba, pero le resultaba terrible, y sabía que siempre sería así: el desperdicio que implicaba, la violencia y la crueldad. Pero vivía con ella demasiado a menudo como para que la impresionara, ni siquiera una muerte como ésa.

La sangre se había derramado y había manchado los brillantes azulejos de color marfil y verde marino. Había salpicado el cristal y se había encharcado en el suelo brillante después de manar de la enorme herida que se apreciaba en la muñeca de la mano que caía laxa por encima de la bañera.

El agua en ella era oscura, de un rosado desagradable, y el olor metálico de la sangre se percibía en el ambiente. Una música estaba sonando, algo con cuerdas, quizá un arpa. Unas gruesas velas blancas se habían consumido por completo a los pies y a la cabeza de la bañera ovalada.

El cuerpo que se encontraba sumergido en la densa agua rosada reposaba la cabeza en una almohada de baño y tenía la mirada levantada y fija en las profusas ramas de un helecho que colgaba desde el techo de espejo. Estaba sonriendo, como si se hubiera sentido desesperadamente alegre al verse morir.

Eve no se sintió impresionada, pero suspiró con disgusto mientras se sellaba las manos y los pies, encendía la grabadora y transportaba su equipo de trabajo hasta el lado del cuerpo.

Le había reconocido. Desnudo, casi desangrado, y sonriendo ante su propia imagen, se encontraba el conocido abogado defensor S. T. Fitzhugh.

—Salvatori se va a sentir muy decepcionado con usted, abogado —murmuró mientras se ponía a trabajar.

Eve había tomado una muestra de la sanguinolenta agua de la bañera, había realizado el escáner inicial para calcular la hora de la muerte, había enfundado las manos del fallecido y había grabado la escena cuando Peabody apareció, casi sin respiración, en la puerta del baño.

—Lo siento, teniente. He tenido algunos problemas para llegar hasta aquí.

—No pasa nada. —Le pasó el cuchillo de empuñadura de marfil que ya había metido en una bolsa de plástico—. Parece que lo hizo con esto. Es antiguo, creo. Un objeto de coleccionista. Lo examinaremos en busca de huellas dactilares.

Peabody guardó el cuchillo en la bolsa de pruebas y luego entrecerró los ojos.

—Teniente, ¿no es…?

—Sí, es Fitzhugh.

—¿Por qué se habría suicidado?

—Todavía no hemos establecido que lo haya hecho. Nunca dé nada por sentado, oficial —dijo, en tono amable—. Primera regla. Llame a los del registro, Peabody, y que inspeccionen la escena. Podemos pasar el cuerpo al forense. Ya he terminado con él por el momento. —Eve dio un paso hacia atrás. Llevaba las manos manchadas de sangre—. Quiero que obtenga una declaración preliminar de los dos agentes mientras yo hablo con Foxx.

Eve echó un vistazo al cadáver y meneó la cabeza.

—Así es exactamente como él sonreía en el tribunal cuando creía haberte pillado. El hijo de puta. —Todavía observando el cuerpo, se limpió la sangre de las manos y guardó el trapo en una bolsa—. Dígale al forense que quiero un informe de toxicología inmediatamente.

Dejó a Peabody y siguió los restos de sangre hacia la planta baja otra vez. Foxx se encontraba abajo, sollozando, ahora en tono lastimero. El agente adoptó una ridícula expresión de alivio en cuanto Eve apareció.

—Espere al forense y a mi ayudante fuera, oficial. Haga su declaración a Peabody. Yo hablaré con el señor Foxx ahora.

—Sí, señor. —Con un alivio mal disimulado, abandonó la habitación.

—Señor Foxx, soy la teniente Dallas. Siento mucho su pérdida. —Eve localizó el botón que movía las cortinas y dejó entrar la luz lechosa en la habitación—. Tiene que hablar conmigo. Tiene que decirme qué es lo que ha sucedido aquí.

—Está muerto. —La voz de Foxx resultaba ligeramente musical y tenía cierto acento. Agradable—. Fitz está muerto. No sé cómo ha podido ser. No sé cómo voy a seguir adelante.

«Todo el mundo sigue adelante —pensó Eve—. No hay otra opción.» Se sentó y dejó la grabadora a la vista.

—Señor Foxx, sería de gran ayuda para ambos si hablara usted conmigo ahora. Voy a recitarle sus derechos, como procedimiento estándar. Es sólo una cuestión de procedimiento.

Mientras le recitaba sus derechos, él dejó de sollozar, levantó la cabeza y la miró con los ojos hinchados y enrojecidos.

—¿Cree usted que yo lo he matado? ¿Cree usted que yo podría hacerle daño?

—Señor Foxx...

—Yo le quería. Hemos estado juntos durante doce años. Él era toda mi vida.

«Usted todavía tiene su vida. Sólo que aún no lo sabe.»

—Entonces querrá usted ayudarme a hacer mi trabajo. Dígame qué sucedió.

—Él... había tenido dificultades para conciliar el sueño últimamente. No le gusta tomar tranquilizantes. Normalmente lee, escucha música, pasa una hora con la realidad virtual o con uno de sus juegos, lo que sea, para relajarse. Este caso en el que estaba trabajado le preocupaba.

—El caso Salvatori.

—Sí, creo que sí. —Foxx se secó los ojos con la manga de la bata, húmeda y manchada de sangre—. No hablábamos de los casos en profundidad. Son reservados, y yo no soy abogado. Soy nutricionista. Así es cómo nos conocimos. Fitz acudió a mí hace doce años para que le ayudara con su dieta. Nos hicimos amigos, nos convertimos en amantes, y así fue.

Eve necesitaría conocerlo todo al respecto, pero por el momento, lo único que quería era conocer los sucesos que le habían conducido hasta ese último baño.

—Así que él tenía problemas para conciliar el sueño —le interrumpió.

—Sí. Tiene insomnio muy a menudo. Se da tanto a sus clientes que le ocupan la mente. Estoy acostumbrado a que se levante a media noche y se vaya a otra habitación para programar un juego o para quedarse dormido ante la pantalla. A veces se da un baño caliente. —El rostro ya desolado de Foxx empalideció—. Oh, Dios.

Las lágrimas volvieron a manar, bajándole por las mejillas. Eve echó un vistazo por la habitación y vio a un pequeño androide de servicio en una esquina.

—Traiga un poco de agua para el señor Foxx —ordenó, y el pequeño androide salió.

—¿Eso fue lo que sucedió? —continuó ella—. ¿Se levantó en plena noche?

—Ni siquiera lo recuerdo. —Foxx levantó las manos y

las dejó caer de nuevo—. Yo dormía profundamente, nunca he tenido ningún problema. Nos habíamos ido a la cama justo después de media noche, vimos las últimas noticias, tomamos un coñac. Me levanto temprano. Tengo tendencia a ello.

—¿Qué hora era?

—Quizá las cinco, las cinco y cuarto. Ambos empezábamos temprano por la mañana, y yo tengo el hábito de programar personalmente el desayuno. Vi que Fitz no estaba en la cama, y di por sentado que había tenido una mala noche y que le encontraría abajo o en una de sus habitaciones. Entonces fui al baño y lo vi. Oh, Dios. Oh, Dios, Fitz. Toda esa sangre. Fue como una pesadilla.

Se llevó las manos a los labios, temblorosas y repletas de anillos relucientes.

—Corrí hacia él, le pegué en el pecho, intenté reanimarle. Supongo que enloquecí un poco. Estaba muerto. Me daba cuenta de que estaba muerto. A pesar de todo, intenté sacarle del agua, pero es un hombre corpulento y yo estaba temblando. Estaba mareado. —Dejó caer las manos encima del estómago y se lo apretó—. Llamé a una ambulancia.

Eve se dio cuenta de que iba a perderle si no conseguía manejarle. Suministrarle tranquilizantes no era una opción hasta que hubiera conocido los hechos.

—Sé que esto es difícil para usted, señor Foxx. Siento que tengamos que hacer esto ahora, pero así es más fácil, créame.

—Estoy bien. —Tomó el vaso de agua que el androide le traía—. Quiero acabar con esto.

—¿Puede hablarme de qué tenía en la cabeza la pasada noche? ¿Dijo si estaba preocupado por algún caso?

—Preocupado, sí, pero no deprimido. Hay un policía a quien no podía desmontar y eso le irritaba. —Tomó un sorbo de agua, y luego otro.

Eve decidió que era mejor no mencionar que ella era la policía que le había irritado.

—Y había un par de casos más pendientes para los cuales estaba preparando la defensa. Muy a menudo tenía la cabeza demasiado ocupada para dormir, ya sabe.

—¿Recibió alguna llamada o hizo alguna llamada?

—Por supuesto, ambas cosas. A menudo traía trabajo a casa. La última noche pasó un par de horas en su oficina, arriba. Llegó a casa sobre las 17:30 horas y trabajó casi hasta las ocho. Cenamos.

—¿Mencionó algo que pudiera estarle preocupando además del caso Salvatori?

—Su peso. —Foxx sonrió un poco—. Fitz odiaba ganar un kilo de más. Hablamos de aumentar su programa de ejercicio físico, quizá de hacer algún tratamiento corporal en cuanto tuviera tiempo. Miramos una comedia en la pantalla, en la sala, y luego nos fuimos a la cama como ya le he dicho.

—¿Discutieron?

—¿Discutir?

—Tiene usted hematomas en el brazo, señor Foxx. ¿Se pelearon usted y el señor Fitzhugh la pasada noche?

—No. —Empalideció todavía más, y los ojos le brillaron, amenazando con llenarse de lágrimas de nuevo—. Nunca nos pegamos. Por supuesto que discutíamos de vez en cuando. Todos lo hacen. Yo... supongo que me he hecho los hematomas en la bañera cuando... cuando estaba intentando...

—¿Tenía el señor Fitzhugh alguna relación con alguien, además de con usted?

Sus ojos hinchados adoptaron una inmediata expresión de frialdad.

—Si quiere usted decir si tenía amantes, no los tenía. Estábamos comprometidos el uno con el otro.

—¿A quién pertenece esta unidad?

El rostro de Foxx se tensó y habló con voz fría.

—Fue puesto a nombre de ambos hace diez años. Pertenecía a Fitz.

«Y ahora te pertenece a ti», pensó Eve.

—Doy por sentado que el señor Fitzhugh era un hombre rico. ¿Sabe usted quién heredará?

—Además de algunos legados de caridad, yo soy el heredero. ¿Cree usted que yo mataría por dinero? —Habló en tono disgustado ahora, no tanto como de sorpresa—. ¿Qué derecho tiene usted para venir a mi casa en un momento así y hacerme estas horribles preguntas?

—Necesito conocer las respuestas, señor Foxx. Si no se las pregunto aquí, tendré que hacerlo en la Central. Creo que esto es más cómodo para usted. ¿Coleccionaba el señor Fitzhugh cuchillos?

—No. —Foxx parpadeó con sorpresa y se puso pálido—. Yo soy quien los colecciona. Tengo una gran colección de cuchillos antiguos. Registrados —añadió rápidamente—. Están debidamente registrados.

—¿Tiene usted en su colección un cuchillo de mango de marfil, de hoja recta, de unos quince centímetros de longitud?

—Sí, es del siglo XVIII, de Inglaterra. —La respiración se le entrecortó—. ¿Es eso lo que utilizó? ¿Utilizó uno de mis cuchillos para...? No lo vi. Solamente lo vi a él. ¿Utilizó mis cuchillos?

—Me he llevado un cuchillo como prueba, señor Foxx. Realizaremos algún examen. Le daré un recibo.

—No lo quiero. No quiero verlo. —Enterró el rostro entre las manos—. Fitz. ¿Cómo ha podido utilizar uno de mis cuchillos?

Empezó a sollozar de nuevo. Eve oyó unas voces y un zumbido procedentes de la habitación contigua y supo que los del registro habían llegado.

—Señor Foxx. —Se levantó—. Voy a hacer que uno de los oficiales le traiga algunas ropas. Voy a pedirle que se quede un poco más aquí. ¿Hay alguien a quien pueda llamar por usted?

—No. No hay nadie. Nada.

—No me gusta, Peabody —dijo Eve mientras se dirigían hacia el coche—. Fitzhugh se levanta en medio de una noche cualquiera, toma un cuchillo antiguo y se prepara el baño. Enciende las velas, pone música, y se corta las muñecas. Sin ninguna razón en particular. Un hombre en la cúspide de su carrera con una gran cantidad de dinero, buenos negocios, los clientes que llaman a su puerta, y simplemente decide «qué mierda, creo que me voy a matar».

—Yo no comprendo el suicidio. Supongo que no tengo una personalidad de grandes altos y bajos.

Eve lo comprendía. Ella había pensado en el suicidio brevemente durante su paso por los orfanatos y, antes de eso, durante ese oscuro tiempo en que la muerte le parecía un alivio a su infierno.

Por eso no podía aceptarlo en Fitzhugh.

—No hay ningún motivo aquí, por lo menos ninguno que sea claro. Pero tenemos a un amante que colecciona cuchillos, que estaba cubierto de sangre, y que va a heredar una cuantiosa fortuna.

—Está usted pensando que quizá Foxx le asesinara —comentó Peabody mientras entraban en el aparcamiento—. Fitzhugh casi le dobla en estatura y peso. No hubiera podido hacerlo sin pelear un poco. Esperemos el informe de toxicología.

—¿Por qué quiere que sea un homicidio?

—No quiero que lo sea. Sólo quiero que tenga sentido, y

el suicidio no lo tiene. Quizá Fitzhugh no pudiera dormir, quizá se levantara. Alguien estaba utilizando la habitación de relajación. O así fue preparado para que lo pareciera.

—Nunca he visto nada parecido —dijo Peabody, pensativa—. Todos esos juguetes en un sitio. Esa enorme silla con todos esos controles, la pantalla de pared, el autobar, la estación de realidad virtual, la cabina para mejorar el estado de ánimo. ¿Ha utilizado alguna vez una, teniente?

—Roarke tiene una. No me gusta. Prefiero que mi ánimo suba y baje de forma natural en lugar de programarlo. —Eve vio una figura sentada en el capó del coche y soltó un bufido—. Como ahora, por ejemplo. Siento que mi humor cambia. Creo que voy a enfadarme.

—Bueno, Dallas y Peabody, juntas de nuevo. —Nadine Furst, la mejor periodista en directo del Canal 75 saltó con gracia del coche—. ¿Qué tal fue la luna de miel?

—Es un asunto privado —respondió Eve, cortante.

—Eh, creí que éramos colegas. —Nadine le guiñó un ojo a Peabody.

—No perdiste el tiempo en lanzar al aire nuestro pequeño viaje, colega.

—Dallas. —Nadine le mostró las palmas de las manos—. Tú pillas a un asesino y cierras un caso famoso y denso durante tu fiesta de despedida de soltera, a la cual fui invitada. Eso es noticia. El público no sólo tiene derecho a saber, se lo tragan a cucharadas. Los índices de audiencia se dispararon. Ahora mira esto, acabas de llegar y ya te encuentras en algo grande. ¿Cuál es el trato con Fitzhugh?

—Es un hombre muerto. Tengo trabajo que hacer, Nadine.

—Venga, Eve. —Nadine le dio un tirón en la manga—. ¿Después de todo por lo que hemos pasado juntas? Ofréceme algo.

—Será mejor que los clientes de Fitzhugh empiecen a buscarse otro abogado. Eso es todo lo que puedo decirte.

—Venga. ¿Accidente, homicidio, qué?

—Estamos investigando —dijo Eve brevemente, y abrió las cerraduras del coche.

—¿Peabody? —Pero Peabody se limitó a sonreír y a encogerse de hombros—. Ya lo sabes, Dallas, es de conocimiento popular que tú y el recién fallecido no erais admiradores el uno del otro. El rumor más suculento de ayer después del tribunal decía que él hablaba de ti como una policía violenta que utilizaba la placa como un arma.

—Es una lástima que él ya no sea capaz de darte, ni a ti ni a tus colegas, ninguna otra frase fácil.

Eve cerró la puerta del coche de un golpe seco, pero Nadine se inclinó hacia la ventanilla, tenaz.

—Pues dámela tú.

—S. T. Fitzhugh está muerto. La policía está investigando. Apártate. —Eve encendió el motor y salió disparada. Nadine tuvo que saltar hacia atrás para salvar los pies. Peabody se rio y Eve la miró—. ¿Qué es tan gracioso?

—Me gusta Nadine. —Peabody no pudo evitar mirar hacia atrás. Se dio cuenta de que Nadine estaba sonriendo—. A ti también.

Eve reprimió una carcajada.

—No hay nada escrito sobre gustos —repuso, y salieron a la mañana lluviosa.

Había funcionado a la perfección. Absolutamente perfecto. Era un sentimiento excitante y poderoso saber que uno tenía el control. Los informes procedentes de varias agencias de noticias estaban todos debidamente archivados y grabados. Esos asuntos requerían una minuciosa organización y se añadían al pequeño, aunque satisfactorio, montón de discos de datos.

Era divertido, y eso era una sorpresa. Por supuesto que la diversión no había sido el principal motivo de la operación. Pero era un delicioso efecto añadido.

¿Quién sería el próximo en sucumbir?

Por la presión de un botón, el rostro de Eve apareció en el monitor y toda la información pertinente se alineaba al lado del rostro. Una mujer fascinante. Lugar de nacimiento y padres desconocidos. Una niña maltratada que fue encontrada en un callejón de Dallas, Texas, con el cuerpo magullado y la mente en blanco. Una mujer que no podía recordar los primeros años de su vida. Los años que formaban un alma. Unos años en que había sido maltratada, violada y atormentada.

¿Qué era lo que una vida así producía en la mente? ¿En el corazón? ¿A una persona?

Había hecho de esa joven una trabajadora social y había hecho de Eve Dallas una mujer que se había convertido en policía. Una policía que tenía reputación de ir a fondo y que había obtenido cierta notoriedad el invierno pasado durante la investigación en un caso feo y delicado.

Entonces fue cuando conoció a Roarke.

El ordenador emitió un zumbido y mostró el rostro de Roarke en la pantalla. Qué pareja tan interesante. El pasado de él no era mejor que el de la policía. Pero él había elegido, por lo menos al principio, el otro lado de la ley. Y desde ahí había hecho su fortuna.

Ahora eran un tándem. Un tándem que podía ser destruido por capricho.

Pero no, todavía. No durante un tiempo, todavía.

Después de todo, el juego acababa de empezar.

Capítulo cinco

—*N*o me lo trago —dijo Eve mientras solicitaba información sobre Fitzhugh. Observó el amplio e impactante rostro que apareció en el monitor y meneó la cabeza—. Simplemente, no me lo trago —repitió.

Leyó la fecha y lugar de nacimiento. Nació en Filadelfia durante la última década del siglo anterior. Había estado casado con una tal Milicent Barrows desde el 2033 hasta el 2036. Divorciado, sin hijos.

Se había trasladado a Nueva York el mismo año en que se había divorciado, se había establecido como abogado criminal y, por lo que parecía, no volvió a mirar atrás.

—Ingresos anuales —pidió.

Sujeto Fitzhugh, ingreso anual del anterior año fiscal. Dos millones setecientos mil dólares.

—Chupasangre —murmuró—. Ordenador, relación con detalles de cualquier arresto.

Buscando. No existe ningún registro policial en el archivo.

—De acuerdo, así que está limpio. ¿Qué hay de esto? Lista de todos los juicios civiles archivados contra el sujeto. En esto dio en el blanco. Obtuvo una corta lista de nombres y ordenó una copia impresa. Pidió una lista de casos que Fitzhugh había perdido durante los últimos diez años, anotó los nombres que coincidían con los juicios contra él. Era el caso típico de litigio de la época. Si tu abogado no te saca del lío, lo denuncias. Eso ofrecía otro elemento a su teoría de chantaje.

—De acuerdo, quizá en éste nos equivoquemos. Sujeto nuevo, Foxx, Arthur, residencia 5002, Madison Avenue, Nueva York.

Buscando.

El ordenador parpadeó y chirrió, y Eve le dio un golpe con la mano que lo hizo volver a funcionar con normalidad. No se preocupó de maldecir los recortes de presupuesto.

Foxx apareció en pantalla, pero la imagen todavía parpadeó un poco hasta que Eve dio otro golpe al ordenador. Se dio cuenta de que él era más atractivo cuando sonreía. Era quince años más joven que Fitzhugh, había nacido en Washington Este, hijo de dos militares de carrera, había vivido en distintos puntos del globo hasta que se asentó en Nueva York en 2042 y se incorporó a la organización Nutrición por la Vida como consejero.

La cifra de ingresos anuales llegaba justo a las seis cifras. En los registros no constaba ningún matrimonio, solamente la licencia de mismo sexo que compartía Fitzhugh.

—Relación y detalles de cualquier arresto.

La máquina zumbó como si estuviera cansada de responder a las preguntas, pero la lista apareció en la pantalla. Uno por conducta escandalosa, dos por asalto y uno por alteración del orden.

—Bueno, parece que estamos llegando a alguna parte. Ambos sujetos, lista y detalles de cualquier consulta psiquiátrica.

No había nada relacionado con Fitzhugh, pero consiguió otro punto con Foxx. Eve emitió un gruñido y pidió una copia impresa.

En ese momento entró Peabody y Eve levantó la vista.

—¿Forense? ¿Toxicología?

—El forense no está, pero tengo el de toxicología. —Peabody ofreció un disco a Eve—. Bajo nivel de alcohol, identificado como coñac parisino, 2045. En cantidad no suficiente para debilitar. Ningún resto de otra sustancia.

—Mierda. —Eve había tenido esperanzas—. Quizá tenga algo aquí. Nuestro amigo Foxx pasó una gran parte de su infancia en el sofá de un terapeuta. Fue ingresado por iniciativa propia en el Instituto Delroy hace dos años y permaneció allí un mes. Y ha cumplido condena. Poco tiempo, pero condena de todas formas. Noventa días encerrado por asalto. Y tuvo que llevar un brazalete de localización durante seis meses. Nuestro chico tiene cierta tendencia a la violencia.

Peabody frunció el ceño.

—Una familia de militares. Pero tienen tendencia a ser reticentes a la homosexualidad. Veamos qué han sacado en claro los policías durante los interrogatorios puerta a puerta en el edificio de Fitzhugh. Y hablaremos con los socios de la firma de Fitzhugh.

—No te tragas lo del suicidio.

—Lo conocía. Era arrogante, pomposo, engreído y vanidoso. —Eve meneó la cabeza—. Los hombres vanidosos y arrogantes no eligen ser encontrados desnudos en una bañera bañados en su propia sangre.

—Era un hombre brillante. —Leanore Bastwick estaba sentada en su sillón de piel hecho por encargo, en una de las acristaladas oficinas de Fitzhugh, Bastwick y Stern. El escritorio era de cristal, impecable y brillante. Eve pensó que iba a juego con su increíble y fría belleza rubia—. Era un amigo generoso, añadió Leanore al tiempo que entrelazaba los dedos de ambas manos, de manicura perfecta, encima de la mesa—. Estamos consternados, teniente.

Era difícil ver esa consternación en la pátina pulida de todo lo que había allí. El bosque de acero de Nueva York se elevaba, brillante, detrás de Leanore, y esa imagen ofrecía la ilusión de que ella reinaba sobre la ciudad. Unos tonos rosados y otros grises suaves añadían un toque elegante de color a esa oficina, tan meticulosamente decorada como la mujer que la ocupaba.

—¿Conoce usted alguna razón por la cual Fitzhugh hubiera podido quitarse la vida?

—Ninguna en absoluto. —Leanore mantuvo las manos muy quietas y la mirada fija—. Amaba la vida. Su vida, su trabajo. Disfrutaba de cada minuto de su día más que cualquiera que yo haya conocido. No tengo ni idea de por qué puede haber decidido terminar así.

—¿Cuándo fue la última vez que lo vio o que habló con él?

Ella dudó. Casi se oían las ruedas que giraban suavemente en el interior de su cabeza.

—La verdad es que lo vi un momento la noche pasada. Me acerqué a dejarle un archivo y hablamos acerca de un caso. Esa discusión, es, por supuesto, confidencial. —Sonrió—. Pero diría que se mostraba tan entusiasta como siempre, y tenía muchas ganas de entrar en duelo con usted en los tribunales.

—¿En duelo?

—Así es cómo Fitz se refería al examen cruzado de testigos expertos y de la policía. —No dejó de sonreír—. Para él, era una confrontación de voluntad y de temple. Un juego profesional para un jugador nato. No conozco nada que le gustara más que estar en un juicio.

—¿A qué hora le dejó el archivo la pasada noche?

—Diría que eran sobre las diez. Sí, creo que eran las diez. Trabajé hasta tarde aquí y me dejé caer de camino a casa.

—¿Era eso habitual, señorita Bastwick, que se dejara caer en su apartamento de camino a su casa?

—No del todo poco habitual. Después de todo, éramos socios profesionales y nuestros casos, a menudo, se solapaban.

—¿Eso es lo único que eran? ¿Colegas profesionales?

—¿Cree usted, teniente, que porque un hombre y una mujer son físicamente atractivos y se encuentran en términos amistosos no pueden trabajar juntos sin tensión sexual?

—Yo no creo nada. ¿Cuánto tiempo estuvo usted… hablando de su caso?

—Veinte minutos, una media hora. No lo cronometré. Él estaba bien cuando me marché, eso puedo asegurárselo.

—¿No había nada que le preocupara especialmente?

—Tenía cierta preocupación por el asunto Salvatori, y por otros asuntos también. Pero nada fuera de lo común. Era un hombre que tenía confianza en sí mismo.

—¿Y fuera del trabajo? ¿En el terreno personal?

—Un hombre discreto.

—Pero usted conoce a Arthur Foxx.

—Por supuesto. En la empresa nos preocupamos por establecer una relación social, aunque sea superficial, con las parejas de los colegas y de los socios. Arthur y Fitz estaban muy unidos.

—¿Ninguna… riña?

Leanore arqueó una ceja.

—No lo sé.

Por supuesto que lo sabe, pensó Eve.

—Usted y el señor Fitzhugh eran socios, tenían una relación profesional y, aparentemente, también personal muy cercanas. Él debió de haber hablado con usted alguna vez de su vida personal.

—Él y Arthur eran muy felices. —Leanore repicó la uña pintada del color del coral contra el borde del vaso en un primer gesto de irritación—. Las parejas felices tienen discusiones de vez en cuando. Me imagino que usted también discute con su esposo a veces.

—Mi esposo no me ha encontrado muerta en el baño —dijo Eve en tono neutro—. ¿De qué discutían Fitzhugh y Foxx?

Leanore exhaló un suspiro de enojo. Se levantó, marcó un código en el AutoChef y sacó una taza de café humeante. No le ofreció ninguna a Eve.

—Arthur tenía episodios periódicos de depresión. No es un hombre con una gran confianza en sí mismo. Tenía tendencia a ser celoso, lo cual exasperaba a Fitz. —Frunció el ceño—. Seguramente, está usted al corriente de que Fitz había estado casado. Su bisexualidad era, de alguna forma, un problema para Arthur. Y cuando estaba deprimido, tendía a obsesionarse por todos los hombres y las mujeres con quienes Fitz entraba en contacto por motivos de trabajo. Muy pocas veces se peleaban, pero cuando lo hacían, normalmente era a causa de los celos de Arthur.

—¿Tenía alguna razón para sentirse celoso?

—Por lo que yo sé, Fitz era totalmente fiel. No siempre es una elección fácil, teniente, estar en el punto de mira, tal y como estaba él, dado su estilo de vida. Incluso hoy existen personas que se sienten, digamos, incómodas ante unas tendencias sexuales poco convencionales. Pero Fitz no le daba a Arthur ninguna razón para estar descontento.

—A pesar de todo, lo estaba. Gracias —añadió Eve al levantarse—. Ha sido usted de gran ayuda.

—Teniente —empezó Leanore en cuanto Eve y la silenciosa Peabody empezaban a dirigirse a la puerta—. Si yo pensara que Foxx tiene algo que ver con… —se interrumpió e inhaló con fuerza—. No, simplemente es imposible de creer.

—¿Menos posible que creer que Fitzhugh se cortó las muñecas y se dejó desangrar hasta morir? —Eve esperó un instante y abandonó la oficina.

Peabody esperó hasta que hubieron salido al pasaje elevado que rodeaba el edificio.

—No sé si estaba usted plantando o cavando en busca de gusanos.

—Ambas cosas. —Eve miró a través del cristal que rodeaba el pasaje. Veía el edificio de oficinas de Roarke, un edificio elevado, alto, pulido, del color del ébano, que destacaba entre el resto de edificios. Por lo menos, él no tenía ninguna relación con este caso. Eve no tenía que preocuparse por si descubría algo que él hubiera hecho o a alguien a quién él hubiera conocido demasiado bien—. Ella conocía tanto a la víctima como al sospecho. Y Foxx no mencionó que ella se dejara caer por allí la otra noche para hablar de trabajo.

—Así que Foxx ha pasado de ser un testigo a ser un sospechoso.

Eve observó a un hombre en un traje a medida que chillaba con mal genio a un TeleLink.

—Hasta que demostremos de manera concluyente que fue un suicidio, Foxx es el principal... diablos... el único sospechoso. Tenía los medios. Fue su cuchillo. Tenía la oportunidad. Estaban solos en el apartamento. Tenía el motivo. Dinero. Ahora sabemos que tiene un historial de depresión, de violencia y una tendencia a ser celoso.

—¿Puedo preguntarle una cosa? —Peabody esperó a que Eve asintiera con la cabeza—. Usted no apreciaba a Fitzhugh ni en lo profesional ni en lo personal.

—Lo detestaba profundamente. ¿Y qué? —Eve salió del pasaje a nivel de calle, donde había tenido la suerte de encontrar aparcamiento. Vio un carrito de comida humeante, con perritos de soja y anillos de patatas, y se dirigió hacia él en línea recta entre el tráfico de peatones—. ¿Crees que es necesario que me guste un cuerpo? Póngame un par de perritos y una bolsa de patatas. Dos latas de Pepsi.

—*Light* para mí —la interrumpió Peabody mientras recorría con la mirada el esbelto y largo cuerpo de Eve—. Algunas tenemos que preocuparnos por la línea.

—Perrito *light*, Pepsi *light*. —La mujer que atendía el carrito llevaba un *piercing* deslucido en medio del labio superior y un tatuaje de la red del metro en el pecho. La línea A se perdía entre la suelta gasa que le cubría los pechos—. Perrito, Pepsi y patatas. ¿En metálico o créditos?

Eve le pasó la bandeja con la comida a Peabody y rebuscó unos créditos.

—¿Cuánto?

La mujer marcó en una consola con una larga uña de color púrpura y el aparato soltó un pitido.

—Veinticinco.

—Joder. Uno parpadea y los perritos suben de precio. —Eve puso los créditos en la palma de la mano que la mujer le alargaba y tomó un par de servilletas de papel casi transparentes.

Desanduvieron el camino y se dejaron caer en un banco que rodeaba una fuente, delante del edificio de abogados. Un pedigüeño que se encontraba a su lado parecía esperanzado. Eve señaló su placa; él sonrió y señaló su licencia de mendigo que le colgaba del cuello.

Resignada, Eve sacó una pieza de cinco créditos y se la dio.

—Busca otro sitio —le ordenó— o voy a examinar esa licencia a ver si ha caducado.

Él hizo un comentario poco agradable acerca de sus métodos de trabajo, pero se metió los créditos en el bolsillo y se alejó, dejando sitio libre para Peabody.

—A Leanore no le gusta Arthur Foxx.

Peabody tragó con dificultad. Los perritos *lights* eran, siempre, granulosos.

—¿Ah, no?

—Una abogado de alto nivel no ofrece tantas respuestas a no ser que quiera hacerlo. Nos informó de que Foxx es celoso, de que se peleaban. —Eve le ofreció la bolsa de grasientas patatas. Después de una breve pelea interna, Peabody metió la mano—. Quería que tuviéramos esa información.

—Pero no es gran cosa. No hay nada en los registros acerca de Fitzhugh que implique a Foxx. Su diario, su agenda, sus grabaciones del TeleLink. Ninguno de los datos que yo he revisado indica nada. Pero tampoco, ninguno de ellos indica ninguna tendencia criminal.

Eve, con expresión pensativa, dio un sorbo de la lata de Pepsi mientras observaba cómo Nueva York se movía con todo su ruido y su sudor.

—Tenemos que hablar con Foxx otra vez. Tengo que ir a los tribunales esta tarde también. Quiero que vuelvas a la Central, que obtengas los informes de los interrogatorios puerta a puerta y que aprietes al forense para la autopsia. No sé qué es lo que lo está retrasando, pero quiero los resultados antes del final del cambio de turno. Yo estaré fuera del tribunal hacia las tres. Nos daremos otro paseo hasta el apartamento de Fitzhugh y averiguaremos por qué Foxx omitió la visita de Bastwick.

Peabody apartó la comida y, con gesto obediente, programó los quehaceres en su diario.

—Lo que le he preguntado antes, que si no le gustaba Fitzhugh. Es sólo porque me preguntaba si resulta más difícil apretar todos los botones cuando uno tiene malos sentimientos hacia un sujeto.

—Los policías no tienen sentimientos personales. —Suspiró—. Tonterías. Uno deja los sentimientos a un lado y aprieta los botones. Ése es el trabajo. Y si resulta que creo que un hombre como Fitzhugh se merecía acabar ahogado en su propia sangre, eso no significa que no haga lo necesario para averiguar cómo acabó ahí.

Peabody asintió con la cabeza.

—Muchos policías se limitarían a archivar el caso. Suicidio. Fin de la transmisión.

—Yo no soy como muchos policías y tú tampoco, Peabody.

Eve miró por encima de Peabody, medianamente interesada ante un sonoro choque entre dos taxis. El tráfico de vehículos y de peatones ni siquiera se inmutó ante el humo que se elevaba en el aire, los cristales rotos y los dos conductores furiosos que salieron disparados de sendos vehículos.

Eve comió mientras observaba a los dos hombres empujándose y gritándose imaginativos insultos. Se imaginó que eran insultos, porque no se hablaron en inglés. Levantó los ojos al cielo pero no vio a ninguno de los helicópteros de tráfico. Sonriendo ligeramente, arrugó la bandeja de cartón, enrolló la lata y se los pasó a Peabody.

—Tira esto en el reciclador, ¿de acuerdo? Y luego ven y échame una mano para separar a esos dos idiotas.

—Teniente, uno de ellos acaba de sacar un bate. ¿Llamo para que envíen refuerzos?

—No. —Eve se frotó las manos y se levantó—. Yo puedo manejarlo.

Todavía le dolía el hombro cuando salió de los tribunales dos horas después. Se imaginaba que los taxistas ya debían de encontrarse en la calle otra vez, lo cual no iba a suceder con el asesino contra quien Eve había testificado, pensó con satisfacción. Se pasaría en máxima seguridad unos cincuenta años, como mínimo. Sentía cierta satisfacción por ello.

Eve movió el hombro contusionado. El taxista no había tenido intención de golpearla a ella. Intentaba romperle la cabeza a su oponente y ella se había metido en medio. A pesar de ello, a Eve no le dolía que les hubieran retirado a ambos las licencias durante tres meses.

Entró en el coche y, para no forzar el hombro, lo puso en automático en dirección a la Central de Policía. Por encima de su cabeza, un tranvía de turistas soltaba la arenga habitual acerca de la balanza de la justicia.

«Bueno —pensó Eve—, a veces están equilibradas. Aunque sea por un período corto de tiempo.»

En ese momento, sonó el TeleLink.

—Dallas.

—Doctor Morris. —El forense mostraba unos ojos de halcón de párpados gruesos sombreados de un tono verde, una mandíbula cuadrada que necesitaba un afeitado y una lisa mata de pelo negro como el carbón. Aunque Eve se sentía frustrada muy a menudo por su lentitud, apreciaba su meticulosidad.

—¿Ha terminado el informe sobre Fitzhugh?

—Tengo un problema.

—No necesito un problema. Necesito el informe. ¿Me lo puede enviar al TeleLink de mi oficina? Voy de camino hacia allí.

—No, teniente, va usted de camino hacia aquí. Tengo que enseñarle algo.

—No tengo tiempo de acercarme al depósito de cadáveres.

—Búsquelo —sugirió él, y cortó la comunicación.

Eve apretó las mandíbulas. Los científicos resultaban tan jodidamente frustrantes, pensó mientras redirigía el vehículo.

Y

Desde el exterior, el depósito de cadáveres del Lower Manhattan parecía uno de los edificios de oficinas que, estructurados como panales, poblaban la zona. Se integraba, y ése había sido el objetivo de su rediseño. A nadie le gustaba pensar en la muerte, que la muerte les arruinara el apetito cuando salían del trabajo para comer y se dirigían a cualquiera de los establecimientos cercanos. Las imágenes de unos cuerpos cortados y metidos en bolsas hacen imposible que uno se trague su ensalada de pasta.

Eve recordó la primera vez que subió las escaleras de acero negro de detrás del edificio. Era una novata vestida de uniforme que iba con dos docenas de novatos más, también de uniforme. A diferencia de muchos de sus compañeros, ella había visto la muerte de cerca antes, y de forma personal, pero nunca la había visto exhibida, disecada y analizada.

Uno de los laboratorios de autopsias tenía una galería elevada desde donde estudiantes, novatos, periodistas o escritores debidamente acreditados podían presenciar en directo el intrincado trabajo de la patología forense. Unos monitores individuales colocados en cada uno de los asientos ofrecían primeros planos a quienes tenían el estómago para presenciarlo.

La mayoría de la gente no tenía el estómago suficiente para volver, y muchos no podían salir por sus propios medios.

Esa vez, Eve había salido por su propio pie. Había vuelto allí incontables veces desde entonces, pero nunca le gustaban esas visitas.

Esta vez, no se dirigía a lo que se conocía como «el teatro», sino al laboratorio C, donde Morris realizaba la mayor parte de su trabajo. Eve recorrió el pasillo de baldosas blancas y suelo verde. Se notaba el olor a muerte, allí. No importaba qué utilizaran para eliminarlo, el denso hedor se filtraba por las rendijas, se colaba por las puertas e impregnaba el aire como un enervante recordatorio de la mortalidad.

La ciencia médica había conseguido erradicar las plagas, una legión de enfermedades y afecciones, y había alargado la esperanza de vida a una media de ciento cincuenta años.

La tecnología cosmética había conseguido asegurar que un ser humano resultara atractivo durante ese siglo y medio de vida.

Uno podía morir sin una arruga, sin ninguna mancha de vejez en la piel, sin dolores ni achaques, sin dolor en los huesos. Pero uno iba a morir más pronto o más tarde.

Para muchos de los que acudían allí, ese día había llegado.

Eve se detuvo delante de la puerta del laboratorio C, mostró la placa a la cámara de seguridad y luego recitó su nombre y su número de identidad al interfono. La huella de la palma de su mano fue examinada y aceptada. La puerta se abrió.

Era una habitación pequeña, sin ventanas, deprimente, repleta de equipos y de ordenadores parpadeantes. Algunas de las herramientas se encontraban limpiamente alineadas, como en la bandeja de un cirujano, en los estantes, y su aspecto era estremecedor. Agujas, aparatos láser, las brillantes hojas de un escalpelo, pinzas.

En el centro de la habitación había una mesa con unos canales a los lados que conducían los fluidos hacia unos contenedores esterilizados y herméticos que los guardaban para ser analizados posteriormente. Fitzhugh se encontraba en la mesa, y su cuerpo desnudo mostraba las cicatrices del clásico corte en forma de «Y».

Morris estaba sentado en un taburete con ruedas, delante de un monitor, el rostro muy cerca de la pantalla. Llevaba una bata blanca de laboratorio que le llegaba hasta los pies. Era uno de sus últimos gestos afectados, llevar esa bata que ondeaba a sus pies como una capa de salteador de caminos cada vez que recorría el pasillo de un lado a otro. Llevaba el pelo negro y liso recogido en una larga cola de caballo.

Eve sabía que se trataba de algo poco usual, dado que él la había llamado directamente en lugar de hacer que la llamara uno de sus técnicos.

—¿Doctor Morris?

—Ajá. Teniente —repuso, sin volverse—. Nunca he visto nada parecido en treinta años que hace que examino a los muertos. —Se dio la vuelta con una ondulación de la bata. Debajo llevaba pantalones ajustados y una camiseta de colores chillones—. Tiene buen aspecto, teniente.

Le dirigió una de sus rápidas y encantadoras sonrisas y Eve le sonrió como respuesta.

—Usted también tiene muy buen aspecto. Se ha quitado la barba.

Él se llevó una mano a la barbilla y se la frotó. Hasta ese momento había llevado una perfecta barba de chivo.

—No me sentaba bien. Pero, Dios, odio afeitarme. ¿Qué tal la luna de miel?

Con un gesto automático, Eve se introdujo las manos en los bolsillos.

—Fue bien. Tengo un programa completo justo ahora, Morris. ¿Qué era lo que tenía que mostrarme y que no podía enseñarme por pantalla?

—Hay cosas que requieren una atención en persona. —Se desplazó con el taburete hasta la mesa de autopsias, a la altura de la cabeza de Fitzhugh—. ¿Qué ve ahí?

Eve bajó la vista.

—Un tipo muerto.

Morris asintió con la cabeza, como si la respuesta le hubiera complacido.

—Lo que calificaríamos como un tipo normal y corriente que ha muerto a causa de una excesiva pérdida de sangre, posiblemente auto infligida.

—¿Posiblemente? —Eve pronunció con cuidado.

—A primera vista, el suicidio es la conclusión lógica. No hay restos de droga en el cuerpo, muy poco alcohol, no muestra ninguna herida ni hematoma, la ubicación de la sangre era coherente con su posición en la bañera, no se ahogó, el ángulo de los cortes en las muñecas...

Se acercó un poco más y tomó una de las manos de Fitzhugh, laxas y de manicura perfecta, cuyas muñecas mostraban unas heridas que parecían tener la forma de unos caracteres antiguos e intrincados.

—Parecen demostrar consistentemente que han sido auto infligidas: un hombre que utiliza la mano derecha, ligeramente reclinado. —Hizo un gesto para demostrarlo, como si sujetara un cuchillo—. Unos cortes muy rápidos y precisos en las muñecas que han cortado la arteria.

Aunque Eve ya había estudiado las heridas, además de las fotografías, dio un paso hacia delante y volvió a mirar.

—¿Por qué no es posible que alguien, desde atrás, se inclinara por encima de él y se las cortara en ese mismo ángulo?

—No está fuera del reino de las posibilidades, pero si ése hubiera sido el caso, yo esperaría encontrar algunas heridas de lucha. Si alguien se cuela en su baño y le corta la muñeca, usted se sentiría inclinada a enojarse y a pelear. —Sonrió ampliamente—. No creo que se quedara usted tumbada en la bañera y se dejara desangrar hasta morir.

—Usted va a concluir que se trata de suicidio.

—No vaya tan deprisa. Iba a hacerlo. —Se tiró del labio inferior—. Realicé el análisis estándar del cerebro que se requiere en cualquier caso de suicidio. Ahí está el puzle. El verdadero rompecabezas.

Volvió a arrastrarse con el taburete hasta su estación de trabajo y le hizo un gesto por encima del hombro para que lo siguiera.

—Éste es el cerebro —dijo, dando unos golpecitos en el órgano que flotaba en un líquido claro y que se encontraba unido con unos finos cables al ordenador central—. Ab Normal.

—¿Perdón?

Morris se rio y meneó la cabeza.

—Es obvio que no tiene tiempo suficiente para ver películas clásicas. Eso es del mito de Frankenstein. Lo que quiero decir es que su cerebro es anormal.

—¿Tenía un defecto en el cerebro?

—Defecto... bueno, parece una palabra muy extrema para lo que he encontrado. Aquí, en la pantalla. —Dio media vuelta, tocó unos botones. En la pantalla apareció un primer plano del cerebro de Fitzhugh—. Otra vez, a primera vista, aparece tal y como es de esperar. Pero si vemos la sección. —Dio un golpecito y el cerebro fue cortado limpiamente por la mitad—. Muchas cosas sucedieron en este pequeño órgano —murmuró Morris—. Pensamientos, ideas, música, deseos, poesía, rabia, odio. La gente habla del corazón, teniente, pero es el cerebro lo que contiene toda la magia y el misterio de la especie humana. Él nos eleva, nos separa, nos define como individuos. Y sus secretos... bueno, es dudoso que alguna vez los conozcamos todos. Mire aquí.

Eve se inclinó para acercarse e intentó ver lo que él le señalaba con el dedo.

—Me parece un cerebro. Poco atractivo, pero necesario.

—No se preocupe. Yo mismo estuve a punto de no verlo. En esta imagen —continuó mientras la pantalla se llenaba de colores y formas— el tejido aparece en tonos azules, de claros a oscuros, el hueso en blanco. Los vasos sanguíneos son rojos. Como puede ver, no hay ningún coágulo ni ningún tumor que puedan indicar un desorden neurológico en su formación. Aumentar cuadrante B, secciones 35 hasta 40, 30 por ciento.

La pantalla cambió y una sección del cerebro apareció aumentada. Perdiendo la paciencia, Eve se encogió de hombros. Pero, inmediatamente, volvió a acercarse.

—¿Qué es eso? Parece… ¿qué? ¿Una mancha?

—Lo parece, ¿verdad? —Él volvió a sonreír sin apartar la vista de la pantalla, donde una ligera sombra no más grande que una punta de aguja aparecía en el cerebro—. Casi como una huella digital, una huella digital grasienta de un niño. Pero cuando se aumenta otra vez —lo hizo con unas breves órdenes—, parece más bien una pequeña quemadura.

—¿Cómo es posible tener una quemadura en el cerebro?

—Exacto. —Con fascinación evidente, Morris se acercó al cerebro en cuestión—. Nunca he visto nada como esa marca minúscula. No ha sido causada por hemorragia, ni por un pequeño golpe, ni por un aneurisma. He pasado todos los programas de imágenes estándar de cerebros y no he encontrado ninguna causa neurológica conocida para algo así.

—Pero ahí está.

—Por supuesto, está. Es posible que no sea nada, nada más que una ligera anormalidad que le ocasionaba un ocasional dolor de cabeza o mareo. Por supuesto, no fue fatal. Pero resulta curioso. He pedido todos los registros médicos de Fitzhugh para ver si había algún examen realizado en esta quemadura o cualquier información sobre ella.

—¿Podría causar depresión, ansiedad?

—No lo sé. Se encuentra en el lóbulo frontal izquierdo del hemisferio derecho. La opinión media actual es que ciertos aspectos, como la personalidad, se encuentran localizados en esta área cerebral. Así que aparece en la sección del cerebro donde ahora es sabido que se reciben y manejan las sugerencias y las ideas.

Se encogió de hombros.

—De todas formas, no puedo establecer que esta mancha

contribuyera a la muerte. El hecho es, Dallas, que en este momento, estoy desconcertado pero fascinado. No voy a dejar este caso hasta que encuentre algunas respuestas.

«Una quemadura en el cerebro», pensó Eve mientras abría las cerraduras del apartamento de Fitzhugh. Había ido sola, en busca de ese espacio vacío, el silencio, para darse tiempo para pensar. Hasta que hubiera despejado la escena, Foxx tenía que vivir en otro lugar.

Recorrió los mismos pasos que había dado antes hacia arriba, volvió a estudiar el desagradable baño.

«Una quemadura en el cerebro», volvió a repetirse. Las drogas parecían ser la respuesta más lógica. Si no habían aparecido en el examen de toxicología, podía ser debido a que se trataba de un tipo de droga nueva, una que todavía no estaba registrada.

Se dirigió a la habitación de relajación. Allí no había nada excepto los caros juguetes de un hombre rico que disfrutaba de su tiempo libre.

«No podía dormir —pensó—. Vino aquí a relajarse, se tomó un coñac. Se tumbó en el sillón y miró un poco la pantalla—. Hizo un mohín con los labios mientras tomaba unas gafas de realidad virtual que se encontraban al lado del sillón—. Hizo un rápido viaje. No quería utilizar la habitación habilitada para ello, sólo se tumbó aquí.»

Curiosa, se colocó las gafas y ordenó la última escena que se había pasado. Se encontró en un barco blanco que se mecía en un río de aguas verdes y frías. Los pájaros cantaban por encima de su cabeza, un pez saltó cerca, soltando destellos plateados, y volvió a sumergirse. En las orillas del río se elevaban unos altos árboles sombríos y flanqueados por multitud de flores. Se sintió flotar y dejó que una mano se sumergiera en el agua y dibujara una lenta estela. El sol casi se había puesto y el cielo tenía unos tonos rosas y púrpuras al oeste. Se oía el bajo zumbido de las abejas, el alegre canto de los grillos. El bote se mecía como una mecedora.

Eve reprimió un bostezo y volvió a sacarse las gafas. Una escena inofensiva y sedante, decidió mientras depositaba las gafas donde se encontraban. Nada que hubiera podido despertarle una repentina necesidad de cortarse las venas. Pero el agua sí podía haberle sugerido darse un baño caliente, tal como hizo. Y si Foxx había entrado sigilosamente, y había conseguido ser lo suficientemente silencioso, hubiera podido hacerlo.

Eso era lo único que tenía, decidió Eve, y sacó su comunicador para ordenar una segunda entrevista con Arthur Foxx.

Capítulo seis

*E*ve estudió los informes sobre los interrogatorios puerta a puerta de los agentes. La mayoría decían lo que era de esperar. Fitzhugh y Foxx eran tranquilos, discretos, pero amistosos con los vecinos del edificio.

Pero Eve tomó nota de la declaración del androide que estaba de servicio en la puerta, quien dijo que Foxx había abandonado el edificio a las 22:30 y que volvió a las 23:00.

—Él no mencionó que hubiera salido, ¿verdad, Peabody? No dijo una palabra acerca de un pequeño paseo nocturno a solas.

—No, no lo mencionó.

—¿Tenemos los discos de seguridad del vestíbulo y del ascensor?

—Los he cargado en el ordenador. Los encontrará en Fitzhugh 1051 de su unidad.

—Vamos a echarles un vistazo. —Eve encendió su unidad y se recostó en la silla.

Peabody observó el ordenador por encima del hombro de Eve y se reprimió el comentario de que las dos se encontraban fuera de servicio.

Después de todo era excitante trabajar al lado de la mejor detective de Homicidios de la Central de Policía. Peabody sabía que Dallas se hubiera burlado de eso, pero era verdad. Ella había seguido la carrera de Eve Dallas durante años, y no había nadie a quien admirara más ni a quien deseara más parecerse.

La mayor sorpresa de toda su vida había sido que, de alguna manera, durante el curso de unos breves meses, se habían convertido en amigas.

—Detener. —Eve se incorporó en cuanto la transmisión se detuvo. Observó a la elegante rubia que entraba en el edificio del 2250—. Bueno, ahí está nuestra Leanore, dejándose caer por ahí.

—Fue bastante precisa en la hora. Las diez y quince.

—Sí, está en los tiempos. —Eve se pasó la lengua por los dientes—. ¿Qué piensas, Peabody? Trabajo o placer.

—Bueno, va vestida de trabajo. —Peabody inclinó la cabeza y sintió una ligera sensación de envidia al observar el traje de tres piezas de Leanore—. Lleva un maletín.

—Un maletín… y una botella de vino. Aumentar el cuadrante D, 30 a 35. Una botella de vino muy cara —murmuró Eve cuando la pantalla mostró claramente la etiqueta—. Roarke tiene algunas en la bodega. Creo que cuesta unos doscientos.

—¿La botella? Guau.

—La copa —la corrigió Eve, divertida ante la expresión de Peabody—. Algo no concuerda. Volver al tamaño y velocidad normales, cambiar a la cámara del ascensor. Ajá. Sí, sí, se está acicalando —murmuró Eve mientras observaba cómo Leanore sacaba un estuche dorado de su maletín acolchado, se empolvaba la nariz y se retocaba los labios—. Y, mira, se ha desabrochado los primeros tres botones de la blusa.

—Se prepara para un hombre —dijo Peabody, encogiéndose de hombros ante la mirada de Eve—. Diría yo.

—Yo diría lo mismo. —Juntas observaron a Leanore recorrer el pasillo del piso 38 y llamar al apartamento de Fitzhugh. Eve aumentó la velocidad hasta que Foxx salió al cabo de quince minutos—. No parece contento, ¿verdad?

—No. —Peabody entrecerró los ojos—. Diría que parece fastidiado. —Arqueó las cejas al observar que Foxx daba una patada con rabia a la puerta del ascensor.

Esperaron a que terminara la acción. Leanore se marchó veintidós minutos después, con las mejillas encendidas y los ojos brillantes. Apretó el botón del ascensor y se aseguró el maletín al hombro. Al cabo de poco tiempo, Foxx volvió con un paquete pequeño.

—No se quedó veinte o treinta minutos, sino más de cuarenta y cinco. ¿Qué sucedió en el apartamento esa noche? —se preguntó Eve—. ¿Qué fue lo que Foxx traía en ese paquete? Contacte con las oficinas. Quiero a Leanore aquí para interrogarla. Tengo a Foxx a las nueve y media. Tráigala aquí a la misma hora. Les interrogaremos las dos.

—¿Quiere que yo participe en el interrogatorio?

Eve apagó la máquina y se encogió de hombros.

—Es un buen lugar para empezar. Nos encontraremos aquí a las ocho y treinta. No, ven a mi oficina a las ocho. Así tendremos más tiempo. —Miró su TeleLink cuando éste empezó a sonar, pensó en ignorarlo, pero lo cogió.

—Dallas.

—¡Hey! —El luminoso rostro de Mavis llenó la pantalla—. Esperaba pillarte antes de que te fueras. ¿Cómo va?

—Bastante bien. Estoy a punto de salir. ¿Qué sucede?

—Llego en buen momento. En un momento excelente. Magnífico. Escucha, estoy en el estudio de Jess. Vamos a realizar una sesión. Leonardo está aquí. Vamos a hacer una pequeña fiesta, así que pásate por aquí.

—Mira, Mavis, he tenido un día completo. Solamente quiero…

—Venga. —Habló con nerviosismo, además de con entusiasmo—. Vamos a pedir algo de comida, y Jess tiene aquí el mejor brebaje del mundo. Te deja sin cerebro en cuestión de segundos. Él dice que si podemos hacer algo decente esta noche, podemos tirar adelante con eso. De verdad me gustaría tenerte aquí. Ya sabes, esa costa del apoyo moral. ¿No puedes pasarte aunque sea un ratito?

—Supongo que sí. —Mierda, ni la más mínima firmeza—. Avisaré a Roarke de que llegaré tarde. Pero no podré quedarme.

—Eh, ya he avisado a Roarke.

—¿Que qué?

—Le he pillado hace sólo un instante. ¿Sabes, Dallas? Nunca había estado en esa súper oficina que tiene. Parecía que tenía a las Naciones Unidas o algo ahí dentro, todos estos tipos de fuera del país. Salvaje. Bueno, me dejó pasar a ese santuario porque soy colega tuya y hablé con él. Así que —añadió Mavis sin hacer caso del pesado suspiro de Eve—, le conté lo que había y me dijo que se dejaría caer después de la reunión, o conferencia o lo que sea que tuviera allí.

—Parece que está todo perfectamente arreglado. —Eve se dio cuenta de que su fantasía de un baño, una copa de vino y un buen filete se desvanecía como el humo.

—Clavado. Eh, ¿está Peabody? Eh, Peabody, ven tú también. Vamos a tener una fiesta. Nos vemos enseguida, ¿de acuerdo?

—Mavis. —Eve la detuvo segundos antes de que cortara la comunicación—. ¿Dónde diablos estás?

—Oh, ¿no te lo he dicho? El estudio está en la Avenida Ocho B, a pie de calle. Sólo tienes que llamar a la puerta. Alguien te dejará entrar. Tengo que dejarte —gritó al mismo tiempo que algo que debía de ser música empezó a atronar—. Están afinando. Nos vemos.

Eve soltó un suspiro, se apartó el pelo de los ojos y miró por encima del hombro.

—Bueno, Peabody, ¿quieres ir a una sesión de grabación

para que se te quemen los tímpanos, ingerir comida horrible y emborracharte con un brebaje imbebible?

Peabody no tuvo que pensarlo dos veces.

—De hecho, teniente, me encantaría.

Tuvieron que llamar obstinadamente en esa puerta gris de metal que parecía que le hubiera pasado un tren por encima.

La lluvia de la mañana se había convertido en vapor y el ambiente olía desagradablemente a aceite y al contenido de unas unidades de reciclaje que parecía que nunca acababan de estar reparadas en esa parte de la ciudad.

Con mayor resignación que energía, Eve observó a dos capos de la droga que hacían tratos bajo la sucia luz de una farola. Ninguno de los se dignó a parpadear al ver el uniforme de Peabody.

Eve se dio la vuelta en cuanto uno de los tipos pilló la mercancía a menos de ciento cincuenta metros.

—Mierda, eso es demasiado chulesco. Detenle.

Resignada, Peabody se dirigió hacia ellos. El tipo la vio, soltó un juramento y, tragándose la papelina donde había guardado el polvo, se dio media vuelta dispuesto a salir corriendo. Resbaló en el pavimento mojado y cayó, dándose contra la farola en el rostro. Cuando Peabody llegó hasta él, el tipo estaba tumbado en el suelo sobre la espalda y la nariz le sangraba profusamente.

—Se ha quedado frío —le comunicó a gritos a Eve.

—Qué idiota. Llama a la Central. Haz que una unidad venga para llevárselo. ¿Quieres el collar?

Peabody lo pensó un momento y negó con la cabeza.

—No vale la pena. Un poli puede manejarlo. —Sacó su comunicador e informó de su ubicación mientras volvía donde se encontraba Eve—. El traficante todavía está al otro lado de la calle —explicó—. Lleva patines de aire, pero podría intentar pillarle.

—Noto una falta de entusiasmo. —Eve, con los ojos entrecerrados, observó al traficante que se deslizaba al otro lado de la calle—. Eh, capullo —le gritó—. ¿Ves a esta agente? —preguntó, señalando a Peabody con el pulgar—. Vete con tus asuntos a otra parte o le diré que programe su arma al nivel tres y miraré cómo te meas en los pantalones.

—Puta —le gritó él, y salió disparado en sus patines.

—Tiene una verdadera habilidad para las relaciones públicas, Dallas.

—Sí, es un don.

Eve se dio media vuelta, dispuesta a golpear la puerta otra vez y se encontró de cara con una mujer de proporciones descomunales. Fácilmente medía dos metros de altura, y tenía los hombros anchos como una carretera. Emergían desde un chaleco de piel sin mangas y mostraban tanta musculatura como tatuajes. Debajo del chaleco llevaba un mono, ajustado como la piel, de un color púrpura como el de un hematoma. Tenía un arete de cobre en la nariz y el pelo, negro, brillante y rizado, cortado muy corto.

—Malditos traficantes —dijo con una voz estruendosa como un cañonazo—. Inundan el vecindario. ¿Eres la poli de Mavis?

—Exacto, y traigo conmigo a mi propia poli.

La mujer observó a Peabody de pies a cabeza con unos lechosos ojos azules.

—Fantástico. Mavis dice que eres guay. Soy la Gran Mary.

Eve inclinó la cabeza a un lado.

—Sí, lo eres.

Pasaron unos diez segundos hasta que el rostro de luna de Gran Mary se arrugara con una sonrisa afilada.

—Entrad. Jess está calentando. —Por toda bienvenida, tomó a Eve del brazo, la levantó del suelo y la depositó en un pasillo—. Vamos, poli de Dallas.

—Peabody. —Con expresión de cautela, Peabody se mantuvo prudentemente lejos del alcance de Gran Mary.

—Peabody. Eres una mujer menuda. —Riendo, Gran Mary condujo a Eve hasta un ascensor acolchado y esperó a que se cerrara la puerta. Quedaron apretujadas las tres, como sardinas en una lata. Subieron un piso—. Jess dice que os lleve arriba para un control. ¿Tenéis dinero?

Era difícil mantener la más mínima dignidad teniendo la nariz empotrada contra el sobaco de Mary.

—¿Para qué?

—Van a traer comida. Tendréis que poner vuestra parte.

—De acuerdo. ¿Ha llegado Roarke, ya?

—No he visto a ningún Roarke. Mavis dice que es imposible pasarle por alto porque es elegante y fascinante.

La puerta acolchada se abrió y Eve dejó escapar el aire que había estado conteniendo. Mientras todavía tomaba aire, la música las asaltó. El tono salvaje y agudo de Mavis se desgañitaba, acompañada por un impresionante ruido.

—Parece que se haya rallado un poco.

Solamente el profundo afecto que sentía por Mavis le impidió dar media vuelta y marcharse.

—Parece que sí.

—Voy a buscaros bebida. Jess ha traído el caldo.

Mary se alejó con paso pesado y dejó a Eve y a Peabody en una cabina de control de paredes acristaladas que se encontraba a medio nivel por encima del estudio en el cual Mavis se desgañitaba. Sonriendo, Eve se acercó al cristal para verla mejor.

Mavis se había recogido el pelo para que le cayera como una cascada desde una banda multicolor. Llevaba un mono transformado, cuyos tirantes le pasaban por el centro de los pechos desnudos. El resto del tejido era de unos brillantes colores con formas caleidoscópicas que empezaba en el diafragma y casi no le llegaba al final del pubis. Bailaba encima de un par de plataformas que le dejaban los pies desnudos y que la levantaban unos diez centímetros del suelo.

Eve no tenía ninguna duda de que había sido su amante quien había diseñado ese modelo para ella. Distinguió a Leonardo en una esquina del estudio. Tenía el rostro iluminado por una sonrisa mientras miraba a Mavis y vestía un mono ajustado al cuerpo que le daba el aspecto de un elegante oso pardo.

—Vaya par —murmuró mientras introducía los pulgares en los bolsillos traseros de los vaqueros. Giró la cabeza para decirle algo a Peabody y se dio cuenta de que la atención de su compañera estaba dirigida hacia la izquierda y, con cierta curiosidad, notó que la expresión que tenía en el rostro conseguía combinar la conmoción, la admiración y la lascivia.

Siguiendo la dirección de su mirada, Eve obtuvo la primera imagen de Jess Barrow. Era hermoso. Como una estatua en movimiento con una larga y brillante mata de pelo del color del roble pulido. Tenía unos ojos de un color casi plateado, de pobladas pestañas y que mostraban una expresión de profunda concentración mientras manipulaba los controles de una intrincada mesa de ecualización. Tenía la piel inmaculada y de un tono broncíneo. En el rostro, los pómulos eran altos y la mandíbula, fuerte. Los labios, llenos y firmes. Las manos parecían finamente esculpidas sobre mármol.

—Cierra la boca, Peabody —le sugirió Eve— antes de que te entre una mosca.

—Dios. Dios Santo. Es mucho mejor en persona. ¿No te entran ganas de darle un mordisco?

—No en especial, pero adelante.

Al darse cuenta de lo que había dicho, Peabody enrojeció

hasta la raíz del cabello. Se enderezó encima de sus fuertes piernas. Después de todo, Eve era su superior.

—Admiro su talento.

—Peabody, estás admirando su torso. Es un torso muy atractivo, así que no tengo nada en contra.

—Ojalá él lo pusiera contra el mío —murmuró e, inmediatamente, se aclaró la garganta al darse cuenta de que Gran Mary aparecía con dos botellas de un color marrón oscuro—. Jess consigue este caldo gracias a su familia, que está en el sur. Es bueno.

Dado que no estaba etiquetado, Eve se preparó a sacrificar unas cuantas capas internas del estómago. Pero se sintió agradablemente sorprendida al notar que el líquido le bajaba con suavidad por la garganta.

—Sí, es bueno, gracias.

—Si añadís algo a la cesta, podréis tomar más. Se supone que tengo que bajar para esperar a Roarke. He oído que tiene montones de dinero. ¿Cómo es que no llevas algo brillante y pesado, si estás con un hombre rico?

Eve decidió no mencionar el diamante del tamaño de un puño infantil que llevaba entre los pechos, debajo de la camisa.

—Mi ropa interior es de oro puro. Me irrita un poco, pero me hace sentir segura.

De nuevo, Gran Mary esperó unos segundos en soltar una carcajada. Le dio una palmada a Eve en la espalda con tanta fuerza que hubiera podido hacerle tirar el vaso que tenía en la mano. Inmediatamente, se alejó con pasos lentos y pesados.

—Tendríamos que ficharla —dijo Eve—. No necesitaría llevar ni un arma ni un chaleco.

La música se elevó en un *crescendo* que perforaba los tímpanos y se interrumpió como si la hubieran cortado con cuchillo. Abajo, Mavis soltó un chillido y se lanzó a los brazos de Leonardo.

—Ha sido un excelente corte, dulzura. —La voz de Jess, cremosa, tenía un perezoso acento del sur—. Tómate unos diez minutos para descansar esa garganta de oro.

El concepto que Mavis tenía de descansar la garganta consistió en lanzar otro chillido mientras saludaba desesperadamente a Eve con la mano.

—Dallas, estás aquí. ¿No ha sido magnífico? Subo, no te muevas —añadió mientras se precipitaba a través de una puerta en sus plataformas de moda.

—Así que ésta es Dallas. —Jess se apartó de la mesa. Su cuerpo, esbelto, destacaba enfundado en unos vaqueros tan destrozados como los de Eve y en una camiseta que un policía, con su sueldo, consideraría de saldo. Un brillante diamante que llevaba en la oreja brilló cuando se movió para abandonar la cabina y una bonita pulsera de oro se deslizó con gracia sobre su muñeca cuando él le ofreció la mano—. Mavis hierve de entusiasmo cuando cuenta historias sobre su policía.

—Mavis siempre hierve de entusiasmo. Forma parte de su encanto.

—Así es. Soy Jess, y estoy encantado de conocerla por fin. —Sin soltar la mano de Eve, dirigió una sonrisa perezosa y apabullante a Peabody—. Y parece que tenemos a dos policías por el precio de una.

—Yo… yo… soy una gran admiradora —consiguió farfullar Peabody, luchando contra el tartamudeo—. Tengo todos sus discos, audio y vídeo. Le he visto en un concierto.

—Los aficionados a la música siempre son bienvenidos. —Soltó la mano de Eve para tomar la de Peabody—. ¿Quieres que te enseñe mi juguete favorito? —la invitó mientras la acompañaba hasta la mesa. Antes de que Eve pudiera seguirles, Mavis entró precipitadamente.

—¿Qué te parece? ¿Te ha gustado? Yo la he escrito. Jess

la ha musicado, pero yo la he escrito. Él cree que puede ser un éxito.

—Estoy realmente orgullosa de ti. Sonaba fantástico. —Eve le devolvió el entusiástico abrazo y sonrió a Leonardo, que se encontraba detrás de Mavis—. ¿Qué tal sienta estar con una incipiente estrella del mundo de la música?

—Es fantástica. —Se acercó y le dio un abrazo a Eve—. Tienes un aspecto estupendo. En unos cortes de noticias vi que llevabas unos diseños míos. Te lo agradezco.

—Yo te lo agradezco —respondió Eve, con sinceridad. Leonardo era un genio con talento que empezaba en el mundo de la moda—. Conseguí no parecer una trapera al lado de Roarke.

—Tú siempre te pareces a ti misma —la corrigió Leonardo, pero entrecerró los ojos y le pasó la mano por el pelo desarreglado—. Necesitas unos retoques. Si no te haces algo cada dos o tres semanas, pierde el estilo.

—Iba a cortármelo un poco, pero…

—No, no. —Negó con la cabeza con gesto solemne, pero sus ojos le sonreían—. Ya han pasado los días en que te cortabas el pelo tú misma. Llama a Trina y que te lo haga ella.

—Tendremos que llevarla a rastras otra vez. —Mavis sonreía en todo momento—. Continuará dándonos excusas y empezará a arrancárselo con las tijeras de cocina en cuanto empiece a metérsele en los ojos. —Se rio al ver la expresión de alarma de Leonardo—. Haremos que Roarke la atrape.

—Me encantaría hacerlo. —Roarke acababa de salir del ascensor y se había dirigido directamente hasta donde estaba Eve. Le tomó el rostro entre las manos y le dio un beso—. ¿Para qué tengo que atraparte?

—Nada. Tómate una copa. —Le pasó la botella.

Antes de beber, saludó a Mavis con un beso.

—Gracias por la invitación. Es un lugar impresionante.

—¿Verdad que es magnífico? El sonido es lo último, y Jess hace todo tipo de magia con su mesa. Tiene como seis millones de instrumentos programados. Puede tocarlos todos, además. Puede hacer cualquier cosa. La noche en que apareció en el Down and Dirty cambió mi vida. Fue como un milagro.

—Mavis, tú eres el milagro. —Con suavidad, Jess condujo a Peabody de vuelta con el grupo. Ésta estaba ruborizada y tenía la mirada perdida. Eve se dio cuenta de que el pulso le latía en la garganta a un ritmo desenfrenado.

—Cálmate, chica —le dijo, pero Peabody sólo pudo levantar los ojos al cielo.

—Has conocido a Dallas y a Peabody, ¿verdad? Éste es Roarke. —Mavis dio unos saltitos sobre sus plataformas—. Mis mejores amigos.

—Es un auténtico placer. —Jess le ofreció una de sus elegantes manos a Roarke—. Admiro su éxito en el mundo de los negocios y su gusto con las mujeres.

—Gracias. Intento ser cuidadoso en ambos temas. —Roarke observó el entorno e inclinó la cabeza—. Su estudio es impresionante.

—Me encanta enseñarlo. Ha estado mucho tiempo en estado de planificación. La verdad es que Mavis es la primera artista que lo utiliza, aparte de mí. Mary va a pedir comida. ¿Qué tal si les muestro mi mejor creación antes de que Mavis vuelva al trabajo?

Los condujo a todos hacia la mesa y se sentó frente a ella como un capitán frente al timón del barco.

—Por supuesto, los instrumentos están programados. Puedo hacer cualquier tipo de combinación y variar el tono y el tempo. Se puede utilizar el control por voz, pero la uso muy raramente. Me distrae de la música.

Desplazó unos controles e inmediatamente empezó a sonar un ritmo.

—Las voces también están grabadas. —Apretó unos botones y la voz de Mavis sonó sorprendentemente matizada y profunda. Un monitor mostraba una representación del sonido con unos colores y formas cambiantes—. Lo utilizo para un análisis informático. Los musicólogos... —sonrió ampliamente con expresión de autocensura—, no lo podemos evitar. Pero ésa es otra historia.

—Suena muy bien —comentó Eve, complacida.

—Y sonará mejor. Doblar por encima. —La voz de Mavis se dividió, como una capa encima de la otra, armónica—. Capas y relleno. —Las manos de Jess volaban sobre los controles haciendo sonar guitarras, vientos, un tambor y el punzante lamento de un saxo—. Bajar un poco. —Los sonidos se hicieron más lentos, se dulcificaron—. Más caliente. —La música se encendió y subió de tono.

—Todo es muy básico, igual que hacer un dueto con grabaciones de artistas del pasado. Tienen que escuchar la versión de Mavis de *Hard Day's Night* con los Beatles. También puedo introducir cualquier tipo de sonido. —Con una sonrisa bailándole en el rostro, jugó con los dedos por encima de los controles. La voz de Eve se oyó en un susurro.

—Cálmate, chica. —Las palabras se mezclaron con la voz de Mavis, repitiéndose, haciéndose eco y perdiéndose en la lejanía.

—¿Cómo ha hecho esto? —preguntó Eve.

—Llevo un micrófono —les explicó— conectado a la consola. Ahora que tengo su voz en el programa, puedo hacer que sustituya a la de Mavis. —Manipuló los controles otra vez y Eve frunció el ceño al oírse cantar.

—No haga eso —le ordenó y, riéndose, Jess lo apagó.

—Lo siento. No puedo evitar jugar. ¿Quiere oírse canturrear, Peabody?

—No. —Se mordió el labio inferior—. Bueno, quizá sí.

—Veamos, algo denso, de tono suave y clásico. —Trabajó unos momentos y se recostó en el respaldo de la silla. Peabody abrió los ojos asombrada al oír su voz encendida con la letra de *I've Got You Under My Skin.*

—¿Ésta es una de sus canciones? —le preguntó—. No la conozco.

Jess se rio.

—No, es anterior a mi tiempo. Tiene una voz fuerte, agente Peabody. Un buen control de la respiración. ¿Quiere abandonar su trabajo y unirse a la fiesta?

Peabody se ruborizó y negó con la cabeza, con gesto nervioso.

—Trabajé con un ingeniero que había diseñado algunos elementos de autotrónica para el Mundo Disney. Tardamos casi tres años en terminar esto. —Dio unos golpecitos a la mesa-consola como si fuera un niño muy querido—. Ahora que tengo el prototipo y una unidad en funcionamiento, tengo esperanzas de fabricar más. También funciona con control remoto. Puedo estar en cualquier parte y trabajar en la mesa. Tengo expectativas acerca de una unidad más pequeña, transportable, y he estado trabajando en un modificador de ánimo.

Pareció contenerse y meneó la cabeza.

—Me he dejado llevar. Mi agente empieza a quejarse de que paso más tiempo trabajando en electrónica que grabando.

—¡La comida está aquí! —gritó Gran Mary.

—Bien. —Jess sonrió y observó a su audiencia—. Vamos a atacarla. Tienes que mantener tu nivel de energía alto, Mavis.

—Estoy hambrienta. —Tomó la mano de Leonardo y se dirigió hacia la puerta. Abajo, Mary estaba trayendo bolsas y cajas hasta el estudio.

—Sírvanse ustedes mismos —les dijo Jess—. Tengo unas cosas que hacer. Volveré enseguida.

—¿Qué piensas? —murmuró Eve a Roarke mientras bajaban, seguidos por Peabody.

—Creo que está buscando un inversor.

Eve suspiró y asintió con la cabeza.

—Sí, yo pienso lo mismo. Lo siento.

—No es ningún problema. Tiene un producto interesante.

—He hecho que Peabody realice una búsqueda sobre él. No ha aparecido nada. Pero no me gusta pensar que quiera utilizarte, ni a ti ni a Mavis.

—Eso está por ver. —Él le hizo dar la vuelta entre sus brazos en cuanto entraron en el estudio y le pasó las manos por las caderas—. Te he echado de menos. Echo de menos pasar mucho tiempo contigo.

Eve sintió que un calor se le encendía entre los muslos, más caliente y lascivo de lo que el momento requería. Sintió unas cosquillas en los pechos.

—Yo también te he echado de menos. ¿Qué tal si pensamos en cómo irnos pronto, llegar a casa y follar como conejos?

Él estaba duro como el acero. Se inclinó para mordisquearle la oreja y se dio cuenta de que tenía que reprimirse para no arrancarle la ropa.

—Bien pensado. Dios, te deseo.

Al infierno con la prudencia, pensó Roarke, y le hizo echar la cabeza hacia atrás para besarla en la boca.

En la mesa, ante los controles, Jess los observaba y sonreía. Pensó que si dejaba pasar unos minutos más, ellos acabarían en el suelo apareándose como locos. Mejor que no. Con dedos hábiles, manipuló los botones y cambió el programa. Más que satisfecho, se levantó y se dirigió escaleras abajo.

Y

Dos horas más tarde, mientras conducía hacia casa a través de calles oscuras iluminadas por los colores de las vallas publicitarias parpadeantes, Eve puso el coche fuera de los límites de la ley. La necesidad era como un latido bajo y continuo entre los muslos, como un escozor que provocaba una necesidad desesperada de rascarse.

—Estás saltándote la ley, teniente —le dijo Roarke en tono tranquilo. Estaba duro como una roca otra vez, como un adolescente cargado de hormonas.

Esa mujer que se enorgullecía de no abusar nunca de su placa repuso:

—La estoy sometiendo.

Roarke alargó una mano y le tomó un pecho.

—Sométela un poco más.

—Oh, Jesús. —Eve ya se imaginaba cómo sería tenerle dentro, así que apretó el acelerador y salieron volando.

Un tipo que atendía un carrito les levantó el dedo corazón mientras el coche giraba una curva haciendo chirriar los neumáticos y se dirigía hacia el este. Eve soltó una maldición y colocó la luz roja y azul de la policía encima del coche, encendida.

—No puedo creerme que esté haciendo esto. Nunca hago esto.

Roarke le deslizó la mano por el muslo.

—¿Tienes idea de qué es lo que yo voy a hacerte a ti?

Ella soltó una carcajada y tragó saliva con dificultad.

—Por Dios, no me lo digas. Vamos a matarnos.

Tenía las manos temblorosas y pegadas al volante. El cuerpo le vibraba como una cuerda de violín acabada de pulsar. Tenía la respiración entrecortada. Unas nubes cubrieron la luna y bloquearon su luz.

—Pulsa el control remoto de la puerta —dijo ella casi sin aliento—. Pulsa el remoto. No voy a frenar.

Él lo pulsó con rapidez. Las majestuosas puertas de hierro se abrieron y ella las cruzó a tan sólo unos centímetros a cada lado.

—Excelente trabajo. Para el coche.

—Un minuto. Sólo un minuto. —Eve se precipitó camino arriba pasando de largo a gran velocidad las fuentes y los impresionantes árboles.

—Para el coche —le pidió otra vez y, con una mano, le apretó el pubis.

Ella se corrió al instante, violentamente, evitando por segundos chocar contra un roble. Resollando, frenó y el coche derrapó y se detuvo dibujando una diagonal como de borracho en el camino.

Eve se lanzó sobre él.

Se arrancaron la ropa, lucharon para encontrarse el uno con el otro en el estrecho coche. Ella le mordió el hombro, le abrió los pantalones.

Él maldecía. Ella se reía. Él la arrastró fuera del coche y cayeron sobre la hierba rodando el uno sobre el otro, las ropas totalmente enrolladas en sus cuerpos.

—Date prisa, date prisa. —Era lo único que ella consiguió decir bajo esa presión insoportable. Los labios de él cayeron sobre su pecho, por encima de la camisa rota. Los dientes se clavaron. Ella tiró de los pantalones de él, le clavó los dedos en las caderas.

Él respiraba deprisa y entrecortadamente. Una necesidad salvaje le atenazaba con tanta violencia como se le clavaban las uñas de ella en la espalda. Sentía cómo la sangre se le precipitaba por las venas, como una oleada que le inundase por dentro. Con las manos la manipuló con fuerza hasta que le hizo levantar las piernas y se clavó dentro de ella.

Ella gritó, emitió un chillido de placer salvaje. Le arañó la espalda y le clavó los dientes en el hombro. Le sentía latir dentro, llenarla a cada desesperado empujón. El orgasmo fue doloroso y no consiguió apaciguar esa monstruosa necesidad.

Ella estaba mojada, le atrapaba con los músculos de las piernas como si fueran dientes a cada embestida de él. Él no podía detenerse, no podía pensar, embestía una y otra vez como un semental que cubriera a una yegua. No podía ni verla detrás de la cortina roja que le tapaba la visión. Sólo podía sentirla, siguiendo su ritmo, levantando las caderas. Oía su voz, sus lamentos, sus gemidos y sus quejidos.

Cada uno de esos sonidos le aceleraba el pulso, como si fuera un cántico primitivo.

Explotó sin aviso, fuera de control. Su cuerpo llegó al clímax como un motor a máxima presión, clavándose en ella y entrando en erupción. La caliente ola de alivio le inundó, se lo tragó, lo ahogó. Fue la única vez desde que la había tocado por primera vez que no sabía si ella le había seguido en el clímax.

Se derrumbó y se apartó a un lado en un intento de obtener aire. Tenía los pulmones exhaustos. Bajo la brillante luz de la luna, se quedaron tumbados encima de la hierba, sudorosos, medio vestidos, temblorosos, como los únicos supervivientes de una enconada guerra particular.

Con un gruñido, ella rodó y se tumbó sobre el estómago, dejando que la hierba le enfriara la mejilla.

—Dios, ¿qué ha sido esto?

—En otras circunstancias, lo llamaría sexo. Pero... —Consiguió abrir los ojos—. No tengo palabras para definirlo.

—¿Te he mordido?

Ahora empezaban a aparecer algunos dolores mientras su cuerpo se recuperaba. Él giró la cabeza y se miró el hombro. Vio la marca de los dientes.

—Alguien lo ha hecho. Lo más probable es que hayas sido tú.

Roarke observó cómo caía una estrella, plateada, desde el

cielo a la tierra. Había sido bastante parecido, pensó, como penetrar sin remedio en la perdición.

—¿Estás bien?

—No lo sé. Tengo que pensarlo. —La cabeza todavía le daba vueltas—. Estamos en el césped —dijo ella, despacio—. Tenemos las ropas rasgadas. Estoy segura de que tus huellas han quedado marcadas en mi trasero.

—Hice todo lo que pude.

Elle empezó a reír con disimulo, luego se le escapó y empezó a reír a carcajadas de forma irreprimible.

—Jesús, Roarke. Jesús. Mira qué aspecto tenemos.

—En un minuto. Creo que todavía estoy medio ciego. —Pero se dio media vuelta sonriendo. Ella todavía temblaba de la risa. Tenía el pelo revuelto, los ojos vidriosos y el trasero estaba lleno de manchas de césped y de marcas—. No tienes aspecto de policía, teniente.

Ella se sentó de la misma forma que lo había hecho él y ladeó la cabeza.

—Tú tampoco tienes aspecto de ser un hombre rico, Roarke. —Le dio un tirón de la manga, era lo único que le quedaba de la camisa—. Pero es un aspecto interesante. ¿Cómo se lo vas a explicar a Summerset?

—Simplemente le diré que mi esposa es una animal.

Ella se rio.

—Eso ya lo ha decidido por sí mismo. —Suspiró y miró en dirección a la casa—. Las luces brillaban en el piso de abajo para darles la bienvenida—. ¿Cómo vas a entrar en la casa?

—Bueno... —Él encontró los restos de la camisa de ella y le cubrió los pechos, lo cual la hizo reír inevitablemente. Consiguieron envolverse con pantalones destrozados y se quedaron sentados mirándose el uno al otro—. No puedo llevarte hasta el coche —le dijo—. Tenía esperanzas de que tú me llevaras a mí.

—Primero tenemos que levantarnos.

—De acuerdo.

Ninguno de los dos se movió. Las risas empezaron de nuevo, y continuaron riéndose mientras, abrazados como borrachos, se pusieron en pie.

—Dejemos el coche —decidió él.

—Ajá. —Se alejaron haciendo eses y cojeando—. ¿Las ropas? ¿Los zapatos?

—Déjalo también.

—Buena idea.

Riendo como niños que regresan fuera de hora, subieron los escalones con dificultad mientras se hacían callar el uno al otro mientras atravesaban la puerta.

—¡Roarke! —Un tono de sorpresa, unos pies que se precipitan.

—Lo sabía —murmuró Eve—. Lo sabía.

Summerset apareció apresurado desde las sombras. Su rostro, normalmente contenido, mostraba sorpresa y preocupación. Vio las ropas destrozadas, la piel rasguñada, los ojos desorbitados.

—¿Ha habido un accidente?

Roarke se enderezó y mantuvo un brazo alrededor de la espalda de Eve, tanto para mantener el equilibrio como para sujetarla.

—No. Ha sido a propósito. Vete a la cama, Summerset.

Eve miró por encima del hombro mientras ella y Roarke se ayudaban mutuamente a subir las escaleras. Summerset se quedó de pie abajo, con la boca abierta. La imagen la complació tanto que tuvo que contener la risa hasta que llegaron a la habitación.

Cayeron en la cama, exactamente tal como estaban, y se durmieron como niños.

Capítulo siete

*P*oco antes de las ocho de la mañana siguiente, un poco dolorida y con la cabeza que le daba vueltas, Eve se sentó ante el escritorio de la oficina de su casa. Esa oficina que Roarke había habilitado para ella en su casa era más un santuario que una oficina realmente. El diseño era parecido al del apartamento donde vivía cuando le conoció y que tanto le había costado dejar.

La había hecho para que ella pudiera tener su propio espacio, sus propias cosas. Incluso después de tanto tiempo de vivir ahí, Eve raramente dormía en la cama conjunta cuando él estaba fuera. En lugar de eso se tumbaba en el sillón de relajación y dormía.

Las pesadillas eran menos frecuentes ahora, pero volvían en momentos extraños.

Eve podía trabajar ahí cuando lo necesitaba, y cerraba las puertas si quería tener intimidad. Y dado que estaba provista de una cocina completamente equipada, muy a menudo prefería el AutoChef a Summerset cuando estaba sola en la casa.

Con la luz del sol penetrando por la pared que tenía a la espalda, Eve revisó los casos en que estaba trabajando e hizo malabares para organizar todas las visitas y salidas que tenía que hacer. Sabía que no disponía del lujo de poder centrarse exclusivamente en el caso Fitzhugh, especialmente ahora que parecía probable que se calificara de suicidio. Si no conseguía encontrar pruebas contundentes durante los próximos dos días, no tendría otra opción que cambiarle la prioridad.

A las ocho en punto oyó un rápido golpe en la puerta.

—Entra, Peabody.

—Nunca me acostumbraré a este lugar —dijo Peabody mientras entraba—. Parece algo salido de una vieja película.

—Deberías hacer que Summerset te haga una visita guiada —le dijo Eve con aire ausente—. Estoy segura de que existen habitaciones que todavía no he visto. Ahí hay café. —Eve hizo un gesto en dirección a la cocina y continuó concentrada en su cuaderno de trabajo.

Peabody se dirigió lentamente hacia la cocina, observando las unidades de ocio que se alineaban en las paredes y preguntándose cómo se sentiría uno pudiendo permitirse todos los juguetes que existían: música, arte, vídeo, hologramas, realidad virtual, habitaciones de meditación, juegos. Jugar una partida de tenis en el último campo de Wimbledon, bailar con un holograma de Fred Astaire o realizar un viaje virtual a los palacios dedicados al placer de Regis III.

Soñando despierta, entró en la cocina. El AutoChef ya estaba programado para café, así que ordenó dos y llevó las tazas humeantes hasta la oficina. Esperó con paciencia mientras Eve continuaba hablando para sí misma.

Peabody dio un sorbo de café.

—Oh, Dios. Oh, Dios. Es de verdad. —Parpadeó, sorprendida, y tomó la taza con ambas manos con un gesto reverente—. Este café es de verdad.

—Sí, hace que una se acostumbre mal. Ahora ya no puedo tragarme el brebaje que dan en la Central. —Eve levantó la cabeza y vio la expresión aturdida de Peabody. Sonrió. No hacía tanto tiempo que ella había tenido una reacción similar al probar el café de Roarke. Y al conocer a Roarke—. ¿No está mal, eh?

—Nunca había tomado café de verdad antes. —Como si estuviera tomando oro líquido, y dado el destrozo de los bosques tropicales y de los cultivos, era igual de exclusivo, Peabody lo bebió despacio—. Es increíble.

—Tienes media hora para tomarte una sobredosis mientras elaboro mi estrategia del día.

—¿Puedo tomar más? —Peabody cerró los ojos y olió el aroma—. Es como una diosa, Dallas.

Riendo, Eve alargó el brazo para tomar el TeleLink, que estaba sonando.

—Dallas —empezó, y el rostro se le iluminó con una sonrisa—. Feeney.

—¿Qué tal la vida de casada, niña?

—Es tolerable. Es muy temprano por la mañana para un detective informático como tú, ¿no?

—Estoy trabajando en algo muy caliente. Un lío en la oficina del jefe. Algún pirata gracioso ha entrado en la Central y casi ha quemado el sistema entero.

—¿Han entrado? —Eve abrió los ojos de sorpresa. No estaba segura de que ni siquiera Feeney, con sus mágicas manos, fuera capaz de atravesar la seguridad del sistema del jefe de Policía y Seguridad.

—Eso parece. Lo ha liado todo increíblemente. Estoy deshaciendo el embrollo —dijo, en tono alegre—. Pensé en llamarte para ver qué tal, ya que no sabía nada de ti.

—No paro de correr.

—No sabes hacerlo de otra manera. ¿Eres la responsable del caso Fitzhugh?

—Exacto. ¿Hay algo que debería saber?

—No. El tipo ganó mucho dinero haciéndose el listo y nadie de por aquí lo siente demasiado. A ese tramposo le gustaba apretar a los polis que se sentaban en la tribuna de los testigos. Es curioso, es el segundo suicidio en un mes.

El interés de Eve se despertó.

—¿El segundo?

—Sí. Ah, es verdad, estabas de luna de miel y poniendo ojos de cordero degollado. —Movió sus profundas cejas pelirrojas—. El senador de Washington Este, hace un par de semanas. Saltó de la ventana del edificio del Capitolio. Políticos y abogados. Están igualmente locos.

—Sí. ¿Podrías buscarme la información de eso cuando tengas un momento? Envíamela a la unidad de mi oficina.

—¿Qué pasa, estás utilizando un cuaderno de notas?

—Sólo estoy interesada en ello. —Volvía a tener esa sensación en el estómago—. Yo me encargo de la cuenta la próxima vez que nos encontremos en el comedor.

—No hay problema. Tan pronto como consiga tener el sistema limpio, te lo mando. No continúes sin dar noticias —le dijo, y cortó.

Peabody continuaba dando sorbos de café.

—¿Cree que hay una relación entre Fitzhugh y el senador que se tiró al vacío?

—Abogados y políticos —murmuró Eve—. E ingenieros de autotrónica.

—¿Qué?

Eve meneó la cabeza.

—No lo sé. Desconectar —ordenó a la unidad. Luego se colgó el bolso al hombro—. Vámonos.

Peabody se esforzó en no poner mala cara por no poder tomar otra taza de café.

—Dos suicidios en dos ciudades distintas en un mes no es una cosa tan extraña —empezó mientras alargaba el paso para ponerse al ritmo de Eve.

—Tres. Un chico de Olimpo se colgó mientras estábamos ahí. Mathias Drew. Quiero que mires a ver si puedes encontrar una relación, cualquier cosa que tengan en común. Gente, lugares, hábitos, educación, aficiones. —Se apresuró rápidamente escaleras abajo.

—No conozco el nombre del político. No presté atención a los informes acerca del suicidio en Washington Este. —Peabody sacó su ordenador personal de bolsillo y empezó a buscar los datos.

—Mathias estaba a mitad de la veintena, ingeniero de autotrónica. Trabajaba para Roarke. Mierda. —Tenía la desagradable impresión de que tendría que relacionar a Roarke con su trabajo otra vez—. Si encuentras cualquier dificultad, pregúntale a Feeney. Es capaz de sacar información con las manos atadas y borracho, y más deprisa que cualquiera de nosotros.

Eve abrió la puerta y frunció el ceño al no ver el coche al final del camino.

—Maldito Summerset. Le he dicho que deje mi coche donde lo aparco yo.

—Creo que lo ha hecho. —Peabody se puso las gafas de sol y señaló—. Está bloqueando el camino, ¿lo ve?

—Ah, sí. —Eve se aclaró la garganta. El coche estaba exactamente donde lo había dejado y, flotando bajo la suave brisa, había unas cuantas prendas de vestir—. No preguntes —le dijo mientras se dirigía hacia el coche.

—No iba a hacerlo. —El tono de Peabody fue suave como la seda—. Especular resulta más interesante.

—Cállate, Peabody.

—Me callo, teniente. —Con una sonrisa de burla, Peabody subió al coche y reprimió una carcajada mientras Eve daba media vuelta con el coche y conducía hacia el final del camino.

Arthur Foxx estaba sudando. Era sutil, solamente un ligero brillo encima del labio superior, pero a Eve le pareció gratificante. No se había sorprendido al ver que el abogado que había escogido era uno de los socios de Fitzhugh, un joven ambicioso vestido con un traje caro que lucía unos medallones de moda en las delgadas solapas.

—Mi cliente se siente comprensiblemente preocupado. —El abogado arrugó el joven rostro—. La misa por Fitzhugh se ofrecerá a la una de esta tarde. Ha elegido usted un momento poco conveniente para esta entrevista.

—La muerte escoge el momento, señor Ridgeway, y normalmente resulta inapropiado. Entrevista con Arthur Foxx, referencia Fitzhugh, caso número 30091, dirigida por Dallas, teniente Eve. Fecha, 24 de agosto de 2058, hora, 09:36. ¿Quiere decir su nombre para que quede constancia?

—Arthur Foxx.

—Señor Foxx, ¿está usted al corriente de que esta entrevista está siendo grabada?

—Sí.

—¿Ha ejercido usted su derecho a tener un abogado y comprende los derechos y responsabilidades que tiene?

—Exacto.

—Señor Foxx, usted realizó una declaración anterior acerca de sus movimientos la noche en que el señor Fitzhugh murió. ¿Desea usted volver a escucharla?

—No es necesario. Ya le conté lo que sucedió. No sé qué más quiere que le diga.

—Para empezar, dígame dónde estuvo usted entre las veintidós treinta y las veintitrés en punto la noche del incidente.

—Ya se lo he dicho. Cenamos. Vimos una comedia, nos fuimos a la cama y vimos una parte de las últimas noticias.

—¿Permaneció usted en casa toda la noche?

—Eso es lo que he dicho.

—Sí, señor Foxx, eso es lo que usted ha dicho, y está grabado. Pero no es lo que hizo.

—Teniente, mi cliente se encuentra aquí por voluntad propia. No veo ninguna...

—Ahórreselo —le aconsejó—. Usted abandonó el edificio aproximadamente a las diez y media de la noche y volvió a los treinta minutos. ¿Adónde fue?

—Yo... —Foxx se dio unos tirones a la corbata—. Salí unos minutos. Lo había olvidado.

—Lo había olvidado.

—Estaba confundido. Estaba bajo los efectos de la conmoción. —Se oyó un sonido susurrante provocado por el roce de los dedos sobre el tejido de la corbata—. No recordé algo de tan poca importancia como un breve paseo.

—¿Ahora lo recuerda? ¿Adónde fue usted?

—Sólo a pasear. Di unas cuantas vueltas a la manzana.

—Usted volvió con un paquete. ¿Qué contenía?

Eve vio exactamente en qué momento él se dio cuenta de que las cámaras de seguridad le habían grabado. Miró más allá de donde se encontraba Eve y continuó manoseando la corbata con gesto nervioso.

—Me detuve en un veinticuatro horas, compré unas cuantas cosas. Cigarrillos de hierbas. De vez en cuando tengo ganas de fumar.

—Es muy sencillo comprobarlo con el veinticuatro horas y establecer exactamente qué fue lo que usted compró.

—Algunos tranquilizantes —dijo—. Quería calmarme un poco para pasar la noche. Quería fumar. No hay ninguna ley que lo prohíba.

—No, pero sí hay una ley que prohíbe ofrecer falso testimonio en una investigación policial.

—Teniente Dallas. —El tono de voz del abogado todavía era suave, pero delataba cierta tensión y enojo. Eso le dio la pista a Eve de que Foxx no había sido más colaborador con su representante de lo que lo había sido con la policía—. El hecho de que el señor Foxx abandonara el edificio durante un corto período de tiempo no tiene gran relación con su investigación. Y descubrir el cuerpo de la persona querida es una excusa más que razonable para no recordar un detalle menor como ése.

—Quizá un detalle menor. Usted no mencionó, señor Foxx, que usted y el señor Fitzhugh tuvieron una visita la noche de su muerte.

—Leanore no puede considerarse una visita —dijo Foxx, tenso—. Ella es… era la socia de Fitz. Creo que tenían que hablar de ciertos asuntos, lo cual fue otra de las razones de que saliera a dar un paseo. Quería permitirles tener unos momentos a solas para que hablaran del caso. —Respiró—. Normalmente encuentro que eso es más adecuado para todo el mundo.

—Entiendo. Así que ahora en su declaración afirma que usted abandonó el apartamento para permitir que su esposo y su compañera de trabajo tuvieran intimidad. ¿Por qué no mencionó la visita de la señorita Bastwick en su declaración anterior?

—No pensé en ello.

—No pensó en ello. Usted declaró que cenaron, que vieron una comedia, y que se fueron a la cama, pero no consiguió añadir esos otros sucesos. ¿Qué otros sucesos no me ha contado, señor Foxx?

—No tengo nada más que decir.

—¿Por qué estaba usted enojado cuando abandonó el edificio, señor Foxx? Le molestó tener a una mujer bonita, una mujer con quien el señor Fitzhugh trabajaba, en su casa tan tarde por la noche.

—Teniente, no tiene usted ningún derecho a sugerir… Eve ni siquiera le dedicó una mirada al abogado.

—No estoy sugiriendo nada, abogado. Estoy preguntando de forma muy directa si el señor Foxx estaba enojado o celoso cuando salió precipitadamente del edificio.

—No salí precipitadamente. Salí caminando. —Foxx cerró la mano en un puño encima de la mesa—. Y no tenía ninguna razón en absoluto para estar enojado o celoso de Leanore. Por mucho que ella decidiera abalanzarse sobre Fitz, él no estaba interesado para nada en ella a ese nivel.

—¿La señorita Bastwick se abalanzó sobre el señor Fitzhugh? —Eve arqueó las cejas—. Eso debió de haberle enojado, Arthur. Saber que su esposo no tiene una preferencia sexual entre mujeres y hombres, saber que pasaban juntos muchas horas cada día durante el trabajo, tenerla a ella en casa, que ella se lanzara sobre él en su propia casa. No me extraña que estuviera usted enojado. Yo hubiera querido destrozarla.

—Él lo encontraba divertido —repuso enojado, Foxx—. La verdad es que se sentía halagado de que alguien mucho más joven que él y tan atractiva le quisiera seducir. Se reía cada vez que yo me quejaba de ella.

—¿Se reía de usted? —Eve sabía cómo jugar ese juego. Habló en tono de empatía—. Eso debió de enojarle mucho. ¿No es así? Eso le carcomía por dentro, ¿verdad, Arthur?, el imaginarles juntos, imaginar que él la tocaba y se reía de usted.

—Hubiera podido matarla. —Foxx explotó, rechazando las manos del abogado que intentaron contenerle. Se puso rojo de furia—. Ella creía que podría apartarle de mí, hacer que él la deseara. No le importaba en absoluto que estuviéramos casados, que tuviéramos un compromiso el uno con el otro. Lo único que quería hacer era ganar. Jodida abogada.

—¿No le gustan mucho los abogados, verdad?

Foxx respiraba con dificultad. Se controló y exhaló con fuerza para calmarse.

—No, en general, no me gustan. Yo no veía a Fitz como un abogado. Le veía como mi esposo. Y si me hubiera sentido tentado a cometer un asesinato esa noche, o cualquier otra noche, teniente, hubiera asesinado a Leanore.

Abrió las manos que había tenido apretadas en puños y las juntó.

—No tengo nada más que decir.

Eve dio por terminada la entrevista, considerando que ya había sido suficiente por el momento, y se levantó.

—Volveremos a hablar, señor Foxx.

—Me gustaría saber cuándo van a entregarme el cuerpo de Fitz —le dijo, mientras se ponía en pie, tenso—. He decidido no posponer el servicio religioso de hoy, aunque no parece muy adecuado realizarlo sin que el cuerpo se encuentre presente.

—Ésa es una decisión que debe tomar el forense. Sus exámenes todavía están incompletos.

—¿No es suficiente con que esté muerto? —La voz le tembló—. ¿No es suficiente con que se haya suicidado sin que usted lo airee y saque a relucir los pequeños y sórdidos detalles personales de nuestras vidas?

—No. —Eve se dirigió a la puerta y descodificó las cerraduras—. No, no lo es. —Dudó un momento, pero decidió tirar a ciegas—: Me imagino que el señor Fitzhugh se sintió muy conmocionado y sorprendido por el reciente suicidio del senador Pearly.

Foxx se limitó a asentir con la cabeza en actitud formal.

—Por supuesto que se sintió conmocionado, aunque apenas se conocían el uno al otro. —Un tic apareció en la mejilla de Foxx—. Si lo que quiere decir es que Fitz se quitó la vida por influencia de Pearly, eso es ridículo. Se conocían muy poco. Muy pocas veces hablaban el uno con el otro.

—Comprendo. Gracias por su tiempo. —Le condujo fuera de la habitación y echó un vistazo al final del pasillo, donde había otra sala de interrogatorio. Leanore debía de encontrarse ya allí, esperando.

Eve decidió tomarse su tiempo y se dirigió hacia el final del pasillo donde había una máquina expendedora. Observó los artículos y sacó unos créditos del bolsillo. Seleccionó una barrita de caramelo y una lata de Pepsi. La máquina expulsó los artículos y ofreció al cliente una advertencia acerca del consumo de azúcar.

—Ocúpate de tus asuntos —le sugirió Eve.

Se apoyó en la pared y se entretuvo con el tentempié. Luego tiró la bandeja en la unidad de reciclaje y se dirigió sin prisas hacia la sala.

Eve calculó que una espera de veinte minutos habría enojado a Leanore. Había dado en el blanco.

La mujer caminaba por la habitación como un gato enjaulado. Sus elegantes piernas recorrían el gastado suelo a paso rápido. En cuanto Eve abrió la puerta, dio media vuelta.

—Teniente Dallas, mi tiempo es extremadamente valioso, a pesar de que el suyo no lo sea.

—Eso depende de cómo se mire —dijo Eve en tono ligero—. Yo no considero horas facturables el tiempo que paso en la sala de interrogatorio.

Peabody se aclaró la garganta.

—Para que quede constancia, la teniente Eve Dallas ha llegado a la Sala de Interrogatorios C para llevar a cabo la entrevista. La sujeto ha sido informada de sus derechos y ha escogido no tener la presencia de un abogado, sino representarse a sí misma. Todos los datos han sido grabados.

—Bien. —Eve se sentó y señaló la silla que tenía enfrente—. Cuando haya terminado usted de dar vueltas, señorita Bastwick, podremos empezar.

—Yo estaba lista para empezar a la hora convenida. —Leanore se sentó y cruzó sus piernas de satén—. Con usted, teniente, no con su subordinada.

—Presta atención a esto, Peabody. Eres mi subordinada.

—Queda debidamente comprendido, teniente —dijo Peabody con sequedad.

—Aunque considero esto como un insulto y algo totalmente innecesario. —Leanore se limpió con un gesto de mano los puños del traje negro—. Voy a asistir al servicio religioso por Fitz dentro de unas horas.

—Usted no estaría aquí, recibiendo un insulto innecesario, si no hubiera mentido en su declaración previa.

Los ojos de Leanore adquirieron una expresión glacial.

—Supongo que puede usted demostrar esta acusación, teniente.

—Usted declaró que había acudido a la residencia del fallecido la pasada noche por un asunto profesional. Que usted permaneció allí, hablando acerca de un caso, entre veinte y treinta minutos.

—Más o menos —dijo Leanore con cierta frialdad en la voz.

—Dígame, señorita Bastwick, ¿siempre lleva usted una botella de vino de crianza a sus reuniones profesionales y se acicala para la ocasión en los ascensores como una reina de baile de fin de curso?

—No hay ninguna ley que prohíba acicalarse, teniente Dallas. —Paseó la mirada, con expresión de desprecio, desde el desarreglado pelo de Eve hasta sus destrozadas botas—. Debería probarlo usted.

—Vaya, ahora ha herido usted mi sensibilidad. Usted se acicaló, se desabrochó tres botones de la blusa y llevó una botella de vino. Me suena a estrategia de seducción, Leanore. —Eve se le acercó y casi le guiñó un ojo—. Vamos, aquí todas somos mujeres. Conocemos el juego.

Leanore se tomó su tiempo y observó una diminuta mota en una de las uñas de manicura perfecta. Permaneció inalterable. A diferencia de Foxx, esa mujer no pestañeó.

—Esa noche me dejé caer para consultar con Fitz un asunto profesional. Tuvimos una breve reunión y luego me marché.

—Estuvo usted sola con él durante todo el tiempo.

—Exacto. Arthur tuvo una de sus rabietas y salió.

—¿Una de sus rabietas?

—Son algo típico de él. —Habló en tono de burla, con ligereza y desdén—. Estaba terriblemente celoso de mí, convencido de que yo intentaba apartar a Fitz de él.

—¿Lo intentaba usted?

Leanore sonrió con lentitud y expresión felina.

—De verdad, teniente, si yo hubiera puesto esfuerzo en eso, ¿no cree que lo habría conseguido?

—Yo diría que usted puso todo su esfuerzo en eso y que el hecho de no conseguirlo la sacaba de quicio.

Leanore se encogió de hombros.

—Admito que, en cierta manera, lo estaba considerando. Fitz se estaba malgastando al lado de Arthur. Fitz y yo teníamos muchas cosas en común y yo le encontraba muy atractivo. Le apreciaba mucho.

—¿Actuó usted en consecuencia a la atracción y el afecto que sentía esa noche?

—Se podría decir que dejé claro que estaba abierta a una relación más íntima con él. Él no se mostró receptivo de inmediato, pero se trataba solamente de una cuestión de tiempo. —Enderezó el torso con actitud de confianza—. Arthur sabía eso. —Su expresión volvió a adquirir un matiz de frialdad—. Y por eso es por lo que creo que él mató a Fitz.

—Es todo un personaje, ¿no? —dijo Eve cuando la entrevista hubo terminado—. No ve nada malo en intentar atraer a un hombre al adulterio, en separar a una pareja que llevan un largo tiempo juntos. Además, está convencida de que no existe ningún hombre en todo el mundo que pueda resistírsele. —Suspiró con fuerza—. Zorra.

—¿Va a presentar cargos contra ella? —preguntó Peabody.

—¿Por ser una zorra? —Eve meneó la cabeza sonriendo levemente—. Podría intentar pillarla por hacer una declaración falsa, pero ella y sus colegas se lo sacarían de encima con facilidad. No vale la pena perder el tiempo. No podemos demostrar que estuviera ahí en el momento de la muerte ni tenemos nada contra ella. Y no me imagino a esta chica asaltando a un hombre de cien kilos para cortarle las venas. No creo que le hubiera gustado mancharse el elegante vestido con toda esa sangre.

—¿Así que volvemos a Foxx?

—Él estaba celoso, estaba enojado y hereda todos los juguetes. —Eve se levantó, caminó hasta la puerta y volvió—. Y no tenemos nada. —Se apretó los ojos con los dedos—. Tengo que aceptar lo que dijo durante la última entrevista. Él hubiera matado a Leanore, no a Fitzhugh. Voy a repasar los datos de los dos suicidios anteriores.

—No tengo gran cosa todavía —empezó Peabody mientras seguía a Eve fuera de la sala de interrogatorios—. No ha habido tiempo.

—Hay tiempo ahora. Y posiblemente Feeney pase por aquí. Dame lo que tengas y dame más cosas más tarde —le pidió Eve antes de entrar en su oficina—. Encender —ordenó mientras se dejaba caer en la silla frente al ordenador—. Iniciar las llamadas recibidas.

El rostro de Roarke apareció en la pantalla.

—Doy por sentado que estás luchando contra el crimen. Yo estoy de camino a Londres. Hay un problema técnico que requiere mi atención personal. No creo que me suponga mucho tiempo. Estaré de vuelta sobre las ocho, lo cual nos da tiempo suficiente para volar hasta Los Ángeles para la *premiere*.

—Mierda, me olvidé.

En pantalla, el rostro de Roarke sonrió.

—Estoy seguro de que has olvidado este compromiso, así que considera esto como un amable recordatorio. Cuídate, teniente.

Volar a California para pasar la noche codeándose con engreídos personajes del cine, comiendo los bocados de verdura que esa gente consideraba comida y soportando a los periodistas acosando con las cámaras y realizando preguntas absurdas no era su idea de una noche agradable.

La segunda llamada era del comandante Whitney, quien le ordenaba que preparara una declaración para los medios de comunicación acerca de varios casos que tenían en marcha.

«Qué mierda —pensó con amargura—. Más titulares.»

Luego, la información de Whitney apareció en pantalla. Eve hizo rodar los hombros para aligerar la tensión, se encorvó y se puso a trabajar.

A las dos se dirigió al Village Bistro. Tenía la camisa pegada a la espalda por el sudor porque el control de temperatura del vehículo había vuelto a fallecer de una muerte no natural.

El aire dentro del restaurante de moda era como una fría brisa oceánica. Una suave luz se filtraba a través de las generosas hojas de palma que sobresalían de unas enormes macetas de porcelana. Las mesas de cristal estaban distribuidas en dos niveles, unas delante de un pequeño lago de aguas oscuras y otras ante una enorme pantalla que mostraba una extensión de blanca arena de playa. Los miembros del servicio vestían unos cortos uniformes de tonos tropicales y se desplazaban a través de las mesas ofreciendo bebidas de colores brillantes y unos platos artísticamente decorados.

El *maître* era un androide que iba vestido con un vaporoso mono blanco y que estaba programado para hablar con un engreído acento francés. Echó un vistazo a los destrozados vaqueros de Eve y a su camisa antes de arrugar una prominente nariz.

—*Madame,* me temo que no tenemos mesas libres. Quizá prefiera usted el *delicatessen* que se encuentra en la manzana contigua.

—Sí, seguro. —Se sintió molesta por su actitud, así que le puso la placa ante los ojos—. Pero voy a comer aquí. Me importa una mierda si eso le hace sufrir un cortocircuito, amigo. ¿Dónde está la mesa de la doctora Mira?

—Aparte eso —siseó mientras miraba en todas direcciones y movía las manos con gesto nervioso—. ¿Es que quiere que mis clientes pierdan el apetito?

—Lo van a perder de verdad si saco el arma, y eso es exactamente lo que voy a hacer si no me dice cuál es la mesa de la doctora Mira y se ocupa de que me traigan un vaso de agua con gas bien fría dentro de los próximos veinte segundos. ¿Tiene ese programa instalado?

El androide apretó los labios y asintió con la cabeza. Tieso, la condujo hacia unos escalones de piedra falsa hasta el segundo nivel y, luego, hasta una zona decorada como una terraza ante el océano.

—Eve. —Mira se levantó inmediatamente ante la elegante mesa y tomó a Eve de ambas manos—. Estás guapísima. —Para sorpresa de Eve, Mira la besó en las mejillas—. Se te ve descansada, feliz.

—Supongo que lo estoy. —Dudó un momento pero luego se inclinó hacia delante y le dio un beso a Mira en la mejilla.

El androide ya había avisado a un miembro del servicio con un chasquido de los dedos.

—La acompañante de la doctora Mira desea un agua con gas.

—Helada —añadió Eve, mirando al *maître* con expresión impertinente.

—Gracias, Armand. —Los ojos azules y dulces de Mira brillaron—. Pediremos dentro de un momento.

Eve echó otro vistazo al restaurante, a los comensales vestidos en veraniegos tonos pasteles y con tejidos caros. Se acomodó en la silla acolchada.

—Habríamos podido encontrarnos en tu oficina.

—Quería traerte a comer. Éste es uno de mis sitios preferidos.

—El androide es un capullo.

—Bueno, quizá Armand esté un poco sobreprogramado, pero la comida es maravillosa. Tienes que probar las almejas Maurice. No te arrepentirás. —Se recostó en el respaldo mientras le servían el agua a Eve—. Dime, ¿qué tal fue la luna de miel?

Eve se bebió la mitad del agua y se sintió como un ser humano de nuevo.

—Dime cuánto tiempo más la gente me estará haciendo esta pregunta.

Mira se rio. Era una mujer bonita, con un cabello liso que llevaba limpiamente peinado hacia atrás, despejando un rostro atractivo. Llevaba uno de sus elegantes trajes, de un pálido color amarillo. Siempre tenía un aspecto cuidado y aseado. Era una de las psiquiatras de comportamiento humano más importantes del país, y a menudo recibía consultas de la policía sobre los crímenes más terribles.

Aunque Eve no lo sabía, Mira albergaba unos fuertes sentimientos maternales hacia ella.

—Eso te hace sentir incómoda.

—Bueno, ya sabes. La luna de miel. El sexo. Es algo personal. —Eve levantó la mirada hacia el techo—. Supongo que es tonto. Es sólo que no estoy acostumbrada. A estar casada. A Roarke. A todo esto.

—Os queréis el uno al otro y os hacéis felices mutuamente. No hay ninguna necesidad de acostumbrarse. Sólo de disfrutarlo. ¿Duermes bien últimamente?

—La mayoría de noches sí. —Y como Mira conocía sus secretos más profundos y oscuros, Eve bajó la guardia—. Todavía tengo pesadillas, pero no tan a menudo. Los recuerdos aparecen y desaparecen. Ninguno de ellos es tan terrible ahora que ya lo he superado.

—¿Lo has superado?

—Mi padre me violó, abusó de mí, me maltrató —dijo Eve en tono neutro—. Yo le maté. Tenía ocho años. Sobreviví. Ahora ya no importa quién era yo antes de que me encontraran en ese callejón. Soy Eve Dallas. Soy una buena policía. Me he hecho a mí misma.

—Bien. —Pero Mira pensó que todavía habría más. Los traumas como el que Eve había sufrido tenían consecuencias que nunca se desvanecían por completo—. Todavía pones a la policía por delante.

—Soy policía por encima de todo.

—Sí. —Mira sonrió levemente—. Supongo que siempre lo serás. ¿Qué tal si pedimos la comida y luego me dices por qué me has llamado?

Capítulo ocho

Eve siguió el consejo de Mira y pidió almejas. Luego tomó un poco del pan de levadura de verdad que habían servido en una cesta plateada encima de la mesa. Mientras comía le ofreció un perfil de Fitzhugh y le comunicó los detalles de la muerte.

—Quieres que te diga si él fue capaz de quitarse la vida. Si tenía alguna tendencia a ello, emocional o psicológica.

Eve arqueó una ceja.

—Ése es el plan.

—Por desgracia, no puedo hacerlo. Puedo decirte que todo el mundo es capaz de hacer eso si se dan las circunstancias y el estado emocional adecuados.

—No lo creo. —Eve lo dijo con tanta firmeza y convicción que Mira sonrió.

—Eres una mujer fuerte, Eve. Ahora. Te has hecho a ti misma y te has convertido en alguien fuerte, racional y tenaz. Eres una superviviente. Pero recuerdas lo que es la desesperación. El desvalimiento. La desesperanza.

Eve lo recordaba. Demasiado bien y con demasiada claridad. Se removió en la silla.

—Fitzhugh no era un hombre desvalido.

—Las apariencias pueden ocultar una gran tormenta. —La doctora Mira levantó una mano antes de que Eve la volviera a interrumpir—. Pero estoy de acuerdo contigo. Dado el

perfil de él, dado su pasado y su estilo de vida, no le calificaría del típico candidato al suicidio y, por supuesto, de un suicidio de una naturaleza tan súbita e impulsiva.

—Fue súbita —asintió Eve—. Yo me enfrenté con él ante
los tribunales justo antes de que eso sucediera. Se mostró tan
engreído, arrogante, y pletórico del sentimiento de la propia
importancia, como siempre.

—Estoy segura de que es verdad. Sólo te puedo decir que
algunos de nosotros, muchos de nosotros, ante algún tipo de
crisis, ante alguna alteración emocional o mental por motivos
personales, preferimos acabar con ello en lugar de atravesarlo
o cambiarlo. Ni tú ni yo podemos saber con qué pudo haberse
sentido enfrentado Fitzhugh la noche de su muerte.

—Eso no resulta de gran ayuda —dijo Eve—. De acuerdo, déjame que te cuente dos cosas más. —Rápidamente y
con la frialdad propia de un policía, le habló de los otros dos
suicidios—. ¿Un patrón?

—¿Qué es lo que tienen en común? —Mira contestó—.
Un abogado, un político y un técnico.

—Una mota en el cerebro. Quizá. —Eve frunció el ceño
y dio unos golpecitos en la mesa con los dedos de la mano—.
Tengo que tirar de algunos hilos para conseguir toda la información, pero podría consistir en el motivo. Quizá la razón de
todo sea más fisiológica que psicológica. Si es que hay alguna
relación entre ellos. Tengo que averiguarlo.

—Eso se desvía de mi campo, pero si encuentras algo que
relacione los tres casos, estaré encantada de estudiarlo.

Eve sonrió.

—Contaba con ello. No tengo mucho tiempo. El caso de
Fitzhugh no podrá estar en situación de prioridad mucho tiempo más. Si no consigo algo pronto para presentarlo ante el comandante Whitney y convencerle de que mantenga abierto
el caso, tendré que dejarlo. Pero de momento…

—¿Eve? —Reeanna se acercó hasta su mesa. Estaba impresionante, vestida con una túnica ajustada a las caderas y de unos vivos colores—. Bueno, qué agradable sorpresa. Estaba comiendo con uno de nuestros asociados cuando te he visto.

—Reeanna. —Eve forzó una sonrisa. No le importaba el hecho de parecer una vendedora ambulante al lado de esa glamurosa pelirroja, pero sí le molestaba que le interrumpieran esa comida de trabajo—. Doctora Mira, Reeanna Ott.

—Doctora Ott. —Con un gesto gracioso, Mira le ofreció una mano—. He oído hablar de su trabajo y lo admiro.

—Gracias. Yo puedo decir lo mismo. Es un honor conocer a una de las mejores psiquiatras del país. He consultado algunos de sus informes y los encuentro fascinantes.

—Me siento muy halagada. ¿Por qué no se sienta y toma los postres con nosotras?

—Me encantaría. —Reeanna dirigió una mirada de interrogación a Eve—. Si es que no estoy interrumpiendo ningún asunto oficial.

—Creo que ya hemos terminado con esa parte del programa. —Eve levantó la vista hasta el camarero que había acudido a una discreta señal de Mira—. Sólo café. De la casa. Solo.

—Yo tomaré lo mismo —dijo Mira—. Y una porción de bizcocho de arándanos. Soy débil.

—Yo también. —Reeanna sonrió al camarero como si éste fuera quien preparara personalmente los platos—. Leche doble, y un trozo de pecado de chocolate. Estoy tan cansada de la comida procesada —se quejó—. Intento disfrutar mientras estoy en Nueva York.

—¿Y cuánto tiempo se queda en la ciudad?

—Eso depende, en gran parte, de Roarke. —Dirigió una sonrisa a Eve—. Y de hasta cuándo considere que soy de alguna utilidad aquí. Tengo la sensación de que va a mandarnos a William y a mí a Olimpo dentro de unas semanas.

—El Complejo Olimpo es una gran empresa —comentó Mira—. Toda la información que he oído en las noticias y en los canales de ocio me han parecido fascinantes.

—A él le gustaría que estuviera montado y completamente operativo para la próxima primavera. —Reeanna acarició con los dedos las tres cadenas de oro que llevaba alrededor del cuello—. Veremos. Normalmente, Roarke consigue lo que quiere. ¿No estás de acuerdo, Eve?

—No hubiera llegado hasta donde está si aceptara un no por respuesta.

—No, por supuesto. Usted acaba de estar en el complejo. ¿Le ofreció una visita en el Paraíso de la Autotrónica?

—Muy rápida. —Eve sonrió un poco—. Tuvimos… muchas cosas que hacer en muy poco tiempo.

Reeanna sonrió con lentitud y con expresión taimada.

—Me imagino que sí. Pero espero que pudiera usted probar algunos de los programas que se encuentran allí. William está tan orgulloso de esos programas. Y usted mencionó que vio la habitación de hologramas de la suite presidencial del hotel.

—Sí. La utilicé varias veces. Muy impresionante.

—La mayoría son obra de William, el diseño, pero yo soy parcialmente responsable. Tenemos planeado utilizar ese nuevo sistema en el tratamiento de los adictos y de ciertas psicosis. —Cambió de posición mientras les servían el café y los postres—. Seguramente, eso es de su interés, doctora Mira.

—Por supuesto que sí. Parece fascinante.

—Lo es. Terriblemente caro ahora mismo, pero esperamos perfeccionarlo y bajar los costes. Pero para Olimpo, Roarke quería lo mejor, y lo tiene. Como la androide Lisa.

—Sí. —Eve recordó la fascinante androide de voz seductora—. La he visto.

—La destinará a relaciones públicas y a servicio al cliente. Es un modelo superior que hemos tardado meses en perfeccionar. Sus chips de inteligencia no tienen nada equivalente en todo el mercado. Está dotada con toma de decisiones y capacidades personales que van mucho más allá de las unidades que existen ahora. William y yo... —se interrumpió y se rio de sí misma—. Vaya. No puedo dejar de hablar de trabajo.

—Es fascinante. —Mira tomó con delicadeza un trozo de bizcocho—. Sus estudios acerca de los patrones cerebrales y de la influencia genética en la personalidad, así como las aplicaciones en la electrónica, resultan muy interesantes, incluso para una psiquiatra redomada como yo. —Dudó un momento y miró a Eve—. De hecho, sus conocimientos pueden ofrecer una luz nueva a un caso específico que Eve y yo estábamos discutiendo.

—¿Ah, sí? —Reeanna tomó un poco de chocolate y se deleitó de forma evidente.

—Es un caso hipotético. —Mira levantó ambas manos, sabiendo que no estaba permitido hablar de esos asuntos con civiles.

—Por supuesto.

Eve volvió a golpear la mesa con los dedos de la mano. Prefería la opinión de Mira, pero considerando las opciones, decidió abrirse a otra opinión.

—Aparentemente, un suicidio. No se conoce el motivo, no se conoce si tenía una tendencia al suicidio, no fue inducido por ninguna sustancia, no tenemos la historia familiar. El patrón de comportamiento indica un suicidio normal. No hay ningún signo significativo de depresión ni de alteración de la personalidad. El sujeto es un hombre de sesenta y dos años, un profesional, con estudios, con éxito, económicamente solvente, bisexual, y con un matrimonio con alguien del mismo sexo.

—¿Alguna discapacidad física?

—Ninguna. Los expedientes médicos están limpios.

Reeanna entrecerró los ojos con expresión de concentración, fuera por los datos del perfil, fuera por el trozo de chocolate que se llevaba a la boca.

—¿Algún problema psicológico, algún tratamiento?

—No.

—Interesante. Me encantaría ver el patrón cerebral. ¿Es posible conseguirlo?

—Actualmente está clasificado.

—Ajá. —Reeanna dio un sorbo de leche con expresión pensativa—. Sin que se conozcan anormalidades físicas o psiquiátricas, sin que haya una adicción o un consumo de drogas, me inclinaría a considerar una irregularidad en el cerebro. Posiblemente un tumor. ¿Doy por entendido que no se ha visto nada en la autopsia?

Eve pensó en la pequeña mancha, pero negó con la cabeza.

—No, un tumor no.

—Existen algunos casos de predisposición que pasan inadvertidos a un examen genético. El cerebro es un órgano muy complicado que continúa engañando a la tecnología más avanzada. Si pudiera conocer su historia familiar... bueno, para ofrecer una opinión arriesgada, yo diría que ese hombre tenía una bomba genética que pasó desapercibida en un examen normal. Que había llegado el momento de explotar.

Eve arqueó una ceja.

—¿Simplemente, explotó?

—Es una manera de decirlo. —Reeanna se inclinó hacia delante—. Todos estamos codificados, Eve, desde que estamos en el vientre materno. Lo que somos, quiénes somos. No solamente el color de los ojos, nuestra constitución, nuestro color de piel, sino nuestra personalidad, nuestros gustos, nuestra capacidad intelectual, nuestra gama emocional. El código genético nos marca en el momento de la concepción. Hasta cierto punto puede ser modificado. Pero lo básico permanece. Nada puede cambiarlo.

—¿Somos tal y como hemos nacido? —Eve recordó la sucia habitación, la parpadeante luz roja y la niña enroscada en una esquina de la habitación con un cuchillo ensangrentado en la mano.

—Exactamente. —Reeanna le dirigió una amplia sonrisa.

—¿Usted no tiene en cuenta el entorno, el libre albedrío, la voluntad innata del ser humano de mejorarse a sí mismo? —objetó Mira—. Considerar que únicamente somos criaturas físicas sin corazón, alma y sin un abanico de oportunidades para aprovechar durante toda una vida nos rebaja al nivel de los animales.

—Y eso es lo que somos —repuso Reeanna tomando otro trozo de chocolate—. Entiendo su punto de vista como terapeuta, doctora Mira, pero el mío, como fisióloga, se encuentra a otro nivel, para decirlo así. Las decisiones que tomamos durante nuestras vidas, lo que hacemos, cómo vivimos y en qué nos convertimos se encuentran escritas en nuestro cerebro desde que estamos en el vientre materno. Su sujeto, Eve, estaba destinado a quitarse la vida en ese momento, en ese lugar y de la forma que eligió. Las circunstancias podrían haberlo alterado, pero los resultados habrían sido los mismos, al final. En esencia, era su destino.

«¿Destino?», pensó Eve. ¿Había sido su destino ser violada y maltratada por su propio padre? ¿El convertirse en algo inferior a un ser humano, el tener que luchar para salir de ese abismo? Mira negó con la cabeza lentamente.

—No puedo estar de acuerdo. Un niño que nace en la pobreza en Budapest, que es apartado de su madre cuando nace y que es criado con amor y cuidados en París en una situación privilegiada acabaría reflejando esa educación, ese entorno. El nido emocional —insistió— y el impulso básico del ser humano de mejorarse a sí mismo no puede ser descartado.

—Estoy de acuerdo hasta cierto punto —asintió Reeanna—. Pero la marca del código genético, lo que nos predispone al éxito, al fracaso, al bien o al mal, si quiere decirlo así, pasa por encima de todo lo demás. Incluso teniendo el mejor de los entornos, salen monstruos. Y en las cloacas del universo, la grandeza sobrevive. Somos lo que somos, el resto es decoración.

—Si suscribo su teoría —dijo Eve pronunciando las palabras con lentitud—, el sujeto en cuestión estaría destinado a quitarse la vida. Ninguna circunstancia ni ningún giro de la situación hubiera podido evitarlo.

—Exacto. La predisposición estaba allí, esperando. Es probable que un suceso lo precipitara, pero podría haber sido una cosa sin importancia, algo que hubiera sido pasado por alto por alguien con otro patrón cerebral. Los estudios que se están llevando a cabo en el Instituto Bowers han reunido excelentes pruebas que apoyan el patrón cerebral genético y su inquebrantable influencia en el comportamiento. Puedo hacerle llegar unos discos sobre el tema, si le interesa.

—Dejaré los estudios sobre el cerebro a usted y a la doctora Mira. —Eve dejó la taza de café a un lado—. Tengo que volver a la Central. Te agradezco el tiempo que me has dedicado, Mira —le dijo mientras se levantaba—. Y a usted, sus teorías, Reeanna.

—Me encantaría hablarles con mayor profundidad. Cuando quiera. —Reeanna le dio la mano con un gesto de calidez—. Dele recuerdos a Roarke.

—Lo haré. —Eve se volvió un poco cuando Mira se levantó para darle un beso en la mejilla—. Estaremos en contacto.

—Espero que sí, y no solamente para discutir de algún caso. Saluda a Mavis de mi parte cuando la veas.

—Claro. —Eve se colgó el bolso en el hombro y atravesó el restaurante, deteniéndose un instante para dirigir una expresión burlona al *maître*.

—Una mujer fascinante. —Reeanna lamió con deleite la cucharilla del postre—. Controlada, un tanto enojada, con un objetivo claro, poco acostumbrada y ligeramente incómoda ante las muestras de cariño. —Rio ligeramente al ver que Mira arqueaba una ceja—. Lo siento, es una debilidad profesional. Eso vuelve loco a William. No quería resultar ofensiva.

—Estoy segura de que no. —Mira sonrió y la miró con expresión comprensiva—. Yo me sorprendo a mí misma a menudo haciendo lo mismo. Y tiene razón, Eve es una mujer fascinante. Se ha hecho a sí misma, lo cual, me temo, va un poco en contra de su teoría de la predestinación genética.

—¿De verdad? —Con evidente intriga, Reeanna se inclinó hacia delante—. ¿La conoce bien?

—Tan bien como es posible. Eve es… una persona reservada.

—Usted la aprecia mucho —comentó Reeanna, asintiendo con la cabeza—. Espero que no me entienda mal si le digo que ella no era como yo me esperaba cuando supe que Roarke iba a casarse. El hecho de que fuera a casarse ya fue una sorpresa, pero me imaginé que se casaría con una mujer sofisticada. Una detective de Homicidios que lleva un arnés con un arma de la misma forma que otra mujer llevaría un collar familiar no era mi idea de lo que Roarke podía elegir. Pero cuando les veo juntos, hacen muy buena pareja. Uno podría decir —añadió, con una sonrisa—, que parecen predestinados.

—Con eso estoy de acuerdo.

—Ahora, dígame, doctora Mira, ¿qué opina usted del cultivo de ADN?

—Eh, bueno… —Contenta, Mira se dispuso a pasar otro rato hablando de trabajo.

Y

Ante la unidad de trabajo de su escritorio, Eve repasó los datos que había reunido de Fitzhugh, Mathias y Pearly. No podía encontrar ninguna relación, ningún terreno común. La única relación real entre los tres era el hecho de que ninguno de ellos había mostrado ninguna tendencia suicida hasta ese momento.

—¿Posibilidad de que los casos de los tres sujetos estén relacionados? —preguntó Eve.

Procesando. Probabilidad del 5,2 por ciento.

—En otras palabras, ninguna. —Eve suspiró con fuerza. Un airbús pasó e hizo temblar los cristales de la pequeña ventana—. ¿Probabilidad de homicidio en el asunto de Fitzhugh según los datos conocidos hasta el momento?

Con los datos conocidos hasta el momento, la probabilidad de homicidio es del 8,3 por ciento.

—Déjalo, Dallas —se dijo a sí misma en voz baja—. Abandona.

Con gesto deliberado, se dio media vuelta en la silla y observó el tráfico aéreo que llenaba el cielo al otro lado de la ventana. Predestinación. Destino. Huella genética. Si tuviera que creer en alguna de esas cosas, ¿qué sentido tendría su trabajo, su vida? Si no había elección, ninguna posibilidad de cambio, ¿para qué luchar para salvar vidas o para defender a los muertos, si la lucha tenía que fracasar?

Si todo se encontraba codificado a un nivel fisiológico, ¿se habría ella misma limitado a seguir su patrón al irse a Nueva York, al luchar para salir de la oscuridad y hacer algo decente para sí misma? ¿Habría sido una mancha en ese código lo que habría borrado esos primeros años de su vida, y que continuaban proyectando su sombra de vez en cuando?

¿Sería posible que ese código pudiera manifestarse en cualquier momento y hacer que se convirtiera en un reflejo del monstruo que había sido su padre?

No sabía nada de su familia. Su madre era una laguna. Si tenía parientes, tías, tíos o abuelos, todos se habían perdido en el vacío oscuro de su memoria.

No conocía a nadie en quien basar su código genético excepto el hombre que la había maltratado y violado durante toda su infancia hasta que el terror y el dolor le habían hecho devolver el golpe.

Matar.

Las manos ensangrentadas a los ocho años de edad. ¿Era por eso por lo que se había convertido en policía? ¿Estaría intentando constantemente lavarse esa sangre de las manos a través del reglamento y las leyes a las que algunos llamaban justicia?

—¿Teniente? ¿Dallas? —Peabody puso una mano en el hombro de Eve y dio un salto cuando Eve se sobresaltó—. Lo siento. ¿Está bien?

—No. —Eve se frotó los ojos con los dedos de las manos. La charla que habían tenido durante el postre la había afectado más de lo que había creído—. Sólo es un dolor de cabeza.

—Tengo algunos analgésicos.

—No. —A Eve no le gustaban las sustancias químicas, ni siquiera en las dosis permitidas—. Ya se pasará. Me estoy quedando sin ideas en el caso Fitzhugh. Feeney me ha pasado toda la información referente al chico de Olimpo. No soy capaz de encontrar ninguna relación entre él, Fitzhugh y el senador. No tengo nada que atribuir a Leanore ni a Arthur. Podría solicitar detección de veracidad, pero no me la concederían. No voy a ser capaz de mantener el caso abierto más de veinticuatro horas.

—¿Todavía cree que estos casos están conectados?

—Deseo que estén conectados, y eso es algo muy distinto. No te he dado precisamente una gran motivación en este tu primer caso como ayudante.

—Ser su ayudante permanente es lo mejor que nunca me ha sucedido. —Peabody se sonrojó un poco—. Estaría agradecida aunque pasáramos los siguientes meses resolviendo papeleo. A pesar de eso, sería un aprendizaje.

Eve se recostó en la silla.

—Eres fácil de contentar, Peabody.

Peabody miró a Eve directamente a los ojos.

—No, teniente, no lo soy. Cuando no consigo lo mejor, me vuelvo muy maniática.

Eve se rio y se pasó una mano por el pelo.

—¿Me estás lamiendo el culo, agente?

—No, teniente. Si le estuviera lamiendo el culo, le haría algún comentario personal, como que el matrimonio le sienta bien, teniente. Nunca ha tenido mejor aspecto. —Peabody sonrió un poco al ver la expresión burlona en el rostro de Eve—. Entonces, usted se daría cuenta de que le estoy lamiendo el culo.

—Tomo nota. —Eve pensó un momento e inclinó la cabeza—. ¿No me dijiste que en tu familia eran naturales?

Peabody reprimió una expresión de impaciencia.

—Sí, teniente.

—Normalmente, los policías no provienen de un entorno familiar de naturales. Sí lo hacen los artistas, los granjeros, de vez en cuando algún científico, muchos artesanos.

—No me gusta tejer manteles.

—¿Sabes hacerlo?

—Sólo cuando me apuntan con un láser.

—Entonces, ¿qué? ¿Tu familia te fastidió y decidiste romper el molde, entrar en un campo drásticamente opuesto al pacifismo?

—No, señor. —Incómoda al sentirse interrogada, Peabody se encogió de hombros—. Mi familia es fantástica. Todavía tenemos una relación muy cercana. Quizá no comprendan todo lo que hago o lo que quiero hacer, pero nunca han intentado impedírmelo. Yo quería ser policía, igual que mi hermano quería ser carpintero y mi hermana, granjera. Uno de los mayores principios de los naturales es la autoexpresión.

—Pero no cumples el código genético —dijo Eve, repicando con los dedos en el escritorio—. No cuadras en él. La herencia y el entorno, patrones genéticos, todo debería haberte influenciado de otra forma.

—Los malos de la película desearían que así hubiera sido —dijo Peabody con expresión seria—. Pero estoy aquí, haciendo que la ciudad sea un lugar seguro.

—Si te entra la necesidad de tejer un mantel…

—Usted sería la primera en saberlo.

La unidad de Eve sonó dos veces, anunciando la recepción de información.

—Un informe adicional de la autopsia del chico. —Eve le hizo un gesto a Peabody para que se acercara—. Listado de cualquier anormalidad en el patrón cerebral —ordenó.

Anormalidad microscópica, hemisferio cerebral derecho, lóbulo frontal, cuadrante izquierdo. Inexplicable. Se están realizando investigaciones y exámenes adicionales.

—Bueno, bueno, creo que acabamos de obtener algo. Mostrar imagen del lóbulo frontal y de la anormalidad. —La sección transversal del cerebro apareció en pantalla—. Ahí. —Una rápida excitación se apoderó del estómago de Eve mientras daba unos golpecitos en la pantalla—. Esa sombra, como una punta de aguja. ¿La ves?

—Con dificultad. —Peabody se inclinó hasta que quedó casi mejilla con mejilla con Eve—. Parece una mancha en la pantalla.

—No, es una mancha en el cerebro. Aumentar el cuadrante seis, veinte por ciento.

La imagen cambió y la sección que contenía la sombra llenó la pantalla.

—Es más una quemadura que un agujero, ¿verdad? —dijo Eve como para sí misma—. Casi no se ve, pero ese tipo de herida, ¿qué influencia podría tener en el comportamiento, en la personalidad, en la capacidad de tomar decisiones?

—Yo suspendí fisiología anormal en la academia. —Peabody se encogió de hombros—. Era mejor en psiquiatría, incluso en táctica. Eso está más allá de mi capacidad.

—De la mía también —admitió Eve—. Pero es una relación, la primera que hemos obtenido. Ordenador, ofrecer sección transversal de la anormalidad cerebral, Fitzhugh, archivo 12871. Partir pantalla con la imagen actual.

La pantalla tembló y adquirió un borroso tono agrisado. Eve lanzó un juramento y le dio un golpe con la mano. Consiguió que una imagen temblorosa apareciera en pantalla.

—Joder con esta mierda barata que tenemos aquí. Es una maravilla que consigamos cerrar un caso con este tipo de equipo. Descargar todos los datos, tú, capullo, en el disco.

—Quizá debería mandar esta unidad a mantenimiento —sugirió Peabody, pero solamente recibió una sonrisa burlona por respuesta.

—Se supone que tendría que haber sido revisada mientras yo estaba fuera. Los jodidos de mantenimiento no mueven un dedo. Voy a tener que hacerlo en una de las unidades de Roarke. —Vio que Peabody acababa de arquear una ceja.

Dio unos golpecitos nerviosos con el pie mientras la máquina zumbaba y terminaba de descargar—. ¿Algún problema con eso, agente?

—No, teniente. —Peabody apretó la lengua contra el interior de la mejilla y decidió no hacer ningún comentario acerca de la serie de códigos que Eve estaba a punto de saltarse—. Ningún problema con eso.

—Bien. Ponte a trabajar en la cinta roja y consígueme un escáner del cerebro del senador para compararlo.

La débil sonrisa de Peabody se desvaneció.

—¿Quiere que me enfrente con los de Washington Este?

—Tienes la cabeza lo bastante dura para salir bien de eso. —Eve sacó el disco y se lo metió en el bolsillo—. Llámame cuando lo tengas. En el preciso momento en que lo tengas.

—Sí, teniente. Y si conseguimos encontrar una relación ahí, necesitaremos el análisis de un experto.

—Sí. —Eve pensó en Reeanna—. Quizá ya sepa de uno. En marcha, Peabody.

—En marcha, teniente.

Capítulo nueve

*E*ve no era el tipo de persona que se saltaba las normas, pero en esos momentos se encontraba ante la puerta cerrada de la habitación privada de Roarke. Le resultaba desconcertante darse cuenta de que, después de una década de tener un comportamiento ejemplar, le resultaba tan sencillo saltarse el procedimiento reglamentario.

«¿El fin justifica los medios? —se preguntó—. ¿De verdad los medios son tan inapropiados?» Quizá el equipo que se encontraba en esa habitación no estuviera registrado y fuera indetectable para el Servicio de Vigilancia Informática y, por lo tanto, fuera ilegal. Pero también era lo mejor que existía. El patético equipo informático que el presupuesto permitía tener al Departamento de Policía y Seguridad ya estaba pasado cuando se instaló, y la parte que se destinaba a Homicidios era escasa y de la peor calidad.

Dio unos golpecitos al disco que tenía guardado en el bolsillo y se puso en marcha. «Al diablo», pensó. O bien decidía ser una policía que cumplía con el reglamento y daba media vuelta o bien podía ser una policía inteligente.

Colocó la mano sobre la pantalla de seguridad.

—Dallas, teniente Eve.

Las cerraduras se abrieron con un chasquido sordo y la puerta se abrió al enorme centro de información de Roarke. La larga curva de ventanas protegidas contra el sol y los transportes aéreos mantenían la habitación en sombras. Eve ordenó que se encendieran las luces, cerró la puerta y se dirigió hacia la amplia consola con forma de «U».

Roarke había programado la huella de la palma de su mano y su voz hacía meses, pero Eve todavía no había utilizado el equipo. Incluso ahora que ya estaban casados, seguía sintiéndose una intrusa.

Se sentó y acercó la silla a la consola.

—Unidad uno, encender.

Oyó el sedoso zumbido que ese equipo de máximo nivel emitió como respuesta y suspiró. El disco entró con suavidad y, en cuestión de segundos, esa unidad informática civil lo hubo decodificado y leído.

—Por nuestro bien provisto sistema de seguridad del Departamento de Policía y Seguridad de Nueva York —dijo para sí—. Pantalla de pared completa. Mostrar datos, Fitzhugh, Archivo H-12871. Partir la pantalla con Mathias Archivo S-30912.

La información se deslizó como si fuera agua por la enorme pantalla de pared que se encontraba delante de la consola. El sentimiento de admiración de Eve superó al de culpabilidad. Se inclinó hacia delante y empezó a estudiar fechas de nacimiento, cantidades económicas, hábitos de consumo y filiaciones políticas.

—Desconocidos —dijo para sí misma—. No podríais tener menos cosas en común. —Frunció los labios al descubrir relaciones en una parte de los hábitos de consumo—. Bueno, a ambos os gustaban los juegos. Pasabais mucho tiempo en red, muchos programas interactivos. —Luego, suspiró—. Al igual que el setenta por ciento de la población. Ordenador, partir pantalla, mostrar el escáner cerebral de ambos archivos.

Inmediatamente, Eve pasó a estudiar las imágenes.

—Aumentar y resaltar anormalidades.

Lo mismo, pensó, entrecerrando los ojos. En eso, los dos hombres eran iguales, como hermanos, como gemelos en el vientre materno. La sombra de esa especie de quemadura tenía exactamente el mismo tamaño y la misma forma y se encontraba exactamente en el mismo lugar.

—Ordenador, analizar la anormalidad e identificar.

Procesando... Datos incompletos... Buscando en historiales médicos. Por favor, espere.

—Eso es lo que dicen todos. —Se apartó de la consola y empezó a caminar por la habitación mientras el ordenador se estrujaba los sesos. Cuando se abrió la puerta, se dio la vuelta y casi se ruborizó al ver que Roarke acababa de entrar.

—Hola, teniente.

—Hola. —Se metió las manos en los bolsillos—. Yo... esto... tenía problemas con mi unidad de la Central de Policía. Necesitaba realizar este análisis, así que yo... puedo detenerlo si necesitas la habitación.

—No hace falta. —Ver que su incomodidad era tan evidente le divertía. Caminó hacia ella, se inclinó hacia delante y le dio un beso suave—. Y no hace falta que busques una justificación para utilizar el equipo. ¿Estás indagando secretos?

—No. No en ese sentido. —El hecho de que él estuviera sonriendo le hizo aumentar el sentimiento de incomodidad—. Necesitaba un equipo un poco más eficiente que esa lata que tenemos en la Central de Policía, e imaginé que tú todavía estarías fuera un par de horas más.

—Tomé un transporte temprano. ¿Necesitas ayuda con esto?

—No. No lo sé. Quizá. Deja de sonreír.

—¿Estoy sonriendo? —Pero su sonrisa se hizo más amplia mientras la rodeaba con los brazos y le metía las manos en los bolsillos traseros de los vaqueros—. ¿Qué tal la comida con la doctora Mira?

Eve frunció el ceño.

—¿Es que lo sabes todo?

—Lo intento. La verdad es que he tenido una rápida reunión con William y él mencionó que Reeanna se encontró contigo y con la doctora. ¿Negocios o placer?

—Ambas cosas, supongo. —Arqueó las cejas al sentir que las manos de él se ocupaban de su trasero—. Estoy de servicio, Roarke. De verdad, estás masajeando el trasero de una policía de servicio.

—Eso lo hace más excitante. —Le dio un mordisco en el cuello—. ¿Te apetece saltarte unas cuantas leyes?

—Ya lo estoy haciendo. —Inclinó la cabeza hacia un lado en un gesto instintivo para facilitarle el acceso.

—Entonces, ¿qué tal si te saltas unas cuantas más? —murmuró mientras deslizaba una mano desde el bolsillo trasero hasta uno de sus pechos—. Me encanta notar tu contacto. —Los labios de él recorrían el camino desde la mandíbula hasta los labios cuando el ordenador emitió un pitido.

Análisis completo. ¿Imagen o audio?

—Imagen —ordenó Eve mientras se soltaba de Roarke.

—Mierda —suspiró Roarke—. He estado tan cerca.

—¿Qué demonios es esto? —Eve, con las manos cerradas en puños y apoyadas en las caderas, estudió la imagen que aparecía en la pantalla—. Es un galimatías. Un jodido galimatías.

Resignado, Roarke se sentó en una esquina de la consola y observó la imagen.

—Es algo técnico. Vocabulario técnico, principalmente. Un poco fuera de mi terreno. Una quemadura, de origen electrónico. ¿Tiene eso algún sentido?

—No lo sé. —Pensativa, Eve se tiró del lóbulo de la oreja—. ¿Tiene algún sentido que dos tipos muertos tengan una quemadura eléctrica en el lóbulo frontal del cerebro?

—¿Algún accidente con el equipo mientras se realizaban las autopsias? —sugirió Roarke.

—No. —Despacio, negó con la cabeza—. No puede ser en ambos casos, han sido examinados por forenses distintos y en diferentes depósitos de cadáveres. Y no son manchas superficiales. Están dentro del cerebro. Puntas de alfiler microscópicas.

—¿Qué relación hay entre los dos hombres?

—Ninguna. Ninguna en absoluta. —Dudó y se encogió de hombros. Roarke ya se encontraba involucrado en el caso aunque fuera de forma indirecta. ¿Por qué no involucrarle un poco más?—. Uno de ellos es uno de tus hombres —le dijo—. El ingeniero de autotrónica del complejo Olimpo.

—¿Mathias? —Roarke se apartó de la consola. Su sonrisa divertida y medio intrigada tomó una expresión seria—. ¿Por qué estás investigando un suicidio sucedido en Olimpo?

—Oficialmente no lo estoy haciendo. Es una corazonada, eso es todo. El otro cerebro que tu moderno ordenador está analizando es el de Fitzhugh. Y si Peabody puede manejar el tema de la cinta roja, meteré también el del senador Pearly.

—¿Y esperas encontrar esta quemadura microscópica en el cerebro del senador?

—Aprendes rápido, Roarke. Siempre he admirado esa cualidad tuya.

—¿Por qué?

—Porque resulta muy molesto tener que explicarlo todo paso a paso.

Roarke entrecerró los ojos.

—Eve.

—De acuerdo. —Levantó las manos y las dejó caer—. No

me parece que Fitzhugh sea el tipo de persona que se quita la vida. No soy capaz de dar el caso por cerrado hasta que haya explorado todas las posibilidades. Debería haberlo dejado ya, pero continúo pensando en ese chico que se colgó.

Empezó a dar vueltas por la habitación, inquieta.

—En este caso tampoco existe ninguna predisposición. No hay ningún motivo evidente, ningún enemigo conocido. Simplemente, se tomó un tentempié y se colgó. Luego oí lo del senador. Eso hace que haya tres suicidios sin ninguna explicación lógica. Para gente como Fitzhugh y como el senador, con el tipo de situación económica de que disfrutaban, existe el asesoramiento. O en casos de enfermedad terminal, sea física o emocional, existen instalaciones para morir de forma voluntaria. Pero ellos se quitaron la vida de forma sangrienta y dolorosa. No tiene sentido.

Roarke asintió con la cabeza.

—Continúa.

—Y el forense de Fitzhugh encontró esta anormalidad inexplicable. Yo quería ver si, por casualidad, el chico tenía algo parecido. —Hizo un gesto indicando la pantalla—. Y así es. Ahora tengo que saber qué fue lo que lo provocó.

Roarke dirigió la mirada hacia la pantalla.

—¿Una mancha genética?

—Es posible, pero el ordenador dice que es poco probable. Por lo menos, nunca se ha encontrado con nada como esto hasta el momento, sea por causas hereditarias, por mutación o por causas externas. —Se desplazó hasta la consola y desplazó la imagen en pantalla—. Fíjate en esto, en el cálculo de efectos mentales posibles. Alteraciones del comportamiento. Patrón desconocido. Eso es de gran ayuda.

Se frotó los ojos y lo repasó todo mentalmente de nuevo.

—Pero eso me dice que el sujeto hubiera podido, y seguramente lo hizo, tener un comportamiento que se saliera del patrón. El suicidio sería un acto fuera de patrón para esos dos hombres.

—Es verdad —asintió Roarke. Se apoyó en la consola y cruzó las piernas a la altura de los tobillos—. Pero también lo sería que hubieran bailado desnudos en una iglesia, o que se hubieran dedicado a tirar a viejecitas desde los pasajes aéreos. ¿Por qué escogieron quitarse la vida?

—Ésa es la cuestión, ¿verdad? Pero esto me da suficiente información para ver cómo se lo presento a Whitney para que ambos casos permanezcan abiertos. Descargar información en el disco, imprimir una copia —ordenó. Luego miró a Roarke—. Ahora tengo unos cuantos minutos.

Él levantó una ceja. Un gesto que Eve adoraba.

—¿Ah, sí?

—¿Cuáles son las leyes que tienes en la cabeza para que me salte?

—La verdad es que son varias. —Él consultó el reloj mientras ella se le acercaba y le empezaba a desabrochar la elegante camisa de lino—. Tenemos un estreno en California esta noche.

Las manos de Eve se detuvieron. Bajó la cabeza.

—Esta noche.

—Pero creo que tenemos tiempo para demorarnos un poco antes de ir. —Riendo, la levantó del suelo y la sentó de espaldas a la consola.

Eve se estaba poniendo un ajustado vestido largo hasta los pies de un rojo vivo mientras se quejaba amargamente por la imposibilidad de llevar ropa interior debajo de ese ajustado y fino tejido. El comunicador sonó. Desnuda hasta la cintura y con la parte superior del vestido que le colgaba hasta las rodillas, respondió.

—¿Peabody?

—Teniente. —El rostro de Peabody mostró sucesivas emociones antes de adoptar un aire inexpresivo—. Es un vestido muy bonito, teniente. ¿Va a estrenar un estilo nuevo?

Confundida, Eve miró hacia abajo y puso cara de exasperación.

—Mierda. Ya has visto mis tetas antes. —Pero dejó el comunicador y se colocó el vestido en su sitio.

—Y debo decir, teniente, que son muy bonitas.

—Lamiendo el culo, ¿Peabody?

—Por supuesto.

Eve reprimió una carcajada y se sentó en un extremo del sofá del vestidor.

—¿El informe?

—Sí, teniente. Yo… eh…

Al ver que la mirada de Peabody se había desplazado y que los ojos se le habían puesto vidriosos, Eve miró por encima del hombro. Roarke acababa de entrar en la habitación, mojado después de haberse duchado. Unas minúsculas gotas le brillaban sobre el pecho desnudo. Llevaba una toalla blanca ajustada alrededor de las caderas.

—Apártate del campo de visión, Roarke, antes de que mi ayudante se desvanezca.

Él miró la pantalla del comunicador y sonrió.

—Hola, Peabody.

—Hola. —Incluso a través de la unidad se oyó como tragaba saliva—. Me alegro de verle… quiero decir, ¿qué tal está?

—Muy bien. ¿Y tú?

—¿Qué?

—Roarke. —Eve soltó un suspiro—. Dale un descanso a Peabody, ¿quieres? Si no, tendré que desconectar el vídeo.

—No hace falta que lo haga, teniente. —Peabody habló con voz rasposa y se mostró evidentemente desanimada en cuanto Roarke salió del campo de visión—. Jesús —dijo, casi sin aliento y con una sonrisa bobalicona en el rostro.

—Controla las hormonas, Peabody, y pásame el informe.

—Controlando, teniente. —Se aclaró la garganta—. He solucionado la mayor parte de la burocracia. Sólo quedan un par de obstáculos. Tal como está el tema, deberíamos tener la información solicitada sobre las nueve en punto. Pero tenemos que ir hasta Washington Este para examinarla.

—Me lo temía. De acuerdo, Peabody. Tomaremos el transporte a las ocho en punto.

—No seas tonta —dijo Roarke desde detrás de ella mientras observaba con ojo crítico la chaqueta del traje que tenía entre las manos—. Utiliza mi transporte.

—Es un asunto policial.

—No hace falta que os amontonéis como sardinas. Viajar con comodidad no lo hace menos oficial. De cualquier manera, tengo unos asuntos que puedo atender en Washington Este. Os llevo. —Se inclinó por encima del hombro de Eve y sonrió a Peabody—. Te haré mandar un coche para que te recoja. ¿A las 7:45 horas? ¿Te va bien?

—Claro. —Ni siquiera se sintió decepcionada de que Roarke se hubiera puesto una camisa—. Fantástico.

—Mira, Roarke…

—Perdona, Peabody —la interrumpió—. Tenemos un poco de prisa. Nos vemos por la mañana. —Alargó la mano y desconectó el comunicador manualmente.

—Ya sabes que me saca de quicio que hagas eso.

—Lo sé —dijo Roarke en el mismo tono—. Por eso se me hace irresistible.

—Desde que te conozco, me he pasado la mitad del tiempo cambiando de un tipo de transporte a otro —se quejó Eve mientras se instalaba en el asiento del Jet Star privado de Roarke.

—Todavía estás molesta —constató él mientras hacía una señal a la azafata—. Mi esposa necesita otra dosis de café, y yo me uniré a ella.

—Enseguida, señor. —Desapareció en la cocina con silenciosa eficiencia.

—La verdad es que te encanta decir eso: «Mi esposa».

—Me gusta, sí. —Roarke le hizo levantar el rostro y le dio un beso en el hoyuelo que tenía en el mentón—. No has dormido suficiente —murmuró mientras le pasaba el pulgar por debajo del ojo—. Desconectas la cabeza tan raramente. —Levantó la mirada hacia la azafata mientras ella depositaba el café humeante encima de la mesa que tenían delante—. Gracias, Karen. Despegaremos tan pronto como llegue la oficial Peabody.

—Informaré al piloto, señor. Disfruten del vuelo.

—La verdad es que no tienes que ir a Washington Este, ¿verdad?

—Podría haberlo manejado desde Nueva York. —Se encogió de hombros y tomó la taza de café—. Pero una atención personal siempre es más efectiva. Y obtengo el beneficio añadido de verte trabajar.

—No quiero que estés involucrado en esto.

—Nunca quieres. —Levantó la otra taza y se la ofreció con una sonrisa—. De todas maneras, teniente, estoy involucrado contigo, así que no puedes librarte de mí.

—Querrás decir que no permitirás que me libre de ti.

—Exacto. Ah, ahí está nuestra formidable Peabody.

Peabody llegó con ritmo rápido y aspecto impecable, pero destrozó ese efecto en cuanto abrió la boca de admiración y empezó a mirar a un lado y a otro en un intento de verlo todo al mismo tiempo.

La cabina era tan lujosa como un hotel de cinco estrellas. Los asientos eran mullidos y cómodos. Las mesas habían sido pulimentadas. Por todas partes se veía el brillo de jarrones de cristal repletos de flores frescas y húmedas de rocío.

—Cierra la boca, Peabody, pareces un pez fuera del agua.

—Ya termino, teniente.

—No lo tomes a mal, Peabody, se ha levantado de mal humor. —Roarke se levantó y Peabody se sintió desconcertada hasta que comprendió que le estaba ofreciendo el asiento—. ¿Te apetece un café?

—Bueno, esto, claro. Gracias.

—Voy a buscarlo y así os dejo para que habléis de trabajo.

—Dallas, esto es… mega… ultra.

—Es Roarke —dijo Eve antes de dar un sorbo de café.

—Sí, lo que he dicho. Ultra.

Eve levantó la mirada cuando él llegó con el café. «Moreno e impresionante, con un ligero aspecto maligno —pensó—. Sí, "ultra" es la palabra adecuada.»

—Bueno, abróchate el cinturón y disfruta del vuelo.

El despegue fue suave y el viaje, breve, aunque Peabody tuvo tiempo suficiente para informar a Eve de los detalles. Tenían que presentarse en la oficina del Jefe de Seguridad del Funcionariado del Gobierno. Toda la información debía ser examinada dentro del edificio, y no era posible transmitir ni desplazar ninguna de sus partes.

—Malditos políticos —se quejó Eve mientras subían a un taxi—. ¿A quién se creen que están protegiendo? Ese hombre está muerto.

—Es un procedimiento estándar. Y siempre hay algún culo que proteger en Washington Este.

—Culos de peces gordos. —Eve miró a Peabody con expresión pensativa—. ¿Has estado antes en Washington Este?

—Una vez, cuando era niña. —Peabody se encogió de hombros—. Con la familia. Los naturales realizaron una protesta silenciosa contra la inseminación artificial del ganado.

Eve no se preocupó de disimular una risa de burla.

—Eres una fuente de sorpresas, Peabody. Ya que hace cierto tiempo que no has estado aquí, quizá quieras echar un vistazo a los alrededores. Observa los monumentos. —Hizo un gesto mientras pasaban por delante del monumento a Lincoln, rodeado por hordas de turistas y vendedores ambulantes.

—Lo he visto en muchos vídeos —empezó Peabody, pero Eve arqueó las cejas.

—Echa un vistazo, Peabody. Considéralo una orden.

—Teniente. —Con una expresión que en otra persona hubiera podido parecer de enojo, Peabody giró la cabeza.

Eve sacó una tarjeta grabadora de la bolsa y se la colocó debajo de la camisa. No creía que los sistemas de seguridad fueran demasiado escrupulosos y les hicieran pasar por rayos X ni que les hicieran desnudarse. Y si lo hacían, diría que siempre la llevaba encima. Eve echó un vistazo a la piloto, pero la androide tenía la vista fija en la carretera.

—No es una mala ciudad para visitar —comentó Eve mientras recorrían el paso destinado a los vehículos de delante de la Casa Blanca, desde donde se podía entrever la mansión rodeada de puertas y refugios de acero.

Peabody giró la cabeza y miró a Eve a los ojos.

—Puede confiar en mí, teniente. Pensé que ya lo sabía.

—No es una cuestión de confianza. —El tono de Eve fue amable, ya que había percibido que Peabody se había sentido herida—. Es una cuestión de no poner en peligro el culo de nadie excepto el mío.

—Somos colegas.

—No somos colegas. —Eve ladeó la cabeza y su tono fue

autoritario—. Todavía no. Eres mi ayudante y estás en entrenamiento. Como superior tuya, yo decido hasta qué punto te pones en peligro.

—Sí, teniente —dijo Peabody, tensa.

Eve suspiró.

—No lo interpretes mal, Peabody. Ya llegará el día en que te permita enfrentarte con el comandante. Y créeme, no es fácil.

El taxi giró la curva hasta las puertas del Edificio de Seguridad. Eve depositó unos créditos en la caja del cristal de seguridad, salió del vehículo y se acercó a la pantalla de seguridad. Colocó la palma de la mano encima del lector de manos, introdujo la placa en la ranura de identificación y esperó a que Peabody hiciera lo mismo.

—Dallas, teniente Eve, y ayudante, tenemos una cita con el jefe Dudley.

—Esperen un momento para la verificación. Autorización confirmada. Por favor, dejen todas las armas en la bandeja. Es una advertencia. Es una falta federal llevar cualquier tipo de armas en este edificio. Cualquier persona que entre con un arma en su posesión será detenida.

Eve dejó su arma en la bandeja y luego, con cierta expresión de disgusto, se inclinó para quitarse la banda de sujeción de la bota. Al ver la mirada de Peabody, se encogió de hombros.

—Empecé a llevar otra de repuesto encima después de mi experiencia con Casto. Hubiera podido evitarme ese disgusto.

—Sí. —Peabody depositó el arma estándar en la bandeja—. Ojalá hubiera usted acabado con ese cabrón de mierda.

Eve abrió la boca pero volvió a cerrarla. Peabody había tenido cuidado de no mencionar el nombre del detective de sustancias ilegales que la había seducido, la había llevado a la cama y que la había utilizado mientras asesinaba.

—Mira —dijo Eve al cabo de un momento—. Me sabe

mal cómo se desarrollaron las cosas. Si quieres hablar de eso en algún momento...

—No soy muy habladora. —Peabody se aclaró la garganta—. Gracias, de todas formas.

—Bueno, ese tipo va a pasar un siglo encerrado.

Peabody sonrió con amargura.

—Eso es.

—Se les permite el acceso. Por favor, atraviesen la puerta y tomen el autotranvía en la zona verde para que les lleve hasta el control del segundo nivel.

—Jesús, parece que vayamos a ver al presidente, en lugar de a un poli vestido con traje y corbata.

Eve atravesó las puertas y éstas se cerraron eficientemente detrás de ellas. Ella y Peabody se instalaron en los rígidos asientos del tranvía. Con un zumbido mecánico, éste las llevó por entre refugios y pasajes de muros de acero hasta que se les ordenó que salieran ante un recibidor iluminado con una luz dura y artificial y repleto de pantallas en las paredes.

—Teniente Dallas, agente. —El hombre que se acercó a ellas vestía el uniforme gris del Departamento de Seguridad del Gobierno y mostraba el rango de cabo. El pelo, rubio, estaba cortado tan corto que se le veía la blancura del cráneo. El tono de piel era pálido, el de un hombre que se pasa la mayor parte del tiempo en espacios cerrados.

La camisa del uniforme marcaba unos bíceps prominentes.

—Dejen aquí sus bolsas, por favor. No se permite llevar ningún aparato electrónico ni de grabación a partir de este momento. Estarán siendo vigiladas hasta que abandonen el edificio, ¿comprendido?

—Comprendido, cabo. —Eve le dio la bolsa y luego la de Peabody. Se guardó en el bolsillo los recibos que él le dio—. Vaya lugar, éste.

—Estamos orgullosos de él. Por aquí, teniente.

Después de dejar las bolsas en una cabina de seguridad, las condujo hasta el ascensor y lo programó para la Sección Tercera, Nivel A. Las puertas se cerraron sin emitir ningún sonido. Se elevó sin ningún movimiento evidente. Eve deseó preguntar cuánto habían pagado los contribuyentes por ese lujo, pero decidió que el cabo no apreciaría esa ironía.

Estuvo segura de ello en cuanto llegaron a un amplio vestíbulo decorado con sillas blandas y macetas con árboles. Las alfombras eran mullidas y, sin duda, estaban conectadas para detectar cualquier movimiento. La consola ante la cual tres personas trabajaban estaba equipada con un montón de ordenadores, monitores y sistemas de comunicación. La música del hilo musical era más que tranquilizadora, llegaba a ser soporífera.

Los oficinistas no eran androides, pero se mostraban tan tiesos y acicalados, iban vestidos de forma tan convencional que a Eve le pareció que hubieran superado a cualquier autómata. Con cierto sentimiento cálido, pensó que Mavis se hubiera mostrado horrorizada ante esa falta de estilo.

—Reconfirmación de huellas de la palma de la mano, por favor —les pidió el cabo. Obedientemente, Eve y Peabody pusieron la mano derecha en el lector—. El sargento Hobbs las escoltará a partir de aquí.

El sargento, pulcramente ataviado con el uniforme, salió de detrás de la consola. Abrió otra puerta reforzada y les permitió el paso hasta un pasillo silencioso.

En el último puesto de control había una pantalla detectora de armas. Luego, les permitieron el paso hasta la oficina del jefe.

Desde ella se veía una vista completa de la ciudad. Eve pensó, después de haber echado un vistazo a Dudley, que éste la consideraba su ciudad. El escritorio era enorme y uno de los muros estaba repleto de pantallas con imágenes de diversos puntos del edificio y de los alrededores. Otra pared exhibía fotos y hologramas de Dudley con jefes de Estado, miembros de la realeza y embajadores. El centro de comunicación rivalizaba con la sala de controles de la Nasa.

Pero el hombre estaba envuelto en sombras.

Era un tipo enorme, fácilmente medía dos metros y pesaba ciento veinte kilos. El rostro, de facciones marcadas, era muy curtido y estaba bronceado. El pelo, brillante y blanco, era muy corto. En las manos, grandes como dos jamones, llevaba dos anillos. Uno era el símbolo de un rango militar. El otro era un grueso anillo de oro de casado.

El hombre, de pie y rígido, observó a Eve con unos ojos del color del ónix. A Peabody no le dedicó ni un vistazo.

—Usted está aquí por la muerte del senador Pearly.

«Un hombre directo», pensó Eve. En el mismo tono, contestó:

—Afirmativo, jefe Dudley. Estoy investigando la posibilidad de que la muerte del senador Pearly esté relacionada con otro caso en el que estoy trabajando como responsable. Su cooperación en este asunto es debidamente anotada y agradecida.

—Creo que la posibilidad de una relación es casi inexistente. No obstante, tras leer su expediente en el Departamento de Policía y Seguridad de Nueva York, no pondré ninguna objeción en permitirle leer el expediente del senador.

—Incluso una ligera posibilidad merece ser explorada, jefe Dudley.

—Estoy de acuerdo, y admiro su tenacidad.

—Entonces, ¿puedo preguntarle si conocía usted al senador personalmente?

—Le conocía, y aunque no estaba de acuerdo con sus políticas, le consideraba un servidor público entregado y un hombre de sólidas creencias morales.

—¿Le consideraría un hombre capaz de quitarse la vida?

Los ojos de Dudley mostraron por primera vez una expresión inquieta.

—No, teniente, diría que no. Y eso es por lo que está usted aquí. El senador ha dejado a una familia. En el tema de la familia, el senador y yo éramos de la misma opinión. Por eso, este aparente suicidio no es acorde con ese tipo de hombre.

Dudley apretó un botón del escritorio e inclinó la cabeza hacia la pantalla de la pared.

—En pantalla uno, expediente personal. En pantalla dos, su expediente financiero. En pantalla tres, su expediente político. Tiene usted una hora para examinar la información. Esta oficina está vigilada por un sistema electrónico. Limítese a llamar al sargento Hobbs cuando haya pasado la hora.

Eve se limitó a emitir un suave gruñido como toda expresión de la opinión que Dudley le había merecido. Estaba casi convencida de que había localizado todas las cámaras de seguridad y grabadoras, así que arriesgándose a la incomodidad de que la detectaran, se puso de tal forma que Peabody la ocultara parcialmente.

Se sacó el diamante que Roarke le había regalado de debajo de la blusa y se la colgó hacia la espalda. Con la mano que le quedaba libre, sacó la pequeña grabadora y la mantuvo contra su cuello mientras la dirigía hacia las pantallas.

—Una vida limpia —dijo, en voz alta—. No hay ningún antecedente criminal de ningún tipo. Padres casados, todavía con vida, todavía residentes en Carmel. Su padre era militar, de rango coronel, y sirvió durante las Guerras Urbanas. La madre era médico técnico con excedencia para maternidad profesional. Es un sólido entorno para crecer.

Peabody mantuvo la mirada en la pantalla, apartada de la grabadora.

—Una sólida educación, también. Graduado en Princeton, posgrado en el Centro de Aprendizaje Mundial en la Estación Espacial Libertad. Eso fue justo cuando se inauguró, y solamente los mejores estudiantes podían acceder a él. Se casó a los treinta, justo antes de llegar a su oficina. Defensor de la limitación de población. Presentó petición para un hijo, varón.

Dirigió la mirada hasta otra de las pantallas.

—Su política se inscribe en el centro del Partido Liberal. Se enfrentó con nuestro viejo amigo DeBlass acerca de la prohibición de armas y la ley de moralidad que DeBlass quería aprobar.

—Tengo la sensación de que me habría gustado el senador. —Eve se volvió un poco—. Pasar de los datos médicos al historial médico.

La pantalla parpadeó y el vocabulario técnico casi la hizo ponerse vizca. Ya los haría traducir más tarde, pensó, si conseguía salir de ese edificio con la grabadora.

—Parecía un tipo saludable. El historial físico y mental no muestra ninguna anormalidad. Atendido por amigdalitis de niño, una tibia rota a los veinte años como resultado de un accidente practicando deporte. Corrección de la vista, estándar, a mitad de los cuarenta. Esterilización permanente durante el mismo período.

—Eso es interesante. —Peabody continuaba examinando la información política—. Estaba intentando presentar un proyecto de ley que hubiera obligado a todos los representantes legales y técnicos a pasar un examen cada cinco años, pagando ellos mismos. Eso no debía de caer muy bien a la comunidad de abogados.

—Ni a Fitzhugh —murmuró Eve—. Parece que también estaba detrás del imperio electrónico. Pruebas más escrupulosas y mayores requisitos para los aparatos nuevos, nuevas leyes para las licencias. Eso no le hubiera convertido en el hom-

bre más popular del mundo, tampoco. Informe de la autopsia
—solicitó, y entrecerró los ojos en cuanto éste apareció en la
pantalla.

Pasó la vista por el argot médico y meneó la cabeza.

—Joder, era un desastre cuando le recogieron. No les dejó
gran cosa con qué trabajar. Escáner cerebral y sección. Nada
—dijo, al cabo de un momento—. Nada acerca de una anormalidad o una mancha.

—Mostrar —pidió, y dio un paso para acercarse a la pantalla y estudiar la imagen—. Sección del cerebro. Vista lateral, aumentar. ¿Qué ves ahí, Peabody?

—Una materia gris desagradable, demasiado en malas condiciones para un trasplante.

—Aumentar el hemisferio derecho, lóbulo frontal. Jesús,
vaya un desastre que se hizo a sí mismo. Es imposible ver
nada. No puedo estar segura. —Observó la imagen hasta que
los ojos empezaron a picarle. ¿Era eso una sombra o era solamente parte del daño que se causó al caer brutalmente sobre
el cemento?

—No lo sé, Peabody. —Ya tenía todo lo que necesitaba,
así que se guardó la grabadora debajo de la camisa otra vez—.
Pero sí sé que no tenía ningún motivo ni ninguna predisposición a quitarse la vida, a partir de estos datos. Y eso sube la
lista a tres. Salgamos de este lugar —decidió—. Me pone los
pelos de punta.

—Estoy con usted en eso.

En la esquina de la avenida Pensilvania tomaron unas latas de Pepsi y lo que pasaba por ser un bocadillo en uno de los
carritos callejeros. Eve estaba a punto de pillar un transporte
que las llevara de vuelta al aeropuerto cuando una impresionante limusina blanca apareció por la esquina. El cristal de la

ventanilla trasera se deslizó hacia abajo y Roarke les dirigió una sonrisa.

—¿Les gustaría que las llevara a algún lugar, señoritas?

—Guau —fue lo único que Peabody consiguió decir mientras observaba el coche de un extremo a otro. Era una antigüedad, un lujo procedente de otra época, de un romanticismo y una seducción tan fuerte como el pecado.

—No le animes, Peabody. —Mientras Eve subía en el vehículo, Roarke la tomó de la mano y la hizo sentarse sobre su regazo—. Eh. —Mortificada, le dio un codazo.

—Me encanta ponerla nerviosa cuando está de servicio —dijo Roarke, mientras se volvía a colocar a Eve en el regazo—. ¿Qué tal te ha ido el día, Peabody?

Peabody sonrió, encantada al ver a su teniente ruborizada y soltando maldiciones.

—Acaba de mejorar. Si esta cosa tiene una pantalla de seguridad, puedo dejarles a solas.

—Te he dicho que no le animes, ¿no es verdad? —Esta vez, el codo dio en un lugar más adecuado y Eve consiguió sentarse en el asiento—. Idiota —le dijo en un susurro.

—Me adora de tal forma. —Él suspiró y se recostó—. Resulta casi agobiante. Si habéis terminado con vuestros asuntos oficiales, puedo ofreceros una vuelta por la ciudad.

—No —dijo Eve, antes de que Peabody pudiera abrir la boca—. Directamente a Nueva York. Sin ningún paseo.

—Es una animal de la fiesta —dijo Peabody, seria. Luego juntó las manos con gesto pulcro y observó el flujo de la ciudad al otro lado de la ventanilla.

Capítulo diez

Antes de irse a casa, Eve ultimó los detalles de un pormenorizado informe acerca de las similitudes entre los supuestos suicidios y de por qué sospechaba que la muerte del senador había sido causada por las mismas, aunque todavía desconocidas, causas.

Eve sabía que, a no ser que su esposa estuviera ofreciendo una de sus frecuentes cenas para invitados, Whitney leería el informe antes de la mañana. Con esa esperanza, tomó la rampa aérea desde Homicidios hasta la División de Detección Electrónica.

Encontró a Feeney sentado ante su escritorio. Sus manos de gruesos dedos manejaban unas delicadas herramientas y las microgafas que llevaba puestas le agrandaban los ojos, atentos a un pequeño tablero que estaba desmontando.

—¿Te estás dedicando a reparación y mantenimiento, estos días? —Eve apoyó una cadera en el canto del escritorio, con cuidado de no estorbar sus movimientos. No había esperado que Feeney pronunciara nada que no fuera un gruñido como respuesta, así que esperó a que él terminara de depositar una pequeña lámina de algo que ella desconocía encima de una placa limpia.

—Alguien se está divirtiendo —dijo él—. Ha conseguido introducir un virus en la unidad del jefe. La memoria ha quedado destrozada y la Unidad Central está en peligro.

Eve echó un vistazo a la pequeña lámina plateada y se imaginó que era la Unidad Central. Los ordenadores no eran su punto fuerte.

—¿Tienes idea de qué es?

—Todavía no. —Con unas pequeñas pinzas, levantó la lámina y la estudió a través de las gafas—. Pero la tendré. He encontrado el virus, y lo he neutralizado. Ésa es la prioridad. Pero este pequeño desgraciado está muerto. Cuando le haga la autopsia, veremos.

Eve no pudo evitar sonreír. Era muy propio de Feeney pensar en sus componentes y sus chips como si fueran seres humanos. Volvió a dejar la lámina, envolvió herméticamente la placa y se quitó las gafas.

Feeney tuvo que parpadear varias veces y mover los ojos de un lado a otro para poder enfocar la mirada correctamente. Ése era Feeney, pensó Dallas, un tipo arrugado, ojeroso y ajado, tal y como a ella le gustaba. Él había hecho de ella una policía, le había ofrecido un entrenamiento sobre el campo que ella nunca hubiera podido aprender a través de discos ni de realidad virtual. Y aunque él se había trasladado del Departamento de Homicidios a la División de Detección Electrónica en calidad de capitán, ella continuaba dependiendo de él.

—Así qué —empezó Eve—, ¿me has echado de menos?

—¿Dónde has estado? —Él le sonrió mientras alargaba la mano para tomar unos cacahuetes caramelizados que había en un cuenco encima de la mesa—. ¿Te gustó tu elegante luna de miel?

—Sí, me gustó. —Eve tomó un cacahuete también. Hacía mucho rato que había comido—. A pesar de que al final apareció un cuerpo. Te agradezco mucho que me mandaras esa información.

—No hay problema. Mucho follón con esto de los suicidios.

—Quizá sí. —La oficina de Feeney era más grande que la de ella, en parte debido a que su rango era superior y en parte porque a él le gustaba disponer de espacio. En ella había una pantalla que, como siempre, emitía los contenidos de un canal de cine clásico. Justo en ese momento, Indiana Jones estaba bajando por una cuerda hasta un nido de serpientes—. Pero existen unos detalles interesantes.

—¿Quieres contármelo?

—Por eso estoy aquí. —Eve había copiado los datos que había grabado de los expedientes del senador. Sacó el disco del bolsillo—. Hay una disección de cerebro. Pero la imagen es un poco mala. ¿Es posible que la limpies, hacer que se viera un poco mejor?

—¿Es posible que los osos caguen en una zona reforestada? —Feeney tomó el disco, lo introdujo en su unidad y lo abrió. Al cabo de un momento, fruncía el ceño ante la imagen—. Una imagen penosa. ¿Qué utilizaste, una grabadora portátil para grabar una pantalla?

—Sería mejor que no entráramos en detalles acerca de eso.

Él giró la cabeza y la observó con el ceño todavía fruncido.

—¿Estás haciendo equilibrios, Dallas?

—Tengo buen equilibrio.

—Eso espero. —Feeney prefería trabajar manualmente, así que sacó el teclado. Sus hábiles dedos bailaron encima de las teclas y los controles como los dedos de un arpista sobre las cuerdas. Hizo un gesto de fastidio con el hombro en cuanto Eve se inclinó por encima de él—. No me agobies, niña.

—Tengo que verlo.

Gracias a su maestría, la imagen empezaba a ser más clara, el contraste era mayor. Eve se forzó a tener paciencia mientras él afinaba la imagen sin dejar de tararear para sí mismo mientras trabajaba. A sus espaldas, se desataba el infierno entre Harrison Ford y las serpientes.

—Eso es lo mejor que podemos conseguir con esta unidad. Si quieres algo más, tengo que llevarlo a la unidad maestra. —Feeney la miró—. Hay que fichar para tener acceso a la unidad maestra. Técnicamente.

Eve sabía que él se saltaría las normas por ella y se arriesgaría a ser interrogado por Asuntos Internos.

—Eso está bien por el momento. ¿Ves eso, Feeney?

Eve señaló con el dedo una pequeña sombra que aparecía en pantalla.

—Lo que veo es un jodido traumatismo. Este cerebro ha sufrido un desastre.

—Pero mira esto. —Eve podía solamente entreverlo—. He visto esto antes. En dos escáneres distintos.

—No soy neurólogo, pero supongo que no debería estar ahí.

—No. —Eve se incorporó—. No debería estar ahí.

Eve llegó a casa tarde y fue recibida en la puerta por Summerset.

—Hay dos… caballeros que quieren verla, teniente.

Eve se sobresaltó internamente al recordar la información que había grabado.

—¿Llevan uniforme?

Los finos y tensos labios de Summerset se apretaron y tensaron todavía más.

—No. Los he hecho pasar a la sala de estar. Han insistido en esperarla, a pesar de que usted no había comunicado cuándo llegaría, y de que Roarke se encuentra retenido todavía en su oficina.

—De acuerdo. Yo me ocupo. —Eve deseaba un enorme plato de comida, un baño caliente y tiempo para pensar. En lugar de eso, se dirigió hacia la sala, donde encontró a Leonardo y a Jess Barrow. Lo primero que sintió fue alivio. Luego, enojo. Summerset, ese monstruo, conocía a Leonardo y podría haberle dicho que era él quien la estaba esperando.

—Dallas. —El rostro redondo como una luna de Leonardo se arrugó cuando éste la recibió con una gran sonrisa. Atravesó la habitación con paso de gigante, vestido con un traje de color magenta y una sobrecamisa de una gasa color esmeralda. No era extraño que Mavis lo adorara. Le dio un abrazo de oso a Eve y luego la miró con ojo crítico.

—No has hecho nada con tu pelo, todavía. Llamaré a Trina yo mismo.

—Oh, bueno. —Intimidada, Eve se pasó los dedos por el corto y revuelto pelo—. La verdad es que no tengo tiempo ahora mismo.

—Tienes que buscar tiempo para cuidar tu imagen personal. No sólo eres una importante figura pública por ti misma, sino que eres la esposa de Roarke.

Ella era una policía, diablos. A los sospechosos y a las víctimas no les importaba en absoluto su aspecto.

—Sí. En cuanto…

—Estás descuidando tus tratamientos —la acusó él, ignorando sus excusas—. Tienes los ojos cansados y necesitas hacerte las cejas.

—Sí, pero…

—Trina te llamará para acordar una cita. Bueno. —La empujó a través de la habitación y la sentó en una silla—. Relájate —le ordenó—. Pon los pies en alto. Has tenido un día muy duro. ¿Puedo ofrecerte algo para beber?

—No, de verdad. Estoy…

—Un poco de vino. —Inspirado, sonrió y le frotó los hombros un instante—. Yo me ocupo. No te preocupes. Jess y yo no vamos a distraerte mucho rato.

—No se puede discutir con un cuidador nato —comentó

Jess mientras Leonardo se dirigía a pedir el vino para Eve—. Me alegro de verla, teniente.

—¿No va a decirme que me he adelgazado, o que me he engordado, o que necesito una limpieza de cutis? —Eve soltó un suspiro y se recostó en el respaldo. Era estupendo sentarse en una silla que no había sido diseñada para ser una tortura para el trasero—. De acuerdo, vamos a ello. Algo debéis estar tramando para soportar la tortura de Summerset hasta que yo volviera a casa.

—La verdad es que él se ha limitado a mostrarse decepcionado y a encerrarnos aquí. Estoy convencido de que va a inspeccionar toda la habitación en cuanto nos marchemos para asegurarse de que no nos hemos llevado ningún cachivache. —Jess se sentó con las piernas cruzadas encima de una almohada, a los pies de Eve. Sus ojos de color plateado sonreían. Su voz era suave como la mantequilla—. Unos cachivaches fantásticos, por cierto.

—Nos gustan. Si lo que quería era una visita, podría haberlo dicho antes de que Leonardo me sentara en esta silla. Creo que voy a quedarme aquí un buen rato…

—Mirarla va a ser más que suficiente. Espero que no se moleste si le digo que es usted la policía más atractiva con quien he… frotado los hombros.

—¿Nos hemos frotado los hombros, Jess? —Eve arqueó las cejas, que desaparecieron debajo del flequillo—. No me había dado cuenta.

Él se rio y le dio unos golpecitos en la rodilla con una de sus hermosas manos.

—Me encantaría una visita, en un momento u otro. Pero ahora mismo tenemos que pedirle un favor.

—¿Se ha metido en un lío de tráfico?

Su bonito rostro se iluminó con una sonrisa.

—Bueno, ya que lo ha mencionado.

Leonardo atravesó la habitación con una copa de cristal llena de un pálido líquido dorado en la mano.

—No la provoques, Jess.

Eve aceptó la copa y levantó la mirada hacia Leonardo.

—No me está provocando. Está flirteando. Le gusta el peligro.

Jess emitió una atractiva carcajada musical.

—Me ha pillado. Siempre es más seguro flirtear con las mujeres felizmente casadas. —Mientras Eve daba un sorbo de la copa, él levantó ambas manos—. No se ofenda. —Él le tomó una mano y le pasó un dedo por el intrincado grabado del anillo de casada.

—El último hombre que hizo el tonto conmigo está cumpliendo condena en máxima seguridad —dijo Eve en tono ligero—. Eso después de que le dejara sin sentido.

—Uf. —Riendo, Jess le soltó la mano—. Será mejor que deje que sea Leonardo quien le pida el favor.

—Es para Mavis —dijo Leonardo, y sus ojos adoptaron un aspecto cálido y húmedo al pronunciar su nombre—. Jess cree que la demo del disco ya está lista. El campo de la música y el ocio es muy duro, ya lo sabes. Mucha gente, muy competitivo. Pero Mavis ha puesto todo su corazón en él. Después de lo que sucedió con Pandora… —Se estremeció ligeramente—. Bueno, después de lo que pasó y de que Mavis fuera arrestada y despedida del Blue Squirel, y de que pasara por todo eso… Bueno, ha sido muy duro para ella.

—Lo sé. —El sentimiento de culpabilidad la asaltó de nuevo por la parte que ella había tenido en todo eso—. Ahora ya lo ha dejado atrás.

—Gracias a ti. —A pesar de que Eve negó con la cabeza, Leonardo insistió—: Tú creíste en ella, trabajaste para ella, la salvaste. Ahora voy a pedirte otra cosa porque sé que la quieres tanto como la quiero yo.

Eve entrecerró los ojos con suspicacia.

—Me estás acorralando a conciencia, ¿verdad?

Él no intentó reprimir una sonrisa.

—Eso espero.

—Ha sido idea mía —le interrumpió Jess—. He tenido que presionar bastante a Leonardo para que acudiera a usted. No quería aprovecharse de su amistad ni de su posición.

—¿De mi posición como policía?

—No. —Jess sonrió, comprendiendo perfectamente su reacción—. Como esposa de Roarke. —Oh, a ella no le gustaba nada eso, pensó, divertido. Era una mujer que quería tener personalidad por sí misma—. Su esposo tiene mucha influencia, Dallas.

—Conozco perfectamente lo que tiene Roarke. —No era exactamente verdad. Eve no tenía ni idea de hasta qué punto llegaban su riqueza ni sus negocios. No quería saberlo—. ¿Qué es lo que quiere de él?

—Sólo una fiesta —repuso rápidamente Leonardo.

—¿Una qué?

—Una fiesta para Mavis.

—Una fiesta magnífica —añadió Jess—. Una fiesta rompedora.

—Un evento. —Leonardo miró a Jess con una expresión de advertencia—. Un escenario, para decirlo de alguna forma, donde Mavis pueda entrar en contacto con gente, actuar. No le he contado la idea a ella para que no se opusiera. Pero creemos que si Roarke pudiera invitar... —La incomodidad de Leonardo ante la silenciosa mirada de Eve se hizo evidente—. Bueno, él conoce a tanta gente.

—Gente que comprará discos, que acude a los clubes, que busca diversión. —Jess, en absoluto incómodo, le dirigió una sonrisa de triunfo—. Quizá estaría bien que le sirviéramos un poco más de vino.

Pero Eve se limitó a dejar la copa, casi intacta, a un lado.

—Quiere que él ofrezca una fiesta. —Sospechando una trampa, observó los rostros de ambos—. ¿Eso es todo?

—Más o menos. —Leonardo sintió que un sentimiento de esperanza le abría el pecho—. Nos gustaría pasar la demo durante la fiesta, que Mavis ofrezca una actuación en directo. Sé que eso es un gasto. Estoy más que dispuesto a pagar…

—No será el dinero lo que preocupe a Roarke. —Eve pensó un momento y dio unos golpecitos con los dedos sobre el brazo de la silla—. Hablaré con él de esto y ya os diré algo. Supongo que tiene que ser pronto.

—Tan pronto como sea posible.

—Ya os diré algo —repitió ella, y se levantó.

—Gracias, Dallas. —Leonardo se inclinó para darle un beso en la mejilla—. Te dejamos descansar.

—Va a triunfar —predijo Jess—. Solamente necesita un pequeño despegue. —Sacó un disco del bolsillo—. Esto es una copia de la demo —le dijo—. «Una copia especialmente manipulada —pensó—, especialmente para la teniente.» Échele un vistazo y verá qué hemos hecho.

Eve sonrió pensando en Mavis.

—Lo haré.

Arriba, a solas, Eve programó el AutoChef y sacó un humeante plato de pasta con una salsa de hierbas y tomates del huerto casero. Nunca dejaba de sorprenderla lo que Roarke podía llegar a tener. Engulló la comida mientras llenaba el baño. Después de pensarlo dos veces, echó un poco de las sales de baño que Roarke le había comprado en París.

Pensó que olían como su luna de miel: profunda y romántica. Se sumergió en una bañera del tamaño de un lago pequeño y suspiró de placer. «Deja la mente en blanco», se dijo mientras abría el panel de control de la pared. Ya había cargado la demo en la unidad del dormitorio y la puso para verla en la pantalla del baño.

Se acomodó dentro del agua caliente y espumosa con una segunda copa de vino de crianza en la mano. Meneó la cabeza. ¿Qué diablos estaba ella haciendo allí? Eve Dallas, una policía que había llegado ahí por caminos difíciles; una niña sin nombre que había sido encontrada en un callejón, abandonada y maltratada, con un crimen entre las manos que le había dejado en blanco la memoria.

Hacía solamente un año que ese recuerdo era todavía parcial y que su vida consistía únicamente en trabajar, sobrevivir y trabajar. Defender a los muertos era su trabajo, y era buena en él. Eso era suficiente. Se había obligado a que fuera suficiente.

Hasta que apareció Roarke. El brillo del anillo que llevaba en el dedo todavía la sorprendía.

Él la amaba. La deseaba. Él, Roarke, competente, exitoso y enigmático, incluso la necesitaba. Ésa era la mayor sorpresa de todas. Y quizá, dado que parecía que ella era incapaz de comprenderlo, al final aprendería a, simplemente, aceptarlo.

Se llevó la copa de vino a los labios y se sumergió un poco más en el agua. Encendió la pantalla con el mando a distancia.

Al instante, la habitación explotó en un frenesí de color y de sonido. Eve bajó el volumen antes de que le explotaran los tímpanos. Mavis apareció relampagueante en pantalla, exótica como un hada, potente como un trago de whisky. Su tono de voz era agudo, pero resultaba seductor, y le sentaba tan bien como la música que Jess había diseñado para acompañarla.

Era un espectáculo caliente, crudo y bestia. Muy propio de Mavis. Pero al cabo de unos instantes, Eve se dio cuenta de que tanto el sonido como el espectáculo tenían un aspecto cuidado. Sí, el trabajo de Mavis siempre había tenido cierto brillo, pero ahora ese brillo era como una fina capa pulida que Eve nunca había visto.

«Ventajas de la posproducción —supuso Eve—. Orquestación. Y alguien ha tenido el ojo suficiente para reconocer a un diamante en bruto y el talento y el deseo de ayudar a pulirlo.»

La opinión que Eve tenía de Jess subió un punto. Quizá sí parecía un niño engreído a quien le gusta exhibir su complicada consola, pero era obvio que sabía hacerla trabajar. Además, comprendía a Mavis. La apreciaba por lo que era y por lo que quería hacer, y había encontrado la forma de que ella lo hiciera bien.

Eve se rio para sus adentros y levantó la copa en un silencioso brindis por su amiga. Parecía que al final iban a celebrar esa fiesta.

En su estudio, en el centro de la ciudad, Jess revisionó la demo. Deseaba sinceramente que Eve estuviera viéndola. Si lo estaba haciendo, su mente estaba abierta. Abierta a los sueños. Deseaba saber cuáles eran, hasta dónde la llevaban. Deseaba ver lo que ella veía. Podría documentarlo. Podría traerlo a la vida. Pero sus investigaciones todavía no le habían permitido encontrar el camino de acceso a los sueños. «Un día —pensó—. Un día.»

Los sueños de Eve la llevaban de vuelta a la oscuridad, al temor. Eran recuerdos confusos primero, luego impresionantemente claros, luego se fragmentaban y dispersaban como hojas al viento. Resultaba aterrador. Soñaba con Roarke, y eso resultaba reconfortante. Soñaba con presenciar una puesta de sol a su lado, en México. Hacer el amor, interminablemente, en las oscuras aguas de un lago. En su voz susurrante en el oído cuando estaba dentro de ella y le pedía que se soltara. Que se soltara.

Luego aparecía su padre, sujetándola, y ella volvía a ser la niña desvalida, herida, aterrorizada.

«No, por favor.»

Ahí estaba su olor, de caramelo y alcohol. Demasiado dulce. Demasiado fuerte. Ella estaba atrapada y lloraba, y la mano de él le apretaba la boca para atenuar sus gritos mientras la violaba.

«Nuestra personalidad se programa durante la concepción. —La voz de Reeanna flotaba, en un tono frío y seguro—. Somos lo que somos. Nuestras oportunidades y elecciones están escritas desde el nacimiento.»

Y ella era una niña encerrada en una habitación terrible, una habitación fría que olía a basura, a orín y a muerte. Y tenía sangre en las manos.

Alguien la sujetaba, le agarraba los brazos, y ella se debatía como un animal salvaje, como una niña aterrorizada y desesperada.

—No. No. No.

—Sssh. Eve, es un sueño. —Roarke la atrajo hacia sí, la meció. El sudor que le cubría la piel le empapó la camisa. Sintió que se le rompía el corazón—. Estás a salvo.

—Te maté. Estás muerto. Continúa muerto.

—Despiértate, ahora.

Le dio un beso en la sien, esforzándose por encontrar la forma correcta de tranquilizarla. Si hubiera podido, habría viajado atrás en el tiempo y habría asesinado con gran placer a quien la estuviera torturando.

—Despiértate, cariño. Soy Roarke. Nadie va a hacerte daño. Se ha ido —murmuró. Ella dejó de luchar y empezó a temblar—. No va a volver nunca más.

—Estoy bien. —Eve siempre se sentía humillada cuando él la encontraba atenazada por las pesadillas—. Ahora estoy bien.

—Yo no. —Él continuó abrazándola y acariciándola hasta que notó que sus temores remitían—. Ésta ha sido mala.

Ella mantuvo los ojos cerrados e intentó concentrarse en el aroma de él: limpio, de hombre.

—Recuérdame que no me vaya a la cama antes de disfrutar de un plato de espaguetis con especias. —Eve se dio cuenta de que él estaba completamente vestido y que las luces del dormitorio estaban encendidas—. No te has metido en la cama.

—Acabo de llegar. —Él la apartó un poco para observar su rostro. Le secó una lágrima que le bajaba por la mejilla—. Aún estás pálida. —Eso le destrozaba. Su tono de voz era tenso—. ¿Por qué no te tomas un tranquilizante, por lo menos?

—No me gustan. —Como siempre, la pesadilla le había dejado un sordo principio de migraña. Sabía que él se daría cuenta si la veía de cerca, así que se apartó un poco—. Hace bastante que no me tomo ninguno. Semanas, la verdad. —Más tranquila ahora, se frotó los ojos, cansados—. En esta pesadilla estaba todo mezclado. Quizá ha sido el vino.

—Quizá es el estrés. Eres capaz de trabajar hasta caer extenuada.

Ella inclinó la cabeza y miró la hora en el reloj que él llevaba en la muñeca.

—¿Y quién es que acaba de llegar de la oficina a las dos de la madrugada? —Sonrió, con la esperanza de borrarle esa expresión de preocupación de los ojos—. ¿Has comprado algún pequeño planeta últimamente?

—No, sólo unos satélites de poca importancia. —Él se levantó, se quitó la camisa y, al ver la mirada que ella le dirigía, arqueó una ceja—. Estás demasiado cansada.

—Bueno. Tú puedes hacer todo el trabajo.

Riendo, Roarke se sentó para quitarse los zapatos.

—Muchas gracias pero ¿qué tal si esperamos a que tengas la energía suficiente para participar?

—Dios, pareces un hombre casado. —Pero Eve se tumbó, exhausta. El dolor de cabeza estaba justo en el umbral de aparecer y amenazaba con hacerlo con fuerza. Él se metió en la cama a su lado y Eve apoyó la cabeza dolorida en su hombro—. Me alegro de que estés en casa.

—Yo también. —Él le acarició el pelo con los labios—. Duerme ahora.

—Sí. —La tranquilizaba notar los latidos de su corazón bajo la palma de la mano. Se sentía un tanto avergonzada de necesitar que él estuviera allí—. ¿Crees que estamos programados desde la concepción?

—¿Qué?

—Me lo preguntaba. —Eve empezaba a sumergirse en esa zona de casi sueño, y hablaba con la voz densa y con lentitud—. ¿Se trata simplemente de una cuestión de suerte, de los genes, que se cuela en el óvulo junto con el esperma? ¿Es eso todo? ¿En qué nos convierte eso, Roarke, a ti y a mí?

—En supervivientes —dijo él, pero sabía que ella estaba dormida—. Hemos sobrevivido.

Él permaneció despierto mucho rato, escuchando su respiración y mirando las estrellas.

Cuando estuvo seguro de que ella dormía sin pesadillas, se permitió seguirla en el sueño.

Eve se despertó a las siete con una llamada de la oficina del comandante Whitney. Ya había esperado que la convocaría. Tenía dos horas para preparar ese informe que tenía que presentarle en persona.

No se sorprendió al ver que Roarke ya se había levantado, se había vestido y estaba tomando café mientras estudiaba los informes de la bolsa en el monitor. Ella le saludó con un gruñido, su saludo matinal habitual, y se llevó el café a la ducha.

Cuando Eve volvió, Roarke estaba al TeleLink. Por los retazos de conversación que oyó, Eve supuso que se trataba de su corredor. Tomó un bollo y se lo metió entero en la boca mientras empezaba a vestirse, pero Roarke la tomó de la mano y la hizo sentarse en el sofá.

—Te llamo a mediodía —le dijo, y cortó la transmisión—. ¿Qué es tanta prisa? —le preguntó a Eve.

Tengo una reunión con Whitney dentro de una hora y media para convencerle de que hay una relación entre las tres víctimas y convencerle de que me permita investigar el tema y de que acepte una información que he obtenido de forma ilegal. Luego, tengo que presentarme ante el tribunal otra vez para testificar para que ese chulo de baja estofa, que dirigía un local de menores sin licencia y que golpeó a uno con sus propias manos, vaya a prisión y no salga de ahí.

Roarke le dio un beso suave.

—Bueno, sólo un día más en la oficina. Tómate unas cuantas fresas.

Ella tenía debilidad por las fresas y tomó una del cuenco.

—No tenemos nada… ya sabes.. ninguna cosa programada para esta noche, ¿verdad?

—No. ¿Qué tienes en mente?

—Pensaba en pasar el rato, solamente. —Se encogió de hombros—. A no ser que me interroguen por haberme saltado los sistemas de seguridad gubernamentales.

—Hubieras tenido que dejar que lo hiciera yo en tu lugar. —Le sonrió—. Con un poco de tiempo hubiera podido acceder a esa información desde aquí.

Ella cerró los ojos.

—No me lo digas. De verdad que no quiero saberlo.

—¿Qué me dices de ver alguna película antigua, comer unas cuantas palomitas y tirarnos en el sofá?

—Te diría gracias, Dios.

—Entonces tenemos una cita. —Le llenó la taza de café—. Quizá incluso consiga que cenemos juntos. Este caso… o estos casos… te están preocupando.

—No obtengo ninguna clave, ningún punto central. No existe el porqué, no hay un cómo. Excepto la esposa de Fitzhugh y su asociado, nadie ha dado un paso en falso. Y son sólo unos tontos. —Se encogió de hombros—. Un suicidio no es un homicidio, pero me sigue pareciendo que se trata de homicidios. —Exhaló con expresión de disgusto—. Y si eso es lo único que tengo para convencer al jefe Whitney, me dará una patada en el culo y tendré que salir de su oficina arrastrándome.

—Tú confías en tu intuición. Y me parece que es un hombre lo suficientemente listo para confiar en ella también.

—Lo veremos muy pronto.

—Si te arrestan, cariño, te esperaré.

—Ja, ja.

—Summerset me ha dicho que tuviste una visita ayer por la noche —añadió Roarke mientras ella se levantaba para dirigirse hacia el vestidor.

—Oh, mierda, me olvidé. —Tiró la bata al suelo y se puso a rebuscar, desnuda, entre la ropa. Era una costumbre de la que Roarke nunca dejaba de disfrutar. Encontró una camisa de algodón de color azul y se la puso—. Recibí a un par de chicos después del trabajo para hacer una pequeña orgía.

—¿Hiciste fotos?

Ella se rio y encontró unos vaqueros, pero al acordarse de la cita en el tribunal, los cambió por unos pantalones de vestir.

—Eran Leonardo y Jess. Querían un favor. De ti.

Roarke la observó mientras ella empezaba a ponerse los pantalones, se acordaba de la ropa interior y abría un cajón.

—Oh, Oh. ¿Me dolerá?

—No lo creo. Y, la verdad, estoy un poco por la cuestión. Ellos piensan que podrías organizar una fiesta para Mavis aquí. Para que actúe. La demo está preparada. Yo la vi ayer por la noche y es realmente buena. Le daría la oportunidad de estrenar antes de que empiecen a distribuirla.

—De acuerdo. Posiblemente podríamos celebrarla dentro de una o dos semanas. Miraré mi agenda.

A medio vestir, ella se volvió hacia él.

—¿Sólo eso?

—¿Por qué no? No es ningún problema.

Ella apretó los labios.

—Creí que tendría que convencerte.

La mirada de él adquirió una expresión de excitación.

—¿Te gustaría hacerlo?

Eve se abrochó los pantalones y mantuvo una expresión neutra.

—Bueno, te lo agradezco de verdad. Y dado que estás siendo tan complaciente, es un buen momento para pasar a la segunda parte.

Con gesto despreocupado, Roarke sirvió un poco más de café y echó un vistazo al monitor mientras se emitían los informes de la agricultura extraplanetaria. Acababa de comprar una pequeña granja en la Estación Espacial Delta.

—¿Cuál es la segunda parte?

—Bueno, Jess ha estado trabajando en un número. Me lo contó ayer por la noche. —Miró a Roarke, inventándoselo sobre la marcha—. Es un dueto, realmente impresionante. Y pensamos que, aunque fuera sólo en ocasión de la fiesta, que tú podrías hacerlo con Mavis.

Roarke parpadeó, sorprendido. Ya no sentía ningún interés por los cultivos.

—¿Hacer qué con Mavis?

—Actuar. La verdad es que fue idea mía —continuó ella, casi desfalleciendo al verle palidecer—. Tienes una buena voz. En la ducha, al menos. Te sale el acento irlandés. Lo mencioné y Jess creyó que era fantástico.

Roarke consiguió cerrar la boca, pero no le fue fácil. Despacio, alargó la mano para apagar el monitor.

—Eve…

—De verdad, sería fantástico. Leonardo tiene un diseño magnífico para ti.

—Para mí… —Completamente conmocionado, Roarke se puso en pie—. ¿Quieres que lleve un traje y que cante un dueto con Mavis? ¿En público?

—Eso significaría mucho para ella. Piensa en la prensa que tendría.

—Prensa. —En esos momentos estaba lívido—. Jesús, Eve.

—Es un número sexy de verdad. —Ella se acercó a él y empezó a jugar con los botones de la camisa mientras le miraba a los ojos con expresión esperanzada—. Eso la pondría directamente en la cumbre.

—Eve, yo la aprecio mucho, de verdad. Sólo que no creo que…

—Tú eres tan importante. —Le acarició el pecho con el dedo índice—. Tienes tanta influencia. Y eres tan… atractivo.

Eso fue un poco demasiado. Él la miró con los ojos entrecerrados, suspicaz y se dio cuenta de que ella contenía la risa.

—Me estás tomando el pelo.

Ella soltó una carcajada.

—Te lo tragaste. Oh, deberías haberte visto la cara. —Se

llevó las manos al estómago, con un ataque de risa. Él le dio un mordisco en la oreja y Eve soltó un chillido—. Te hubiera acabado convenciendo.

—No lo creo. —No del todo seguro de sí mismo, se volvió y alargó la mano para tomar la taza de café.

—Hubiera podido convencerte. Tú lo hubieras hecho si yo lo hubiera hecho bien. —Completamente atacada por la risa, le rodeó con los brazos y le apretó contra sí—. Oh, te quiero.

Roarke se quedó inmóvil. Una gran emoción le embargó en el pecho con la fuerza de un puñetazo. Tembloroso, se dio la vuelta y la sujetó por los brazos.

—¿Qué?

La risa desapareció del rostro de Eve. Roarke estaba conmocionado y su mirada era oscura y fiera.

—¿Qué sucede?

—Nunca lo habías dicho. —La atrajo hacia él y enterró el rostro en su pelo—. Nunca lo habías dicho —repitió.

Ella no podía hacer otra cosa que esperar, notando las emociones que le embargaban. ¿De dónde venía todo eso?, se preguntó. ¿Dónde lo tenía escondido?

—Sí, te lo había dicho. Por supuesto que sí.

—No de esta manera. —Él no había sabido hasta qué punto lo necesitaba hasta que la oyó decirlo de esa forma—. No sin forzarte. Sin tener que pensarlo primero.

Ella abrió la boca para negarlo, pero la cerró de nuevo. Era verdad, y era algo tonto, de cobarde.

—Lo siento. Es que es difícil para mí —le dijo en voz baja—. A veces me siento asustada porque eres el primero. Y el único.

Él permaneció abrazado a ella hasta que sintió que era capaz de hablar, entonces se apartó un poco y la miró a los ojos.

—Has cambiado mi vida. Te has convertido en mi vida. —Acercó sus labios a los de ella y dejó que el beso fuera cada vez más lento, más suave—. Te necesito.

Ella le pasó los brazos alrededor del cuello y le abrazó con fuerza.

—Muéstramelo. Ahora.

Capítulo once

*E*ve salió en dirección al trabajo canturreando. Sentía el cuerpo relajado y fuerte, la mente tranquila. Le pareció un buen augurio que el coche cobrara la vida con un ronroneo al primer intento y que el control de temperatura marcara unos cómodos 22 grados.

Se sentía preparada para enfrentarse al comandante y convencerle de que tenía un caso que convenía continuar investigando.

Entonces llegó a la Quinta con la Cuarenta y siete y se encontró con un atasco. El tráfico terrestre se encontraba detenido, el tráfico aéreo daba vueltas como una manada de buitres y nadie respetaba lo más mínimo el reglamento sobre polución auditiva. En cuanto Eve detuvo el coche, la temperatura subió inmediatamente a 35 grados.

Eve salió del coche y se unió al tumulto.

Los vendedores de los carritos callejeros se aprovechaban de la situación y se colaban por entre los coches haciendo un buen negocio con los pinchos de fruta fresca y café. Eve ni se preocupó de mostrar la placa para recordarles que no podían salir fuera de las aceras. En lugar de eso, llamó a uno de ellos, le compró una Pepsi y le preguntó que qué diablos sucedía.

—Los naturales. —Sin dejar de mirar alrededor en busca de más compradores, metió los créditos en la ranura de la caja fuerte—. Una protesta por el consumo compulsivo. Hay cientos de ellos a lo largo de la Quinta formando un bonito dibujo. Cantan. ¿Quiere una pastita dulce? Recién hecha.

—No.

—Va a tener que pasar un buen rato aquí —le advirtió él mientras se subía al carrito para continuar su trayecto entre el tráfico detenido.

—Cabrón. —Eve observó el panorama. Estaba bloqueada por todos los lados por conductores furiosos. Le dolían los oídos a causa del ruido y el coche estaba caliente como un horno.

Se metió en el vehículo, cerró la puerta con un portazo, aporreó el control de temperatura y consiguió que ésta bajara hasta 15,5 grados. Arriba, un globo lleno de turistas boquiabiertos se desplazó, lento y pesado, por encima de sus cabezas.

Aunque no tenían ninguna confianza en el vehículo, Eve maniobró un despegue vertical y colocó la sirena oficial. Ésta no podía competir con el ruido del exterior, pero Eve consiguió que el coche se elevara, tembloroso. Sin dejar de emitir zumbidos y ruidos extraños, el coche esquivó el techo del vehículo vecino por un centímetro e inició su trayecto aéreo.

—La próxima parada será en una recicladora. Te lo juro —dijo mientras encendía el comunicador—. Peabody, qué demonios está pasando aquí.

—Teniente. —Peabody apareció en la pantalla con mirada preocupada y gesto serio—. Me parece que se ha encontrado usted con el atasco provocado por la protesta de la Quinta.

—Eso no estaba en el programa. Sé perfectamente que esto no estaba anunciado en las pantallas esta mañana. No es posible que tengan permiso.

—Los naturales no creen en permisos, señor. —Eve soltó una risa de burla y Peabody se aclaró la garganta—. Creo que si se dirige en dirección oeste tendrá más suerte en la Séptima. El tráfico allí es denso, pero se mueve. Si consulta su monitor…

—Sí, como que va a funcionar en este trasto. Llama a los de mantenimiento y diles que están muertos. Luego contacta con el comandante y dile que quizá llegue unos minutos tarde a la reunión. —Mientras hablaba, se peleaba con los mandos del coche ya que éste tendía a caer constantemente y no dejaba de aterrorizar a los peatones y al resto de conductores, que miraban hacia arriba, asustados—. Si no caigo encima de alguien, estaré allí dentro de veinte minutos.

Esquivó por los pelos el canto de una valla publicitaria cuyo holograma proclamaba las delicias del transporte aéreo privado. Aterrizó en la Séptima y estuvo a punto de tropezar con un tipo vestido con traje y corbata que huyó con los patines aéreos.

Pero le había esquivado, ¿no era así?

Justo acababa de soltar un suspiro de alivio cuando el comunicador sonó.

—A todas las unidades. A todas las unidades. En el 1217, en el tejado del edificio Tattler, en la Séptima con la Cuarenta y dos. Respondan inmediatamente. Una mujer, no identificada, se cree que va armada.

«En el 1217 —pensó Eve—. Amenaza de suicidio. ¿Qué diablos es eso?»

—Recibido el aviso, Dallas, teniente Eve. Tiempo aproximado de llegada, cinco minutos.

Volvió a colocar la sirena oficial y despegó en vertical de nuevo.

El Tattler, la sede del periódico más popular de la nación, era un edificio brillante y totalmente nuevo. Los edificios que se encontraban allí antes habían sido derruidos en los años treinta durante el programa de reforma urbana, lo cual era un eufemismo de la decadencia de las infraestructuras y las construcciones que asoló Nueva York durante ese período.

Se elevaba, imponente, todo de acero plateado, con forma de bala y se encontraba rodeado completamente por rampas y pasajes aéreos. En la base había un restaurante al aire libre.

Eve aparcó en doble fila, tomó su equipo de campo y se abrió paso entre la multitud que se había congregado en la acera. Mostró la placa al guarda de seguridad y percibió en su rostro una expresión de alivio.

—Gracias a Dios. Está ahí arriba y mantiene a raya a todo el mundo a base de *spray* anti asaltantes. Le dio a Bill directamente en los ojos cuando él intentaba sujetarla.

—¿Quién es? —preguntó Eve mientras él la conducía hasta la zona de ascensores interiores.

—Cerise Devane. Es la propietaria de este lugar.

—¿Devane? —Eve la conocía vagamente. Cerise Devane, directora del Grupo Tattler, era una de las personas privilegiadas e influyentes que frecuentaban los círculos de Roarke—. ¿Cerise Devane está en el tejado y amenaza con tirarse? ¿De qué se trata, de algún tipo de estúpida publicidad para incrementar las ventas?

—A mí me parece que es de verdad. —Hinchó los carrillos—. También está totalmente desnuda. Eso es todo lo que sé —afirmó el guarda mientras el ascensor subía—. Su ayudante es quien ha realizado la llamada. Frank Rabbit. Podrá averiguar más cosa de él... si es que está consciente a estas alturas. El tipo cayó en redondo cuando ella salió a la cornisa. Eso es lo que he oído decir.

—¿Llamaron a un psicólogo?

—Alguien lo ha hecho. Ahora está el psicólogo de la empresa ahí arriba, y un especialista en suicidios se encuentra de camino. También los del Departamento de Incendios y los de Rescate Aéreo. Pero todo se retrasa. Una enorme atasco en la Quinta.

—Dígamelo a mí.

Las puertas se abrieron ante el tejado y Eve salió al aire fresco que no conseguía abrirse paso por entre los edificios para llegar hasta las calles sofocantes. Echó un rápido vistazo a su alrededor.

La oficina de Cerise se encontraba encima del ático o, más exactamente, en el mismo techo. Las paredes de cristal especial se inclinaban formando una pirámide y ofrecían a la directora una vista de trescientos sesenta grados de esa ciudad y de esa gente de quien tanto le gustaba hablar en su periódico.

A través del cristal Eve vio la decoración y el equipo especial diseñado para una oficina de alto nivel. En el amplio sofá con forma de «U», un hombre se encontraba tendido con un paño sobre la frente.

—Si ése es Rabbit, dígale que se recomponga y que salga aquí fuera para informarme. Y saque de aquí a toda persona que no sea imprescindible. Despeje a esa multitud de la calle. Si ella acaba saltando, no es necesario que aplaste a ningún mirón.

—No tengo los refuerzos necesarios —empezó el guarda.

—Saque a Rabbit aquí fuera —repitió, y llamó a la Central de Policía—. Peabody, me encuentro en un incidente.

—Me he enterado. ¿Qué necesita?

—Ven hacia aquí. Envía a una unidad de despeje de multitudes para sacar a esta gente de la calle. Tráeme toda la información posible acerca de Cerise Devane. Mira a ver si Feeney puede recuperar todas sus llamadas, en casa, personales y al móvil, de las últimas veinticuatro horas. Hazlo rápido.

—Hecho —repuso Peabody, y cortó la transmisión.

Se dio la vuelta y vio que el guarda traía a rastras a un hombre hasta ella. Rabbit llevaba la corbata suelta, y su pelo de corte perfecto se encontraba revuelto. Las manos, con una manicura pulcra, le temblaban.

—Dígame exactamente qué ha sucedido —le ordenó, cortante—. Dígamelo deprisa y con claridad. Ya se desvanecerá cuando haya terminado con usted.

—Ella... salió de la oficina. —Su voz sonaba débil y aguda. Se apoyaba como un peso muerto en el brazo del guarda—. Parecía tan feliz. Estaba casi bailando. Se había... se había quitado la ropa. Se la había quitado.

Eve arqueó una ceja. En ese momento, Rabbit parecía más conmocionado por el repentino gesto exhibicionista de su jefa que por la posibilidad de su muerte.

—¿Qué le hizo hacerlo?

—No lo sé. Se lo juro, no tengo ni idea. Ella había querido que yo llegara temprano esa mañana, sobre las ocho. Estaba preocupada por uno de los abogados. Siempre tenemos denuncias. Estaba fumando y tomando café mientras caminaba arriba y abajo de la habitación. Entonces me mandó que metiera prisa a los del Departamento Legal y dijo que quería tomarse unos minutos para relajarse.

Se interrumpió y se tapó el rostro con las manos.

—Al cabo de quince minutos, salió sonriendo y... desnuda. Yo estaba tan sorprendido que simplemente me senté. Simplemente me senté. —Empezaron a castañetearle los dientes—. Ni siquiera la había visto nunca sin los zapatos.

—Estar desnuda no es el principal problema que tiene ahora —señaló Eve—. ¿Habló con usted? ¿Le dijo algo?

—Yo, bueno, estaba tan sorprendido, ya ve. Yo le dije algo, algo como «Señora Devane, ¿qué está usted haciendo? ¿Sucede algo?». Y ella se limitó a reír. Dijo que todo estaba perfecto. Ahora ya lo tenía todo claro y todo era maravilloso. Que iba a sentarse en la cornisa un rato antes de saltar. Pensé que estaba bromeando, y yo estaba nervioso, así que me reí un poco.

Estaba conmocionado.

—Me reí y entonces vi que se iba hasta el extremo del tejado. Jesús. Desapareció de repente. Pensé que había saltado y corrí hacia allí. Y allí estaba, sentada en la cornisa, con las piernas colgando y tarareando. Le pedí por favor que volviera antes de que perdiera el equilibrio. Sólo se rio, me disparó un poco de *spray* y me dijo que precisamente acababa de recuperar el equilibrio. Que fuera un niño bueno y que me marchara.

—¿Recibió alguna llamada o realizó alguna?

—No. —Se secó la boca con la mano—. Cualquier transmisión hubiera pasado a través de mi unidad. Va a saltar, se lo digo de verdad. Mientras la miraba se inclinó hacia delante, y casi saltó. Y dijo que iba a ser un agradable viaje. Va a saltar.

—Eso ya lo veremos. Quédese cerca. —Eve se dio la vuelta. El psicólogo de la empresa fue fácil de distinguir. Iba vestido con una bata blanca que le llegaba a la altura de las rodillas y unos estrechos pantalones negros. Llevaba el pelo gris recogido en una cola y se encontraba inclinado hacia la cornisa del tejado en una postura que comunicaba ansiedad.

Mientras se acercaba a él, Eve lanzó una maldición. Oyó el ruido de los vehículos aéreos y maldijo a los medios de comunicación al ver a la primera unidad aérea. El canal 75, naturalmente. Nadine Furst siempre era la primera en aparecer.

El psicólogo se enderezó y se alisó la bata para las cámaras. Eve decidió que le detestaba.

—¿Doctor? —Levantó la placa y percibió una excitación no disimulada en sus ojos. Lo único que Eve pudo pensar fue que una empresa del tamaño y el poder de Tattler podía permitirse algo mejor.

—Teniente, creo que estoy haciendo algunos progresos con la sujeto.

—¿Todavía está en la cornisa, verdad? —Señaló Eve mientras pasaba de largo por su lado y se inclinaba hacia el vacío—. ¿Cerise?

—¿Más compañía?

Era una mujer esbelta y bonita, la piel de su rostro tenía el tono de los pétalos de rosa y sus torneadas piernas colgaban con gesto alegre de la cornisa. Cerise levantó la mirada. Su pelo era completamente negro. Tenía un rostro inteligente y astuto, y unos ojos verdes de expresión aguda. Pero justo en ese momento, tenían una expresión blanda y soñadora.

—Vaya, eres Eve, ¿verdad? Eve Dallas, la nueva esposa. Una boda preciosa, por cierto. Realmente ha sido el evento social del año. Desplazamos a miles de unidades para cubrirlo.

—Me alegro por ti.

—¿Sabes? Puse a uno de los de investigación a trabajar para ver si averiguaba vuestro itinerario de luna de miel. No creo que nadie que no fuera Roarke hubiera podido bloquear completamente a los medios de comunicación. —La señaló con el dedo índice y sus pechos bailaron con el gesto—. Hubierais podido contar alguna pequeña parte. La gente se muere por saber ese tipo de cosas.

Se rio al decir eso, cambió de postura y estuvo a punto de perder el equilibrio.

—Todos nos morimos por saberlas. Ups. No, todavía. Me estoy divirtiendo, no quiero precipitarme. —Enderezó la espalda y saludó a las unidades aéreas—. Normalmente odio a los medios de comunicación audiovisuales. ¡No comprendo por qué, justamente ahora, quiero a todo el mundo! —dijo la última parte de la frase gritando mientras abría completamente los brazos.

—Eso es muy bonito, Cerise. ¿Por qué no vienes un minuto? Voy a darte alguna información acerca de la luna de miel. En exclusiva.

Cerise sonrió con desconfianza.

—Ja, ja. —La negación cobró un tono juguetón de nuevo, casi fue una risa—. ¿Por qué no bajas y te unes a mí? Podrías saltar conmigo. Te lo digo, es lo mejor.

—Bueno, señora Devane —empezó el psicólogo—, todos nosotros pasamos por momentos desesperados, lo comprendo. Estoy con usted. Siento su dolor.

—Oh, cállese. —Cerise hizo un gesto para sacárselo de encima—. Estoy hablando con Eve. Baja, cariño. Pero no te pongas demasiado cerca. —Sacó el *spray* de nuevo y sonrió—. Ven a unirte a la fiesta.

—Teniente, no le aconsejo que…

—Cállese y vaya a esperar a mi ayudante —le dijo Eve mientras pasaba una pierna por encima de la barandilla de seguridad de acero y se colocaba en la cornisa.

El viento no resultaba tan agradable cuando se encontró colgando a setenta pisos de la calle, arrinconada en una cornisa de apenas sesenta centímetros de amplitud. Aquí arriba, soplaba y se arremolinaba, ayudado por las hélices de las camionetas aéreas. Le hacía batir las ropas contra el cuerpo. Obligó a su corazón a bajar el ritmo y apretó la espalda contra la pared.

—¿No es bonito? —suspiró Cerise—. Me encantaría tomarme un vino ahora, ¿a ti no? No, mejor una copa larga de champán. La reserva de Roarke del cuarenta y siete me entraría muy bien ahora.

—Creo que tenemos una caja en casa. Vamos a abrir una botella.

Cerise se rio, giró la cabeza y le dedicó una enorme sonrisa. Y, con un vuelco en el corazón, se dio cuenta de que era la misma sonrisa que había visto en el rostro de ese hombre joven que colgaba de un lazo.

—Estoy borracha de felicidad.

—Si estás feliz, ¿por qué estás sentada desnuda en una cornisa y pensando en dar el último paso?

—Eso es lo que me hace feliz. No sé por qué no lo comprendes. —Cerise levantó el rostro hacia el cielo y cerró los ojos. Eve se arriesgó a acercarse unos centímetros—. No sé por qué nadie lo comprende. Es tan bonito. Es tan emocionante. Lo es todo.

—Cerise. Sal de esta cornisa. No es nada. Ya ha pasado.

—No. No. No. —Abrió los ojos de nuevo y los tenía vidriosos—. Es sólo el principio, ¿no te das cuenta? Oh, estamos tan ciegos.

—Cualquier cosa que sea, se puede arreglar. Lo sé. —Con cuidado, Eve puso su mano encima de la de Cerise. No se la cogió, no quería arriesgarse—. Lo que cuenta es sobrevivir. Uno puede cambiar las cosas, hacer que éstas sean mejor, pero hay que sobrevivir para hacerlo.

—¿Sabes la cantidad de trabajo que eso significa? ¿Y qué sentido tiene si esperar es mucho más placentero? Me siento tan bien. No. —Riendo, Cerise puso el pote del *spray* frente a Eve—. No lo estropees ahora. Me lo estoy pasando muy bien.

—Hay gente que está preocupada por ti. Tienes una familia, Cerise, que te quiere. —Eve se esforzó por recordar. ¿Había un hijo, un esposo, padres?—. Si haces esto, les vas a hacer daño.

—Sólo hasta que lo comprendan. Llegará el momento en que todo el mundo lo comprenderá. Entonces todo irá mejor. Será fantástico. —Miró a Eve a los ojos con expresión soñadora y con una terrorífica sonrisa en el rostro—. Ven conmigo. —Tomó la mano de Eve y se la apretó—. Va a ser precioso. Sólo tienes que dejarte ir.

Una gota de sudor recorrió la espalda de Eve. La mujer la había tomado de la mano con mucha fuerza, y un gesto brusco para que la soltara podía significar el fin de las dos. Se obligó a no resistirse, a no hacer caso del viento ni del zumbido de las unidades aéreas que grababan cada uno de los instantes.

—No quiero morir, Cerise —le dijo con calma—. Y tú tampoco. El suicidio es para los cobardes.

—No, es para los aventureros. Pero haz lo que quieras. —Cerise le soltó la mano, le dio unos golpecitos en el dorso de la misma y lanzó una carcajada estremecedora al aire—. Oh, Dios, soy tan feliz —dijo y, abriendo completamente los brazos, se dejó caer hacia delante.

Instintivamente, Eve fue a sujetarla. Estuvo a punto de perder el equilibrio mientras sus dedos rozaban la cadera de Cerise. Cayó hacia un lado y se esforzó en no rodar hacia delante, a pesar de que el viento y el vacío tiraban de ella. La gravedad actuaba con rapidez y sin piedad. Eve miró hacia abajo, a ese rostro de sonrisa salvaje, hasta que se convirtió en una mancha a lo lejos.

—Dios mío. Oh, Dios mío. —Mareada por la impresión, se levantó, echó la cabeza hacia atrás y cerró los ojos. Oía gritos y chillidos, y el aire desplazado por la unidad aérea que se acercaba para obtener un primer plano, la abofeteó en las mejillas.

—Teniente Dallas.

La voz le sonó como un zumbido en los oídos. Eve se limitó a negar con la cabeza.

En el tejado, Peabody miraba hacia abajo y luchaba contra la náusea que le subía por la garganta. Lo único que podía ver en esos momentos era que Eve estaba de pie en la cornisa, lívida como una sábana blanca, y un solo movimiento por cuidadoso que fuera podía mandarla tras los pasos de la mujer a quien había intentado salvar.

Peabody inhaló con profundidad y se esforzó por hablar en tono frío y profesional.

—Teniente Dallas, se la necesita aquí. Necesito su grabadora para el informe.

—Te oigo —dijo Eve en tono cansado. Mantuvo la vista

fija hacia delante y alargó la mano hacia arriba para agarrar el canto del tejado. Mientras una mano agarraba la suya, se puso en pie. Dio la espalda al vacío y miró a Peabody a los ojos. Vio el miedo en ellos.

—La última vez que pensé en saltar, tenía ocho años. —Aunque le temblaban un poco las piernas, saltó de nuevo al tejado—. No me voy a ir de esa forma.

—Jesús, Dallas. —Olvidándose de todo por un instante, Peabody le dio un fuerte abrazo—. Me ha aterrorizado. Creí que iba a tirar de usted.

—Yo también. No lo hizo. Contrólate, Peabody. Los de la prensa están a la caza.

—Lo siento. —Peabody se apartó y se ruborizó ligeramente—. Lo siento.

—No hay problema. —Eve miró hacia donde se encontraba el psicólogo y vio que se había quedado en el borde del tejado y que se había llevado una mano al pecho a la altura del corazón en una pose pensada para las cámaras—. Capullo —dijo. Se metió las manos en los bolsillos. Necesitaba un minuto, un minuto más, para tranquilizarse—. No pude detenerla, Peabody. No encontré cuál era el botón correcto.

—A veces no existe.

—Pero sí hubo uno que la empujó a hacer esto —dijo Eve con tono pausado—. Tenía que haber uno que le hubiera impedido hacerlo.

—Lo siento, Dallas. Usted la conocía.

—La verdad es que no. Era sólo una de esas personas que están de paso por tu vida. —Apartó eso de la mente, tenía que hacerlo. La muerte, cada vez que llegaba, siempre dejaba responsabilidades atrás—. Vamos a ver qué podemos hacer aquí. ¿Encontraste a Feeney?

—Afirmativo. Se conectó a su TeleLink desde la División de Detección Electrónica y dijo que vendría en persona. Yo descargué toda la información sobre la sujeto, no tuve tiempo de revisarla.

Caminaron hacia la oficina. A través del cristal se veía a Rabbit sentado, con la cabeza entre las rodillas.

—Hazme un favor, Peabody. Manda a esa piltrafa con uno de los guardias para que realice una declaración formal. No quiero tener que hablar con él ahora mismo. Quiero que su oficina quede sellada. Veamos si podemos imaginar qué era lo que estaba haciendo que la puso fuera de sí.

Peabody entró e hizo que Rabbit se levantara y que saliera con uno de los guardias en cuestión de segundos. Con una concienzuda eficiencia, vació de gente la habitación, y selló las puertas de acceso.

—Es toda nuestra, teniente.

—¿No te había dicho que no me llamaras así?

—Sí, teniente —repuso Peabody, sonriendo, con la esperanza de levantarle un poco el ánimo.

—Vaya, hay una listilla dentro de ese uniforme. —Eve exhaló con fuerza—. Enciende la grabadora, Peabody.

—Ya está encendida.

—De acuerdo. Ahí va. Ella llega temprano, está molesta. Rabbit dice que está nerviosa por un litigio. Busca información sobre eso.

Mientras hablaba, caminaba por la habitación y observaba todos los detalles. Esculturas, la mayoría de ellas eran figuras mitológicas de bronce. Muy elegantes. Una alfombra de un color azul profundo hacía juego con el cielo. El escritorio tenía un brillo de espejo y unos tonos rosados. El equipamiento de la oficina era elegante y moderno, y mostraba esos mismos tonos. Un enorme urna de cobre contenía un ramo de flores exóticas. También había dos árboles en dos macetas.

Cruzó la habitación hasta el ordenador, sacó el código

maestro de su equipo de campo y solicitó el archivo que había sido utilizado por última vez.

Utilizado a las 8:10 horas de la mañana, archivo número 3732-L Legal, Custler contra Grupo Tattler.

—Debe de ser el abogado con quien estaba enojada —supuso Eve—. Concuerda con la primera declaración de Rabbit. —Vio un cenicero de mármol lleno con media docena de colillas. Con unas pinzas tomó una de ellas y la observó—. Tabaco caribeño. Filtro de tela. Caro. Mételos en una bolsa.

—Cree que están impregnados de algo.

—Ella debía de estar colocada con algo. Su mirada era extraña. —No la olvidaría, lo sabía, durante mucho, mucho tiempo—. Esperemos a que quede lo suficiente de su cuerpo para obtener un informe de toxicología. Toma una muestra de esas manchas de café, también.

Pero Eve no creía que encontraran lo que andaban buscando ni en el tabaco ni en el café. No había habido ningún rastro de sustancia química en los otros suicidios.

—Su mirada era extraña —repitió Eve—. Y también su sonrisa. He visto esa sonrisa antes, Peabody. Un par de veces ya.

Mientras guardaba las bolsas con las muestras, Peabody levantó la mirada.

—¿Cree que éste está conectado con los otros?

—Creo que Cerise Devane era una mujer muy ambiciosa y con éxito. Y seguiremos el procedimiento habitual, pero apuesto a que no encontraremos ningún motivo de suicidio. Hizo salir a Rabbit de la oficina —continuó Eve mientras daba vueltas por la habitación. Molesta por el constante zumbido, levantó la vista y frunció el ceño al ver que la unidad aérea todavía se encontraba allí—. Mira a ver si encuentras las pantallas de privacidad. Estoy cansada de esos imbéciles.

—Con placer. —Peabody buscó el panel de control—. Creo que vi a Nadine Furst en una de ellas. Por la forma en que se inclinaba hacia fuera, creo que tendría que haberse puesto un arnés. Hubiera podido acabar siendo el titular de su propio noticiero.

—Por lo menos, lo habrá pillado bien —dijo Eve, medio para sí misma. Asintió complacida en cuanto las pantallas de privacidad se colocaron en su sitio y ocultaron el cristal—. Estupendo. Luces —ordenó, y volvió a hacerse la luz—. Deseaba relajarse, tranquilizarse para el resto del día.

Eve miró en una pequeña nevera y encontró refrescos, fruta y vino. Una de las botellas de vino había sido abierta, pero no había ninguna copa que indicara que Cerise hubiera empezado a beber pronto. Y no habían sido un par de tragos lo que le habían conferido esa expresión en los ojos, pensó Eve.

En el baño de al lado, completo con una bañera, una sauna y un modificador de ánimo, encontró un armario lleno de calmantes, tranquilizantes y euforizantes legales.

—Una fuerte creyente de la ayuda química, nuestra Cerise —comentó—. Llévatelos para examinarlos.

—Jesús, tiene su propia farmacia. El modificador de ánimo está programado en modo de concentración, y se utilizó por última vez ayer por la mañana. No lo ha utilizado esta mañana.

—Entonces, ¿qué ha hecho para relajarse? —Eve entró en una habitación contigua, una pequeña sala de estar llena con una completa unidad de ocio, un sillón de descanso y un robot de servicio.

Encima de una pequeña mesa había un bonito vestido verde cuidadosamente doblado. Unos zapatos a juego se encontraban en el suelo, justo debajo de él. Las joyas —una gruesa cadena de oro, dos pendientes de intrincado diseño, y un fino reloj y una grabadora de muñeca— habían sido colocadas en un cuenco de cristal.

—Se desvistió aquí. ¿Por qué? ¿Para qué?

—Hay gente que se relaja mejor sin la ropa —dijo Peabody, y se sonrojó en cuanto Eve le dirigió una mirada pensativa por encima del hombro—. Eso he oído decir.

—Sí. Quizá. Pero eso no va con ella. Era una mujer muy compuesta. Su ayudante me ha dicho que nunca la había visto descalza, y de repente es una nudista. No lo creo.

Su mirada tropezó con unas gafas de realidad virtual que se encontraban encima del brazo del sillón de descanso.

—Quizá después de todo sí se hizo un viaje —murmuró Eve—. Estaba irritada y quería tranquilizarse. Así que entró aquí, se tumbó, programó alguna cosa e hizo un pequeño viaje.

Eve se sentó y tomó las gafas. «Gafas de realidad virtual», pensó. Fitzhugh y Mathias también habían hecho un pequeño viaje antes de morir.

—Voy a ver adónde fue, y cuándo. Ah, si parece que me sale alguna tendencia suicida después, o si decido que me relajaré mejor sin las ropas, tienes órdenes de dejarme sin sentido.

—Sin dudarlo, señor.

Eve arqueó una ceja.

—Pero no se espera que disfrutes de ello.

—Lo odiaré por completo —prometió Peabody, y juntó las manos.

Riendo un poco, Eve se colocó las gafas.

—Mostrar archivo —ordenó—. Vista completa. Se conectó a las 8:17 horas de esta mañana.

—Dallas, si ése ha sido el caso, quizá no debería hacerlo. Nos lo podemos llevar y examinarlo en condiciones de control.

—Tú eres mi control, Peabody. Si parezco demasiado feliz

con la idea de tener una vida corta, derríbame. Poner el último programa —ordenó Eve mientras se acomodaba en el sillón—. Jesús. —Lo dijo en un susurro al ver a dos jóvenes machos que caminaban hacia ella. Llevaban solamente unas tiras de una brillante piel negra engarzada con plata. Los cuerpos, untados con aceite, eran musculosos. Estaban completamente erectos.

El entorno era una habitación blanca, ocupada casi toda por una cama, y notó el contacto de unas sábanas de satén debajo de su cuerpo desnudo. Encima de su cabeza, una tela de gasa filtraba la luz de las velas de un enorme candelabro de un cristal brillante.

Una música, suave y pagana, sonaba en el aire. Se encontraba encima de una montaña de colchones de plumas y, mientras empezaba a levantarse, uno de esos jóvenes dioses se sentó a horcajadas encima de ella.

—Eh, mira, amigo…

—Para su placer solamente, señora —dijo él mientras le untaba los pechos con aceite aromático.

«Esto es una mala idea», pensó, aunque unos involuntarios estremecimientos de placer le recorrieron el vientre. Le untaron el estómago, los muslos, las piernas y los dedos de los pies.

Podía comprender que una situación como ésa provocara que una mujer se desnudara y sonriera, pero no que la condujera al suicidio.

«Mantén el control», se dijo. Intentó pensar en otra cosa. Pensó en el informe que tenía que presentarle al comandante. Pensó en las inexplicables sombras en esos cerebros.

Unos dientes se cerraron delicadamente sobre su pezón, una lengua se deslizó, húmeda, por un punto muy acertado. Arqueó la espalda, y la mano que levantó en señal de protesta resbaló encima de un hombro untado de aceite.

Entonces, el segundo macho se arrodilló entre sus piernas y empezó a trabajar con la lengua.

Se corrió antes de que pudiera impedirlo, una pequeña ola de placer. Sin aliento, se quitó las gafas y vio que Peabody la miraba con la boca abierta.

—No ha sido un paseo tranquilo por una playa desierta —consiguió decir Eve.

—Ya me di cuenta. ¿Qué ha sido, exactamente?

—Un par de tipos desnudos y una enorme cama de sábanas de satén. —Eve suspiró y dejó las gafas—. ¿Quién hubiera imaginado que se relajaba con fantasías sexuales?

—Ah, teniente. Señor. Como ayudante suya, creo que es mi responsabilidad probar esa unidad. Como control de las pruebas.

Eve apretó la lengua contra la parte interior de la mejilla.

—Peabody, no permitiré que corras ese tipo de riesgos.

—Soy policía, teniente. Mi vida está llena de riesgo.

Eve se levantó y le ofreció las gafas. A Peabody le brillaron los ojos.

—Guárdalas en la bolsa, agente.

Decepcionada, Peabody metió las gafas en una bolsa de pruebas.

—Diablos. ¿Eran atractivos?

—Peabody, eran dioses. —Volvió a la oficina y echó un último vistazo—. Voy a ordenar a los del registro que entren, pero no creo que encuentren nada. Llevaré el disco que has traído a la Central, llamaré a sus familiares… aunque seguro que los medios de comunicación lo habrán difundido por todas partes.

Tomó su equipo de campo.

—No siento ninguna tendencia suicida.

—Es un alivio saberlo, teniente.

A pesar de eso, Eve frunció el ceño y miró las gafas.

—¿Cuánto tiempo estuve en eso, cinco minutos?

—Casi veinte. —Peabody sonrió—. El tiempo vuela cuando uno practica el sexo.

—No estaba practicando sexo. —Empezaba a sentir un sentimiento de culpa al notar el anillo de casada—. No, exactamente. Si hubiera habido algo en ese programa, lo hubiera notado. Así que parece un camino sin salida. Haz que lo examinen, de todas formas.

—Lo haré.

—Espera a Feeney. Quizá haya encontrado algo interesante en los registros de su TeleLink. Cuando termines aquí, envía las bolsas al laboratorio y preséntate en mi oficina. —Eve empezó a caminar hacia la puerta, pero miró hacia atrás un momento—. Y, Peabody, no juegues con las pruebas.

—Aguafiestas —dijo Peabody en cuanto Eve no pudo oírla.

Capítulo doce

*E*l comandante Whitney se encontraba sentado ante su enorme y perfectamente organizado escritorio y escuchaba. Agradecía el hecho de que su teniente le presentara un informe claro y conciso, y admiraba que ella fuera capaz de omitir ciertos detalles sin pestañear.

Un buen policía debía mantener la frialdad bajo el fuego. Eve Dallas era como el hielo, y él estaba orgulloso de eso.

—Analizó usted los datos de la autopsia de Fitzhugh fuera del departamento.

—Sí, señor. —Eve ni pestañeó—. El análisis requería un equipo más sofisticado del que el Departamento de Policía y Seguridad de Nueva York dispone.

—Y usted tuvo acceso a un equipo más sofisticado.

—Pude tener ese acceso.

—¿También pudo realizar el análisis? —preguntó, arqueando una ceja—. Las ciencias informáticas no son su punto fuerte, Dallas.

Ella le miró directamente a los ojos.

—Me he estado esforzando por mejorar mi habilidad en esa área, comandante.

Él lo dudaba.

—Posteriormente consiguió usted acceso a los archivos del Centro de Seguridad del Gobierno y allí unos expedientes confidenciales le cayeron en las manos.

—Correcto. No deseo revelar mi fuente.

—¿Su fuente? —repitió él—. ¿Me está usted diciendo que tiene usted un chivato en el Centro de Seguridad del Gobierno?

—Hay chivatos en todas partes —repuso Eve con frialdad.

—Quizá eso funcione —murmuró él—. O quizá se encuentre usted ante un subcomité en Washington Este.

Eve sintió que el estómago se le retorcía, pero habló en tono firme.

—Estoy preparada.

—Es mejor que lo esté. —Whitney se recostó en el respaldo de la silla, juntó los dedos de ambas manos y se dio unos golpecitos con ambos índices en la barbilla—. El caso del complejo Olimpo. Usted también accedió a la información allí. Eso se encuentra un poco fuera de su jurisdicción, teniente.

—Yo me encontraba en la escena durante el incidente, e informé de mis hallazgos a las autoridades interespaciales.

—Quienes tomaron ese asunto a partir de ese momento —añadió Whitney.

—Tengo autorización para solicitar información en caso de que un caso exterior se encuentre relacionado con uno mío, comandante.

—Eso todavía debe ser confirmado.

—Esa información es necesaria para confirmar la relación.

—Eso tendría sentido, Dallas, si se tratara de homicidio.

—Yo creo que son cuatro homicidios, incluido el de Cerise Devane.

—Dallas, acabo de ver la grabación de ese incidente. Vi a una policía y a una suicida encima de una cornisa, la policía intentaba hacer entrar en razón a la sujeto y ésta optó por saltar. No fue empujada, no fue coaccionada, no fue amenazada de ninguna manera.

—Mi opinión profesional es que sí fue coaccionada.

—¿Cómo?

—No lo sé. —Y, por primera vez, un sentimiento de frustración tiñó el tono de su voz—. Pero estoy segura, completamente segura, de que si hubieran conseguido la suficiente cantidad de cerebro en esa calle para analizarlo, hubieran encontrado esa misma quemadura en el lóbulo frontal. Lo sé, comandante. Lo único que no sé es cómo va a parar allí. —Esperó un instante—. O cómo lo colocan allí.

Los ojos del comandante mostraron cierto desconcierto.

—Está usted insinuando que alguien está influenciando a ciertos individuos para que se quiten la vida a través de un implante cerebral.

—No he podido encontrar ninguna relación genética entre los sujetos. Ni el grupo social, ni la esfera educacional, ni la filiación religiosa. No se criaron en la misma ciudad, no bebían la misma agua, no asistían a los mismos centros de salud. Pero todos ellos tenían la misma marca en el cerebro. Eso es algo más que una coincidencia, comandante. Fue provocada, y si al provocarles esa quemadura se empujó a esas personas al suicidio, se trata de un asesinato. Y eso es de mi incumbencia.

—Se encuentra usted en la cuerda floja, Dallas —dijo Whitney al cabo de un momento—. Los muertos tienen familias, y las familias desean dejar esto a un lado. El hecho de que continúe usted la investigación alarga el proceso de luto.

—Lo siento mucho.

—Además, está usted provocando preguntas en la Torre —añadió, refiriéndose al Jefe de Policía y Seguridad.

—Estaré encantada de presentar mi informe al jefe Tibble, si se me ordena. —Pero esperaba que no se le ordenara hacerlo—. Mantendré mi postura, comandante. No soy una novata que juega a ser una veterana en un caso absurdo.

—Incluso los policías veteranos se exceden y cometen errores.

—Entonces, permítame cometerlos. —Negó con la cabeza antes de que él pudiera decir nada—. Yo me encontraba en esa cornisa hoy, comandante. La miré a la cara, y vi sus ojos cuando saltó. Y lo sé.

Él cruzó los dedos de las manos encima de la mesa. Siempre era la misma lucha de compromisos. Él tenía otros casos y la necesitaba en ellos. El presupuesto era escaso y nunca disponían de tiempo ni recursos humanos suficientes.

—Puedo darle a usted una semana, nada más. Si no ha conseguido usted las respuestas adecuadas para entonces, cerrará usted los casos.

Eve exhaló un suspiro.

—¿Y el jefe?

—Yo hablaré con él, en persona. Tráigame algo, Dallas, o prepárese para dejarlo atrás.

—Gracias, señor.

—Váyase —dijo, pero cuando Eve llegó a la puerta, añadió—: Ah, Dallas, si va usted a salirse de la esfera oficial para… investigar, vigile sus pasos. Y dele recuerdos a su esposo.

Eve se ruborizó ligeramente.

Él había adivinado su fuente, y ambos lo sabían. Dijo algo tartamudeando y escapó. Se dio cuenta de que había esquivado la situación y se pasó la mano por el pelo. Entonces soltó un juramento y salió disparada hacia la rampa más cercana. Estaba llegando tarde al tribunal.

Se estaba acercando el final del turno cuando llegó a su oficina y se encontró a Peabody instalada ante su escritorio con una taza de café en la mano.

Eve se apoyó en el quicio de la puerta.

—¿Estás cómoda, agente?

Peabody se sobresaltó y vertió un poco de café. Se aclaró la garganta.

—No sabía cuándo iba usted a llegar.

—Es obvio. ¿Algún problema con su unidad?

—Ah, no, teniente. Creí que resultaría más rápido introducir unos nuevos datos directamente en la suya.

—Es una buena excusa, Peabody, así que manténgala. —Eve se acercó al AutoChef y programó un poco de café. Era la preferencia por la mezcla de café de Roarke en lugar del brebaje que se servía en la Central lo que explicaba que Peabody se hubiera instalado en su escritorio.

—¿Cuáles son esos nuevos datos?

—El capitán Feeney ha extraído todas las comunicaciones de los TeleLinks de Devane. No parece que haya nada relacionado, pero lo tenemos todo. Tenemos su agenda personal con todas sus citas y los datos más actuales de su último examen médico.

—¿Tenía algún problema?

—Ninguno. Era una adicta al tabaco, registrada, y recibía inyecciones de anticancerígenos de forma regular. No mostraba ningún síntoma de enfermedad, ni física, ni emocional, ni mental. Tendía al estrés y a excederse en el trabajo, y lo compensaba con calmantes y tranquilizantes. Vivía con alguien, felizmente, según consta. Su compañero se encuentra fuera del planeta en estos momentos. Tiene usted aquí el nombre de su pariente más próximo, un hijo de un compañero anterior.

—Sí, he contactado con él. Se encuentra en las oficinas Tattler de Nuevo Los Ángeles. Vendrá aquí. —Eve ladeó la cabeza—. ¿Estás cómoda, Peabody?

—Sí, teniente. Oh, perdón. —Se levantó rápidamente de detrás del escritorio y volvió a dejar la silla en su sitio—. ¿Qué tal ha ido la reunión con el comandante?

—Tenemos una semana —dijo Eve rápidamente, y se sentó—. Vamos a aprovecharla al máximo. ¿Tenemos el informe del forense sobre Devane?

—Todavía no está disponible.

Eve se volvió hacia el TeleLink.

—Veamos si podemos apretarle un poco.

Cuando llegó a casa, Eve se tambaleaba de debilidad. No había cenado, lo cual le parecía adecuado dado que había finalizado el día en el depósito de cadáveres ante lo que había quedado de Cerise Devane.

Incluso el estómago de un veterano se hubiera retorcido ante esa visión.

Y no podría averiguar nada a partir de eso, nada en absoluto. No creía que ni el equipo de Roarke fuera capaz de reconstruir lo suficiente de Devane para que resultara de alguna ayuda.

Entró y estuvo a punto de tropezar con el gato, que se encontraba tumbado en la puerta. Eve reunió toda su energía y se agachó para tomarlo entre los brazos. Él gato la observó con una expresión de enojo en sus ojos de dos colores.

—No recibirías ninguna patada si tumbaras tu gordo culo en otra parte, amigo.

—Teniente.

Se acomodó el gato entre los brazos y levantó la vista para encontrarse con Summerset, quien, como era habitual, había aparecido de la nada.

—Sí, llego tarde —dijo ella, cortante—. Ponme una falta.

Él no respondió con su mordacidad habitual. Había visto las imágenes en los canales de noticias y la había visto en la cornisa. Le había visto la expresión del rostro.

—Querrá usted cenar.

—No, no quiero. —Solamente quería irse a la cama, así que empezó a dirigirse hacia las escaleras.

—Teniente. —Él esperó a que ella soltara un juramento malhumorado y a que girara la cabeza con el ceño fruncido—. Una mujer que se sube a una cornisa o bien es muy valiente o muy tonta.

La expresión ceñuda de Eve se convirtió en una mueca burlona.

—No voy a preguntarle en qué categoría me coloca usted.

—No, no va a hacerlo. —Él la observó subir las escaleras y pensó que su valentía resultaba aterradora.

El dormitorio estaba vacío. Eve se dijo que dentro de un minuto iría a ver si encontraba a Roarke en algún lugar de la casa e, inmediatamente, cayó sobre la cama. *Galahad* se escurrió de debajo de sus brazos y se subió a su trasero para buscar acomodo. Roarke la encontró al cabo de tres minutos, tumbada y exhausta, con un gato con forma de salchicha vigilando en su flanco.

Él se limitó a observarla un rato. Él también había visto las imágenes de las noticias. Le habían dejado paralizado, se le había secado la boca y le habían descompuesto el vientre y el estómago. Él sabía que ella se enfrentaba a la muerte con frecuencia, a la de los demás y a la suya propia, y se dijo a sí mismo que lo aceptaba.

Pero esa mañana había contemplado, completamente desvalido, cómo ella se balanceaba en esa cornisa. Le había visto los ojos y había visto en ellos el coraje y el miedo. Y Roarke había sufrido.

Ahora se encontraba allí, en casa, una mujer con más huesos y músculos que curvas, con un pelo que necesitaba urgentemente un arreglo y unas botas de talones gastados.

Se acercó, se sentó en el borde de la cama y puso una mano encima de ella.

—Solamente estoy recuperando fuerzas —murmuró Eve.

—Ya me doy cuenta. En un momento nos iremos a bailar.

Ella consiguió reír.

—¿Podrías quitarme esa piedra del trasero?

Complaciente, Roarke tomó a *Galahad* y acarició el pelo del animal.

—Has tenido un día completo, teniente. Los medios de comunicación no han dejado de hablar de ti.

Ella se volvió boca arriba pero mantuvo los ojos cerrados un minuto más.

—Me alegro de no haberlo visto. Entonces ya sabes lo de Cerise.

—Sí, tenía puesto el Canal 75 mientras me preparaba para la primera reunión de la mañana. Lo vi en directo.

Ella percibió la tensión en su tono de voz y abrió los ojos.

—Lo siento.

—Vas a decirme que estabas haciendo tu trabajo. —Dejó al gato a un lado y le apartó un mechón de pelo de la mejilla—. Pero eso va más allá. Ella hubiera podido arrastrarte.

—No estaba preparada para marcharme. —Eve puso una mano encima de la que él le había dejado en la mejilla—. Tuve un recuerdo mientras me encontraba ahí arriba. Un recuerdo de cuando era una niña y me encontraba de pie en la ventana de alguna pensión barata en la que siempre nos alojaba. Entonces pensé en saltar, en acabar con todo de una vez por todas. No estaba preparada para marcharme. Aún no lo estoy.

Galahad saltó del regazo de Roarke y estiró todo su cuerpo encima del estómago de Eve. Eso hizo sonreír a Roarke.

—Parece que ambos queremos retenerte aquí, a salvo, un rato. ¿Qué has comido hoy?

Ella frunció los labios.

—¿Es un interrogatorio?

—Para hablar de algo.

—La comida no es una de mis prioridades ahora mismo. Acabo de llegar del depósito de cadáveres. Entrar en contacto con el cemento después de una caída de setenta pisos no tiene un efecto atractivo en un cuerpo de carne y hueso.

—Me imagino que no quedó lo suficiente para realizar un examen y compararlo con los otros casos.

A pesar de la imagen desagradable que acababa de evocar, Eve sonrió, se sentó y le dio un beso rápido y sonoro.

—Siempre dices lo adecuado, Roarke. Ésa es una de las cosas que más me gustan de ti,

—Creí que era mi cuerpo.

—Eso está muy arriba en mi lista —le dijo mientras él se levantaba y se acercaba al AutoChef—. No, no ha quedado lo suficiente, pero tiene que haber una relación. Te das cuenta, ¿verdad?

Él esperó hasta que apareció la bebida proteínica que había pedido.

—Cerise era una mujer inteligente, sensata y decidida. A menudo se mostraba egoísta, siempre era vanidosa, y podía resultar tan incómoda como un grano en el culo. —Volvió a la cama y le ofreció el vaso—. No era el tipo de persona que se tira del tejado de su propio edificio... y permite que los medios obtengan una exclusiva de su organización.

—Añadiré eso a mis datos. —Eve frunció el ceño ante la bebida cremosa y de color menta que tenía en la mano—. ¿Qué es esto?

—Alimento. Bébetelo. —La ayudó a acercarse el vaso a los labios—. Todo.

Ella tomó el primer sorbo, decidió que no era del todo horrible y se lo tragó.

—Ya. ¿Te sientes mejor, ahora?

—Sí. ¿Te ha dado espacio Whitney para que continúes con la investigación?

—Tengo una semana. Y sabe que he utilizado tus... instalaciones. Finge que no lo sabe. —Dejó el vaso a un lado y empezó a desperezarse. Entonces lo recordó—: Se supone que tendríamos que estar viendo una película, comiendo palomitas y tumbados en el sofá.

—Me has dejado plantado. —Le dio un pequeño tirón del pelo—. Voy a tener que divorciarme de ti.

—Dios, eres tan estricto. —Eve se sintió nerviosa de repente y se frotó las manos—. Ya que estás de este humor, supongo que será mejor que me sincere.

—Oh, ¿es que estabas por ahí haciendo arrumacos con alguien?

—No exactamente.

—¿Perdón?

—¿Quieres algo de beber? Tenemos un poco de vino aquí arriba, ¿verdad? —Se dispuso a levantarse de la cama, pero no se sorprendió al sentir que él la sujetaba por el brazo.

—Aclárame eso.

—Ahora mismo. Es sólo que será mejor que lo haga con un poco de vino. ¿De acuerdo? —Intentó sonreír, pero se dio cuenta de que eso no le resultó atractivo al ver su mirada fija y fría. Él la soltó y ella se apresuró hasta la pequeña nevera que había en la habitación. Se tomó su tiempo para servir el vino y cuando empezó a hablar, lo hizo manteniendo cierta distancia.

—Peabody y yo estábamos realizando un registro preliminar en la oficina de Devane. Tenía una habitación de relajación.

—Lo sé.

—Por supuesto que lo sabes. —Dio un primer sorbo para darse ánimos para la confesión y se acercó a él—. Bueno, me di cuenta de que había unas gafas de realidad virtual en el brazo del sillón de descanso. Mathias también había utilizado unas gafas de realidad virtual antes de colgarse. A Fitzhugh le gustaba la realidad virtual. Es una relación poco significativa, pero pensé que era mejor que nada.

—Aproximadamente el noventa por ciento de la población de este país tiene, por lo menos, unas gafas de realidad virtual por casa —señaló Roarke, mirándola todavía con expresión concentrada.

—Sí, pero hay que empezar por alguna cosa. Se trata de una marca en el cerebro, y la realidad virtual afecta tanto al cerebro como a los sentidos. Se me ocurrió pensar que si había cualquier defecto, intencionado o accidental, en las gafas, eso hubiera podido provocar el impulso suicida.

Él asintió con la cabeza, lentamente.

—De acuerdo. Te sigo.

—Así que me puse las gafas.

—Espera. —Levantó una mano—. ¿Sospechabas que esas gafas habían contribuido a su muerte y te las pusiste alegremente? ¿Es que has perdido la cabeza?

—Peabody estaba allí para controlar, con órdenes de dejarme sin sentido si era necesario.

—Ah, bueno. —Disgustado, hizo un gesto con la mano—. Eso está bien. Entonces, todo es perfectamente sensato. Ella iba a dejarte inconsciente antes de que pudieras saltar del tejado.

—Así es. —Se sentó al lado de él y le dio la copa—. Puse el último programa que ella había utilizado. Lo había hecho unos minutos antes de que subiera a esa cornisa. Estaba segura de que iba a encontrar algo en el programa que había utilizado. —Hizo una pausa y se rascó la nuca—. Ya sabes, pensé que se trataría de algún programa de relajación. Quizá una sesión de meditación, un crucero por el mar normal y corriente, o un paisaje campestre.

—Doy por sentado que no era nada de eso.

—No, no lo era. Era, esto, una fantasía. Ya sabes, una fantasía sexual.

Intrigado, él cruzó las piernas y ladeó la cabeza. Su expresión permaneció serena y neutra.

—¿De verdad? —Dio un trago de vino y dejó la copa al un lado—. ¿Y consistía en…?

—Bueno, había esos tipos.

—¿En plural?

—Sólo dos. —Sintió que una oleada de calor le subía por dentro y lo detestó—. Se trataba de una investigación oficial.

—¿Estabas desnuda?

—Jesús, Roarke.

—Creo que es una pregunta perfectamente razonable.

—Quizá un minuto, ¿de acuerdo? Era el programa y yo tenía que comprobar ese programa, y no era culpa mía que esos tipos estuvieran encima de mí… y lo detuve antes, bueno, casi antes…

Tartamudeando de culpa, se interrumpió y vio con sorpresa que él estaba sonriendo.

—¿Te parece divertido? —Apretó el puño y le dio un golpe en el hombro—. Me he sentido fatal todo el día, y a ti te parece divertido.

—¿Antes de qué? —le preguntó, quitándole la copa de vino de la mano antes de que se la vaciara sobre la cabeza. La dejó al lado de la suya—. ¿Detuviste el programa casi antes de qué, precisamente?

Ella le miró con los ojos entrecerrados, enojada.

—Fueron estupendos. Voy a conseguir una copia de ese programa para uso personal. No voy a necesitarte más porque tengo dos esclavos sexuales.

—¿Apostarías algo? —La empujó haciéndola caer de espaldas encima de la cama, forcejeó con ella y consiguió sacarle la camiseta por la cabeza.

—Para. No te deseo. Mis esclavos sexuales me tienen satisfecha. —Se lo sacó de encima y casi consiguió inmovilizarlo cuando sintió que los labios de él se cerraban sobre su pecho y una de sus manos se instalaba limpiamente sobre el fino vello del pubis.

Sintió que el calor la inundaba por completo.

—Mierda —exclamó casi sin aliento—. Sólo estoy fingiendo que esto me gusta.

—De acuerdo.

Él le bajó los pantalones y la acarició con la punta de los dedos. Ella ya estaba mojada, y eso le tentaba. Cerró los dientes con suavidad sobre su pezón y la acarició hasta que ella llegó al clímax.

No fue un clímax suave, esta vez. El orgasmo apareció como una ola rápida y potente que la arrolló por completo, la ahogó y la elevó sin piedad hacia una nueva cumbre.

Eve pronunció su nombre con un gemido. Siempre era su nombre. Pero cuando alargó la mano para tocarle, él la sujetó por las muñecas y le puso los brazos por encima de la cabeza.

—No. —Él también respiraba con dificultad mientras la miraba—. Tómalo. Tómalo.

Entró dentro de ella lentamente, centímetro a centímetro, mientras observaba cómo su mirada se perdía y sus ojos se oscurecían a cada movimiento de él. Mantuvo el control sobre el deseo de precipitarse, de responder a la salvaje urgencia de los frenéticos movimientos de las caderas de ella, dejó que ella llegara por sí misma a otro clímax.

Y cuando ella quedó relajada y temblorosa, él empezó a penetrarla con movimientos largos y constantes.

—Toma un poco más —murmuró, tragándose los gemidos de ella, sujetándola como a una esclava, manos, boca, pelvis—. Y más.

Ella sentía el cuerpo sobreexcitado, frenético como su pulso. Su cuerpo se encontraba asediado, tenía el sexo tan sensible que el placer salvaje que sentía estaba muy cerca del dolor. Y él continuaba moviéndose despacio, perezosamente.

—No puedo —dijo, y aunque negaba con la cabeza, sus caderas se elevaban pidiendo más—. Es demasiado.

—Suéltate, Eve. —Él ya casi no podía mantener el control—. Otra vez.

Roarke no se soltó hasta que ella lo hizo.

La cabeza todavía le daba vueltas cuando consiguió incorporarse y recostarse sobre los codos. Curiosamente, ambos estaban todavía medio vestidos y encima del cubrecama. Desde una esquina de la cama, *Galahad* les miraba, sentado, con una felina expresión de disgusto. O quizá era de envidia.

Roarke se había tumbado de espaldas y tenía una sonrisa en el rostro que sólo podía calificarse de engreída.

—Supongo que eso te ha subido la testosterona.

Su sonrisa se hizo más amplia. Ella le clavó un dedo en las costillas.

—Si eso fue para castigarme, te has equivocado.

En esos momentos, él abrió los ojos y Eve vio que tenían una expresión divertida y cálida.

—Querida Eve, ¿de verdad creías que yo me tomaría esa pequeña aventura como una especie de adulterio virtual?

Ella frunció los labios un poco. Por ridículo que fuera, se sentía decepcionada de que él no se sintiera celoso en absoluto.

—Quizá sí.

Con un largo suspiro, él se sentó y le puso las manos sobre los hombros.

—Puedes permitirte fantasías, sea profesional o personalmente. No soy tu cuidador.

—¿No te importa?

—En lo más mínimo. —Le dio un beso amistoso y luego la sujetó con firmeza por la barbilla—. Pero si lo haces en la realidad, aunque sea una vez, tendré que matarte.

Las pupilas de Eve se dilataron y el corazón, tontamente, le dio un vuelco de placer.

—Ah, bueno, es justo.

—Es un hecho —dijo él, simplemente—. Ahora que ya hemos aclarado esto, deberías dormir un poco.

—Ya no estoy cansada. —Volvió a subirse los pantalones y él suspiró otra vez.

—Supongo que eso significa que quieres trabajar.

—Si pudiera utilizar tu equipo, solamente un par de horas, podría avanzar bastante el trabajo de mañana.

Resignado, Roarke se subió los pantalones.

—Vamos, entonces.

—Gracias. —Eve le dio la mano con gesto amistoso mientras caminaban hacia el ascensor privado—. Roarke, ¿no me matarías, verdad?

—Oh, sí, lo haría. —Con una sonrisa, la hizo entrar en el ascensor—. Pero, dada nuestra relación, me preocuparía de hacerlo rápidamente y con el mínimo dolor.

Ella le miró.

—Entonces tengo que decir que lo mismo haré yo.

—Por supuesto. Ala este, tercer nivel —ordenó, y apretó la mano de Eve con gesto cálido—. No querría que fuera de ninguna otra manera.

Capítulo trece

*D*urante los días siguientes, Eve se dio de cabeza contra la pared a cada línea de investigación que empezaba. Cada vez que necesitaba aclarar la mente, hacía que fuera Peabody quien se diera de cabeza. Persiguió a Feeney para que alargara cada momento de su tiempo libre para encontrar alguna cosa. Cualquier cosa.

Cuando otros casos aterrizaban sobre su escritorio, apretaba las mandíbulas. Y trabajaba horas extras.

Cada vez que veía que los chicos del laboratorio arrastraban los pies, se subía a sus espaldas y les hacía correr sin piedad. La situación llegó hasta tal punto que el laboratorio no respondía a sus llamadas. Para combatir eso, mandó a Peabody al laboratorio para que les convenciera cara a cara.

—No intentes hacerme tragar esa llamada de auxilio acerca de que no tienes refuerzos, Capi.

Dickie Berenski, conocido en privado como *Capullo*, tenía un aspecto desolado. Como jefe del laboratorio técnico, hubiera debido ser capaz de delegar en media docena de ayudantes una confrontación personal con una detective airada, pero todos ellos le habían abandonado.

Iban a rodar cabezas, pensó él con un suspiro.

—¿Qué quieres decir con eso?

—Que es lo mismo de siempre. Siempre estás pidiendo auxilio.

Él frunció el ceño.

—Mira, Dallas, yo te ayudé en todo eso de las sustancias ilegales, ¿verdad? Fue un favor.

—Y una mierda, un favor. Te soborné con unos asientos para partidos.

Su rostro adquirió una expresión remilgada.

—Pensé que se trataba de un regalo.

—Y no voy a sobornarte otra vez. —Le puso el dedo índice sobre el pecho—. ¿Qué sucede con las gafas de realidad virtual? ¿Por qué no he recibido tu informe?

—Por que no he encontrado nada con que hacer un informe. Es un programa caliente, Dallas… —Sus cejas se movieron en un sugerente baile—. Pero estaba limpio, limpio y codificado. Mejor, incluso —añadió, en un tono de voz ligeramente más agudo—. Hice que Sheila lo desmontara y lo volviera a montar. Un buen equipo, el mejor de ese tipo, mejor que los mejores. La tecnología está fuera de serie. Pero eso era de esperar. Es un producto de Roarke.

—Es un… —Se interrumpió y se esforzó por no mostrar esa súbita incomodidad y sorpresa ante esa información—. ¿Dónde se fabrica?

—Diablos, Sheila tiene los datos. Fuera del planeta, estoy casi seguro. Mano de obra barata. Y acababa de salir del barco. No hacía ni un mes que se encontraba en el mercado.

Eve sintió que el estómago le había dado un vuelco y que se había cerrado.

—Pero ¿no tiene ningún defecto?

—No. Es una verdadera preciosidad. Ya he solicitado unas para mí. —Levantó las cejas con una expresión de esperanza—. Por supuesto, posiblemente tú podrías conseguirme unas a precio de coste.

—Consígueme el informe ahora con todos los detalles y dame esas gafas. Y lo pensaré.

—Es el día libre de Sheila —se quejó, apretando los labios con una expresión que pretendía despertar la compasión—. Haré que te mande el informe terminado a tu oficina mañana al mediodía.

—Bueno, Capi. —Una buena policía conocía cuál era la debilidad de su oponente—. Ya veré el tema de hacerte el regalo de las gafas.

—Bueno, en ese caso… espéralo a las diez. —Alegre ahora, él se ocupó ante un banco informático que se encontraba empotrado en uno de los cubículos del panal del laboratorio.

—Dallas, una de esas unidades cuesta posiblemente dos mil, para empezar. —Peabody miró a Dickie con expresión de disgusto—. Ha sido un soborno excesivo.

—Quiero ese informe. —Eve imaginaba que Roarke tendría una caja de unidades en algún lugar como obsequios promocionales. Obsequios, pensó con disgusto, destinados a políticos, empleados, ciudadanos importantes—. Tengo solamente tres días. Y nada. No seré capaz de hacer que Whitney me conceda una prórroga. —Miró hacia atrás, hacia donde se encontraba Capi justo cuando éste se apartaba del cubículo.

—Sheila lo tiene casi terminado. —Le dio un disco cerrado y una copia sobre papel—. Échale un vistazo. Es un gráfico hecho por el ordenador del patrón del último programa. Sheila ha marcado un par de errores.

—¿Qué quieres decir con un par de errores? —Eve cogió la página y estudió lo que parecían ser una serie de trazos y círculos resaltados.

—No puedo asegurarlo. Probablemente, relajación subliminal o, en este caso, opción de subestimulación. Algunas de las unidades nuevas ya ofrecen algunos paquetes mayores de contenido subliminal. Se puede ver que estos ensombrecen el programa, aparecen cada pocos segundos.

—¿Sugestiones? —Sintió que se le aceleraba el pulso—.

¿Quieres decir que el programa estaba equipado con sugestiones subliminales dirigidas al usuario?

—Es una práctica muy común. Se ha utilizado para terminar con hábitos, para mejorar la sexualidad, para expandir la mente y demás cosas durante décadas. Mi padre dejó el tabaco gracias al contenido subliminal hace cincuenta años.

—Qué hay de provocar impulsos... como el de acabar con la propia vida.

—Mira, los contenidos subliminales invitan a tener hambre, a comprar artículos, o ayudan a romper algún hábito. Pero ¿esa clase de sugestión tan directa? —Se dio unos golpecitos en el labio inferior, pensativo, y negó con la cabeza—. Tendrían que incidir a un nivel más profundo y creo que eso requeriría muchas sesiones para que esas sugestiones impregnaran un cerebro normal. El instinto de supervivencia es demasiado fuerte.

Negó con la cabeza, convencido.

—Hemos pasado esos programas una y otra vez.

«Especialmente las secuencias de fantasías sexuales», pensó Eve.

—Los hemos probado con sujetos para experimentación, en androides para analizarlos. Nadie ha saltado de un tejado. De hecho, no observamos ninguna reacción inusual en nadie ni en ningún androide. Se trata solamente de un buen viaje, eso es todo.

—Quiero un análisis completo de esas sombras subliminales.

Él ya esperaba eso.

—Entonces necesitaré quedarme con la unidad. Sheila ya ha comenzado a trabajar en ella, como puedes ver, pero eso requiere tiempo. Hay que pasar el programa, descartar el contenido evidente y extraer el contenido subliminal. Luego se necesita cierto tiempo con el ordenador para examinarlo, analizarlo y hacer el informe. Un buen contenido subliminal, y te puedo asegurar que éste es excelente, es algo muy sutil. Buscar el patrón no es como leer un análisis de veracidad.

—¿Cuánto tiempo?

—Dos días, un día y medio si tenemos suerte.

—Tened suerte, pues —le sugirió, y le dio la impresión a Peabody.

Eve intentó no preocuparse por el hecho de que se tratara de uno de los juguetes de Roarke, ni de cuáles podrían ser las consecuencias si se demostrase que él formara parte de ese asunto. Unas sombras subliminales. Ésa podría ser la relación que había estado buscando. El siguiente paso consistía en obtener las unidades de realidad virtual que habían estado en posesión de Fitzhugh, Mathias y Pearly en el momento de sus muertes.

Con Peabody al lado, caminando a su ritmo, Eve se apresuró por la acera. Su vehículo todavía se encontraba en mantenimiento. Eve no creía que valiera la pena el esfuerzo de requisar algún vehículo como sustituto para una distancia de tres manzanas.

—Está entrando el otoño.

—¿Eh?

Peabody, sintiéndose curiosa por el hecho de que Eve no percibiera el frescor del aire y el balsámico aroma de la brisa procedente del este, se detuvo un momento e inhaló con fuerza.

—Se puede oler.

—¿Qué estás haciendo? —preguntó Eve—. ¿Estás loca? Si respiras la suficiente cantidad de aire de Nueva York, tendrás que pasar el día en desintoxicación.

—Si se obvian los humos de los servicios de transporte y

los olores corporales, es delicioso. Quizá aprueben esa ley sobre el aire en estas elecciones.

Eve miró a su ayudante.

—Está apareciendo tu parte natural, Peabody.

—No es nada malo preocuparse por el medioambiente. Si no hubiera sido por los amantes de los árboles, llevaríamos todos máscaras y gafas de sol durante todo el año. —Peabody miró hacia una de las rampas pero se unió al rápido paso de Eve—. No quiero poner trabas a nada, teniente, pero va a tener que bailar bastante para tener acceso a esas unidades de realidad virtual. Según el procedimiento estándar, deben de haber sido devueltas al patrimonio familiar.

—Las conseguiré, y quiero que se mantenga la discreción sobre este tema, que se dé a conocer solamente en caso de necesidad hasta que lo haya resuelto.

—Comprendido. —Esperó un instante—. Supongo que Roarke tiene tantos tentáculos ahí fuera que debe de resultar imposible saber quién hace qué en qué momento.

—Se trata de un conflicto de intereses y ambas lo sabemos. Estoy poniéndote en una situación delicada con esto.

—Siento no estar de acuerdo, teniente, pero yo me encargo de mi propia situación. Sólo será delicada si yo lo quiero.

—Tomo nota y te lo agradezco.

—Entonces también podría tomar nota de que soy una gran aficionada de los partidos, teniente.

Eve se detuvo, la miró y se rio.

—¿Una entrada o dos?

—Dos. A lo mejor tengo suerte.

Rieron y en esos momentos el sonido de una sirena rasgó el aire.

—Oh, diablos, cinco minutos más en cualquier otra dirección y nos lo hubiéramos ahorrado.

Eve sacó el arma y dio media vuelta. La alarma procedía

del Centro de Intercambio Monetario que se encontraba justo frente a ellas.

—¿Quién puede ser el loco que asalte un Centro de Intercambio Monetario que se encuentra a dos manzanas de la Central de Policía? Despeja la calle, Peabody —ordenó— y luego cubre la salida trasera.

La primera orden resultó casi innecesaria dado que los peatones ya se estaban marchando, empujándose los unos a los otros en las rampas y los pasajes aéreos para ponerse a cubierto. Eve sacó el comunicador, dio la orden estándar de refuerzos y se precipitó hacia las puertas automáticas.

En el recibidor había una gran confusión. Su única ventaja era que la gente se precipitaba hacia fuera mientras ella se precipitaba hacia dentro, y la masa de gente le proporcionaba cierta cobertura. Como en la mayoría de Centros de Intercambio Monetario, el vestíbulo era pequeño, no tenía ventanas y estaba amueblado con unos mostradores altos que ofrecían intimidad. Solamente uno de los mostradores de servicio personal estaba dirigido por un ser humano. Los otros tres lo estaban por unos androides que habían sufrido una parada automática en cuanto el botón del pánico se hubo encendido.

El ser humano era una mujer que, probablemente, se encontraba a mitad de la veintena. Llevaba el pelo corto y un mono pulcro y de corte clásico. Su rostro expresaba un profundo terror: la tenían sujeta por el cuello y la estaban arrastrando a través de la puerta de seguridad.

Él hombre que la tenía en su poder se estaba ocupando en asfixiarla y en mostrar lo que, aparentemente, era una bomba de fabricación casera.

—Voy a matarla. Se la voy a meter por la garganta hasta que se la trague.

A Eve, esa amenaza no le pareció tan alarmante como el

tono tranquilo y deliberado con que la profirió. Descartó sustancias químicas y estatus profesional. Por el aspecto de sus gastados vaqueros y de su camisa, por el rostro cansado y sin afeitar, decidió que se encontraba ante uno de los desesperados pobres de la ciudad.

—Ella no te ha hecho nada. —Eve se aproximó despacio—. No es responsable. ¿Por qué no la sueltas?

—Todo el mundo me ha hecho algo. Todo el mundo forma parte del sistema. —Arrastró a la desvalida oficinista un poco más atrás por la puerta de seguridad. Ella estaba totalmente inmovilizada hasta los hombros y su piel estaba cobrando un ligero tono azulado—. Manténgase alejada —le dijo en voz baja—. No tengo nada que perder ni ningún lugar adónde ir.

—La estás ahogando. Si la matas, te vas a quedar sin escudo. Afloja un poco. ¿Cómo te llamas?

—Los nombres no importan una mierda. —Pero aflojó el brazo un poco y la oficinista inhaló aire con desesperación—. Lo que importa es el dinero. Si salgo de aquí con una bolsa de créditos, nadie va a resultar herido. Joder, ya harán más dinero.

—No es así como funciona. —Con cautela, Eve dio tres pasos más sin apartar los ojos de los de él—. Sabes que no vas a salir de aquí. Ahora la calle ya está cortada, las unidades de seguridad se han desplegado. Jesús, tío, la zona está plagada de policías a todas horas del día y de la noche. Hubieras podido hacer una elección mejor que ésta.

Por el rabillo del ojo, vio que Peabody se colaba por el acceso trasero y tomaba posición. Ninguna de las dos podía arriesgarse a disparar mientras tuviera a la oficinista y el explosivo en la mano.

—Si dejas caer eso, incluso si sudas demasiado, puede estallar. Entonces todo el mundo va a morir.

—Entonces moriremos todos. Ya no importa.

—Suelta a la oficinista. Es una civil. Lo único que hace es ganarse la vida.

—También yo.

Eve lo vio en sus ojos sólo un instante demasiado tarde. La profunda desolación. En un abrir y cerrar de ojos, él tiró hacia arriba, muy alto, la bomba. A Eve le pasó por delante toda su vida mientras se precipitaba hacia delante y se tiraba de cabeza. La perdió por unos centímetros.

Mientras se preparaba para el estallido, la bomba casera rodó hasta una esquina, hizo un pequeño sonido y se quedó quieta.

—Falsa. —El aspirante a ladrón soltó una débil carcajada—. ¿No era de esperar? —Entonces, mientras Eve se ponía en pie, cargó.

Eve no tuvo tiempo de apuntar, y mucho menos de disparar, el arma. La embistió como un saco de boxeo y la estampó contra uno de los mostradores de autoservicio. En ese momento se produjo la explosión dentro de su cabeza, su cadera contactó dolorosamente con el canto del mostrador. Sólo fue por pura suerte que mantuvo el arma en la mano a pesar de que un millar de estrellas estallaron en su cabeza. Deseó que el crujido que había oído procediera de la madera barata y no del hueso. Él la sujetó en un patético abrazo amoroso que resultó ser sorprendentemente efectivo. La mano con que sujetaba el arma quedó inmovilizada, apretada contra el mostrador, así que Eve tuvo que cambiar el peso de un lado a otro del cuerpo ya que no podía girar.

Cayeron al suelo y esta vez Eve tuvo la mala suerte de quedar debajo del cuerpo delgado y cargado de adrenalina de él. Sintió el golpe de su propio codo contra las baldosas, la dolorosa torsión de la rodilla. Con más energía que delicadeza, le dio un golpe en la sien con el lateral del arma.

Ese golpe demostró ser efectivo. El tipo puso los ojos en blanco y Eve pudo echarlo a un lado y ponerse de rodillas.

Respirando con dificultad y soportando el dolor causado por alguna parte ósea del cuerpo de él contra su estómago, se apartó el pelo de los ojos. Peabody también estaba de rodillas, tenía la bomba en una mano y el arma, en la otra.

—No podía disparar, no tenía un buen blanco. Fui a recoger la bomba primero, pensé que usted podría retenerle.

—Bien, eso ha sido fantástico. —Le dolía todo. En esos momentos vio que su ayudante tenía el arma en una mano y se le aceleró el pulso—. No te muevas.

—No me muevo. Casi ni respiro.

—Voy a llamar a la unidad de desactivación. Busca una caja de seguridad ahora mismo.

—Estaba a punto… —Peabody se interrumpió y empalideció de muerte—. Oh, mierda, Dallas. Se está calentando.

—Tírala. ¡Tírala ahora! Ponte a cubierto. —Arrastrándose y con una sola mano, Eve tiró del hombre inconsciente hasta detrás del mostrador. Le cubrió el cuerpo con el suyo y se tapó la cabeza con los brazos.

La explosión lo inundó todo y soltó una nube de calor y de Dios sabía qué que le llovió encima. El sistema de control de incendios se puso en acción y vertió agua helada al tiempo que hacía sonar una alarma y advertía a los empleados y a los clientes de que evacuaran el lugar con calma y en orden.

Eve agradeció a quién la estuviera oyendo el hecho de no sentir ningún dolor importante y de que todas las partes de su cuerpo permanecieran unidas.

Tosiendo a causa de la densa nube de humo, se arrastró desde detrás de lo que quedaba del mostrador.

—Peabody. Dios. —Tosió, se frotó los ojos, que le picaban, y continuó desplazándose a gatas por el suelo sucio y húmedo. Se quemó la palma de la mano con algo caliente y soltó otro juramento—. Vamos, Peabody. ¿Dónde diablos estás?

—Aquí. —La respuesta sonó débil y fue seguida por un encadenamiento de tos rasposa—. Estoy bien. Creo.

Se encontraron, a gatas, a través de la cortina de humo y agua. Se miraron la una a la otra, los rostros ennegrecidos. Eve alargó la mano y le dio unos manotazos en un lado de la cabeza.

—Tenías fuego en el pelo —le dijo, en tono tranquilo.

—Oh, gracias. ¿Qué tal está el capullo?

—Todavía está inconsciente. —Eve se sentó encima de los talones y se examinó rápidamente el cuerpo. No veía sangre, lo cual era un alivio importante. Todavía conservaba la mayor parte de sus ropas, aunque eso era de poca importancia dado que estaban destrozadas—. ¿Sabes, Peabody? Creo que Roarke es el propietario de este edificio.

—Entonces, seguramente se enojará bastante. Los daños causados por el humo y el agua siempre son tremendos.

—Dímelo a mí. Demos esto por acabado. Los polis de bancos podrán hacerse cargo. Esta noche doy una fiesta.

—Sí. —Con una sonrisa, Peabody dio unos tirones de la destrozada manga del uniforme—. Estoy ansiosa por ir. —Entonces, se tambaleó un poco—. Dallas, ¿cuántos pares de ojos tenías cuando entraste aquí?

—Uno. Solamente uno.

—Mierda. Ahora tienes dos. Creo que una de las dos tiene un problema. —Cuando acabó de decirlo, cayó a los brazos de Eve.

No hubo tiempo de asearse. Después de haber sacado a Peabody del desastre y de haberla dejado con los médicos técnicos, tuvo que presentar un informe al agente encargado del equipo de seguridad para, luego, ofrecer la misma información a la unidad de desactivación de bombas. Entre ambos informes se dedicó a acosar a los médicos técnicos preguntando por el estado de Peabody y a impedir sus intentos de que se sometiera a un examen.

Roarke ya se encontraba vestido para la fiesta cuando ella entró precipitadamente por la puerta. Cortó la conversación que estaba manteniendo con Tokio por el TeleLink de bolsillo y se apartó del grupo de floristas que se encontraba arreglando los hibiscos rosas y blancos en el vestíbulo.

—¿Qué diablos te ha sucedido?

—No preguntes. —Pasó apresuradamente por su lado y subió las escaleras corriendo.

Eve ya se había quitado lo que había quedado de su camisa cuando Roarke llegó al dormitorio y cerró la puerta tras él.

—Te lo pregunto.

—La bomba no era falsa, después de todo. —No deseaba sentarse y manchar con los pantalones ninguno de los muebles, así que mantuvo el equilibrio sobre un pie y se sacó la bota del otro.

Roarke inhaló con fuerza.

—¿La bomba?

—Bueno, una bomba casera. De poco fiar.

Se sacó la otra bota y empezó a bajarse los pantalones ennegrecidos.

—Un tipo ha asaltado la Central de Intercambio Monetario a dos manzanas de la Central de Policía. El idiota. —Tiró los jirones de ropa al suelo y dio media vuelta para dirigirse hacia la ducha, pero se paró en seco en cuanto Roarke la sujetó por un brazo.

—En nombre de Dios. —La obligó a darse la vuelta para observar de cerca un hematoma que le cubría la cadera. Era más grande que su mano abierta. Tenía la rodilla derecha en carne viva, y muchos moratones en los brazos y los hombros—. Estás hecha un desastre, Eve.

—Tendrías que haber visto al tipo, pues. Bueno, por lo

menos ha conseguido unas paredes y un techo para unos cuantos años, cortesía del Estado. Tengo que arreglarme.

Él no la soltó. La miró a los ojos.

—Supongo que no te preocupaste de que los médicos técnicos te examinaran.

—¿Esos carniceros? —Sonrió—. Estoy bien, tan sólo dolorida. Ya me haré hacer un tratamiento rápido mañana.

—Tendrás suerte si puedes caminar mañana. Vamos.

—Roarke… —Ella protestó, pero él la metió en el baño.

—Siéntate y quédate quieta.

—No tenemos tiempo de esto. —Se sentó y se resignó—. Voy a tardar dos horas en sacarme el hedor y el hollín de encima. Dios, cómo huelen esas bombas. —Giró la cabeza y se olió uno de los hombros. Sonrió—. Sulfuro. —Le miró con expresión de desconfianza—. ¿Qué es eso?

Él se aproximaba con una gruesa compresa mojada con un líquido rosa.

—Es lo mejor que podemos hacer por el momento. Deja de quejarte. —Depositó la compresa encima de la rodilla herida y la sujetó sin hacer caso de las maldiciones de ella.

—Pica. ¿Dios, estás loco?

—Empiezo a creer que sí. —Con la mano que le quedaba libre, le sujetó la barbilla y le examinó el rostro tiznado de negro—. A riesgo de repetirme a mí mismo, estás hecha un desastre. Aguanta esa compresa ahí. —Le apretó ligeramente el mentón—. Lo digo de verdad.

—Vale, vale. —Ella suspiró y se aguantó la compresa encima de la rodilla mientras él se dirigía hacia un armario de pared. El picor remitía. No quería admitir que ese dolor en la rodilla empezaba a desaparecer—. Qué es lo que lleva.

—Unas cuantas cosas. Aminorará la inflamación y te dormirá la zona durante unas horas. —Volvió con una pequeña botella llena de un líquido—. Bébetelo.

—No quiero medicamentos.

Con mucha calma, le puso una mano encima del hombro.

—Eve, si no te duele en este momento se debe a la adrenalina. Pero te va a doler, y mucho, esta vez, dentro de muy poco rato. Sé qué es tener hematomas y heridas por todo el cuerpo. Ahora bébetelo.

—Estaré bien. No quiero… —Él le agarró la nariz, le obligó a echar la cabeza hacia atrás y le vertió el líquido dentro de la boca, obligándola a tragarlo—. Bastardo —consiguió decir mientras tosía e intentaba golpearle.

—Buena chica. Ahora, a la ducha. —Caminó hasta la cabina cerrada por cristal y ordenó un chorro de agua a media presión y con agua templada.

—Ya te daré lo que te mereces por esto. No sé cuándo, no sé cómo, pero lo haré. —Entró en la ducha sin dejar de hablar—. El hijo de puta me obliga a tragar un medicamento. Me trata como si fuera una imbécil. —Emitió un involuntario gemido de placer en cuanto sintió el agua deslizarse por encima de su maltratado cuerpo.

Él la observó y sonrió cuando ella apoyó ambas manos contra la pared y bajó la cabeza bajo el chorro de agua.

—Tendrás que ponerte algo suelto y que llegue hasta el suelo esta noche. Pruébate el vestido azul ajustado a la cadera que Leonardo te diseñó.

—Oh, vete al infierno. Soy capaz de vestirme por mí misma. ¿Por qué no dejas de mirarme y vas a dar órdenes a alguno de los criados que tienes por ahí?

—Querida, ahora son nuestros criados.

Ella reprimió una carcajada mientras daba un golpe al panel de pared para tener acceso al TeleLink de la ducha.

—Centro de Salud Brightmore —ordenó—. Entradas, piso cinco. —Esperó a que pasaran la comunicación mientras se enjabonaba el pelo con una mano—. Aquí la teniente Dallas. Tienen a mi ayudante, la agente Delia Peabody. Quiero conocer su estado. —Escuchó el discurso habitual durante unos cinco segundos e interrumpió a la enfermera de servicio—. Entonces averígüelo, y hágalo ahora. Quiero conocer su estado de salud completo, y créame, no le gustará que tenga que ir a buscarlo.

Tardó una hora, una hora en la que no sintió casi dolor, tenía que admitirlo. Fuera lo que fuese lo que Roarke la había obligado a beber, no sintió esa sensación de desvalimiento y ligereza que tanto detestaba. En lugar de eso, se sentía despierta y sólo ligeramente mareada.

Debió de haber sido la medicina también lo que la hizo admitir, por lo menos para sí misma, qué él tenía razón acerca del vestido. Resultaba ligero sobre la piel y le ocultaba los hematomas con elegancia gracias al largo cuello, las largas mangas y el corte suelto. Se puso el diamante que él le había regalado como símbolo de disculpas por soltarle esos juramentos, a pesar de que se los había merecido.

Con menos disgusto de lo que era habitual, se maquilló y se arregló el pelo. El resultado, decidió mientras se estudiaba ante el espejo triple del vestidor, no estaba del todo mal. Suponía que tenía un aspecto tan elegante como era posible.

Salió a la amplia terraza donde iba a ofrecerse el espectáculo y Roarke la recibió con una sonrisa de asentimiento.

—Ahí está —murmuró.

Se aproximó a ella, le tomó ambas manos y se las besó.

—Creo que no voy a dirigirte la palabra.

—De acuerdo. —Él bajó la cabeza y, con cuidado a causa de los hematomas, le dio un beso muy suave—. ¿Te sientes mejor?

—Quizá. —Suspiró y no intentó apartar sus manos—.

Supongo que voy a tener que soportarte, dado que estás haciendo todo esto por Mavis.

—Lo estamos haciendo los dos por Mavis.

—Yo no he hecho nada.

—Tú te has casado conmigo —señaló él—. ¿Cómo está Peabody? Oí que llamabas al centro de salud desde la ducha.

—Contusiones leves, golpes y hematomas. Está un tanto conmocionada, pero está estable. Fue a por la bomba. —Al recordar ese momento, Eve exhaló con fuerza—. Empezó a calentarse cuando la tenía en la mano. No hubo forma de que pudiera llegar hasta ella. —Cerró los ojos y negó con la cabeza—. Me aterrorizó. Creí que la encontraría hecha pedazos.

—Es dura y es lista, y está aprendiendo con la mejor.

Eve abrió los ojos y le miró con suspicacia.

—Los halagos no lograrán que olvide que me medicaste.

—Ya encontraré algo que lo consiga.

Ella le sorprendió al tomarle el rostro con ambas manos.

—Tendremos que hablar de esto, tipo duro.

—Cuando quieras, teniente.

Pero ella no sonrió. Su mirada adquirió mayor intensidad.

—Hay otra cosa de la que quiero hablarte. Es algo serio.

—Me doy cuenta. —Preocupado, miró a un lado y a otro. Se encontraban presentes los camareros, que se apresuraban con la comida, y el resto del servicio ya se encontraba formado en fila para que él le diera el último visto bueno—. Summerset puede encargarse de esto. Podemos ir a la biblioteca.

—Es un mal momento, lo sé, pero no puede ser de otra forma. —Le tomó de la mano en un gesto instintivo de apoyo y caminaron por el amplio pasillo hacia la biblioteca.

—Dentro, él cerró la puerta y ordenó que se encendieran las luces. Luego, sirvió unas bebidas. Agua mineral para Eve.

—Tendrás que olvidarte del alcohol durante unas horas —le dijo—. El calmante no reacciona bien con él.

—Creo que podré contenerme.

—Dime.

—De acuerdo. —Dejó el vaso a un lado sin haber bebido y se pasó ambas manos por el pelo—. Tienes una unidad nueva de realidad virtual en el mercado.

—Sí. —Se sentó en el brazo de un sofá de piel, sacó un cigarrillo y lo encendió—. Hace un mes que salió, o unas seis semanas, según la zona. Hemos mejorado un buen número de opciones y de programas.

—Con contenidos subliminales.

Él exhaló el humo con expresión pensativa. No era difícil darse cuenta de en qué estaba pensando cuando se la conocía. Estaba preocupada, estresada, y las propiedades calmantes del medicamento no tenían ningún efecto en esa área.

—Naturalmente. Varios de los paquetes opcionales contienen un número variado de contenido subliminal. Son muy populares. —Sin dejar de mirarla, sonrió—. Supongo que Cerise tenía una de esas nuevas unidades y la utilizó antes de saltar.

—Sí. El laboratorio todavía no ha podido identificar el contenido subliminal. Quizá no resulte ser nada importante, pero…

—No lo crees. —Terminó él la frase por ella.

—Algo la impulsó a hacerlo. Algo les impulsó a todos. Me estoy ocupando de confiscar todas las unidades de realidad virtual que poseían los sujetos. Si resulta que todos ellos tenían ese modelo nuevo… la investigación se va a dirigir hacia tu empresa. Hacia ti.

—¿Yo tuve una necesidad urgente de animar al suicidio?

—Sé que no tuviste nada que ver con eso —dijo ella rápidamente y con determinación—. Voy a hacer todo lo que pueda para mantenerte fuera de esto. Quiero…

—Eve —la interrumpió en tono tranquilo mientras apagaba el cigarrillo—, no tienes que darme explicaciones. —Introdujo la mano en el bolsillo, sacó su agenda y marcó un código—. La investigación y el desarrollo de ese modelo se realizaron en dos sitios distintos. En Chicago y en Travis II. La fabricación se hizo a través de una de mis filiales, también en Travis II. La distribución y el transporte, dentro y fuera del planeta, por Fleet. El embalaje lo hizo Trillium, la promoción la hizo Top Drawer, aquí en Nueva York. Puedo mandarte todos los datos a tu unidad de la oficina, si eso es más adecuado.

—Lo siento.

—Para. —Se guardó la agenda y se levantó—. Existen, literalmente, cientos, quizá miles de empleados en esas empresas. Por supuesto que puedo conseguirte un listado, sea para lo que sea. —Hizo una pausa, alargó la mano y acarició el diamante que ella llevaba colgado—. Tienes que saber que trabajé personalmente en eso y que aprobé el diseño e inicié el esquema. La unidad ha estado en proceso de desarrollo durante más de un año, y yo he controlado en persona cada uno de los estadios del proceso en un momento u otro durante todo ese tiempo. Mi mano se encuentra en todas partes.

Ella estaba segura de eso, lo había temido.

—Podría ser que no fuera nada importante. Capullo afirma que mi teoría de la coacción subliminal es más que improbable, casi imposible.

Roarke sonrió ligeramente.

—¿Cómo puede uno fiarse de un tipo que se llama Capullo? Eve, tú misma probaste la unidad.

—Sí, lo cual añade un obstáculo más a mi teoría. Lo único que saqué de ahí fue un orgasmo. —No pudo sonreír—. Quiero estar equivocada, Roarke. Quiero estar equivocada y cerrar esas investigaciones como suicidio. Pero si no lo estoy…

—Nos apañaremos. La primera cosa mañana, me ocuparé en persona. —Ella empezaba a negar con la cabeza, pero él la tomó de la mano—. Eve, me conozco el tema. Tú, no. Conozco a mi gente, por lo menos a los jefes de departamento de cada nivel. Tú y yo ya hemos trabajado juntos antes.

—No me gusta.

—Es una lástima. —Él jugueteó con el diamante que ella llevaba entre los pechos—. Creo que a mí sí.

Capítulo catorce

—*E*stá claro que Roarke sabe cómo ofrecer una fiesta. —Mavis se metió un huevo de codorniz picante en la boca sin dejar de hablar—. Todo el mundo, absolutamente todo el mundo está aquí. ¿Has visto a Roger Keene? Es como el caza talentos más importante de Be There Records. ¿Y a Lilah Monroe? Les está destrozando con sus índices de audiencia en el espectáculo de Broadway. Quizá Leonardo pueda convencerla de que lleve su nuevo diseño. Y también está…

—Respira un poco, Mavis —le aconsejó Eve al ver que su amiga no dejaba de hablar y de meterse canapés en la boca—. Reduce la velocidad.

—Estoy tan nerviosa. —Con ambas manos, momentáneamente vacías, se apretó el estómago, que llevaba al descubierto con solamente la imagen de una orquídea roja pintada en él—. No puedo bajar, ¿sabes? Cuando estoy tan puesta, sólo puedo hablar y comer. Y comer y hablar.

—Vas a vomitar si no te tranquilizas —la advirtió Eve. Echó un vistazo a la habitación y tuvo que admitir que Mavis tenía razón. Roarke sabía cómo ofrecer una fiesta.

La habitación estaba radiante, al igual que la gente. Incluso la comida aparecía brillante y decorada, y resultaba casi demasiado ornamental para ser comida, aunque Mavis demostrara lo contrario. El tiempo lo había permitido, así que el techo estaba descubierto y permitía la entrada de la brisa y de la luz de las estrellas. Una de las paredes estaba cubierta por una gran pantalla desde donde Mavis giraba y se contoneaba al ritmo de la música.

Roarke había sido cuidadoso de que el volumen estuviera a un nivel bajo.

—Nunca voy a poder devolverte esto.

—Venga, Mavis.

—No, lo digo en serio. —Dirigió una brillante sonrisa y un exagerado beso a Leonardo y volvió a dirigirse a Eve—. Tú y yo, Dallas, hace mucho que nos conocemos. Diablos, si no me hubieras detenido, probablemente todavía estaría metiendo las manos en los bolsillos de la gente y dirigiendo un timo.

Eve escogió un canapé interesante.

—Eso es ir muy atrás, Mavis.

—Quizá, pero no cambia los hechos. Me esforcé mucho para salir de eso y cambiar de dirección. Estoy orgullosa de ello.

«Hacerse uno mismo —pensó Eve—. Puede suceder. Sucedió.» Dirigió la mirada hacia donde Reeanna y William se encontraban con Mira y su esposo.

—Debes estarlo. Yo estoy orgullosa de ti.

—Pero de lo que hablo es de esto. Quiero sacarlo, ¿de acuerdo?, antes de subirme allí y destrozar los tímpanos de estas orejas tan enjoyadas. —Mavis se aclaró la garganta y, al instante, se olvidó del pequeño discurso que se había preparado—. Al diablo con él. Te conozco y te quiero de verdad. Quiero decir que te quiero de verdad, Dallas.

—Dios, Mavis, no te pongas llorosa conmigo. Roarke ya me ha drogado.

Sin ninguna vergüenza, Mavis se limpió la nariz con el dorso de la mano.

—Tú habrías hecho esto por mí si hubieras sabido cómo

hacerlo. —Al ver que Eve parpadeaba y fruncía el ceño, Mavis se sintió divertida—. Mierda, Dallas, tú no tendrías ni idea de cómo ordenar una cosa un poco más elaborada que una salchicha de soja con guarnición de verduras. Roarke ha puesto su mano en todo esto.

«Mi mano se encuentra en todas partes.» Las palabras de Roarke resonaron en la mente de Eve y la hicieron estremecer.

—Sí, lo ha hecho.

—Tú le pediste que lo hiciera, y él lo ha hecho por ti.

Decidida a no dejar que nada ensombreciera esa velada, Eve apartó el temor. Negó con la cabeza.

—Lo ha hecho por ti, Mavis.

Despacio, Mavis sonrió y su mirada adquirió una expresión soñadora.

—Sí, supongo que sí. Tienes a un puto príncipe, Dallas. Un puto príncipe. Ahora tengo que ir a vomitar. Vuelvo enseguida.

—Claro. —Eve sonrió y cogió un agua con gas de un camarero que pasaba con una bandeja en la mano. Se dirigió hacia donde estaba Roarke—. Perdona un minuto —le dijo mientras le apartaba del grupo de gente—. Eres un puto príncipe —le dijo.

—Vaya, gracias. Supongo. —Le pasó un brazo por la cintura con gesto galante y le tomó la mano con que sostenía el agua. Para sorpresa de Eve, empezó a bailar—. Hay que utilizar la imaginación con… el estilo de Mavis —decidió—. Pero este tema puede considerarse casi romántico.

Eve arqueó una ceja y se esforzó por hablar por encima de la voz de Mavis, acompañada ahora por los estallidos de los instrumentos de metal.

—Sí, es un tema verdaderamente sentimental y clásico. Soy una bailarina malísima.

—No lo serías si no intentaras llevarme. Pensé que, ya

que no ibas a sentarte y a dejar descansar tu destrozado cuerpo, sería mejor que te apoyaras un rato en mí. —Le sonrió—. Empiezas a cojear otra vez, sólo un poco. Pero pareces casi relajada.

—Tengo la rodilla un poco rígida —admitió Eve—. Pero estoy bastante relajada. Supongo que es debido a escuchar la cháchara de Mavis. Está vomitando, ahora.

—Encantador.

—Son sólo los nervios. Gracias. —Siguió su impulso y le dio uno de sus raros besos en público.

—De nada. ¿Por?

—Por encargarte de que no estuviéramos comiendo salchichas de soja y guarnición de verduras.

—Ha sido un placer. —La atrajo hacia sí, abrazándola con los brazos relajados—. Créeme. Ha sido un placer. Vaya, Peabody va de negro y presenta contusiones leves, también —comentó.

—¿Qué? —Apartándose un poco, Eve miró hacia donde él había dirigido la vista y vio a su ayudante que acababa de entrar por las amplias puertas y justo estaba cogiendo una copa de una de las bandejas—. Debería estar en posición horizontal —dijo Eve mientras se apartaba de Roarke—. Perdóname un momento. Voy a enviarla a la cama.

Cruzó la habitación en dirección a Peabody. Ésta le sonrió pero Eve la miró con expresión de enojo.

—Vaya una fiesta, teniente. Gracias por la invitación.

—¿Qué diablos estás haciendo fuera de la cama?

—Es sólo un golpe en la cabeza, y lo único que estaban haciendo era mirarme. No iba a permitir que algo tan insignificante como una explosión me impidiera asistir a una fiesta en casa de Roarke.

—¿Has tomado medicación?

—Sólo un par de pastillas para el dolor y… —Puso mala

cara en cuanto Eve le quitó la copa de champán que tenía en la mano—. Sólo quería llevarla en la mano. De verdad.

—Pues lleva esto —le sugirió Eve mientras le ponía el agua con gas en la mano—. Tengo que llevarte directamente de vuelta al centro de salud.

—Usted no ha ido —dijo Peabody, levantando la barbilla—. Y estoy fuera de servicio. En tiempo personal. No puede ordenarme que vuelva.

Por mucho que comprendiera y que admirara su determinación, Eve se mantuvo firme.

—Nada de alcohol —le dijo en tono cortante—. Nada de bailar.

—Pero...

—Hoy te he sacado fuera de ese edificio, y puedo echarte de éste. Por cierto, Peabody —añadió—, podrías perder unos cuantos kilos.

—Eso es lo que mi madre me dice siempre. —Peabody bufó con disgusto—. Nada de alcohol, nada de bailar. Ahora, si ya ha terminado con las prohibiciones, voy a ver si puedo hablar con alguien que no me conozca.

—De acuerdo. Ah, Peabody.

Peabody dio media vuelta y la miró con el ceño fruncido.

—¿Sí, teniente?

—Lo hiciste muy bien hoy. No voy a pensármelo dos veces en enfrentarme a lo que sea contigo.

Eve se alejó y Peabody se quedó con la boca abierta, mirándola. Lo había dicho de una forma muy sencilla, ni siquiera de forma premeditada, pero era el mejor cumplido profesional que nunca le habían hecho.

Las relaciones sociales no eran el pasatiempo favorito de Eve, pero lo hizo lo mejor que pudo. Incluso se resignó a bailar en los momentos en que no pudo evitarlo. Así fue como se encontró siendo arrastrada —ésa era su idea de lo que era bailar— por toda la sala por Jess.

—¿William es amigo suyo? —empezó Jess.

—Es más bien amigo de Roarke. Yo no le conozco bien.

—Sea como sea, ha hecho una buena sugerencia sobre el diseño y los contenidos interactivos para el disco. Atraer a la gente hacia la música, hacia Mavis.

Con una ceja arqueada, Eve miró la pantalla. Mavis contoneaba las casi desnudas caderas y chillaba algo acerca de quemarse en la hoguera del amor mientras unas llamas doradas la rodeaban.

—¿De verdad cree que la gente querrá dejarse llevar hasta ahí?

Él se rio y habló con un acento más profundamente sureño.

—Dulzura, se atropellarán los unos a los otros para llegar hasta ahí. Y pagarán mucho para hacerlo.

—Y si lo hacen —repuso ella, volviéndose hacia él—, usted recibirá un importante porcentaje.

—Es lo habitual en los acuerdos de desarrollo de producción como éste. Consúltelo con su hombre. Él se lo dirá.

—Mavis ha tomado su decisión. —Habló en tono más contemporizador, pues percibió que varios invitados estaban absortos en la pantalla—. Diría que ha tomado una buena decisión.

—Ambos lo hemos hecho. Creo que tenemos un éxito aquí —le dijo—. Y cuando les ofrezcamos una muestra de la actuación en directo, en carne y hueso, diablos, si el techo estuviera en su sitio lo haríamos estallar.

—¿No está nervioso? —Le miró: mirada confiada, expresión orgullosa en los labios—. No, no está nervioso.

—Hace demasiados años que juego a esto para comer. Es

un trabajo. —Le sonrió y le acarició la espalda con gesto ausente—. Usted no se pone nerviosa cuando persigue a un asesino. Acelerada, sí. Obsesionada, pero no nerviosa.

—Depende.

Pensó en lo que se encontraba persiguiendo en esos momentos y sintió un retortijón en el estómago.

—No, usted es de acero. Me di cuenta de eso la primera vez que la vi. Usted no cede y no retrocede. No titubea. Eso hace que resulte usted fascinante. ¿Qué es lo que motiva a Eve Dallas? ¿La justicia, la venganza, el deber, la moral? Yo diría que es una combinación única de todo eso, impulsada por un conflicto entre confianza y duda. Tiene usted un acusado sentido de lo que es correcto, y se pregunta constantemente quién es usted.

Eve no tenía claro si le estaba gustando el camino por donde iba la conversación.

—¿Qué es usted, un músico o un psicólogo?

—Las personas creativas estudian a la gente; y la música es tanto una ciencia como un arte, una emoción tanto como una ciencia. —La miró con los ojos plateados mientras la conducía con suavidad entre el resto de parejas que bailaban—. Cuando diseño las series de notas, quiero que influencien a la gente. Tengo que comprender, incluso tengo que estudiar la naturaleza humana si quiero obtener la reacción correcta. ¿Cómo les hará comportarse esto, cómo les hará pensar, cómo les hará sentir, cómo les hará reaccionar?

Eve sonrió con expresión ausente al ver a William y Reeanna que pasaban bailando por su lado, absortos el uno en el otro.

—Creí que se trataba de ocio.

—Así es a un nivel superficial. Solamente a un nivel superficial. —Ahora su mirada tenía una expresión excitada y los ojos le brillaban mientras hablaba—. Cualquier aficionado a la música es capaz de componer un tema con un ordenador y obtener una canción competente. El negocio de la música se ha vuelto cada vez más predecible y vulgar a causa de la tecnología.

Eve arqueó las cejas y miró a la pantalla, y a Mavis.

—Debo decir que no veo nada vulgar ni predecible ahí.

—Exactamente. He invertido mucho tiempo estudiando cómo las notas, los tonos y los ritmos afectan a las personas, y sé qué botones tengo que apretar. Mavis es un tesoro. Es tan transparente, tan maleable. —Sonrió al ver que Eve le miraba con expresión de dureza—. Lo he dicho como un cumplido, no en el sentido de que ella sea débil. Pero ella sí es una mujer que corre riesgos, una mujer que está dispuesta a desnudarse y a convertirse en vehículo de un mensaje.

—¿Y el mensaje es?

—Eso depende de la mentalidad de la audiencia. Las esperanzas y los sueños. Yo me pregunto cuáles son sus sueños, Dallas.

«Yo también», pensó ella, pero lo miró con ojos inexpresivos.

—Prefiero mantenerme apegada a la realidad. Los sueños defraudan.

—No, no, los sueños son reveladores. La mente, y la mente inconsciente en especial, es como una tela. Pintamos en ella constantemente. El arte y la música pueden añadir tantos colores, tantos estilos. La ciencia médica hace décadas que ha comprendido esto y lo utiliza tanto para tratar como para estudiar ciertas patologías, tanto psicológicas como fisiológicas.

Elle inclinó la cabeza.

«¿Había otro mensaje en esa frase?»

—Ahora habla usted más como un científico que como un músico.

—Soy una mezcla de ambos. Un día usted podrá escuchar

una música especialmente diseñada para sus propias ondas cerebrales. Las posibilidades de modificación del estado de ánimo serán infinitas y muy personales. Ésa es la clave. Que sean personales.

Eve se dio cuenta de que él llegaba a un tema importante, y se detuvo en seco.

—No creo que valiera la pena tanto coste. Y la investigación de la tecnología diseñada para analizar y coordinarse con las ondas cerebrales individuales es ilegal. Y hay buenos motivos para ello. Es peligroso.

—En absoluto —la contradijo él—. Es liberador. Los procesos nuevos, cualquier tipo de progreso real normalmente siempre es ilegal en sus inicios. Y en cuanto a los costes, al principio serían altos, pero luego bajarían a medida que el diseño se ajustara a la producción en serie. ¿Qué es un cerebro si no un ordenador, después de todo? Tendríamos a un ordenador analizando a otro ordenador. ¿Qué podría ser más sencillo que eso?

Él echó un vistazo en dirección a la pantalla.

—Ésa es la introducción del último tema. Tengo que comprobar el equipo antes de entrar. —Se inclinó hacia delante y le dio un suave beso en la mejilla—. Deséenos suerte.

—Sí, suerte —murmuró ella, pero tenía un nudo en el estómago.

«¿Qué era un cerebro si no un ordenador? Ordenadores que analizan a otros ordenadores. Programas personalizados, diseñados para ondas cerebrales individuales. Si eso era posible, ¿sería posible añadir programas sugestivos que conectaran directamente con la mente del usuario?» Eve negó con la cabeza. Roarke nunca habría aprobado algo como eso. No habría corrido un riesgo tan absurdo. A pesar de ello, Eve se abrió paso a través de la multitud, se acercó donde se encontraba él y le puso una mano encima del brazo.

—Tengo que hacerte una pregunta —le dijo en voz baja—. ¿Alguna de tus empresas ha estado llevando a cabo una investigación encubierta sobre el diseño de realidad virtual para ondas cerebrales individuales?

—Eso es ilegal, teniente.

—Roarke.

—No. Tiempo atrás me hubiera aventurado a entrar en terrenos no estrictamente legales en cuestión de negocios. Pero éste no hubiera sido uno de ellos. Y no —añadió, anticipándose a ella—. Ese modelo de realidad virtual es universal, no está diseñado para un destino individual. Solamente los programas pueden ser personalizados por el usuario. De lo que estás hablando tiene un coste prohibitivo, es un lío logístico y, simplemente, implica demasiados problemas.

—Está bien, es lo que me imaginaba. —Se relajó un poco—. Pero ¿sería posible hacerlo?

Él hizo una pausa y se encogió de hombros.

—No tengo ni idea. Sería necesaria la cooperación del individuo en cuestión, o tener acceso a un escáner de su cerebro. Eso también implica tener la aprobación y el consentimiento personal. Y además… no tengo ni idea —repitió.

—Si pudiera pillar a Feeney solo… —Giró la cabeza a un lado y a otro, intentando encontrar al detective informático entre la multitud.

—Tómate la noche libre, teniente. —Roarke le pasó un brazo por los hombros—. Mavis está a punto de hacer su número.

—De acuerdo —dijo Eve, y se esforzó en apartar la preocupación a un lado.

Jess se acomodó ante la consola y ofreció unas notas de introducción. «Mañana», se prometió a sí misma, y aplaudió en cuanto Mavis apareció en el escenario.

En ese momento, la preocupación desapareció, arrastrada

por el estallido de la energía de Mavis y por el placer ante las luces, la música y el espectáculo que giraban en un caleidoscopio gigante.

—Es buena, ¿verdad? —No se dio cuenta de que había agarrado el brazo de Roarke como si fuera una madre que está viendo a su hija en una obra de teatro de la escuela—. Es distinta, extraña, pero es buena.

—Es todo eso. —El estruendo de esas notas, los efectos de sonido y las letras nunca serían el tipo de música que él elegiría, pero sonrió—. Ha llegado a la gente. Puedes relajarte.

—Estoy relajada.

Él rio y la apretó contra sí.

—Si llevaras botones, habrían salido disparados. —Tuvo que acercar los labios a su oído para que ella pudiera oírle. Y ya que se encontraba ahí, le susurró una ingeniosa idea para después de la fiesta.

—¿Qué? —Todo su cuerpo entró en calor—. Creo que ese acto en particular es ilegal en este estado. Lo comprobaré en mi manual y te diré algo. Para. —Con un gesto del hombro le apartó al sentir que él empezaba a mordisquearle y a lamerle el lóbulo de la oreja.

—Te deseo. —De repente, Roarke sintió que la lascivia le inundaba el cuerpo como una oleada—. Ahora mismo.

—No puedes estar hablando en serio —empezó ella, pero se dio cuenta de que sí hablaba en serio. Él apretó los labios contra los suyos en un beso salvaje y profundo. Sintió que el pulso se le aceleraba y que los músculos de los muslos se le relajaban—. Contrólate. —Consiguió apartarse un centímetro. Estaba sin respiración, asombrada y a punto de sonrojarse. No todo el mundo tenía la atención puesta en Mavis—. Estamos en medio de una actuación. Una actuación en público.

—Entonces, marchémonos. —Estaba duro como una piedra, dolorosamente a punto. Sentía que había un lobo dentro de él, a punto de atacar—. Hay muchas habitaciones privadas en esta casa.

Ella se habría reído si no hubiera percibido la urgencia en el tono de la voz de él.

—Contrólate, Roarke. Es el gran momento de Mavis. No vamos a salir corriendo hacia una habitación trasera como dos adolescentes calientes.

—Sí, vamos a hacerlo. —La empujó por entre la multitud y la sacó de la habitación mientras ella protestaba, desconcertada.

—Esto es de locos. ¿Qué eres, un androide del placer? Eres perfectamente capaz de contenerte durante dos malditas horas.

—A la mierda. —Abrió la puerta que tenían más cercana y la empujó dentro de la habitación—. Ahora, joder. —Eve fue a parar de espaldas contra una pared y antes de que pudiera recuperar la respiración él ya le había levantado la falda y la había penetrado.

Ella estaba seca, no estaba preparada, y estaba conmocionada. «Destrozada», fue la única palabra en que pudo pensar mientras se mordía el labio para no llorar. Él se mostró bestial, descuidado. Las contusiones y los hematomas despertaron dolorosamente mientras él la embestía una vez y otra contra la pared. Aunque ella le golpeó, él continuó penetrándola salvajemente mientras le sujetaba las nalgas con ambas manos, clavándose en ella hasta que le arrancó gritos de dolor.

Eve hubiera podido detenerle. Su entrenamiento era lo bastante bueno. Pero todo eso no tenía cabida ante la tristeza femenina que la embargó. No podía verle la cara, pero no estaba segura de reconocerle si se la hubiera podido ver.

—Roarke. —Fue conmoción, profunda conmoción, lo que le hizo hablar con voz temblorosa—. Me estás haciendo daño.

Él dijo algo en un idioma que ella no comprendió y que nunca había oído. Dejó de debatirse, le cogió por los hombros y cerró los ojos ante lo que les estaba sucediendo a ambos.

Él continuaba embistiéndola, clavándole los dedos en las nalgas mientras la abría para él, respirando contra el oído de ella. La tomaba con brutalidad, sin ningún rastro de la finura ni del control que era algo tan innato en él.

No podía detenerse. Incluso aunque una parte de su conciencia se había apartado, desolada ante lo que estaba haciendo, él no podía detenerse. Esa necesidad era como un cáncer que le carcomía y ante el cuál debía doblegarse para sobrevivir. Oía una voz dentro de su cabeza, ansiosa y acuciante. «Más fuerte, más rápido. Más.» Esa voz le empujaba, le conducía, hasta que con una última embestida furiosa, se vació.

Ella se sujetó a él. O eso o dejarse caer en el suelo. Él temblaba como un hombre inundado de fiebre y ella no sabía si consolarle o si pegarle.

—Mierda, Roarke.

Él apoyó una mano contra la pared para recuperar el equilibrio. Al verle trastabillar, ella se olvidó del agravio y se sintió preocupada.

—Eh, ¿qué es eso? ¿Cuánto has bebido? Venga, apóyate en mí.

—No. —Ahora que había satisfecho esa violenta necesidad, su cabeza se aclaraba. Y el remordimiento era un peso abrasador en el estómago. Sacudió la cabeza para despejarse y se apartó—. Dios santo, Eve. Dios santo. Lo siento. Lo siento tanto.

—Está bien. Está bien. —Estaba completamente pálido. Ella nunca le había visto ni remotamente enfermo, y tuvo miedo—. Tengo que ir a buscar a Summerset, a alguien. Tienes que tumbarte.

—Para. —Él le apartó las manos con delicadeza y dio un paso hacia atrás hasta que ya no se tocaban. ¿Cómo podía soportar que él la tocase?—. Por Dios, te he violado. Te acabo de violar.

—No. —Lo dijo con firmeza, con la esperanza de que el tono de la voz resultara tan impactante como una bofetada—. No lo has hecho. Sé lo que es una violación. Lo que has hecho no es una violación, a pesar de que haya sido un tanto demasiado entusiasta.

—Te he hecho daño. —Ella alargó una mano hacia él, pero él se la sujetó—. Mierda, Eve, tienes contusiones desde los pies hasta la cabeza y yo te he empujado contra la pared de una mierda de habitación y te he jodido. Te he utilizado como un...

—Está bien. —Ella dio un paso hacia él, pero él negó con la cabeza—. No te apartes de mí, Roarke. Eso es lo que duele. No lo hagas.

—Necesito un minuto. —Se frotó el rostro con las manos. Todavía sentía que la cabeza le daba vueltas y se sentía mareado. Y peor. Se sentía fuera de sí.

—Dios, necesito una copa.

—Lo cual me devuelve a mi pregunta de antes. ¿Cuánto has bebido?

—No mucho. No estoy borracho, Eve. —Dejó caer las manos y miró a su alrededor. Una habitación trastera. Era lo único en que podía pensar. Dios santo, una habitación trastera—. No sé qué me ha pasado, qué es lo que me ha poseído. Lo siento.

—Me doy cuenta. —Pero ella todavía no podía comprenderlo del todo—. Decías algo. Extraño. Como *liomsa*.

Los ojos de Roarke se oscurecieron.

—Es gaélico. Significa «mía». No he hablado gaélico desde... desde que era un crío. Mi padre lo hablaba muy a menudo cuando estaba... borracho.

Dudó un momento y alargó la mano para acariciarle una mejilla con los dedos.

—He sido tan bestia contigo. He tenido tan poco cuidado.

—No soy uno de tus jarrones de cristal, Roarke. Puedo soportarlo.

—No de esta manera. —Recordó los gemidos y las protestas de las putas callejeras que oía a través de las finas paredes y que le acosaban mientras su padre se acostaba con ellas—. No de esta manera, nunca. No he pensado en ti. No he tenido ningún cuidado, y no hay ninguna excusa.

Eve no quería verle así. La inquietaba.

—Bueno, si estás tan ocupado en castigarte a ti mismo para prestar atención, volvamos.

Él le puso una mano en el brazo antes de que ella pudiera abrir la puerta.

—Eve, no sé qué ha pasado. Literalmente. Yo estaba allí, de pie, escuchando a Mavis, y al cabo de un minuto… ha sido avasallador, obsesivo. Como si mi vida dependiera de poseerte. No era solamente sexo, sino supervivencia. No pude controlarlo. No es una excusa por…

—Espera. —Ella se apoyó en la puerta un momento y se esforzó por separar a la mujer de la policía, a la esposa de la detective—. ¿No exageras?

—No. Ha sido como si me agarrara por la garganta. —Esbozó una sonrisa débil—. Bueno, quizá sea la parte incorrecta de la anatomía. No puedo decir ni hacer nada para…

—Deja la culpa a un lado un minuto, ¿quieres?, y piensa un poco. —Ahora le miraba con los ojos fríos, como dos ágatas—. Una urgencia repentina e irresistible. Más como una compulsión. Una compulsión que tú, un hombre muy controlado, no ha podido controlar. Te has introducido en mí con la delicadeza de un dulce célibe que acaba de alquilar a un androide sexual.

Él pestañeó, impresionado, sintiéndose desgarrado por la culpa.

—Me doy cuenta.

—Y no es tu estilo, Roarke. Tú tienes recursos. No puedo enumerarlos todos, pero son sutiles, los has practicado. Quizá puedas mostrarte rudo, pero nunca así. Y como alguien que ha hecho el amor contigo casi de todas las formas anatómicamente posibles, puedo asegurar que nunca has sido egoísta.

—Bueno. —Él no estaba muy seguro de cómo reaccionar—. Me dejas sin palabras.

—No eras tú —murmuró ella.

—Siento no estar de acuerdo.

—Tú no has hecho eso de ti mismo —se corrigió ella—. Y eso es lo que cuenta. Te has salido de ti. Algo que llevas dentro ha salido de ti. Ese hijo de puta. —Ella exhaló con fuerza, temblorosa, y miró a Roarke a los ojos. En ellos vio que él empezaba a comprender—. Ese cabrón de mierda tiene algo. Me lo estaba diciendo mientras bailábamos. Se mostró jodidamente jactancioso, y yo no lo pillé. Pero ha tenido que ofrecer una pequeña demostración. Y eso es lo que le va a poner la soga en el cuello.

Esta vez, la mano de Roarke sobre su brazo la agarró con firmeza.

—Hablas de Jess Barrow. Hablas de escáneres cerebrales y de sugestión. De control de la mente.

—La música debería afectar al comportamiento de la gente, en cómo piensa. En cómo siente. Me lo dijo minutos antes de que empezara la actuación. Bastardo engreído.

Roarke recordó la expresión en los ojos de ella cuando él la empujó contra la pared y la embistió.

—Si tienes razón —dijo en tono frío, demasiado frío—, quiero tener un momento a solas con él.

—Es un asunto de la policía —empezó a decir Eve. Pero

él dio un paso hacia ella y la miró con frialdad y determinación.

—Me darás un momento a solas con él, o ya encontraré la forma de tenerlo. De una forma u otra, lo tendré.

—De acuerdo. —Le puso una mano encima de la de él, no para que redujera la fuerza con que la sujetaba, sino en un gesto solidario—. De acuerdo, pero esperarás tu turno. Tengo que asegurarme.

—Esperaré —asintió él. Pero ese hombre iba a pagar, se prometió a sí mismo, por haber introducido un solo instante de miedo y de desconfianza en su relación con Eve.

—Dejaré que la actuación termine —decidió Eve—. Le haré una entrevista, extra oficial, en mi oficina de abajo, con Peabody al lado. No te acerques a él, Roarke. Lo digo en serio.

Él abrió la puerta y la dejó salir.

—Te he dicho que esperaré.

La música todavía sonaba con fuerza, y les golpeó con un agudo y escalofriante chirrido metros antes de la puerta. Eve solamente tuvo que entrar en la habitación y caminar entre la gente para que los ojos de Jess se desviaran de los controles y se encontraran con los suyos.

Su sonrisa fue rápida, orgullosa y divertida.

Y ella estuvo segura.

—Busca a Peabody y dile que baje a mi oficina y que prepare los preliminares para una entrevista. —Se colocó delante de Roarke y le hizo mirarla a los ojos—. Por favor. No estamos hablando sólo de un agravio personal. Estamos hablando de asesinatos. Déjame hacer mi trabajo.

Roarke dio media vuelta sin pronunciar palabra. En cuanto lo perdió de vista entre la multitud, se abrió paso hacia Summerset.

—Quiero que vigiles a Roarke.

—¿Perdón?

—Escúchame. —Le sujetó con tal fuerza que Summerset sintió sus dedos en los huesos—. Es importante. Podría tener problemas. No quiero que le pierdas la vista hasta, por lo menos, una hora después de la actuación. Si le pasa algo, te jodo vivo. ¿Comprendido?

No lo comprendía en absoluto, pero sí comprendió que era urgente.

—Muy bien. —Lo dijo con dignidad, atravesó la habitación con elegancia, pero tenía los nervios destrozados.

Convencida de que Summerset vigilaría a Roarke con ojo de halcón, Eve se abrió paso entre el público hasta que se encontró delante de todos. Aplaudió con el resto, se esforzó en esbozar una amplia sonrisa de apoyo mientras Mavis hacía el bis. Y cuando estallaron los siguientes aplausos, se dirigió hacia Jess.

—Un gran triunfo —murmuró.

—Se lo dije. Es un tesoro. —Sus ojos tenían un brillo maligno. Le sonrió—. Usted y Roarke se han perdido un par de números.

—Un asunto personal —dijo ella en tono neutro—. Necesito hablar con usted, Jess. Acerca de su música.

—Encantado. No hay nada que me guste más.

—Entonces, si no le importa, vayamos a un lugar más privado.

—Claro. —Apagó la consola y marcó el código de seguridad—. Es su fiesta.

—Por supuesto que lo es —murmuró ella mientras le conducía hacia fuera.

Capítulo quince

*E*ve eligió el ascensor. Quería desplazarse con rapidez y en privado. Lo programó para la rápida ascensión en vertical y luego para el recorrido horizontal de un ala a otra de la casa.

—Tengo que decir que usted y Roarke tiene un espacio fantástico. Mega impresionante.

—Oh, bueno, sirve mientras encontramos algo más grande. —Lo dijo en tono seco y no dejó que la risa de él la pusiera nerviosa—. Dígame, Jess, ¿decidió usted seriamente trabajar con Mavis antes o después de conocer su relación con Roarke?

—Ya se lo he dicho, Mavis es una entre un millón. Sólo tuve que verla un par de veces en un breve bolo en el Down and Dirty para saber que nos entenderíamos bien. —Sonrió con amplitud. Encantador. Como un niño del coro que guarda una rana debajo de la túnica—. Por supuesto que no hacía ningún mal el hecho de que tuviera un contacto con Roarke. Pero ella tenía que tener lo adecuado.

—Pero usted ya sabía que ella tenía ese contacto.

Él se encogió de hombros.

—Lo oí decir. Por eso fue por lo que fui a verla. Ese tipo de club no es la clase de lugar que frecuento. Pero ella me deslumbró. Si puedo hacerle hacer un par de temas buenos y luego es posible que Roarke, o alguien de su entorno, digamos, se interese en invertir en eso, todo resulta más suave.

—Usted es suave, Jess. —Eve salió del ascensor en cuanto las puertas se abrieron—. Realmente suave.

—Como le he dicho, he estado montando bolos desde que era un niño. Creo que lo he aprendido. —Miró a su alrededor mientras ella le conducía por el pasillo. Arte antiguo, del de verdad, madera cara, alfombras tejidas por los dedos de un artesano de hacía un siglo.

Eso era tener dinero, pensó. El tipo de dinero que construye imperios.

Al llegar a la puerta de la oficina, Eve se dio la vuelta.

—No sé cuánto tiene —dijo, leyéndole perfectamente la mente—. Y la verdad es que no me importa.

La sonrisa de él permaneció inalterable. Pero arqueó una ceja y bajó la mirada hasta el enorme diamante con forma de lágrima que caía sobre la suave tela del vestido de noche.

—Pero no lleva usted ni bisutería ni harapos, dulzura.

—Lo he hecho, y es posible que lo vuelva a hacer. Y, Jess. —Descodificó el cerrojo de la puerta—. No me llame dulzura.

Eve entró y dedicó un gesto de asentimiento con la cabeza a Peabody, que estaba asombrada pero se mostraba atenta.

—Bonitos aposentos. Vaya, hola, bonita. —No podía recordar su nombre, pero sonrió a Peabody como si fueran unos viejos y queridos amigos—. ¿Has podido ver la actuación?

—La mayor parte.

Él se dejó caer encima de una silla.

—¿Y qué te ha parecido?

—Creo que ha sido fantástico. Usted y Mavis han preparado un verdadero espectáculo. —Se arriesgó a sonreír, no del todo segura de qué era lo que Eve quería que hiciera—. Voy a comprarme el primer disco.

—Así me gusta. ¿Es posible que un chico se tome una copa aquí? —le preguntó a Eve—. Prefiero estar seco antes de una actuación, pero ahora estoy dispuesto a mojarme del todo.

—No hay problema. ¿Qué quiere tomar?

—Ese champán tenía buen aspecto.

—Peabody, debe de haber una botella en la cocina. ¿Querrías servirle una copa a nuestro invitado? ¿Y por qué no traes un poco de café?

Se recostó en la silla y pensó.

Técnicamente, podría empezar a grabar a partir de ese momento, pero prefería hacer una pequeña introducción antes de constar en los registros.

—Alguien como usted, que diseña música y la atmósfera que la acompaña, debe ser tanto un técnico como un músico, ¿verdad? Eso era lo que me estaba usted explicando antes de la actuación.

—Así es como funciona el negocio ahora, hace muchos años que es así. —Hizo un gesto con una mano cuya muñeca estaba adornada con un brazalete de oro—. Tengo suerte de tener aptitudes para ambas cosas, además de interés por ellas. Los días en que se punteaba una melodía en el piano o en que se tocaba una frase con una guitarra forman parte de un pasado fosilizado. Casi se han extinguido.

—¿Dónde se formó usted como técnico? Debo decir que su formación está muy por encima de la media.

Sonrió al ver a Peabody que entraba con las bebidas. Se sentía cómodo, relajado, y daba por entendido que se encontraba en una especie de entrevista de trabajo.

—Trabajando, casi todo. Me he quedado muchas noches manejando. Pero hice algunos cursos a distancia con el Instituto de Tecnología de Massachusetts.

Eve ya estaba enterada de parte de la información gracias al trabajo de Peabody, pero quería adularle.

—Impresionante. Ha conseguido usted tener un nombre

tanto por sus actuaciones como por su diseño musical. ¿No es verdad, Peabody?

—Sí, tengo todos sus discos y tengo ganas de que aparezca algo nuevo. Ya hace bastante tiempo que no hay nada.

—He oído decir eso también. —Eve recogió la pelota que Peabody le acababa de lanzar sin darse cuenta—. ¿Está en una crisis creativa, Jess?

—En absoluto. Quería tomarme el tiempo necesario para perfeccionar el equipo nuevo, en colocar los elementos en su sitio. Cuando salga con algo nuevo, va a ser algo que nadie habrá oído antes.

—Y Mavis es como un trampolín.

—Es una forma de decirlo. Ella ha sido un afortunado descanso. Ella mostrará parte del material que no era bueno para mí, y he personalizado algunas piezas para que vayan bien con ella. Pienso en hacer algunas sesiones mías dentro de unos cuantos meses.

—Cuando todo se encuentre en su sitio.

Él hizo un gesto de brindis hacia Eve y dio un sorbo.

—Exactamente.

—¿Ha diseñado usted alguna vez bandas sonoras o realidad virtual?

—De vez en cuando. No es una mala cosa, si el programa es interesante.

—Y estoy segura de que sabe usted cómo introducir contenidos subliminales.

Él hizo una pausa y luego dio otro sorbo.

—¿Contenidos subliminales? Eso es pura tecnología.

—Pero usted es un excelente técnico ¿no es verdad, Jess? Lo bastante bueno para conocer un ordenador por dentro y por fuera. Y la mente. La mente es sólo un ordenador, ¿verdad? ¿No es eso lo que me decía usted?

—Claro. —Estaba completamente concentrado en Eve y

no se dio cuenta de que Peabody había empezado a prestar atención.

—Y además usted trabaja con los modificadores de ánimo, que producen cambios en el estado de las personas. Esquemas emocionales y de comportamiento. Esquemas de ondas cerebrales. —Sacó una grabadora del escritorio y la colocó a plena vista—. Vamos a hablar de esto.

—¿Qué diablos es esto? —Dejó la copa encima de la mesa y se sentó en el borde de la silla—. ¿De qué se trata?

—Se trata de que voy a informarle de sus derechos y luego tendremos una charla. Agente Peabody, encienda la grabadora de refuerzo y regístrelo todo, por favor.

—Yo no he accedido a someterme a una jodida entrevista. —Se puso en pie. Eve también.

—Muy bien. Podemos hacerlo de forma obligatoria y llevarle a la Central de Policía. Significará un pequeño retraso. No he reservado ninguna sala de interrogatorios. Pero no creo que a usted le importe pasar unas cuantas horas encerrado.

Despacio, él volvió a sentarse.

—Vuelve usted a ser una policía muy rápidamente, Dallas.

—No, no es así. Siempre soy policía. Siempre. Dallas, teniente Eve —empezó para la grabación, y añadió la hora y el lugar antes de informarle de sus derechos—. ¿Comprende usted cuáles son sus derechos y sus opciones, Jess?

—Sí, lo pillo. Pero no sé de qué diablos va todo esto.

—Voy a ponérselo muy claro. Usted está siendo interrogado acerca de los casos no resueltos de las muertes de Drew Mathias, S. T. Fitzhugh, el senador George Pearly y de Cerise Devane.

—¿Quién? —Parecía convincentemente asombrado—. ¿Devane? ¿No es la mujer que saltó desde el edificio Tattler? ¿Qué se supone que tengo yo que ver con un suicidio? Ni siquiera la conocía.

—¿No sabía usted que Cerise Devane era la directora y la mayor accionista del Grupo Tattler?

—No, supongo que sabía quien era, pero…

—Me imagino que se encontró usted en el edificio Tattler algunas veces durante su carrera.

—Claro, siempre andan rebuscando mierda. Se metieron un poco en mi vida. Es algo que forma parte del negocio. —El miedo había dejado paso a cierta irritación—. Mire, la señora saltó. Yo estaba en el centro de la ciudad, me encontraba en una sesión, cuando ella saltó. Tengo testigos. Mavis, por ejemplo.

—Ya sé que no estaba usted allí, Jess. Yo sí estaba. Por lo menos, sé que no estaba usted allí en carne y hueso.

Los perfectos labios de Jess dibujaron una sonrisa.

—¿Qué se supone que soy, un jodido fantasma?

—¿Conoció usted o tuvo usted alguna vez contacto con un técnico de autotrónica conocido como Drew Mathias?

—No he oído hablar de él nunca.

—Mathias también pasó por el Instituto de Tecnología de Massachusetts.

—Al igual que miles de personas. Yo escogí hacerlo desde casa. Nuca puse el pie en el campus.

—¿Y nunca tuvo usted contacto con otros estudiantes?

—Claro que sí. A través del TeleLink, del correo electrónico, los fax por láser, por lo que fuera. —Se encogió de hombros y dio unos golpecitos con los dedos sobre la bota que acababa de apoyar en la rodilla—. No conozco a ningún técnico en autotrónica con ese nombre.

Eve decidió cambiar de táctica.

—¿Cuánto ha trabajado usted en contenidos subliminales personalizados?

—No sé de qué me está hablando.

—No conoce usted la palabra.

—Sé lo que significa. —Esta vez se encogió de hombros con un gesto tenso—. Y por lo que sé, eso nunca se ha hecho, así que no sé qué es lo que me está preguntando usted.

Eve se arriesgó. Levantó la vista hacia su ayudante.

—¿Sabe usted qué le estoy preguntando, Peabody?

—Creo que está bastante claro, teniente. —Peabody se debatía en un mar de confusión—. A usted le gustaría saber cuánto trabajo ha realizado el sujeto interrogado en contenidos subliminales personalizados. Quizá el sujeto interrogado debería saber que actualmente no es ilegal realizar investigación ni tener un interés en esta área. Sólo el desarrollo y la implementación están fuera de las leyes, tanto federales, estatales como internacionales.

—Muy bien, Peabody. ¿Le ayuda esto a tener las cosas más claras, Jess?

Esa pausa le había dado tiempo suficiente para tranquilizarse.

—Claro. Estoy interesado en esta área. Mucha gente lo está.

—Pero está un poco fuera de su campo, ¿no es así? Usted es solamente un músico, no un científico con licencia.

Ése era el botón exacto. Su forma de sentarse en la silla, el destello en sus ojos.

—Tengo el certificado completo en musicología. La música no es solamente un montón de notas puestas de cualquier manera, dulzura. Es la vida. Es la memoria. Las canciones disparan unas reacciones emocionales concretas y, a menudo, predecibles. La música es la expresión de las emociones, de los deseos.

—Y yo que creía que se trataba sólo de una forma agradable de pasar el tiempo.

—La parte de entretenimiento es sólo un trozo del pastel. Los celtas iban a la guerra con gaitas. Para ellos eran un arma tan potente como un hacha. Los nativos guerreros de África entraban en trance al son de los tambores. Los esclavos sobrevivieron gracias a sus canciones espirituales, y los hombres han seducido a las mujeres gracias a la música durante siglos. La música influye en la mente.

—Lo cual nos vuelve a conducir a la cuestión. ¿Cuándo decidió usted dar un paso más y meterse en esquemas cerebrales individuales? ¿Se tropezó usted con ello, como por una especie de suerte ciega, mientras tarareaba una canción?

Él soltó una breve carcajada.

—Usted cree de verdad que lo que yo hago es una tontería, ¿verdad? Sentarse, tocar algunas notas e irme a casa. Se trata de trabajo. Es un trabajo duro y exigente.

—Y usted está endiabladamente orgulloso de su trabajo, ¿no es verdad? Venga, Jess, usted me lo quería contar antes. —Eve se levantó y dio la vuelta al escritorio para sentarse en la esquina del lado opuesto—. Se moría usted por contármelo. Por contárselo a alguien. ¿Qué tiene de bueno, qué satisfacción obtiene usted en crear algo tan increíble y tener que guardárselo para usted?

Él tomó la copa de nuevo y pasó los dedos por el largo y esbelto pie.

—No es así exactamente cómo me lo había imaginado. —Dio un sorbo y consideró las consecuencias, y las compensaciones—. Mavis dice que usted puede ser flexible. Que no todo son códigos y procedimientos para usted.

—Oh, sí puedo ser flexible, Jess. Cuando está justificado. Cuénteme.

—Bueno, digamos que si, hipotéticamente, yo hubiera descubierto una técnica para contenidos subliminales personalizados, para modificar el ánimo a partir del esquema individual de ondas cerebrales, eso podría ser algo muy importante. La gente como Roarke y como usted, con sus contactos y su estado financiero, su influencia, digamos, podrían modificar unas cuantas leyes que ya están anticuadas y hacer una fortuna. Revolucionar el campo del entretenimiento personal y mejorar la industria de pasada.

—¿Es una oferta de trabajo?

—Hipotéticamente —dijo mientras hacía un gesto con la copa—, Industrias Roarke tiene la capacidad de investigar y de desarrollar, las instalaciones necesarias, los recursos humanos, y el prestigio para asumir algo como esto y llevarlo a cabo. Y una policía inteligente, me parece, podría encontrar la forma de manejar la ley, sólo lo suficiente, para que todo fluyera con suavidad.

—Vaya, teniente —dijo Peabody con una sonrisa que no se traslució en sus ojos—. Parece que usted y Roarke son la pareja perfecta. Hipotéticamente.

—Y Mavis es el conducto —murmuró Eve.

—Eh, Mavis está encantada. Ha conseguido lo que quería. A partir de esta noche va a despegar.

—Y usted cree que eso compensa el hecho de que la utilice para tener acceso a Roarke.

Él volvió a encogerse de hombros.

—Una espalda necesita que alguien la rasque, querida. Y yo le he hecho un tratamiento completo a la de ella. —Una expresión de divertida malignidad brilló en sus ojos de nuevo—. ¿Disfrutó usted de mi demostración informal de mi sistema hipotético?

Eve no estaba segura de que el entrenamiento recibido le permitiera disimular la furia que sentía.

Se dio la vuelta y volvió a sentarse en su silla, ante el escritorio.

—¿Demostración?

—La noche en que usted y Roarke vinieron a mi estudio para ver la sesión. Me pareció que ustedes dos estaban bastante ansiosos por irse, para estar a solas. —Su sonrisa se hizo más aguda—. ¿Una pequeña repetición de la luna de miel?

Eve mantuvo las manos debajo de la mesa hasta que fue capaz de aflojar los puños. Miró hacia la puerta que comunicaba con la oficina de Roarke y se sobresaltó al darse cuenta de que el piloto de vigilancia parpadeaba con luz verde.

Se dio cuenta de que él estaba mirando. Eso no solamente era ilegal, sino peligroso, dadas las circunstancias. Volvió a mirar a Jess.

No podía permitirse romper el ritmo.

—Parece que está usted muy interesado en mi vida sexual.

—Ya se lo dije, Dallas. Usted me fascina. Usted tiene cerebro. Es de acero, con todas esas partes oscuras. Me pregunto qué sucedería si soltara usted todas esas partes. Y el sexo es una llave maestra. —Se inclinó hacia delante y la miró fijamente—. ¿En qué sueña usted, Dallas?

Ella recordó los sueños, el terror enfermizo que había en ellos, que tuvo la noche en que vio el disco de Mavis. El disco se los había producido. Una mano le empezó a temblar, pero la controló.

—Es usted un cabrón. —Se levantó despacio y puso ambas manos encima de la mesa—. ¿Le gusta hacer demostraciones, capullo? ¿Eso era Mathias para usted? ¿Una demostración?

—Se lo he dicho. No sé quién es.

—Quizá necesitara usted un técnico en autotrónica para perfeccionar su sistema. Entonces usted lo probó con él. Usted tenía sus ondas cerebrales y las programó. ¿También programó usted que él hiciera un nudo y se lo pasara por el cuello, o dejó que fuera él quien eligiera el método?

—Se ha salido usted de mi órbita.

—¿Y Pearly? ¿Cuál es la conexión, ahí? Una declaración política. ¿Miraba usted hacia delante? Es usted un verdadero visionario. Él hubiera sido absolutamente contrario a legalizar su juguete nuevo. ¿Por qué no utilizarlo con él?

—Un momento. Un momento. —Se puso en pie—. Usted está hablando de asesinatos. Dios, está usted intentando cargarme con una acusación de asesinato.

—Luego Fitzhugh. ¿Necesitaba realizar un par de demostraciones más, Jess? ¿O es que simplemente le encontró el gusto? ¡Qué poder, verdad, ser capaz de matar sin mancharse las manos de sangre?

—Yo no he matado a nadie. No puede usted acusarme de eso.

—Devane fue un premio, con los medios de comunicación ahí. Usted lo vio. Apuesto a que le gusta mirar, ¿no es verdad, Jess? Apuesto a que se pone caliente mirando. Igual que se puso caliente al pensar hacia dónde iba a empujar a Roarke esta noche con su jodido juguete.

—Eso es lo que le molesta, ¿verdad? —Furioso, se apoyó en el escritorio. Ahora su sonrisa no tenía ningún encanto. Tenía una expresión de fiereza—. Quiere encerrarme porque he frito a su hombre. Debería usted darme las gracias. Apuesto a que jodieron como conejos enloquecidos.

Eve cerró la mano en un puño y el puño entró en contacto con la mandíbula de Jess antes de que su cerebro pudiera registrar la acción. Él cayó como una piedra, de cara al suelo y con los brazos abiertos. Durante la caída, le dio un golpe al TeleLink de Eve, que salió volando.

—Joder. —Casi sin respiración, Eve aflojó el puño pero volvió a apretarlo inmediatamente—. Joder.

Eve oyó la voz de Peabody fría y tranquila más allá del zumbido en los oídos.

—La grabadora de refuerzo deja testimonio de que el sujeto ha amenazado físicamente a la teniente durante el interrogatorio. Como resultado de ello, el sujeto ha perdido el equilibrio y se ha dado un golpe en la cabeza contra el escritorio. Parece encontrarse sin sentido momentáneamente.

Mientras Eve no era capaz de hacer otra cosa que mirarla, Peabody se levantó, se acercó y levantó a Jess por el cuello de la camisa. Lo aguantó un momento así, como si considerara su estado. Él tenía las rodillas débiles y los ojos, en blanco.

—Afirmativo —declaró, y luego le dejó caer encima de una silla—. Teniente Dallas, creo que su grabadora se ha estropeado. —Hizo un gesto con la mano y tiró el café de Eve encima de la unidad, lo cual, efectivamente, dañó los chips—. La mía continúa funcionando y será suficiente para ser testimonio de este interrogatorio. ¿Está usted herida?

—No. —Eve cerró los ojos y recuperó el control—. No, estoy bien. Gracias. El interrogatorio finaliza a la 1:33 horas. El sujeto Jess Barrow será transportado al centro de salud de Brightmore para que sea examinado y reciba tratamiento, y será retenido allí hasta mañana a las nueve horas, para continuar el interrogatorio en la Central de Policía. Agente Peabody, por favor, encárguese del transporte. El sujeto debe ser retenido para el interrogatorio, con cargos.

—Sí, señor. —Peabody levantó la mirada en cuanto la puerta que comunicaba con la oficina de Roarke se abrió. Sólo tuvo que mirarle una vez a la cara para darse cuenta de que tenían un problema—. Teniente —empezó a decir, con cuidado de que la grabadora se encontrara lejos—, tengo interferencias en mi comunicador, y su TeleLink debe de haberse estropeado cuando el sujeto lo ha tirado al suelo. Le pido permiso para ir a otra habitación para avisar a los médicos técnicos.

—Adelante —dijo Eve. Mientras Peabody salía, Roarke entró y Eve soltó un suspiro—. Este interrogatorio no era asunto tuyo, no tenías que haberlo visto —empezó ella.

—Siento no estar de acuerdo. Era asunto mío. —Miró a

Jess. Éste gimió y se movió encima de la silla—. Está volviendo en sí. Me gustaría tener mi momento con él ahora.

—Mira, Roarke…

Pero él la hizo callar con una mirada rápida y helada.

—Ahora, Eve. Déjanos solos.

Ése era el problema entre ellos dos, decidió Eve. Ambos estaban tan acostumbrados a dar órdenes que ninguno de ellos las acataba bien. Pero recordó la mirada de desconcierto que vio en sus ojos cuando se apartó de ella. Ambos habían sido utilizados, pensó, pero Roarke había sido víctima de un abuso.

—Tienes cinco minutos. Eso es todo. Y te aviso ahora. La grabación demuestra que él no ha recibido ningún daño, relativamente. Si tiene alguna marca, eso se va a volver contra mí y va a poner en peligro mi caso contra él.

Él sonrió mientras la tomaba por el brazo y la conducía hasta la puerta.

—Teniente, confía un poco en mí. Soy un hombre civilizado. —Le cerró la puerta en la cara y cerró con llave.

Y, pensó, sabía cómo provocar una gran incomodidad a un cuerpo humano sin dejar ningún rastro.

Se acercó a Jess, le levantó de la silla y le sacudió hasta que éste abrió los ojos y parpadeó.

—Estás despierto ahora, ¿verdad? —dijo Roarke con voz suave—. ¿Despierto?

Jess sintió un sudor frío en la base de la espalda. Estaba mirando el rostro de un asesino, y lo sabía.

—Quiero un abogado.

—No estás tratando con la policía ahora. Estás tratando conmigo. Por lo menos, durante los siguientes cinco minutos. Y no tienes ningún derecho ni ningún privilegio aquí.

Jess tragó saliva y se esforzó por mostrarse sereno.

—No puedes ponerme la mano encima. Si lo haces, eso se va a volver contra tu mujer.

Los labios de Roarke dibujaron una sonrisa que despertó una punzada de terror en el estómago de Jess.

—Voy a demostrarte lo equivocado que estás.

Sin dejar de mirar a Jess a los ojos, bajó la mano, le cogió el pene y se lo retorció. Con satisfacción, vio que el rostro del hombre perdía toda la sangre y que su boca se abría en busca de aire como la de un muñeco. Con el dedo gordo le apretó suavemente la tráquea, cortando incluso ese fino pasaje de aire hasta que los ojos de Jess se hincharon.

—Es un infierno que le pillen a uno por la polla, ¿verdad? —Se la retorció otra vez y le dejó caer encima de la silla. Jess se retorció como un gusano.

—Ahora vamos a hablar —dijo en un tono de voz complacido—. Vamos a hablar de asuntos privados.

Fuera, en el pasillo, Eve caminaba arriba y abajo sin dejar de mirar hacia la gruesa puerta. Sabía muy bien que Roarke había instalado insonorización y que Jess podía estar desgañitándose sin que ella lo oyera.

Si lo mataba… Dios santo, si lo mataba, ¿cómo iba ella a manejarlo? Se detuvo, abatida, y se llevó una mano al estómago. ¿Cómo había podido ni siquiera haberlo considerado? Era su deber proteger a ese bastardo. Había reglas. Fueran cuáles fuesen sus sentimientos personales, había reglas.

Caminó hasta la puerta, marcó el código y soltó un bufido al ver que el acceso le era denegado.

—Joder. Mierda, Roarke. —Él la conocía demasiado bien. Aunque tenía pocas esperanzas, corrió pasillo abajo, entró en la oficina de él e intentó abrir la puerta.

Entrada denegada.

Se acercó al monitor y lo conectó a la cámara de seguridad de su oficina. Se dio cuenta de que él también lo había bloqueado.

—Dios santo, lo está matando. —Corrió hasta la puerta

J. D. ROBB

otra vez y la golpeó con los puños, inútilmente. Al cabo de unos momentos, como por arte de magia, los cerrojos se abrieron y la puerta se abrió en silencio. Entró en una alocada carrera y encontró que Roarke estaba tranquilamente sentado ante el escritorio fumando.

El corazón le latía con fuerza. Miró a Jess. Estaba pálido de muerte, tenía las pupilas como dos puntas de aguja, pero respiraba. De hecho, la respiración era sibilante como la de un control de temperatura averiado.

—No tiene ninguna señal. —Roarke tomó la copa de coñac que se había servido—. Y creo que ha empezado a ver el error que ha cometido.

Eve se inclinó hacia delante y miró a Jess a los ojos. Éste se arrebujó en la silla como un perro apaleado. El sonido que emitía casi no era humano.

—¿Qué demonios le has hecho?

Él dudaba de que ni Eve ni el Departamento de Policía de Nueva York aprobaran los trucos que había aprendido durante sus viajes más oscuros.

—Mucho menos de lo que se merece.

Eve se incorporó y miró a Roarke fijamente y con dureza. Parecía un hombre a punto de disfrutar de la compañía de los invitados durante una importante reunión de negocios. El traje no tenía ninguna arruga, llevaba el pelo perfectamente arreglado y las manos tenían el pulso firme. Pero Eve se dio cuenta de que su mirada era un tanto salvaje.

—Dios, das miedo.

Con cuidado, él dejó la copa de coñac en el escritorio.

—Nunca más te voy a hacer daño.

—Roarke. —Eve contuvo el impulso de correr hasta él y rodearle con sus brazos. No era lo que el momento requería, decidió. Ni lo que él quería—. Esto no puede ser algo personal.

—Sí. —Inhaló una bocanada y la sacó, despacio—. Puede serlo. Y lo es.

—Teniente. —Peabody entró. Estaba pálida—. Los médicos técnicos han llegado. Con su permiso, voy a acompañar al sospechoso hasta el centro de salud.

—Yo iré.

—Señor. —Peabody miró a Roarke un momento. Él todavía tenía la mirada clavada en Eve. Y esos ojos resultaban más que peligrosos—. Si me lo permite, creo que tiene usted asuntos más urgentes aquí. Yo me encargo de esto. Usted todavía tiene a muchos invitados en la casa, incluyendo a la prensa. Estoy segura de que prefiere que este asunto permanezca en privado hasta que decida usted lo contrario.

—De acuerdo. Llamaré a la Central desde aquí y realizaré los preparativos necesarios. Prepare la segunda fase del interrogatorio de mañana, a las nueve en punto.

—Estoy deseando que llegue la hora. —Peabody echó un vistazo a Jess y arqueó una ceja—. Debe de haberse dado un fuerte golpe en la cabeza. Todavía parece mareado, tiene la piel blanca. —Dirigió una amplia sonrisa hacia Roarke—. Sé cómo sienta eso.

Roarke se rio y notó que parte de la tensión desaparecía.

—No, Peabody. En este caso, creo que no lo sabes.

Se levantó, caminó hasta ella y, tomándole el amplio rostro con ambas manos, la besó.

—Eres preciosa —murmuró y se volvió hacia Eve—. Voy a atender al resto de invitados. Tómate el tiempo que necesites.

En cuanto salió, Peabody se llevó los dedos a los labios. El placer le había llegado hasta los dedos de los pies y, como una corriente, había atravesado las puntas de las botas.

—Guau. Soy preciosa, Dallas.

—Te debo una, Peabody.

—Creo que ya he recibido la compensación. —Se dirigió

hacia la puerta—. Aquí vienen los médicos técnicos. Sacaremos a nuestro chico de aquí. Dígale a Mavis que ha estado absolutamente magnífica.

—Mavis.

Eve se apretó los ojos con los dedos. ¿Cómo iba a decírselo a Mavis?

—Si yo fuera usted, Dallas, le permitiría que siguiera brillando esta noche. Puede contárselo más adelante. Estará bien. Aquí —dijo en voz alta mientras hacía una señal—. Tenemos algo que parecen unas pequeñas contusiones.

Capítulo dieciséis

*O*btener un permiso de registro e incautación a las dos de la mañana era un asunto delicado. A Eve le faltaba la información directa para obtener un permiso automático y necesitaba a un juez. Los jueces tenían tendencia a mostrarse malhumorados durante las llamadas a mitad de la noche. Además, intentar explicar el por qué necesitaba un permiso para registrar una consola de música que se encontraba dentro de su propia casa resultaba un asunto difícil.

Pero dado que ése era el caso, Eve toleró la enojada amonestación del juez a quién había elegido.

—Lo comprendo, su señoría. Pero esto no puede esperar a una hora decente, mañana por la mañana. Tengo la fuerte sospecha de que la consola en cuestión se encuentra relacionada con las muertes de cuatro personas. Su diseñador y manipulador se encuentra ahora mismo detenido, y no puedo contar con su cooperación en este momento.

—¿Me está usted diciendo que la música mata, teniente? —El juez habló en tono de burla—. Eso se lo habría podido decir yo. La mierda que están pinchando estos días mataría a un elefante. En mis tiempos teníamos música de verdad. Springsteen, Live, Cult Killers. Eso era música.

—Sí, señor. —Eve levantó los ojos al cielo. Tenía que haber elegido a un amante de la música clásica—. De verdad que necesito ese permiso. Su señoría. El capitán Feeney se encuentra disponible para realizar un examen inicial. El manipulador ha admitido que ha utilizado la consola de forma ilegal, y eso está registrado. Necesito algo más para relacionarlo con los casos en cuestión.

—Si quiere mi opinión, esas consolas deberían ser prohibidas. Habría que quemarlas todas. Eso es muy poca cosa, teniente.

—No, si las pruebas apoyan mi creencia de que esta consola y su manipulador están conectados con la muerte del senador Pearly y de otros.

Hubo una pausa. Se oyó un soplido.

—Eso es apuntar alto. No lo digo en broma.

—Sí, señor. Necesito ese permiso para averiguarlo.

—Se lo voy a mandar, pero será mejor que consiga algo, teniente. Y será mejor que sea algo sólido.

—Gracias. Siento haberle interrumpido... —el TeleLink emitió un *clic*— el sueño —terminó, y luego tomó el comunicador para hablar con Feeney.

—Eh, Dallas. —Tenía el rostro enrojecido y alegre. Le sonrió con amplitud—. ¿Dónde te has metido, niña? La fiesta está acabando. Te has perdido a Mavis haciendo un número con un holograma de los Rolling Stones. Ya sabes lo que pienso de Jagger.

—Sí, es como un padre para ti. No te vayas, Feeney. Tengo un trabajo para ti.

—¿Un trabajo? Son las dos de la madrugada, y mi esposa se siente, ya sabes... —parpadeó con gesto sensiblero— interesada.

—Lo siento. Controla las hormonas. Roarke se ocupará de que lleven a tu esposa a casa. Yo estaré arriba dentro de diez minutos. Tómate una dosis de Sobrial si lo necesitas. Es posible que sea una noche larga.

—¿Sobrial? —Su rostro adquirió la habitual expresión

ÉXTASIS ANTE LA MUERTE

de tristeza—. Me he esforzado toda la noche para emborracharme. ¿De qué va todo esto?

—Diez minutos —repitió Eve, y cortó la comunicación.

Invirtió algo del tiempo para quitarse el vestido de fiesta y se dio cuenta de que tenía hematomas nuevos. Con rapidez, se aplicó un poco de crema para el dolor por todas las partes del cuerpo que pudo. Luego se vistió con una camisa y unos pantalones.

A pesar del tiempo invertido, cumplió su palabra y salió al tejado al cabo de diez minutos.

Se dio cuenta de que Roarke ya se había puesto manos a la obra allí y había despejado el espacio de invitados rezagados. Si quedaba alguno todavía, seguro que él estaría atendiéndolos en alguna otra parte para darle un espacio tranquilo.

Feeney estaba sentado, solo, en una silla al lado de una mesa donde habían arrasado con la comida. Estaba comiendo paté.

—Desde luego, sabes muy bien cómo sacarme de un estado de ánimo festivo, Dallas. La mujer estaba tan emocionada de que una limusina la llevara a casa que se olvidó de que había estado deseando saltar encima de mí. Y Mavis te ha buscado por todas partes. Creo que estaba un poco dolida por el hecho de que no te hubieras quedado para felicitarla.

—Ya lo arreglaré con ella. —El TeleLink portátil sonó, indicando la entrada de una transmisión. Leyó el mensaje y ordenó una copia—. Aquí está nuestro permiso.

—¿Permiso? —Alargó una mano para tomar una trufa y se la metió en la boca—. ¿Para qué?

Eve se dio la vuelta y señaló la consola.

—Para eso. ¿Listo para poner en funcionamiento tu habilidad de mago?

Feeney se tragó la trufa y miró la consola. Una chispa que debería calificarse de amor brilló en sus ojos.

—¿Quieres que maneje eso? Joder.

Ya se había levantado, se había precipitado hasta el equipo y lo estaba acariciando con manos reverentes. Eve oyó que murmuraba algo como TX-42, surcos de sonido de alta velocidad, y capacidad de fusión en espejo.

—¿El permiso me permite traspasar su código de seguridad?

—Sí, Feeney. Es algo serio.

—Dímelo a mí. —Levantó las manos y se frotó los dedos como un viejo timador a punto de hacer su jugada maestra—. Esta chica es muy seria. El diseño es inspirado, el equipo es fuera de serie. Es…

—Probablemente responsable de cuatro muertes —le interrumpió Eve. Caminó hasta donde se encontraba él—. Deja que te ponga al corriente.

Al cabo de veinte minutos, y con el equipo portátil que sacó del coche, Feeney ya estaba trabajando. Eve no comprendía qué era lo que murmuraba y a él no le gustó en absoluto que ella se inclinara por encima de su hombro. Así que Eve tuvo tiempo de dar vueltas arriba y abajo, de llamar pidiendo un informe acerca del estado de Jess y de ordenarle a Peabody que pasara su turno a uno de los guardias uniformados y que se fuera a casa a dormir un poco. Había acabado de hacer esto cuando Roarke apareció.

—Me he disculpado por ti ante nuestros invitados —le dijo mientras se servía otra copa de coñac—. Les he explicado que te habían requerido en la Central de repente. He obtenido grandes muestras de comprensión por vivir con una policía.

—Ya intenté explicarte que era un mal negocio.

Él se limitó a sonreír, pero sus ojos no sonrieron.

—Tranquilicé a Mavis. Tiene la esperanza de que te pongas en contacto con ella mañana.

—Lo haré. Tendré que explicarle todo esto. ¿Preguntó por Barrow?

—Le dije que él se encontraba… indispuesto. Que había sido bastante repentino. —No la tocó. Deseaba hacerlo, pero todavía no estaba preparado—. Te duele todo el cuerpo, Eve. Te lo veo.

—Si me tocas las narices otra vez, te tumbo. Feeney y yo tenemos mucho trabajo aquí, y tengo que estar despierta. No soy frágil, Roarke. —Con la mirada le pedía que dejara todo eso a un lado—. Vete acostumbrando.

—Todavía no me he acostumbrado. —Dejó el coñac y se puso las manos en los bolsillos—. Puedo ayudaros con esto —dijo, inclinando la cabeza en dirección a Feeney.

—Es un asunto de la policía. No estás autorizado a tocar esa unidad.

Él la miró a los ojos con esa expresión divertida que ella conocía tan bien. Eve suspiró.

—Es cosa de Feeney —repuso—. Su rango es superior al mío, y si él quiere que metas la mano en el pastel, es cosa suya. No quiero saber nada de eso. Tengo que elaborar algunos informes.

Empezó a alejarse. Cada uno de sus movimientos expresaba indignación.

—Eve. —Ella se detuvo, giró la cabeza y le miró por encima del hombro. Él negó con la cabeza—. Nada. —Se encogió de hombros. Se sentía desvalido—. Nada —repitió.

—Déjalo estar, joder. Me sacas de quicio. —Se marchó con paso decidido, lo cual casi hizo reír a Roarke.

—Yo también te quiero —murmuró. Luego se acercó hasta donde se encontraba Feeney—. ¿Qué es esto que tenemos aquí?

—Algo que me hace saltar las lágrimas, te lo juro. Es hermoso, brillante. Te digo que el tipo es un genio. Comprobado.

Ven y echa un vistazo a esta imagen. Sólo échale un vistazo.

Roarke se quitó la chaqueta, se agachó y se puso a trabajar.

Eve no se fue a la cama. Por una vez, dejó a un lado los prejuicios y se tomó una dosis de estimulantes. El Alertol le hizo desaparecer la sensación de fatiga y le despejó la mente casi por completo. Utilizó la ducha de su oficina y se colocó una venda fría en la rodilla dolorida. Se dijo que ya se encargaría de los hematomas más tarde.

Eran las seis de la madrugada cuando volvió a la terraza. La consola había sido desmontada metódicamente. Cables, tableros, chips, discos, memorias y paneles se encontraban ordenados encima del brillante suelo en montones bien organizados.

Roarke, vestido con su elegante camisa de seda y sus pantalones a medida, estaba sentado con las piernas cruzadas en medio de todas las piezas e introducía diligentemente datos en un registro.

Eve se dio cuenta de que se había recogido el pelo para que no le cayera en el rostro. Y ese rostro tenía una expresión intensa, concentrada. Sus ojos azules tenían una expresión de alerta que resultaba ridícula a esa hora de la mañana.

—Lo tengo —le dijo a Feeney—. Ahora está repasando los componentes. He visto algo parecido a esto antes. Algo muy parecido. Está calibrando. —Levantó el registro—. Échale un vistazo.

Una mano apareció de repente y tomó el registro.

—Sí, podría ser esto. Esto podría ser perfectamente. Que me follen.

—Los irlandeses tenéis algo especial con las palabras.

Al oír el tono seco de Eve, Feeney se puso en pie. Tenía el

pelo revuelto y en punta, como si se hubiera conectado a un cable de alta tensión. La expresión de sus ojos era salvaje y chispeante.

—Eh, Dallas. Creo que lo tenemos.

—¿Por qué has tardado tanto?

—Qué chistosa. —La cabeza de Feeney desapareció otra vez debajo de la consola.

Eve intercambió una larga y seria mirada con Roarke.

—Buenos días, teniente.

—Tú no estás aquí —le dijo mientras pasaba de largo por su lado—. No te veo. ¿Qué es lo que tienes, Feeney?

—Tenemos muchas opciones con esta chica —empezó, y reapareció de nuevo para sentarse en la silla de la consola—. Muchos artilugios, y son realmente impresionantes. Pero el que hemos tenido que sacar de debajo de capas y capas de seguridad es la guinda.

Pasó las manos por la consola otra vez con dedos acariciadores. Ahora era solamente una carcasa vacía.

—El diseñador de esto hubiera sido un impresionante detective informático. La mayoría de tipos que tengo debajo de mí no pueden hacer lo que él hace. Es un tema de creatividad, ¿sabes? —La señaló con el dedo índice—. No es solamente una cuestión de fórmulas y de tableros. La creatividad te lleva a un terreno inexplorado. Y esto de aquí es lo que se podría considerar la coronación de ese tipo.

Le ofreció el registro, aunque sabía que ella fruncía el ceño al ver todos esos códigos y componentes.

—¿Y?

—Ha hecho falta mucho arte para llegar a esto. Lo tenía todo oculto, bajo contraseña privada, voz, huella de la mano. También había alguna capa de falsa seguridad. Casi nos ha derrotado hace una hora, ¿verdad, Roarke?

Roarke se levantó y se metió las manos en los bolsillos.

—Ni por un instante he dudado de ti, capitán.

—Ya. —En el mismo tono, Feeney sonrió—: Si tú no estabas rezando, hijo, yo sí lo hacía. A pesar de todo, no creo que haya nadie más con quien me hubiera gustado arriesgarme tanto.

—El sentimiento es mutuo.

—Si ya habéis acabado con vuestro baile de cortejo, ¿podríais explicarme qué diablos se supone que tengo que ver aquí?

—Es un escáner. El más complejo que he visto, aparte de los que realizan en Examen.

—¿Examen?

Se trataba de un procedimiento al cual todo policía le tenía miedo, y al cual todo policía se enfrentaba en cualquier ocasión en que se hubiera visto obligado a emplear la fuerza máxima con su arma.

—A pesar de que el esquema cerebral de cada uno de los miembros del Departamento de Policía de Nueva York se encuentra en el registro, durante un Examen se realiza un escáner. Se buscan heridas, disfunciones, cualquier anormalidad que haya podido contribuir al empleo de la fuerza máxima. Este escáner se compara con el último que se tenga. Luego el sujeto es sometido a un par de sesiones de realidad virtual para utilizar la información generada por el escáner. Un mal asunto.

Feeney solamente se había enfrentado a eso una vez, y deseaba no tener que pasar por ahí nunca más.

—¿Y él ha conseguido duplicar o simular ese proceso? —preguntó Eve.

—Diría que lo ha mejorado en un par de facetas. —Feeney hizo un gesto en dirección a los discos—. Hay un montón de esquemas de ondas cerebrales. Seguramente no será muy difícil compararlas con las de las víctimas e identificarlas.

Eve pensó que su propio esquema se encontraría allí. Su mente grabada en un disco.

—Metódico —se dijo, para sí misma.

—Muy brillante, en realidad. Y potencialmente mortífero. Nuestro chico ha conseguido un par de giros potentes en cuanto a programas anímicos. Todos vinculados a esquemas musicales, ya sabes, con notas y acordes. Él toma la melodía, mira, luego mejora lo que podríamos llamar el tono para influir en la reacción del objetivo, en su estado mental diríamos, en sus impulsos inconscientes.

—Así que lo utiliza para introducirse en sus cabezas, a fondo. En el subconsciente.

—Hay un montón de tecnología médica con la que no estoy verdaderamente familiarizado, pero diría que eso es. Énfasis en las pulsiones sexuales —añadió Feeney—. Ésa es la especialidad de nuestro chico. Tengo que traspasar algunas barreras todavía, pero diría que él es capaz de programar el esquema cerebral, introducir el programa anímico y dar un buen empujón a su objetivo.

—¿Para que salte de una cornisa?

—Eso es dudoso, Dallas. Estamos hablando de un programa que potencia, que sugestiona. Por supuesto, si alguien tuviera la inclinación de saltar desde una cornisa, si lo hubiera pensado, esto podría darle el último empujón. Pero coaccionar a la mente para que realice un acto tan adverso, tan fuera del propio carácter, no puedo defenderlo ahora mismo.

—Ellos saltaron y se desangraron hasta morir —le recordó con impaciencia—. Quizá todos tengamos un impulso suicida enterrado en el inconsciente. Y esto, simplemente, lo saca a la superficie.

—Tendrías que consultar esto con Mira, no conmigo. Continuaré escarbando. —Sonrió con una expresión esperanzada—: ¿Después del desayuno?

Eve se obligó a contener la impaciencia.

—Después del desayuno. Te agradezco que hayas invertido toda la noche en esto, Feeney, y que hayas trabajado tan deprisa. Pero es que necesitaba al mejor.

—Y lo has conseguido. El chico con el que decidiste comprometerte no está mal, tampoco, como técnico. Yo le podría convertir en un detective informático decente si él decidiera abandonar su monótono estilo de vida.

—La primera oferta del día. —Roarke sonrió—. Ya sabes dónde está la cocina, Feeney. Sírvete tú mismo con el Auto-Chef, o pídele a Summerset que te prepare lo que desees.

—Aquí eso significa tener huevos de verdad. —Se estiró e hizo crujir los huesos—. ¿Quieres que le pida desayuno para los tres?

—Empieza tú —le sugirió Roarke—. Nosotros bajaremos dentro de un momento. —Esperó a que Feeney se hubiera alejado, silbando mientras pensaba en unos huevos con bollos de moras—. No tienes mucho tiempo, ya lo sé.

—Tengo tiempo suficiente si es que tienes algo que decirme.

—Sí, lo tengo. —Le resultaba extraño sentirse incómodo. Ya casi no recordaba esa sensación, pero en esos momentos le inundó—. Lo que Feeney te ha explicado, su opinión acerca de las posibilidades de esto. El hecho de que no sea probable que un sujeto resulte influenciado hasta el punto de actuar de forma ajena a su carácter, de realizar algo abominable.

Eve se dio cuenta de inmediato a qué se estaba refiriendo y deseó soltar una maldición.

—Roarke…

—Déjame terminar. Yo fui el hombre que te poseyó la otra noche. He vivido en su piel, y no hace tanto tiempo que conseguí olvidarle. Le convertí en algo distinto porque así lo quise. Y pude hacerlo. El dinero me ayudó, y cierta necesidad de... elegancia. Pero aún se encuentra aquí. Todavía forma parte de mí. Se me obligó a recordarlo la otra noche, de forma bastante violenta.

—¿Quieres que te odie por eso, que te culpe por eso?

—No, quiero que lo comprendas, y que me comprendas a mí. Yo vengo de ese tipo de hombre que te hizo daño la otra noche.

—Yo también.

Eso le hizo callar y le hizo aflorar la emoción en los ojos.

—Dios, Eve.

—Y eso me asusta. Me hace despertar en medio de la noche y preguntarme qué es lo que hay dentro de mí. Vivo con ello cada uno de mis días. Sabía de dónde venías cuando te acepté, y no me importa. Sé que has hecho cosas, que has infringido las leyes, qué has vivido al margen de ellas. Pero estoy aquí.

Él exhaló con fuerza y cambió el peso del cuerpo de pierna, nervioso.

—Te quiero, ¿de acuerdo? Así es. Ahora, tengo hambre, y me espera un día completo, así que voy a bajar antes de que Feeney nos deje sin huevos.

Él se puso delante de ella antes de que pudiera alejarse.

—Un minuto más. —Le tomó el rostro con ambas manos, puso sus labios encima de los de ella y suspiró antes de darle un beso tan tierno que Eve sintió que algo le atenazaba la garganta al tiempo que una corriente de placer le llegaba hasta los pies.

—Bueno —consiguió decir cuando él se apartó—. Eso está mejor, supongo.

—Mucho mejor. —La tomó de la mano. Y dado que había utilizado ese idioma mientras le hacía daño, volvió a emplearlo para compensar—: A ghra.

—¿Qué? —Frunció el ceño—. ¿Es gaélico, otra vez?

—Sí. —Se llevó la mano de ella hasta los labios—. Amor. Mi amor.

—Tiene un bonito timbre.

—Sí, lo tiene. —Suspiró ligeramente. Hacía mucho tiempo que él tampoco oía esa musicalidad.

—No debería ponerte triste —murmuró ella.

—No me pone triste. Sólo pensativo. —Le dio un apretón en la mano—. Me encantaría ofrecerte un desayuno, teniente.

—Ya me lo has ofrecido. —Sintiéndose cómoda ahora, Eve le apretó la mano—. ¿Tenemos crepes?

Mientras se preparaba para el siguiente interrogatorio a Jess Barrow, Eve pensó que el problema con los medicamentos era que por muy seguros, suaves y útiles que aseguraran que eran, siempre le provocaban una sensación de falsedad. Sabía que su estado de alerta no era natural, que debajo de esa energía inducida, su cuerpo era una masa desesperadamente fatigada.

No dejaba de imaginar que su organismo llevaba una pesada y entusiasta máscara de payaso encima de un rostro gris y exhausto.

—¿Otra vez en la arena, Peabody? —preguntó en cuanto su ayudante entró en la despejada habitación de paredes blancas.

—Sí, señor. Me he puesto al día con sus informes, he pasado por su oficina de camino hacia aquí. Tiene un mensaje del comandante en espera, y dos de Nadine Furst. Creo que se huele una historia.

—Tendrá que esperar. Me ocuparé del comandante en el primer descanso que tengamos. ¿Sabes algo de béisbol, Peabody?

—Jugué un poco durante los dos años en la Academia. Guante de oro.

—Bueno, pues calienta motores. Cuando te lance la bola, la paras y me la devuelves. Vamos a hacer juguetear a Evers, porque Feeney va a venir antes del final del turno.

Los ojos de Peabody brillaron.

—Eh, no sabía que era usted historiadora.

—Tengo muchas facetas ocultas. Limítate a parar la pelota y a devolverla. Quiero sacudir a ese cabrón. Ya has leído el informe, conoces la canción. —Hizo un signo para que hicieran entrar al sujeto—. Vamos a freírle. Si se resiste, tendremos que esforzarnos. Pero asumo que es demasiado arrogante para entrar por ahí, al principio.

—En general, me gustan los hombres pedantes. Supongo que tendré que hacer una excepción aquí.

—Y tiene una cara tan bonita —añadió Eve, antes de apartarse a un lado en cuanto uno de los uniformes hizo entrar al hombre—. ¿Cómo va, Jess? ¿Te sientes mejor hoy?

Jess había tenido tiempo de recuperarse y de pensar.

—Podría acabar con usted por utilizar la fuerza de forma injustificada. Pero lo dejaré pasar porque, cuando esto acabe, usted será el tema de los chistes de este departamento de idiotas.

—Sí, se siente mejor. Siéntese. —Eve se dirigió hasta una pequeña mesa y encendió la unidad de grabación—. Dallas, teniente Eve, con Peabody, agente Delia, como ayudante. La hora es las nueve en punto, 8 de septiembre de 2058. El sujeto interrogado, Barrow, Jess, número de archivo S-19305. ¿Puede, por favor, declarar su nombre para que quede constancia?

—Jess Barrow. Hasta ahí la información es correcta.

—Yo misma le informé, durante el interrogatorio previo, de sus derechos y posibilidades según la ley. ¿Es eso correcto?

—Sí, cantó la canción, seguro. —Por lo que le había servido, pensó, Cambió de postura con cuidado. El pene le dolía como un diente podrido.

—¿Y comprendió usted cuáles eran esos derechos y opciones?

—Lo comprendí entonces, y lo comprendo ahora.

—¿Desea usted, en este momento, hacer uso de su derecho de tener a un agente o a un representante legal?

—No necesito a nadie excepto a mí mismo.

—Muy bien, entonces. —Eve se sentó, entrelazó los dedos de las manos y sonrió—. Empecemos. Durante su declaración anterior, usted admitió haber diseñado y utilizado un equipo construido para influir en esquemas cerebrales individuales y en el comportamiento de las personas.

—Yo no admití una mierda.

Eve no dejó de sonreír.

—Eso es una cuestión de interpretación. ¿Niega usted ahora que durante la reunión social que tuvo lugar en mi casa la noche pasada usted utilizó un programa diseñado por usted con el objetivo de inducir ciertas sugerencias, a nivel subliminal, al sujeto Roarke?

—Eh, si su marido se la llevó y le levantó la falda por encima de la cabeza, es asunto suyo.

Eve no dejó de sonreír ni un momento.

—Ciertamente, lo es. —Necesitaba retenerle allí, en ese punto, para pillarle en todo lo demás—. Peabody, quizá Jess no esté al corriente del castigo por ofrecer una declaración falsa a un agente de la policía durante un interrogatorio.

—Ese castigo —dijo Peabody con suavidad— significa un tiempo máximo de cinco años en encierro absoluto. ¿Debo volver a poner la declaración del interrogatorio inicial, teniente? Quizá la memoria del sujeto falle debido al daño causado cuando asaltó a un oficial.

—Y una mierda, asalto. —Dirigió una risa burlona a Peabody—. ¿Cree que pueden hacer equipo a dos contra mí de
esta manera? Ella me golpeó sin que hubiera ninguna provo-
cación, y luego dejó que ese bastardo con quien se casó entrara y...

Se interrumpió al recordar la advertencia que Roarke había pronunciado en su oído en tono de voz suave y aterciope-
lado. Mientras el dolor, casi suave de tan intenso, le invadía
todo el cuerpo.

—¿Desea usted presentar una queja oficial? —preguntó
Eve.

—No. —Incluso entonces, una ligera gota de sudor se
deslizó por su labio superior. Eve se preguntó qué era lo que
Roarke le había hecho—. Estaba enojado la otra noche. Las
cosas se me fueron de las manos. —Respiró profundamente,
en un intento por calmarse—. Mire, yo soy músico. Estoy
muy orgulloso de mi trabajo, del arte que requiere. Me gusta
pensar que lo que hago ejerce cierta influencia en las personas, que les llega. Quizá el orgullo que pongo en eso le haya
provocado una falsa impresión en cuanto al alcance de mi
trabajo. La verdad es que no sé a qué viene tanto escándalo.

Él volvió a sonreír, recuperando gran parte de su encanto
habitual, y mostró la palma de las manos.

—Esas personas de quienes habló la otra noche. No las
conozco. He oído hablar de algunos de ellos, claro, pero no
los conocía personalmente ni tuve nada que ver con su decisión de quitarse la vida. Yo mismo estoy contra ello. Soy de la
opinión de que la vida ya es demasiado corta. Todo esto es un
malentendido, y estoy deseando olvidarlo.

Eve se recostó en la silla y dirigió la mirada hacia su ayudante.

—Peabody, está deseando olvidarlo.

—Eso es generoso por su parte, teniente, y no resulta

sorprendente, dadas las circunstancias. La pena por violar la ley acerca de la privacidad personal con medios informáticos es muy severa. Y, por supuesto, existe el cargo añadido de haber diseñado y montado un equipo diseñado para crear contenidos subliminales personalizados. Justo con esto, contando las penas múltiples, estamos ante un período mínimo de diez años de prisión.

—No puede probar nada de todo eso. Absolutamente nada. Usted no tiene nada.

—Le estoy dando la oportunidad de cambiar de actitud, Jess. Todo resultará más fácil si cambia usted de actitud. En cuanto a la acusación civil que mi esposo y yo tenemos derecho a presentar contra usted, dejo constancia aquí, para que quede grabado, de que renunciaré a ese derecho, siempre y cuando usted admita la culpabilidad de esos cargos criminales… si lo admite durante los próximos treinta segundos. Piénselo.

—No tengo que pensar nada porque usted no tiene nada.

—Se inclinó hacia delante—. No es la única que tiene gente que la apoya. ¿Qué cree que sucederá con su larga y nefasta carrera si acudo a los medios de comunicación con esto?

Ella no dijo nada. Solamente le miró. Luego miró al contador de la grabadora.

—La oferta ha expirado. —Eve asintió en dirección a la cámara de vigilancia—. Peabody, por favor, ábrale la puerta al capitán Feeney.

Feeney entró con una sonrisa radiante. Dejó un disco y un archivo encima de la mesa y le ofreció la mano a Jess.

—Debo decirle que su trabajo es el mejor que he visto nunca. Es un verdadero placer conocerle.

—Gracias. —Jess cambió de estado de ánimo. Le dio la mano con calidez—. Me encanta mi trabajo.

—Oh, se nota. —Feeney se sentó y se puso cómodo—.

Hace años que no disfrutaba tanto como lo he hecho desmontando su consola.

En otro momento, en otro lugar, hubiera resultado cómico presenciar cómo el rostro de Jess se transformó, cómo su expresión pasó de orgullo y amabilidad a conmoción y a furia.

—¿Ha jodido mi equipo? ¿Lo ha desmontado? ¡No tenía usted ningún derecho a meter las manos en él! ¡Está usted acabado! ¡Está muerto! ¡Está destruido!

—Que quede constancia para el registro de que el sujeto está sobrepasado —dijo Peabody en tono neutro—. Sus amenazas hacia la persona del capitán Feeney son recibidas como salidas de tono más que como amenazas literales.

—Bueno, por lo menos de momento —dijo Feeney en tono alegre—. Será mejor que vigile qué hace, amigo. Si la grabadora registra demasiados episodios como éste, normalmente nos molestamos. Bueno. —Se inclinó y se apoyó sobre los codos—. Charlemos un poco. Puso usted bastante seguridad, admirable. Tardé un rato en traspasarla. Pero la verdad es que estoy en este juego desde que usted respira. Diseñar ese escáner de cerebro individual ha sido en cierta forma un logro. Tan compacto, tan delicado al tacto. Yo diría que llega a dos metros. Bueno, está muy bien para ser una unidad portátil tan pequeña.

—No es posible que se metiera en mi unidad. —A Jess le temblaba la voz—. Está usted mintiendo. No pudo usted llegar al fondo.

—Bueno, hubo tres sistemas de seguridad falsos que resultaron difíciles —admitió Feeney—. Pasé casi una hora con el segundo, pero el último fue un juego. Supongo que usted nunca se imaginó que necesitaría algo a ese nivel.

—¿Has visionado los discos, Feeney? —le preguntó Eve.

—Empecé. Estás en ellos, Dallas. No tenemos a Roarke. Civil, ya sabes. Pero encontré el tuyo y el de Peabody.

Peabody parpadeó, asombrada.

—¿El mío?

—Estoy realizando una comprobación con los nombres que me diste, Dallas. —Le dirigió una amplia sonrisa a Jess, de nuevo—. Ha tenido usted mucho trabajo recopilando especímenes. Ha diseñado usted una excelente aplicación de almacenamiento con una capacidad de compresión de datos impresionante. Se me va a romper el corazón cuando tenga que destrozar ese equipo.

—¡No puede hacerlo! —El tono de voz expresó verdadero dolor e inquietud. Los ojos se le humedecieron—. He puesto todo lo que tengo en eso. No solamente dinero, sino tiempo y cabeza y energía. Tres años de mi vida, casi sin un descanso. Abandoné mi carrera para diseñarlo. ¿Tiene usted alguna idea de lo que puedo conseguir con él?

Eve recogió la pelota.

—¿Por qué no nos lo cuenta, Jess? Con sus propias palabras. Nos encantaría escucharle.

Capítulo diecisiete

Jess Barrow empezó despacio a hablar de sus experimentos y de su investigación, de su fascinación por la influencia de los estímulos exteriores en el cerebro humano, por los sentidos y por la intensificación de los sentidos gracias a la tecnología.

—Lo que podemos llegar a hacer para el placer, para infligir castigos… todavía no hemos tocado la superficie. Eso es lo que yo quería hacer —explicó—. Tocar la superficie e introducirme debajo de ella. Los sueños, Dallas. Las necesidades, los miedos, las fantasías. Toda mi vida, la música ha sido lo que me ha impulsado hacia… todo: hambre, pasión, tristeza, alegría. ¿Cuánta más intensidad podría tener todo eso si pudiéramos meternos dentro, utilizar verdaderamente la mente para explotar sus recursos, para explorar?

—Así que ha trabajado usted en ello —le interrumpió—. Ha consagrado toda su dedicación a ello.

—Tres años. Más en verdad, pero tres años enteros en el diseño, la experimentación, el perfeccionamiento. Cada penique que he tenido lo he invertido en ello. Ahora casi no me queda nada. Por eso necesitaba apoyo financiero. Por eso le necesitaba a usted.

—Y Mavis era su conexión conmigo, y desde mí a Roarke.

—Mire. —Levantó las manos y se frotó el rostro. Las dejó caer encima de la mesa—. Me gusta Mavis, y ella tiene chispa verdaderamente. Sí, la hubiera utilizado si ella fuera maleable como un androide, pero no lo es. No le he hecho ningún daño. En todo caso, le he dado un buen empujón. Su ego estaba bastante bajo cuando la encontré. Oh, sí, lo ocultaba bastante bien, pero había perdido la confianza en sí misma después de lo que le pasó. Yo le di un subidón de confianza.

—¿Cómo?

Jess dudó un momento y decidió que sería peor evadirse.

—De acuerdo. Le di algunas dosis subliminales en la dirección adecuada. Debería estarme agradecida —insistió—. Y trabajé con ella, arreglé las cosas, la pulí sin quitarle su gancho natural. Ya la oyó. Ahora es mejor de lo que ha sido nunca.

—Usted experimentó con ella —dijo Eve. Sólo por eso ya deseaba acabar con él— sin su conocimiento y sin su consentimiento.

—Tampoco fue como si ella fuera una rata de laboratorio. Dios, perfeccioné el sistema. —Señaló a Feeney con el dedo—. Usted sabe que es excelente.

—Es hermoso —asintió Feeney—. Eso no lo hace legal.

—Mierda, la ingeniería genética era ilegal, el trabajo in vitro, la prostitución. ¿Qué nos aportaba eso? Hemos recorrido un camino muy largo, pero todavía estamos en la edad de las cavernas, amigo. Esto es un beneficio, es una forma de empujar a la mente hacia delante, de que penetre en los sueños y conseguir que lo que soñamos sea real.

—No todos queremos que nuestros sueños sean reales. ¿Qué le da derecho a usted a hacer esa elección por otra persona?

—De acuerdo. —Levantó una mano—. Quizá me pasé unas cuantas veces con mi entusiasmo. Pero lo único que hice con usted fue potenciar lo que ya existía. Así que intensifiqué las notas de lascivia esa noche en el estudio. ¿Qué mal hay en eso? Otra vez le di un empujón a su memoria, abrí unos cuantos cerrojos. Quería ser capaz de demostrar lo que se podía hacer para que, cuando llegara el momento, poder acercarme a usted y a Roarke con una proposición de negocio. Y la otra noche…

Se calló, dándose cuenta de que había calculado mal en eso.

—De acuerdo, la otra noche llegué demasiado lejos, el tono era demasiado oscuro. Me dejé llevar. Actuar ante un público de verdad es como una droga. Te pone. Quizá subí demasiado el tono en él. Un error sin mala intención. —Intentó sonreír otra vez—. Mire, lo he utilizado yo mismo, docenas de veces. No hace ningún daño, no deja nada permanente. Sólo modifica el ánimo temporalmente.

—¿Y usted elige el estado de ánimo?

—Eso es una parte. Con un equipo estándar, uno no tiene tanto control, tanta profundidad de campo. Con lo que yo he desarrollado, uno puede encender y apagar como si fuera una luz. Necesidad o satisfacción sexual, euforia, melancolía, energía, relajación. Pídalo y lo tiene.

—¿Una ración mortal?

—No. —Negó con la cabeza con gesto nervioso—. No juego ese tipo de juegos.

—Pero todo eso es un juego para usted, ¿no es verdad? Usted aprieta los botones, y la gente se pone a bailar. Usted es un dios electrónico.

—No está usted viendo el cuadro completo —insistió él—. ¿Sabe usted lo que la gente llegaría a pagar por tener esa capacidad? Uno puede sentir todo aquello que desee.

Eve abrió el archivo que Feeney había traído. Dejó las fotos encima de la mesa,

—¿Qué sintieron ellos, Jeff? —Empujó las cuatro fotos

del depósito de cadáveres hasta él—. ¿Qué fue lo último que les hizo usted sentir antes de que se mataran con esa sonrisa en el rostro?

Jeff se puso blanco, los ojos, brillantes. Los cerró.

—No. De ninguna manera. No.

Se dobló y vomitó el desayuno que había tomado en el centro de salud.

—Procedamos a grabar para el registro que el sujeto se siente momentáneamente indispuesto —dijo Peabody en tono seco—. ¿Debo llamar a mantenimiento y a un asistente de salud, teniente?

—Dios, sí —dijo Eve al ver que Jess continuaba con arcadas—. Interrumpimos este interrogatorio a las diez y cuarto. Dallas, teniente Eve, pare la grabadora.

—Una mente potente y un estómago débil. —Feeney se dirigió hacia el armario de la esquina y sirvió un vaso de agua—. Eh, chico, a ver si puedes tragar un poco de agua.

Jess tenía los ojos húmedos. Le dolían los músculos del estómago. La mano le temblaba y estuvo a punto de tirar el agua, así que Feeney le ayudó a llevarse el vaso hasta los labios.

—No puede acusarme de eso —consiguió decir—. No puede hacerlo.

—Eso ya lo veremos. —Eve se apartó a un lado para que un ayudante que acababa de entrar se lo pudiera llevar a la enfermería—. Necesito tomar un poco el aire —dijo, y salió.

—Espera, Dallas. —Feeney se apresuró detrás de ella, dejando a Peabody que diera las instrucciones a los de mantenimiento y que recogiera el archivo ella misma—. Tenemos que hablar.

—Mi oficina está cerca. —Soltó un juramento en voz baja al notar un pinchazo de dolor en la rodilla. El vendaje de hielo se estaba moviendo y tenía que volver a colocárselo en su sitio. El dolor en la cadera era insoportable.

—Recibiste una buena paliza ayer en el Centro de Intercambio Monetario, ¿verdad? —Feeney rio con simpatía al verla—. ¿Te han atendido ya?

—Luego. Tengo el tiempo justo. Vamos a dejarle a ese tipo una hora para que se le vuelva a poner el estómago en su sitio. Luego iremos a por él otra vez. Todavía no ha pedido un abogado, pero no tardará. Pero eso ya no tendrá ninguna importancia cuando hayamos comparado esos esquemas cerebrales con los de las víctimas.

—Ése es el problema. Siéntate —le dijo en cuanto hubieron entrado en la oficina de Eve—. Descansa un rato esa pierna.

—Es la rodilla, y si me siento, se me queda rígida. ¿Cuál es el problema? —preguntó mientras se dirigía a buscar un café.

—Nada concuerda. —La observó con gesto grave en cuanto ella se volvió para mirarle—. Ni un solo elemento que concuerde en todo el paquete. Muchos todavía no están identificados, pero tenemos las huellas de todas las víctimas, ningún escáner de la autopsia de Devane, pero sí uno de su última revisión médica. No hay ninguna concordancia, Dallas.

Al final sí se sentó, abatida. No había necesidad de preguntarle si estaba seguro. Feeney era tan concienzudo como un androide doméstico buscando polvo en los rincones de la casa.

—De acuerdo, los tiene en algún otro lugar. ¿Hemos recibido la orden de registro de su estudio y casa?

—Un equipo lo está repasando justo ahora. No he recibido ningún informe.

—Es posible que tenga una caja fuerte, algún rincón seguro. —Cerró los ojos—. Mierda, Feeney, para qué iba a guardarlos cuando ya había terminado con ellos. Probablemente los haya destruido. Es un tipo arrogante, pero no es tonto. Eso le hubiera hecho colgar, y él lo sabe.

—Las posibilidades son grandes en este sentido. Pero también hubiera podido guardarlos como recuerdo. Nunca deja de sorprenderme lo que la gente es capaz de guardar. ¿Ese tipo, el año pasado, que descuartizó a su esposa? Guardó los ojos, recuérdalo. En una jodida caja de música.

—Sí, lo recuerdo. —De dónde había salido ese dolor de cabeza, se preguntó mientras se frotaba inútilmente las sienes para atenuarlo—. Bueno, entonces quizá tengamos suerte. Aunque no la tengamos, ahora ya tenemos mucho. Bastante como para encerrarle.

—Ése es el tema, Dallas. —Se sentó en el canto del escritorio y se llevó la mano al bolsillo para sacar la bolsa de cacahuetes caramelizados—. No me parece adecuado.

—¿Qué quieres decir con que no te parece adecuado? Le tenemos.

—Sí, de acuerdo, le tenemos. Pero no por asesinato. —Pensativo, Feeney mascó un cacahuete—. No consigo creérmelo. El tipo que ha diseñado ese equipo es brillante, un poco retorcido, seguro, centrado en sí mismo. El tipo que tenemos es todo eso, y además se puede añadir que es infantil. Para él es un juego, uno con el que quiere obtener grandes ganancias. Pero asesinato...

—Lo que te pasa es que estás enamorado de esa consola.

—Eso es verdad —admitió sin ninguna vergüenza—. Él es débil, Dallas, y no sólo en el estómago. ¿Cómo iba a hacerse rico asesinando a la gente?

Ella arqueó una ceja.

—Supongo que nunca has oído hablar de asesinatos por encargo.

—Ese tipo no tiene las tripas necesarias para hacerlo, ni la frialdad. —Se comió otro cacahuete—. ¿Y cuál es el móvil? Es que escogió a esa gente por casualidad. Y además hay otra cosa. Lo que él tiene requiere cierta proximidad para detectar el subconsciente. Y no puedes demostrar que estuvo en ninguna de las escenas de los crímenes.

—Dijo algo acerca de que podía hacerlo a distancia.

—Sí, tenía una buena capacidad de recepción remota, pero no tanto. No, que yo pueda imaginar.

Ella se volvió a sentar, ahora con aire derrotado.

—No me estás alegrando el día, Feeney.

—Se trata sólo de alimento para la mente. Si él tuvo algo que ver en todo eso, necesitó ayuda. O una unidad personal más portátil.

—¿Sería posible que se ajustara a unas gafas de realidad virtual?

Esa idea le intrigó y le provocó cierto brillo en sus ojos de perro apaleado.

—No podría asegurarlo. Tendría que destinar cierto tiempo a averiguarlo.

—Espero que dispongas de ese tiempo. Él es lo único que tengo, Feeney. Si no consigo pillarle, va a salir ileso de esos asesinatos. Y apartarle durante diez o veinte años por lo que tenemos no me vale. —Exhaló con fuerza—. Pasará una evaluación psicológica. Sería capaz de pasar por cualquier cosa si cree que eso le puede dar una oportunidad. Quizá Mira pueda pillarle.

—Mándalo aquí después del descanso —le aconsejó Feeney—. Deja que ella le retenga unas cuantas horas y hazte un favor a ti misma. Vete a casa y duerme un poco. Si continúas funcionando en vacío, vas a desplomarte.

—Quizá lo haga. Tengo que arreglarlo y hablar con Whitney. Un par de horas quizá me aclaren la cabeza. Es posible que algo se me esté pasando por alto.

Por una vez, Summerset no estaba rondando por ahí. Eve se coló en la casa como una ladrona y se deslizó escaleras arriba.

A su paso dejó una estela de ropa hasta la cama. Cuando se dejó caer en ella, soltó un suspiro de satisfacción.

Diez minutos después se encontraba tumbada de espaldas mirando al techo. El dolor era bastante fuerte, pensó con mal humor. Pero los efectos del estimulante que había tomado hacía ya unas cuantas horas no remitían. Sentía la cabeza ligera a causa de la fatiga, pero todavía notaba el cuerpo vibrante, a punto de ebullición.

El sueño no iba a aparecer.

Se dio cuenta de que estaba separando todas las piezas que componían el caso y juntándolas de nuevo. Cada vez el puzle adquiría una forma distinta hasta que, al final, se convirtió en una masa confusa de hechos y teorías.

Si continuaba así no podría mostrarse mínimamente coherente cuando fuera a ver a Mira.

Pensó en relajarse con un largo baño caliente en lugar de intentar dormir. Entonces, en un rapto de inspiración, se levantó y recogió la bata. Subió al ascensor con el objetivo de esquivar a Summerset y salió al piso de abajo para dirigirse a la parte de solárium del jardín. Una sesión en el lago del jardín, decidió, era lo que necesitaba.

Tiró la bata al suelo y caminó desnuda hasta las oscuras aguas del lago de paredes de piedra de verdad, rodeado de olorosas flores. Hundió el dedo del pie y encontró que el agua estaba deliciosamente caliente. Se sentó en el primer escalón y programó el panel para que el agua burbujeara y disparara chorros a presión. Luego fue a programar un poco de música, pero al final decidió que no estaba de humor para ninguna canción.

Al principio se limitó a dejarse flotar, agradeciendo el hecho de que no hubiera nadie por allí que pudiera oír sus gemidos cuando los chorros de agua le masajearan los hematomas. Respiró. Perfumes florales. Se dejó flotar. Placeres simples.

El conflicto entre fatiga y estimulación empezó a equilibrarse a medida que se relajaba. Decidió que los medicamentos estaban sobrevalorados. El agua hacía maravillas. Dio la vuelta perezosamente dentro del agua y empezó a nadar, despacio al principio para que los músculos entraran en calor. Luego invirtió cierta energía con la esperanza de quitarse de encima el exceso de estimulante y revivir con ejercicio natural.

Cuando el temporizador llegó al final y el agua se calmó, continuó nadando con brazadas largas y constantes. Se sumergió hasta el oscuro y brillante fondo del lago hasta que se sintió como un feto en el vientre materno. Luego salió a la superficie y soltó un gemido de satisfacción.

—Nadas como un pez.

Por instinto, Eve se llevó la mano al costado, pero sólo palpó sus propias costillas desnudas. Rápidamente, parpadeó para quitarse el agua de los ojos y se encontró ante Reeanna.

—Es un tópico. —Reeanna caminó hasta el borde del lago—. Pero es apropiado. —Dejó los zapatos a un lado, se sentó y sumergió las piernas en el agua—. ¿Te importa?

—Ponte cómoda. —Eve no se consideraba especialmente tímida, pero se sumergió un poco más en el agua. Odiaba que la pillaran desnuda—. ¿Estás buscando a Roarke?

—No, la verdad es que acabo de dejarle. Él y William todavía están arriba, en su oficina. Yo acabo de irme porque tengo una cita en el salón de belleza. —Se llevó la mano hasta uno de sus hermosos y brillantes rizos rojizos—. Tengo que hacer algo con esta mata de pelo. Summerset mencionó que estabas aquí abajo, así que pensé en pasar a saludarte.

Summerset. Eve sonrió con cierta expresión irónica. Después de todo, sí la había visto.

—Tengo un par de horas libres. Pensé en aprovecharlas.

—Pues es un lugar encantador para hacerlo. Roarke tiene mucha clase, ¿verdad?

—Sí, se puede decir así.

—La verdad es que sólo quería bajar un momento para decirte lo mucho que disfruté la otra noche. Casi no pude hablar contigo… tanta gente. Y luego tuviste que marcharte.

—Los policías somos muy malos en las relaciones sociales —comentó Eve. Se preguntó cómo podía hacer para salir y recoger su bata sin sentirse como una idiota.

Reeanna bajó la mano y tomó un poco de agua con la mano. La dejó caer.

—Espero que no se tratara de nada… horroroso.

—Nadie murió, si es eso lo que quieres decir. —Entonces Eve tuvo que sonreír para sí misma. Efectivamente, era muy mala en las relaciones sociales. Así que se dijo que quizá debía esforzarse un poco—. La verdad es que tuve una interrupción causada por un caso en el que estoy trabajando. Retuvimos a un sospechoso.

—Eso está bien. —Reeanna inclinó la cabeza a un lado y la miró con expresión intrigada—. ¿Se trataba del asunto de los suicidios de que habíamos hablado?

—La verdad es que no tengo libertad para decir ni una cosa ni otra en este momento.

Reeanna sonrió.

—Típico de la policía. Bueno, sea una cosa u otra, yo lo he estado pensando un poco. Tu caso, o como quieras llamarlo, sería un artículo fascinante. He estado tan ocupada en temas de tecnología que hace bastante tiempo que no escribo nada. Espero que, cuando hayas resuelto el tema y ya sea de dominio público, sea posible hablarlo con cierto detalle.

—Posiblemente pueda hacerlo. En un momento u otro. —Pero claudicó un poco. Esa mujer era una experta, después de todo, y podía resultar de cierta ayuda—. La verdad es que el sujeto está siendo examinado por la doctora Mira en estos momentos. ¿Realizas exámenes de comportamiento y de personalidad?

—Sí, por supuesto. Lo hago desde una perspectiva distinta a la de Mira. Se podría decir que somos las dos caras de una misma moneda. El diagnóstico final puede acabar siendo el mismo, pero utilizamos procesos distintos y distintos puntos de vista.

—Es posible que necesite dos puntos de vista antes de que todo esto termine —dijo Eve en tono pensativo, valorando la posibilidad de utilizar a Reeanna—. ¿No tendrás por casualidad autorización de seguridad, verdad?

—Resulta que sí. —Continuaba moviendo las piernas con gesto perezoso, pero su mirada era interesada, alerta—. Nivel cuatro, clase B.

—Esto es precisamente suficiente. Si surgiera la necesidad, ¿qué te parecería trabajar para la ciudad como asesora temporal? Puedo ofrecerte muchas horas de trabajo, condiciones nefastas y una paga baja.

—¿Quién podría resistirse a una oferta así? —Reeanna se rio y se echó el pelo hacia atrás—. La verdad es que me encantaría tener las manos ocupadas otra vez. Llevo demasiado tiempo en laboratorios trabajando con máquinas. A William le encanta eso, ya sabes, pero yo necesito gente.

—Es posible que te llame. —Decidiendo que resultaba más estúpido esconderse en el agua que saltar fuera, Eve se puso en pie.

—Ya sabes dónde puedes encontrarme… Dios santo, Eve, ¿qué te ha pasado? —Reeanna se puso en pie de inmediato—. Tienes todo el cuerpo de color negro y azul.

—Gajes del oficio.

Consiguió atrapar una de las toallas que se encontraban apiladas cerca de la orilla y empezaba a cubrirse con ella cuando Reeanna se la apartó.

—Deja que te eche un vistazo. No te han curado. —Llevó los dedos a las costillas de Eve.

—Eh, ¿te importaría apartar los dedos?

—La verdad es que sí. —Impaciente, Reeanna levantó la mirada—. Estate quieta. No sólo soy mujer y tengo un conocimiento personal del cuerpo femenino, sino que tengo un título en medicina. ¿Cómo te has curado la rodilla? Tiene un aspecto horrible.

—Vendaje de hielo. Está mejor.

—Entonces no me hubiera gustado verla cuando no estaba tan bien. ¿Por qué no has ido a un centro de salud, o por lo menos a un dispensario?

—Porque los odio. Y no he tenido tiempo.

—Bueno, tienes tiempo ahora. Quiero que te tumbes en la camilla de masajes. Voy a buscar el equipo de emergencia en el coche y voy a ocuparme de esto.

—Mira, te lo agradezco. —Tuvo que levantar la voz dado que Reeanna ya estaba saliendo—. Pero son sólo unos hematomas.

—Tendrás suerte si no tienes ningún hueso astillado.

Con esta oscura afirmación, Reeanna entró en el ascensor y las puertas se cerraron.

—Oh, gracias, me siento increíblemente mejor ahora.

Resignada, Eve se quitó la toalla, se puso la bata y, con desgana, se dirigió hasta la camilla acolchada que se encontraba debajo de un arco de glicinas en flor. Acababa de instalarse cuando Reeanna ya había vuelto y se acercaba a paso rápido con un maletín de piel en la mano.

Esa mujer se movía con rapidez, pensó Eve.

—Creí que tenías una cita en el salón de belleza.

—He llamado y la he aplazado. Túmbate de espaldas, vamos a tratar la rodilla primero.

—¿Cobras extra por atender a domicilio?

Reeanna sonrió un poco mientras abría el maletín. Eve echó un vistazo dentro y apartó la mirada. Dios, odiaba la medicina.

—Ésta es gratis. Podemos considerarla una sesión de prácticas. Hace casi dos años que no he trabajado con un ser humano.

—Eso inspira una gran confianza. —Eve cerró los ojos mientras Reeanna sacaba un pequeño escáner y le examinaba la rodilla—. ¿Y por qué no?

—Ajá. Bueno, no está rota, ya es algo. Una mala torcedura y muy inflamada. ¿Por qué? —Rebuscó algo en el maletín otra vez—. Roarke es una de las razones. Nos hizo a William y a mí una oferta imposible de rechazar. El dinero resultaba tentador, y Roarke sabe qué cuerdas debe tocar.

Eve bufó al notar algo muy frío sobre la rodilla.

—Dímelo a mí.

—Él sabía que yo tenía un interés personal, desde hacía mucho tiempo, en los esquemas de comportamiento y en los efectos de los estimulantes. La oportunidad de crear una tecnología nueva y de trabajar casi con fondos ilimitados resultaba demasiado tentadora para dejarla pasar. La vanidad no se pudo resistir a la posibilidad de formar parte de algo nuevo y, si Roarke lo apoyaba, indudablemente tendría algo de éxito.

Cerrar los ojos había sido un error. Eve se dio cuenta. Empezaba a sentir que flotaba. El dolor en la cadera bajó. Notó los suaves dedos de Reeanna que le embadurnaban la zona con algo frío y pegajoso. El hombro recibió el mismo tratamiento. La ausencia de dolor fue como un tranquilizante y se relajó todavía más.

—Parece que él nunca pierde.

—No. No desde que le conozco.

—Tengo una reunión dentro de dos horas —dijo Eve con voz profunda.

—Descansa primero. —Reeanna le quitó la comprensa de la rodilla y se alegró al ver que la hinchazón casi había bajado por completo—. Voy a ponerte otra compresa curativa aquí y luego un vendaje de hielo para terminar. Es posible que la sientas un poco rígida por haberla ejercitado tanto. Te aconsejo que te la cuides durante un par de días más.

—Claro. La cuidaré.

—¿Te hicieron esto la otra noche, cuando atraparon al sospechoso?

—No, antes. Él no causó ningún problema. El bastardo. —Frunció el ceño—. Pero no puedo atraparle. La mierda es que no puedo atraparle.

—Estoy segura de que lo conseguirás. —El tono de voz de Reeanna resultó reconfortante. Continuó aplicándole el tratamiento—. Eres concienzuda y comprometida. Te vi en uno de los canales de noticias. Saliste a la cornisa con Cerise Devane. Arriesgaste la vida.

—La perdí a ella.

—Sí, lo sé. —Con gesto eficiente, Reeanna cubrió los hematomas con crema sedante—. Fue horrible. Impactante de ver. Supongo que todavía lo fue más para ti. Tú le viste la cara, los ojos, de cerca, cuando saltó.

—Estaba sonriendo.

—Sí, ya lo vi.

—Quería morir.

—¿Ah, sí?

—Dijo que era algo hermoso. La última experiencia.

Satisfecha por haber hecho todo lo que estaba en su mano, Reeanna tomó otra toalla y cubrió a Eve con ella.

—Hay algunas personas que lo creen así. La muerte es la última experiencia de un ser humano. No importa cuán avanzadas estén la medicina y la tecnología, ninguno de nosotros escapa a la muerte. Dado que estamos destinados a ella en cualquier caso, ¿por qué no verla como un objetivo más que como un obstáculo?

—Se supone que debemos luchar contra ella. Centímetro a centímetro del camino.

—No todo el mundo tiene la energía ni la necesidad de luchar contra ella. Algunos van a ella con tranquilidad. —Tomó una de las manos de Eve y le controló el pulso—. Algunos se resisten. Pero todos van hacia ella.

—Alguien la mandó a ella. Eso lo convierte en asesinato. Y hace que sea un asunto mío.

Reeanna le puso el brazo debajo de la toalla.

—Sí, supongo que sí. Duerme un poco. Le diré a Summerset que te despierte con tiempo de ir a la reunión.

—Gracias, de verdad.

—No es nada. —Le puso la mano en el hombro—. Entre amigas.

Observó a Eve un instante más y luego llevó la mirada hasta su reloj de diamantes engarzados. Tendría que insistir en que le cambiaran la hora en el salón de belleza, pero ése era un detalle insignificante del que ya se ocuparía más tarde.

Guardó las cosas de su equipo y dejó un tubo de crema sedante en la mesa para Eve antes de salir apresuradamente hacia fuera.

Capítulo dieciocho

*E*ve daba vueltas encima de la mullida y elegante alfombra de la oficina de la doctora Mira con las manos metidas en los bolsillos y la cabeza agachada como la de un toro a punto de embestir.

—No lo comprendo. ¿Cómo es posible que su perfil no cuadre? Le he pillado en los cargos menores. El pequeño capullo ha estado jugando con la mente de las personas, divirtiéndose con eso.

—No es una cuestión de que cuadre, Eve. Es una cuestión de probabilidad.

Mira, con expresión paciente y tranquila, se encontraba sentada en el confortable sillón que se adaptaba a su cuerpo y sorbía una taza de té de jazmín. Sabía que lo necesitaba. El aire estaba cargado con la frustración y la rabia de Eve.

—Tienes su confesión y las pruebas de que ha estado experimentando con esquemas cerebrales individuales para influir en ellos. Y estoy muy de acuerdo en que él tiene que contestar a muchas preguntas. Pero en cuanto a la coacción de acabar con la propia vida, no puedes, de ninguna forma determinante, demostrar tus sospechas a través de mi examen.

—Bueno, esto es fantástico. —Eve giró sobre los talones. El tratamiento de Reeanna y la hora de sueño la habían recuperado. Por lo menos, le había vuelto el color a las mejillas y tenía los ojos brillantes.

—Sin su corroboración, Whitney no va a aceptar todo el paquete, lo cual significa que la Fiscalía no lo aceptará.

—No puedo hacer que mi informe cuadre a tu conveniencia, Eve.

—¿Quién te lo está pidiendo? —Eve levantó las manos y se las volvió a meter en los bolsillos—. ¿Qué es lo que no cuadra, por Dios? Ese tipo tiene complejo de dios y cualquier idiota lo vería sin necesitar una reconstrucción de la capacidad de visión.

—Estoy de acuerdo en que sus pautas de comportamiento tienden a mostrar un exceso de ego y de que su temperamento tiene mucho del artista que se siente asediado. —Mira suspiró—. Me gustaría que te sentaras. Me canso de verte.

Eve se dejó caer en una silla con el ceño fruncido.

—Ya, me he sentado. Explícamelo.

Mira no pudo evitar sonreír. La pura tenacidad y la capacidad de concentración de Eve resultaban admirable.

—¿Sabes una cosa, Eve? No soy capaz de comprender por qué la impaciencia resulta tan atractiva en ti. Y cómo es posible, que con tanta impaciencia, consigas ser concienzuda en tu trabajo.

—No estoy aquí para que me analicen, doctora.

—Lo sé. Me gustaría mucho convencerte para que te sometieras a unas sesiones de forma regular. Pero ése es otro tema que dejaremos para otro momento. Tienes mi informe pero, para resumir lo que he encontrado, el sujeto es un tipo egocéntrico, que se felicita a sí mismo, y alguien que acostumbra a racionalizar su comportamiento antisocial como una forma de arte. También es brillante.

La doctora Mira suspiró levemente y meneó la cabeza.

—Una mente verdaderamente fina. Se mostró casi fuera de serie en los tests de Trislow y de Secour.

—Me alegro por él —dijo Eve—. Pongamos su cerebro en un disco y démosle a él unas cuantas sugerencias.

—Tu reacción es comprensible —dijo Mira en tono neutro—. La naturaleza humana se resiste a cualquier tipo de control mental. Los adictos se disculpan diciendo que ellos controlan. —Se encogió de hombros—. En cualquier caso, el sujeto tiene una admirable, incluso impresionante, habilidad para la visualización y la lógica. También tiene plena conciencia, y se pavonea si quieres, de esa habilidad. Debajo de esa apariencia de encanto, es, para utilizar tu palabra poco científica, un gilipollas. Pero no puedo, por una cuestión de conciencia, etiquetarle como asesino.

—No me preocupa tu conciencia. —Eve apretó las mandíbulas—. Él es capaz de diseñar y de manejar un equipo que es capaz de influir en el comportamiento de los individuos a quienes elige. Tengo cuatro cuerpos muertos cuyas mentes creo que no, estoy segura, fueron sugestionadas para que cometieran suicidio.

—Y, lógicamente, debería haber una conexión. —Mira se recostó en el respaldo, alargó la mano y programó un té para Eve—. Pero no tienes a un sociópata retenido, Eve. —Le ofreció una taza humeante y fragante que ambas sabían que Eve no deseaba—. Y no hay, todavía, ningún motivo claro en esas muertes, y si resultaron inducidas, soy de la opinión de que el responsable es un sociópata.

—¿Y qué es lo que le aparta de eso?

—Que le gusta la gente —repuso Mira con sencillez—, y quiere, de forma bastante desesperada, ser admirado y querido por ella. Es manipulador, sí, pero cree que ha creado algo grande para la humanidad. Algo con lo que hará una fortuna, ciertamente.

—Así que quizá solamente se dejó llevar. —¿No era así como había calificado él lo que le había hecho a Roarke la otra noche?, pensó Eve. Que se había dejado llevar—. Y quizá no controle tanto su equipo como cree.

—Eso es posible. Desde otro punto de vista, Jess disfruta de su trabajo. Necesita estar en una fiesta para comprobar sus resultados. Su ego requiere que presencie y que experimente, por lo menos, una parte de lo que provoca.

«Él no estaba en la maldita habitación de trastos con nosotros», pensó Eve, pero comprendía lo que Mira estaba diciendo; la forma en que Jess la había mirado cuando volvieron a la fiesta, la forma en que le sonrió.

—No es esto lo que quiero oír.

—Ya lo sé. Escucha. —Mira dejó la copa a un lado—. Ese hombre es un niño, y un ignorante emocional. Su música y su visión son más reales para él, y por supuesto más importantes, que la gente. Pero no por ello descarta a la gente. Por encima de todo, simplemente no puedo encontrar ninguna prueba de que él sea capaz de arriesgar su libertad y su capacidad de expresión para asesinar.

Eve dio un sorbo de té más como un acto reflejo que por deseo.

—¿Y sí tenía un cómplice? —especuló, pensando en la teoría de Feeney.

—Es posible. No es un hombre que comparta con gusto sus éxitos. A pesar de ello, tiene una gran necesidad tanto de recibir halagos como de tener un éxito financiero. Sería posible, si se encontrara con la necesidad de que le ayudaran en algún aspecto del diseño, que tuviera a un colega.

—Entonces, ¿por qué no ha colaborado? —Eve meneó la cabeza—. Es un cobarde. Hubiera colaborado. Imposible que cargue con unas malas consecuencias él solo. —Dio un sorbo de té y dejó que los pensamientos le dieran vueltas en la cabeza—. ¿Y sí él estuviera genéticamente determinado hacia un comportamiento sociópata? Es inteligente y lo suficientemente astuto para ocultarlo, pero forma parte de su maquillaje.

—¿Predeterminado genéticamente? —dijo Mira—. No suscribo esa tendencia. El entorno y la educación, las elecciones morales o inmorales, nos hacen ser lo que somos. No nacemos siendo ni monstruos ni santos.

—Pero hay expertos en este campo que creen que sí. —Y Eve pensó que tenía a una de ellas a su disposición.

Mira le leía el pensamiento con facilidad y no pudo evitar sentir un ligero pinchazo en el orgullo.

—Si deseas consultar a la doctora Ott acerca de este asunto, estás en tu derecho. Estoy segura de que le encantará.

Eve no sabía si hacer una mueca de desagrado o si sonreír. Mira no acostumbraba a parecer irritable.

—Eso no pretendía ser un insulto a tus habilidades, doctora. Necesito algo muy potente y tú no me lo puedes facilitar.

—Permíteme que te cuente lo que pienso acerca de estar predeterminado al nacer, teniente. Es un tema de irresponsabilidad, directamente. Es una muleta. No pude evitar incendiar ese edificio y matar a cientos de personas. Nací siendo un pirómano. No pude evitar maltratar a esa mujer mayor hasta matarla por un puñado de créditos. Mi madre era una ladrona.

Simplemente, le enfurecía pensar en que esa canción se utilizaba para rechazar la responsabilidad y para, por otro lado, asustar a quienes se encontraban desvalidos contra esos monstruos.

—Eso nos exime de ser humanos —continuó—, de tener unos valores morales, de saber qué está bien y qué está mal. Podemos decir que ya estamos marcados desde que somos fetos y que no tuvimos ninguna opción. —Inclinó la cabeza—. Tú precisamente deberías saberlo.

—No se trata de mí. —Eve dejó la copa con un golpe seco—. No se trata de dónde provengo yo ni de en qué me he convertido. Se trata de cuatro personas, que yo sepa, que no tuvieron otra oportunidad. Y alguien tiene que responder por ello.

—Una cosa —añadió Mira cuando Eve se levantó—. ¿Estás concentrada en ese hombre por lo que te ha hecho en el plano personal a ti y a quienes amas, o a causa de las muertes que estás investigando?

—Quizá por ambas cosas —admitió Eve al cabo de un instante.

No llamó a Reeanna. No, todavía. Quería tener un poco de tiempo para pensar. Y además sufrió un retraso al ser retenida por Nadine Furst en la oficina.

—¿Cómo has traspasado la seguridad de recepción? —preguntó Eve.

—Oh, tengo mis propios recursos. —Nadine le dirigió una sonrisa cariñosa—. Y casi todos los polis que hay por aquí te conocen y tienen una historia.

—¿Qué quieres?

—No diría que no a una taza de café.

Malhumorada, Eve se dirigió hasta el AutoChef y llenó dos tazas.

—Sé breve, Nadine. El crimen es inminente en esta ciudad.

—Y eso nos mantiene ocupadas a ambas. ¿Para qué te llamaron ayer, Dallas?

—¿Perdón?

—Venga. Yo estaba en la fiesta. Mavis estuvo estupenda, por cierto. Primero tú y Roarke os fuisteis. —Dio un sorbo con gesto delicado—. No hacía falta un periodista astuto para tener una idea de qué iba el tema. —Levantó una ceja y se rio al ver que Eve la miraba en silencio—. Pero tu vida sexual no es noticia, por lo menos en mi programa.

—Nos estábamos quedando sin canapés. Fuimos a la cocina para preparar unos cuantos más. Hubiera sido muy desagradable.

—Sí, sí. —Nadine hizo un gesto de negación con la mano y se concentró en el café. Ni siquiera en los escalones más altos del Canal 75 tenían acceso a un brebaje tan potente—. Luego, siendo observadora como soy, me di cuenta de que te llevaste a Jess Barrow al final de la actuación. Ya no volvió. Ni él ni tú.

—Tenemos una historia de amor loca —dijo Eve con sequedad—. Quizá quieras pasar el dato a los canales de cotilleo.

—Y ligarme a un androide sexual con un solo brazo.

—Siempre fuiste una exploradora.

—La verdad es que una vez hubo una unidad… pero me estoy desviando. Roarke, con su elegancia habitual, consiguió llevar a los invitados que quedaban hasta el centro de ocio. Por cierto, magníficos hologramas. Luego ofreció tus disculpas. ¿Llamada por el deber? —Nadine ladeó la cabeza—. Curioso. No hay nada, según los escáneres oficiales, que pueda sacar a nuestra feroz detective de homicidios a esa hora de la noche.

—No todo sale en los escáneres, Nadine. Y soy un soldado solamente. Voy a donde me dicen que vaya.

—Cuéntaselo a otra. Sé lo cerca que estás de Mavis. Nada que no sea de máxima importancia te hubiera hecho irte de allí en su gran noche. —Se inclinó hacia delante—. ¿Dónde está Jess Barrow, Dallas? ¿Y qué diablos ha hecho?

—No tengo nada para ti, Nadine.

—Venga, Dallas, me conoces. Lo retendré hasta que me digas que adelante. ¿A quién ha matado?

—Cambia de canal —le advirtió Eve. El comunicador sonó y Eve lo cogió—. Mostrar imagen sólo, sin audio.

Rápidamente vio que era una transmisión con Peabody, y

pidió manualmente una reunión con Feeney al cabo de veinte minutos. Dejó el comunicador encima del escritorio y se dirigió hasta el AutoChef para comprobar si quedaba algún aperitivo de soja. Necesitaba algo para atenuar la cafeína.

—Tengo trabajo, Nadine —continuó Eve mientras se daba cuenta de que no tenía nada más que un huevo irradiado—. Y no tengo nada que pueda hacerte subir el nivel de audiencia.

—Me estás ocultando algo. Sé que tienes retenido a Jess. Tengo mis fuentes en el departamento.

Molesta, Eve se dio la vuelta. Siempre había filtraciones en ese departamento.

—No puedo ayudarte.

—¿Vas a presentar cargos?

—No se puede hablar de los cargos en este momento.

—Maldita sea, Dallas.

—Estoy en la cuerda floja en esto —la cortó Eve—. Y puede suceder cualquier cosa. No me presiones. Cuando pueda hablar a los medios de este asunto, tú serás la primera. Tendrás que contentarte con eso.

—Querrás decir que tengo que contentarme con nada. —Nadine se puso en pie—. Tienes algo importante; si no, no te mostrarías tan puntillosa. Sólo te estoy pidiendo un…

En ese momento, Mavis entró y Nadine se calló.

—Jesús, Dallas, Jesús. ¿Cómo has podido arrestar a Jess? ¿Qué estás haciendo?

—Mavis, mierda. —Podía imaginar que las orejas de Nadine se engrandecían y se ponían alerta—. Siéntate —le pidió, señalando una silla. Acto seguido, apuntó con el dedo a Nadine—: Tú, fuera.

—Ten un poco de corazón, Dallas. —Nadine se puso al lado de Mavis—. ¿No te das cuenta de lo trastornada que está? Voy a traerte un poco de café, Mavis.

—Te he dicho que fuera, y hablo en serio. —Sin paciencia ya, Eve se frotó el rostro con las manos—. Lárgate, Nadine, o te pongo en la lista negra.

Como amenaza, funcionó. Estar en la lista negra significaba que ningún policía del Departamento de Homicidios le dedicaría ni un minuto de su tiempo a Nadine, y mucho menos le ofrecería una historia.

—De acuerdo. Pero no voy a abandonar este tema. —Había otras maneras de investigar, se dijo, y otras herramientas para hacerlo. Recogió su bolso, le dirigió una mirada de amargura a Eve y salió con gesto enojado.

—¿Cómo has sido capaz? —le preguntó Mavis—. Dallas, ¿cómo has sido capaz?

Para tener cierta intimidad, Eve cerró la puerta. El dolor de cabeza era potente y le hacía sentir el pulso en el interior de los ojos.

—Mavis, ha sido una cuestión de trabajo.

—¿De trabajo? —Sus ojos tenían un color azul como el del láser, y estaban enrojecidos a causa del llanto. Resultaba conmovedor que hicieran juego con las mechas de color cobalto del pelo—. ¿Y qué me dices de mi carrera? Por fin había conseguido el despegue que tanto he esperado, por el que tanto he trabajado, y tú encierras a mi compañero en una celda. ¿Y por qué? —Habló en tono de voz más agudo—. Porque él te molestó y eso enojó a Roarke.

—¿Qué? —Eve se quedó boquiabierta. Tuvo que esforzarse para ser capaz de articular palabra—. ¿De dónde diablos has sacado eso?

—Acabo de hablar por el TeleLink con Jess. Está destrozado. No puedo creerme que hayas actuado así, Dallas. —Sus ojos empezaron a humedecerse otra vez—. Sé que Roarke es lo más importante para ti, pero tú y yo tenemos una historia juntas.

En esos momentos, teniendo enfrente a Mavis llorando, Eve hubiera podido estrangular con alegría a Jess Barrow.

—Sí, tú y yo tenemos una historia juntas, y tú deberías saber que yo no actúo de esta forma. Yo no encierro a nadie sólo porque es una molestia para mí. Siéntate, ¿quieres?

—No necesito sentarme. —Lo dijo en un tono suplicante que para Eve fue como el filo de un cuchillo en el corazón.

—Bueno, pues yo sí. —Se dejó caer en una silla. ¿Hasta qué punto podía ofrecer información a un civil sin pasarse de la raya? ¿Y hasta qué punto estaba dispuesta a pasarse de la raya? Volvió a mirar a Mavis y suspiró. Iba a ir tan lejos como fuera necesario.

—Jess es el sospechoso principal de cuatro muertes.

—¿Qué? ¿Por qué caminos has transitado desde ayer por la noche? Jess nunca…

—Tranquilízate —la cortó Eve—. Todavía no le he atrapado por esos motivos, estoy trabajando en ello. Pero sí le tengo, de todas formas, por otros cargos menores. Cargos que son serios. Ahora, si dejas de lloriquear y te sientas de una vez, te contaré todo lo que pueda.

—Ni siquiera te quedaste para ver la actuación completa. —Mavis se las arregló para dejarse caer en una silla, pero no consiguió dejar de lloriquear.

—Oh, Mavis, lo siento mucho. —Eve se pasó una mano por el pelo. Se sentía muy torpe ante alguien que lloraba—. No pude… No había nada que pudiera hacerse, Mavis. Jess se ha metido en el control mental.

—¿Qué? —Ésa afirmación sonaba tan brutal al provenir de la persona más sensata que ella conocía que Mavis dejó de llorar lo suficiente para articular palabra—: ¿Qué?

—Ha desarrollado un programa que puede acceder a los esquemas cerebrales y que influye en el comportamiento de las personas. Lo ha utilizado conmigo, con Roarke y contigo.

—¿Conmigo? No, no lo ha hecho. Sé sincera, Dallas, eso suena demasiado Frankenstein. Jess no es un científico loco. Es un músico.

—Es un ingeniero, un musicólogo y un gilipollas. —Eve respiró profundamente y luego le contó todo lo que le pareció que era necesario. Mientras hablaba, los ojos de Mavis se secaron y su mirada se endureció. El labio superior le tembló un poco. Al final, apretó ambos labios.

—Me ha utilizado para llegar hasta ti, para llegar hasta Roarke. Yo era sólo un puente. Y cuando le hube facilitado el acceso a ti, manipuló tu cabeza.

—No ha sido culpa tuya. Para ya —le ordenó al ver que los ojos empezaban a humedecérsele otra vez—. Lo digo en serio. Estoy cansada, estoy bajo presión y siento la cabeza a punto de explotar. No necesito este rollo llorón ahora. No es culpa tuya. Tú has sido utilizada, igual que lo he sido yo. Eso no me hace ser peor policía, ni a ti peor artista. Eres buena, y ahora eres mejor. Él sabía que tú podías hacerlo y por eso te utilizó a ti. Ese tipo está demasiado orgulloso de su talento para trabajar con alguien malo. Quería a alguien que brillara. Y tú brillaste.

Mavis se limpió la nariz con el dorso de la mano.

—¿De verdad?

Mavis lo preguntó con voz tan temblorosa que Eve se dio cuenta de cuán bajo tenía el ego.

—Sí, de verdad. Estuviste increíble, Mavis. Eso es incuestionable.

—De acuerdo. —Se enjugó los ojos—. Supongo que me sentí herida porque no te quedaste a ver la actuación. Leonardo dijo que yo me estaba comportando como una tonta. Tú no te habrías ido si no hubieras tenido que hacerlo. —Inspiró con tanta fuerza que tuvo que levantar sus delgados hombros. Luego los dejó caer otra vez—. Y Jess, me llamó y me dijo todo eso. No debería haberle creído.

—No importa. Ya aclararemos el resto más tarde. Estoy bajo presión, Mavis. No tengo mucho tiempo para acabar de hablar de esto.

—¿Crees que mató a esa gente?

—Tengo que averiguarlo. —Alguien llamó a la puerta y Eve levantó la vista. Peabody entró y se detuvo, dudando.

—Lo siento, teniente. ¿Debo esperar fuera?

—No, ya me voy. —Mavis sorbió por la nariz, se levantó y dirigió a Eve una conmovida sonrisa—. Siento el lloriqueo y todo eso.

—Ya fregaremos el suelo. Te llamaré en cuanto pueda. No te preocupes.

Mavis asintió con la cabeza. Bajó la mirada, disimulando el brillo de sus ojos. Tenía intención de hacer otra cosa en lugar de preocuparse.

—¿Todo va bien, teniente? —preguntó Peabody cuando Mavis hubo salido de la oficina.

—La verdad, Peabody, es que todo está jodidísimo. —Eve se sentó y se presionó las sienes para intentar bajar el dolor—. Mira no cree que nuestro tipo tenga el perfil de personalidad de un criminal. La he ofendido porque voy a pedir otro asesoramiento. Nadine Furst está husmeando demasiado cerca y acabo de romperle el corazón a Mavis, además de destrozarle el ego.

Peabody esperó un instante.

—Bueno, aparte de eso, ¿qué tal va todo?

—Fantástico. —Pero tuvo que sonreír, aunque fuera a desgana—. Joder, a ver si topamos con algún buen caso de asesinato un día de éstos.

—Ésos eran buenos tiempos, es verdad. —Peabody se apartó para dejar pasar a Feeney, que acababa de entrar—. Bueno, ya está todo el equipo aquí.

—Pongámonos a trabajar. ¿Estado? —le preguntó Eve a Feeney.

—Los del registro han encontrado más discos en el estudio del sospechoso. De momento no hay ninguna coincidencia con las víctimas. Él llevaba un registro de su trabajo. —Incómodo, Feeney pasó el peso del cuerpo de un pie a otro. Jess había sido muy explícito con los resultados de sus hipótesis, incluyendo el empujón sexual que les había dado a Eve y a Roarke—. Incluyó nombres, horas y sugestiones. No hay ninguna mención referente a los cuatro muertos. He repasado sus sistemas de comunicación. No hay ninguna transmisión hacia las víctimas ni procedente de ellas.

—Bueno, eso es perfecto.

Feeney volvió a apoyarse en el otro pie y el tono de su rostro se enrojeció.

—He sellado el registro excepto para ti.

Eve frunció el ceño.

—¿Por qué?

—Él, esto, habla mucho de ti. En un sentido personal. —Miró por encima de la cabeza de Eve—. También es muy explícito en sus especulaciones.

—Sí, ya me dejó muy claro que estaba muy interesado en mi mente.

—No estaba interesado en esa parte de tu anatomía, únicamente. —Feeney hinchó los carrillos y soltó el aire de una vez—. Creía que sería un experimento muy interesante intentar… esto…

—¿Qué?

—Influenciar tu comportamiento con respecto a él… en un sentido sexual.

Eve soltó una risa. No fue sólo por lo que Feeney acababa de decir, sino el tono tenso y formal en que lo dijo.

—¿Ese tipo se creía que podría utilizar su juguete para meterme en el saco? Estupendo. Puedo presentar otro cargo contra él. Intento de asedio sexual.

—¿Decía algo de mí? —quiso saber Peabody. Eve la miró.

—Eso es enfermizo, agente.

—Sólo curiosidad.

—Vamos sumando tiempo de condena —continuó Eve—, pero no estamos consiguiendo cargarle lo gordo. Y tenemos en contra el informe de Mira.

—Teniente. —Peabody inhaló con fuerza. Decidió arriesgarse—: ¿Ha pensado que quizá esté en lo cierto? ¿Que quizá él no sea responsable de esas muertes?

—Sí, lo he hecho. Y eso me aterroriza. Si Mira tiene razón, ahí fuera hay alguien con un juguete peligroso. Y ni siquiera estamos cerca de eso. Así que será mejor que esperemos que sea el que tenemos encerrado.

—Hablando de nuestro hombre —interrumpió Feeney—. Tienes que saber que ha buscado a un abogado.

—Me imaginé que lo haría. ¿Alguien a quién yo conozca?

—Leanore Bastwick.

—Bueno, joder. Qué pequeño es el mundo.

—Ella quiere marcarse unos cuantos puntos a tu costa, Dallas. —Feeney sacó su bolsita de cacahuetes y se la ofreció a Peabody—. Está ansiosa por empezar. Quiere convocar una rueda de prensa. Se dice que le ha aceptado sólo por los extras, es decir por ir a por ti, y por el eco que todo esto va a tener en los medios de comunicación.

—Bueno, pues que empiece a disparar. Nosotros podemos bloquear la rueda de prensa veinticuatro horas. Será mejor que demos con algo sólido antes.

—Encontré un cabo suelto —dijo Peabody—. Es posible que nos ofrezca algo si continúo tirando. Mathias sí fue al Instituto de Tecnología de Massachusetts durante dos semestres. Por desgracia, lo hizo tres años después de que Jess realizara sus estudios a distancia, pero Jess sí utilizaba su condición como alumno para tener acceso a los datos de sus archivos. También dio clases en una asignatura optativa a distancia sobre musicología. Mathias hizo ese curso durante el último semestre.

Eve sintió una punzada de urgencia.

—Hay que tirar de ese cabo. Buen trabajo. Finalmente hay una conexión. Y quizá hemos estado mirando en el lugar equivocado. Pearley fue la primera víctima conocida. ¿Y si es él quién está conectado con las demás? Podría ser por algo tan simple como su interés común por los juegos electrónicos.

—Ya hemos mirado ahí.

—Pues vuelve a mirar —le dijo a Peabody—. Y mira con más atención. No todo es lo que parece. Si Mathias fue utilizado para desarrollar el sistema, quizá él se pavoneara de ello. Esos piratas informáticos utilizan todo tipo de sobrenombres. ¿Puedes encontrar el suyo?

—Seguramente —asintió Feeney.

—Puedes contactar con Jack Carter. Él era su compañero de habitación en el Olimpo. Quizá él pueda decirte algo de ellos. Peabody, ponte en contacto con el hijo de Devane y mira a ver qué le puedes sacar desde ese ángulo. Yo trabajaré del lado de Fitzhugh. —Echó un vistazo al reloj—. Pero primero haré una parada. Quizá pueda atravesar algunas capas.

Eve se sentía como si hubiera vuelto a la casilla número uno, buscando una conexión. Tenía que haber una, y tendría que involucrar a Roarke para encontrarla. Le llamó desde el TeleLink del coche.

—Vaya, hola, teniente. ¿Qué tal la siesta?

—Demasiado corta y hace demasiado tiempo de eso. ¿Cuánto tiempo más vas a estar en el centro?

—Unas cuantas horas más, todavía. ¿Por qué?

—Voy para allá. Ahora. ¿Puedes colarme un momento?
Él sonrió.

—Eso siempre.

—Se trata de trabajo —le dijo, y cortó la comunicación antes de devolverle la sonrisa. Programó el piloto automático del coche con la dirección y luego utilizó el TeleLink otra vez.

—Nadine.

Nadine ladeó la cabeza y le dirigió una mirada fría.

—Teniente.

—A las nueve de la mañana. En mi oficina.

—¿Debo venir con un abogado?

—Ven con la grabadora. Voy a ofrecerte un avance de la rueda de prensa de mañana, referencia Jess Barrow.

—¿Qué rueda de prensa? —La calidad de la imagen y de la voz ganó en definición dado que Nadine puso el modo de comunicación privada mientras se llevaba los auriculares a los oídos—. No hay nada programado.

—Lo habrá. Si quieres ese avance, y si quieres el informe oficial de la responsable del caso, ven a las nueve.

—¿A cambio?

—El senador Pearly. Consíguelo todo. No la información oficial, sino los temas privados. Sus aficiones, sus campos de juego. Sus contactos escondidos.

—Pearly estaba tan limpio como un niño de coro.

—Uno no tiene que estar sucio para tener cosas escondidas, solamente hay que ser curioso.

—¿Y qué te hace pensar que puedo conseguir información privada acerca de un funcionario del gobierno?

—Porque tú eres tú, Nadine. Mándame los datos a la unidad de mi casa y te recibiré a las nueve en punto. Vas a dar el golpe dos horas antes, fácil. Piensa en los índices de audiencia.

—Estoy pensando. Trato hecho —repuso, y cortó la comunicación.

El coche de Eve penetró con suavidad en el aparcamiento de la oficina de Roarke en el centro de la ciudad. Su espacio reservado la estaba esperando y, en cuanto salió del coche, el escudo de seguridad se cerró.

El ascensor reconoció la palma de su mano y la elevó hasta el piso superior en silencio y con suavidad.

Nunca conseguiría acostumbrarse a eso.

La ayudante personal de Roarke le sonrió, le dio la bienvenida, la invitó a pasar y la escoltó por entre las elegantes oficinas y por el pasillo hasta la elegancia y funcionalidad de la oficina privada de Roarke.

Pero no se encontraba solo.

—Lo siento. —Se esforzó por no fruncir el ceño al ver a Reeanna y a William—. Os interrumpo.

—En absoluto. —Roarke se acercó hasta ella y la besó con suavidad—. Estamos justo terminando.

—Tu marido es un negrero. —William le ofreció la mano y, cuando Eve la aceptó, se la apretó con calidez—. Si no hubieras venido, Reeanna y yo nos hubiéramos quedado sin la cena.

—Así es William —rio Reeanna—. O bien piensa en informática o bien piensa en su estómago.

—O en ti. ¿Quiere venir con nosotros? —le preguntó a Eve—. He pensado en probar el restaurante francés que se encuentra en el tejado.

—Los policías nunca comemos. —Eve intentaba unirse al tono banal de las relaciones sociales—. Pero gracias.

—Necesitas repostar combustible de forma regular para ayudar al proceso de curación. —Reeanna entrecerró los ojos mientras la observaba con expresión profesional—. ¿Te duele?

—No mucho. Te agradezco la atención personal. Y me pregunto si sería posible que habláramos unos cuantos minutos sobre un asunto oficial, si es que tienes tiempo después de comer.

—Por supuesto. —La miró con expresión de curiosidad—. ¿Puedo preguntarte de qué se trata?

—De la posibilidad de realizarte una consulta acerca de un caso en el que estoy trabajando. Si estuvieras de acuerdo, necesitaría que lo hiciéramos mañana temprano.

—¿Una consulta acerca de un ser humano de verdad? Allí estaré.

—Reeanna está harta de máquinas —intervino William—. Hace semanas que habla de volver a la práctica privada.

—Realidad virtual, hologramas, autotrónica. —Miró hacia el techo con expresión exasperada—. Me muero por tratar con seres de carne y hueso. Roarke nos ha instalado en el piso treinta y dos, ala oeste. Probablemente podré haberme librado de la comida con William dentro de una hora. Nos encontraremos allí.

—Gracias.

—Ah, Roarke —continuó Reeanna mientras ella y William empezaban a dirigirse hacia la puerta—. Me encantaría probar esa unidad personal en cuanto sea posible.

—Y me llama negrero. Esta noche, antes de que me vaya.

—Perfecto. Hasta luego, Eve.

—Comida, Reeanna. Sueño con unas vieiras. —William reía mientras la empujaba por la puerta.

—No tenía intención de interrumpir tu reunión —empezó Eve.

—No lo has hecho. Y me has dado un respiro antes de que me meta en la montaña de informes que me espera. Te he mandado toda la información acerca de la unidad de realidad virtual. He echado un vistazo por encima, pero todavía no he encontrado nada fuera de lo normal.

—Eso ya es algo. —Resultaría un descanso si conseguía eliminar esa posibilidad.

—William sería capaz de detectar cualquier problema

con mayor rapidez que yo —añadió—. Pero dado que él y
Reeanna estuvieron en el proceso de desarrollo, no creo que
te gustara que le pasara el tema a él.

—No. Mantengámoslo privado.

—Reeanna estaba preocupada por ti. Yo también.

—Me hizo una primera cura. Es buena.

—Sí, lo es. —Le hizo echar la cabeza hacia atrás—. Tienes
dolor de cabeza.

—¿Qué sentido tienen los escáneres cerebrales individuales si tú eres capaz de leerme la mente? —Le sujetó por la
muñeca antes de que él bajara la mano—. Yo no puedo leerte
la tuya. Es inquietante.

—Lo sé. —Le sonrió y le dio un beso en la frente—. Te
amo. De forma ridícula.

—No he venido para esto —murmuró mientras él la rodeaba con los brazos.

—Da igual, tómate un minuto. Lo necesito. —Él notó
que llevaba el diamante colgado del cuello, el diamante que
ella se había puesto a desgana al principio pero que ahora llevaba siempre—. Suficiente. —La apartó un poco, contento de
que ella hubiera mantenido el abrazo. Era algo raro que lo hiciera—. ¿Qué tienes en mente, teniente?

—Peabody ha encontrado una ligera conexión entre Barrow y Mathias. Quiero ver si es posible reforzarla. ¿Sería
muy difícil acceder a las transmisiones encubiertas a través
de los servicios *on-line* del Instituto Tecnológico de Massachusetts, como punto de partida?

Los ojos de Roarke brillaron.

—Me encantan los desafíos.

Dio la vuelta al escritorio, encendió su unidad y abrió el
panel que se encontraba debajo de ella.

Activó un interruptor.

—¿Qué es eso? —Apretó las mandíbulas—. ¿Se trata de

un sistema de bloqueo? ¿Has esquivado al Servicio de Vigilancia Informática?

—Eso sería ilegal, ¿verdad? —dijo él en tono alegre. Le dio unos golpecitos en la mano que ella le había puesto encima del hombro—. No me hagas esa pregunta, teniente, si no quieres saber la respuesta. Bueno, ¿qué período de tiempo te interesa en especial?

Con el ceño fruncido, Eve sacó el registro y leyó las fechas en que Mathias había asistido al Instituto Tecnológico de Massachusetts.

—Estoy buscando algo de Mathias. No sé qué nombres utilizaba, todavía. Feeney los está averiguando.

—Oh, creo que yo te los puedo encontrar. ¿Por qué no te ocupas de pedirnos la cena? No hay ninguna necesidad de pasar hambre.

—¿Vieiras? —preguntó con sequedad.

—Filete. Poco hecho. —Sacó un teclado y empezó a trabajar.

Capítulo diecinueve

Eve comió de pie, sin apartarse de la espalda de Roarke. Cuando él ya se sintió cansado de eso, simplemente alargó la mano y la pellizcó.

—Apártate.

—Sólo intento ver algo. —Pero Eve se apartó—. Llevas media hora con eso.

Roarke pensaba que, dado el equipo de que disponían en la Central de Policía, incluso Feeney hubiera tardado el doble para llegar al punto donde había llegado él.

—Querida Eve —le dijo, pero suspiró al ver que ella le fruncía el ceño—. Hay muchas capas aquí, teniente. Unas encima de las otras. Por eso lo llaman encubierto. He encontrado dos de los nombres codificados que nuestro joven autotrónico utilizaba. Pero hay más. A pesar de ello, hace falta cierto trabajo para rastrear las transmisiones.

Puso la máquina en modo auto para poder disfrutar de la cena.

—Se trata solamente de juegos, ¿verdad? Eve se apartó un poco para poder mirar la pantalla, que se llenaba de números y de extraños símbolos a medida que procesaba—. Sólo son niños grandes que juegan. Sociedades secretas. Joder, son clubes de alta tecnología.

—Más o menos. La mayoría de nosotros disfrutamos de las diversiones, Eve. Juegos, fantasías, del anonimato que el ordenador ofrece para poder fingir que somos otra persona durante un tiempo.

«Juegos», pensó Eve otra vez. Quizá todo eso se redujera a un simple juego, y a que ella no hubiera prestado la suficiente atención a las reglas y a los jugadores.

—¿Qué tiene de malo ser quien se es?

—No para todo el mundo resulta suficiente. Y este tipo de cosas atraen a la gente solitaria y egocéntrica.

—Y a los fanáticos.

—Por supuesto.

—Los servicios informáticos, especialmente los encubiertos, ofrecen al fanático un campo abierto. —Arqueó una ceja y cortó un trozo de filete—. También ofrecen un servicio, educacional por cierto, informativo, intelectual. Y pueden ser un entretenimiento perfectamente inofensivo. Son legales —le recordó—. Incluso los que están encubiertos no están del todo regulados. Y eso surge del hecho, principalmente, de que resulta casi imposible hacerlo. Y el coste sería prohibitivo.

—La División de Detección Electrónica tiene una línea abierta con eso.

—Hasta cierto punto. Mira esto. —Se echó hacia atrás, marcó unas cuantas teclas y proyectó una imagen en una de las pantallas de la pared—. ¿Ves eso? No es otra cosa que una, hasta cierto punto, divertida diatriba acerca de una nueva versión de Camelot. Un programa de juego de rol para varios usuarios, con opción a holograma —le explicó—. Todo el mundo quiere ser el rey. Y esto. —Señaló otra pantalla—. Un anuncio muy directo para un compañero de Erótica, un programa de fantasía sexual de realidad virtual, con control remoto dual obligatorio. —Sonrió al ver que ella arqueaba una ceja—. Una de mis empresas lo fabrica. Es muy popular.

—Me lo creo. —No le preguntó si él lo había probado. Había cierta información que no necesitaba tener—. Pero no lo comprendo. Uno puede contratar a un acompañante con licencia, y posiblemente sea más barato que comprar el programa. Uno tendría sexo de verdad. ¿Para qué necesita esto?

—Fantasía, querida. Tener el control o renunciar a él. Y uno puede poner el programa una y otra vez, con unas variaciones casi ilimitadas. Se trata del estado de ánimo, y del estado mental. Todas las fantasías tienen que ver con el ánimo y la mente.

—Incluso las que resultan fatales —dijo ella lentamente—. ¿No es eso de lo que va todo esto? De tener el control. El control sobre el estado de ánimo y la mente de otra persona. Ellos ni siquiera saben que están jugando a este juego. Ése es el golpe. Hay que tener un gran ego y ninguna conciencia. Mira dice que Jess no es el tipo.

—Ah. Y eso es un problema, ¿verdad?

Ella le miró.

—No pareces sorprendido.

—Él es lo que, en mis días en Dublín se llamaba, un bocas. Una lengua muy larga y sin cojones. Nunca he conocido a un bocas que pudiera ver la sangre sin gimotear.

Eve se terminó el filete del plato y lo dejó a un lado.

—A mí me parece que no hay que ver sangre para matar de esa forma. Es de cobardes. Propio de un bocas.

Roarke sonrió.

—Bien dicho, pero los bocas no matan, sólo hablan.

Eve detestaba darse cuenta de que empezaba a estar de acuerdo con eso y que parecía que había llegado a un callejón sin salida con Jess Barrow.

—Tengo que ver más cosas. ¿Cuánto rato más crees que vas a necesitar?

—Hasta que haya terminado. Puedes ocuparte con la información de la unidad de realidad virtual.

—Ya lo haré luego cuando vuelva. Voy a bajar a la oficina

de Reeanna. Si todavía no ha vuelto de la cena, puedo dejarle el informe sobre Jess.

—De acuerdo. —No intentó disuadirla. Ella necesitaba moverse, lo sabía. Tener un poco de acción—. ¿Subirás otra vez cuando hayas terminado o nos vemos en casa?

—No lo sé. —Eve pensó que él tenía un aspecto perfecto allí, sentado en su elegante oficina manipulando los controles. Quizá todo el mundo quisiera ser el rey, pensó, pero Roarke estaba satisfecho de ser Roarke.

Él dirigió la mirada hacia ella y la mantuvo.

—¿Sí, teniente?

—Tú eres exactamente quien quieres ser. Ése es un asunto muy bueno.

—La mayor parte del tiempo. Y tú también eres quien quieres ser.

—La mayor parte del tiempo —murmuró ella—. Iré a ver a Feeney y a Peabody cuando haya visto a Reeanna. A ver si se ha despejado algo. Gracias por la cena… y por el trabajo.

—Ya me lo pagarás. —La tomó de la mano y se levantó—. Deseo, muchísimo, hacer el amor contigo esta noche.

—No tienes que pedírmelo. —Confundida, se encogió de hombros—. Nos hemos casado y todo eso.

—Digamos que pedirlo forma parte de la fantasía. —Él se acercó un poco y le rozó los labios con los suyos. Susurró—: Déjame que te corteje esta noche, querida Eve. Permíteme que te sorprenda. Deja que te… seduzca. —Le puso una mano en el pecho, encima del corazón, y percibió el latido fuerte y constante—. Así —murmuró—. Ya he empezado.

Eve sintió que le temblaban las rodillas.

—Gracias. Esto es justo lo que necesito para poderme concentrar en el trabajo.

—Dos horas. —Esta vez sí se demoró en el beso—. Luego dedicaremos un poco de tiempo para nosotros.

—Lo intentaré. —Eve se apartó en esos momentos, mientras todavía sentía que era capaz de hacerlo. Se dirigió hacia la puerta rápidamente. Al llegar a ella, se volvió y le miró—: Dos horas —le dijo—. Luego podrás terminar lo que has empezado.

Mientras cerraba la puerta y se dirigía hacia el ascensor, Eve oyó que Roarke se reía.

—Treinta y nueve, oeste —ordenó, y se dio cuenta de que ella también estaba sonriendo.

Sí, se dedicarían tiempo para ellos. Eso era algo que Jess, con su horrible juguete, había intentado arrebatarles.

Entonces se detuvo de repente y su sonrisa se desvaneció. ¿Era ése el problema?, se preguntó. ¿Estaría demasiado obsesionada en eso, en ese tipo de venganza personal, para percibir algo más evidente? ¿O menos? Si Mira estaba en lo cierto, y Roarke había dado en el clavo con su teoría de los bocas, ella estaba equivocada. Había llegado el momento, admitió, de retroceder un poco. Reconsiderar.

Se trataba de un crimen tecnológico, pensó. Pero un crimen tecnológico requería un elemento humano: móvil, emoción, ambición, odio, celos y poder. ¿Cuál de ellos, o qué combinación de ellos, estaba en el corazón de ese caso? Percibía ambición y ansia de poder en Jess. Pero ¿era capaz de matar por ello?

Recordó la reacción que él había tenido ante las fotos del depósito de cadáveres. Un hombre que hubiera causado todo eso, que había facilitado que todo eso pasara, ¿reaccionaría con una tan evidente afectación al enfrentarle con los resultados?

Decidió que no era imposible. Pero no cumplía con la imagen que tenía.

Él disfrutaba viendo los resultados de su trabajo, recordó. Le gustaba congratularse por ellos y dejar constancia en sus registros. ¿Tendría él algún otro registro que los del registro hubieran pasado por alto? Tendría que hacer un repaso ella misma a su estudio.

Sumida en sus pensamientos, salió al piso 39 y echó un vistazo a los cristales tintados del laboratorio. Había tranquilidad allí, y los sistemas de seguridad estaban en pleno funcionamiento. Las cámaras se encontraban a la vista y las luces rojas de los detectores de movimiento parpadeaban. Si todavía había gente trabajando, se encontraban detrás de las puertas cerradas.

Colocó la palma de la mano encima del lector, recibió la verificación, contestó dando su nombre para la llave de voz y luego pidió la localización de la oficina de Reeanna.

Tiene permiso para el piso superior, Dallas, teniente Eve. Diríjase a la izquierda por el pasaje al aire libre y cuando llegue al final, gire a la derecha. La oficina de la doctora Ott se encuentra a cinco metros a partir de ese punto. No será necesario que repita este procedimiento para tener acceso a ella. Tiene usted permiso.

Eve se preguntó si Roarke o Reeanna le habían facilitado el permiso. El pasaje al aire libre la impresionó por la vista completa de la ciudad que ofrecía desde todos los lados. Por entre los pies se veía la vida hirviente en la calle de abajo. La música del hilo era enérgica y le hizo pensar con amargura en la idea de un musicólogo de incitar a la gente para que tuviera entusiasmo por su trabajo. ¿No era ése otro tipo de control de la mente?

Pasó por delante de una puerta que mostraba una señal que la identificaba como la oficina de William. Un maestro de los juegos. Podía resultar de alguna utilidad conocer sus opiniones, ver si le podía sugerir algunas hipótesis. Llamó a la puerta y vio que la luz parpadeaba en rojo.

«Lo siento. William Shaffer no se encuentra en la oficina en estos momentos. Por favor, deje su nombre y si tiene algún mensaje. Él le responderá tan pronto como sea posible.»

—Soy Dallas. Mira, William, si tienes un par de minutos cuando termines de cenar, me gustaría consultarte algo. Ahora voy a pasar un momento por la oficina de Reeanna. Le dejaré un archivo si no la encuentro allí. Estaré o bien en el edificio o bien en casa más tarde, por si tienes tiempo de hablar conmigo.

Se dio la vuelta y consultó la hora. ¿Cuánto tiempo hacía falta para comer, por Dios? Uno tomaba la comida, se la ponía en la boca, la mascaba y se la tragaba.

Llegó a la oficina de Reeanna y llamó. Dudó poco menos de cinco segundos, cuando la luz se puso verde y la puerta se abrió. Si Reeanna no hubiera querido que entrara, la hubiera mantenido cerrada, pensó Eve, así que se permitió entrar y hacer un repaso completo.

Decidió que era un espacio muy adecuado para Reeanna. Todo se veía pulido y cuidado, y los tonos de un rojo furioso de las obras de arte proyectadas con láser sobre las blancas paredes tenían un potente aire sexual.

El escritorio se encontraba situado enfrente de la ventana para ofrecer una vista constante del tráfico aéreo de la ciudad.

La zona de descanso estaba lujosamente decorada con un sofá mullido que se adaptaba al cuerpo del ocupante y que todavía tenía la huella de su último ocupante. Las curvas del cuerpo de Reeanna eran impresionantes, incluso viéndolas en esa silueta.

La mesa de Plasticide era dura como una piedra y mostraba unos intrincados grabados con forma de diamantes que atrapaban y reflejaban la luz proveniente de una lámpara de pie de un tono rosado.

Eve tomó unas gafas de realidad virtual que se encontraban encima del sofá y se dio cuenta de que eran el último modelo de Roarke. Las dejó en su sitio otra vez. Todavía se sentía incómoda al tocarlas.

Apartándose de esa zona, observó la estación de trabajo que se encontraba en el otro extremo de la habitación. No había nada suave ni femenino en esa área. Todo respiraba a negocios. Un mostrador liso y blanco, un equipo de trabajo de máxima categoría que incluso en esos momentos estaba trabajando. Se oía el sordo zumbido de un ordenador procesando, y Eve frunció el ceño al ver los símbolos que aparecían en el monitor. Eran muy parecidos a los que había intentado descifrar en la pantalla de Roarke.

Pero los códigos de informática le parecían todos iguales.

Por curiosidad, se acercó al escritorio, pero no había nada interesante que ver en él. Una pluma de plata, un par de pendientes de oro, un holograma de William vestido con un traje de aviador y una sonrisa joven. Una impresión que mostraba los mismos códigos informáticos.

Eve se sentó en el canto del escritorio. No quería colocar su delgada complexión encima del la huella que Reeanna había dejado en el sofá. Sacó el comunicador y contactó con Peabody.

—¿Alguna cosa?

—El hijo de Devane está deseando cooperar. Está al tanto del interés que él tenía en los juegos, en especial en los juegos de rol. No compartía ese interés con él, pero afirma conocer a una de sus compañeras habituales. Salieron juntos durante un tiempo. Tengo su nombre. Vive aquí, en Nueva York. Tengo los datos. ¿Se los mando?

—Creo que puedes hacer la entrevista sola. Acuerda una cita y tráela solamente si se niega a cooperar. Infórmame cuando termines.

—Sí, teniente. —La voz de Peabody mantenía un tono serio, pero los ojos se le iluminaron al recibir ese encargo—. Empiezo ahora mismo.

Satisfecha, Eve intentó hablar con Feeney, pero su frecuencia estaba ocupada. Tuvo que dejar un mensaje para que la llamara.

Entonces se abrió la puerta y Reeanna entró apresuradamente. Al ver a Eve ante su escritorio se detuvo en seco.

—Oh, Eve. No te esperaba todavía.

—El tiempo es uno de mis problemas.

—Ya veo. —Sonrió y cerró la puerta—. Supongo que Roarke te ha permitido la entrada.

—Supongo que sí. ¿Algún problema?

—No, no. —Reeanna hizo un gesto de negación con la mano—. Estoy distraída, supongo. William no ha parado de hablar acerca de unos fallos técnicos que le preocupan. Le he dejado preocupado ante un plato de crema. —Echó un vistazo hacia el ordenador que estaba trabajando—. El trabajo nunca se detiene aquí. Investigación y Desarrollo es un trabajo de veinticuatro horas al día, siete días a la semana. —Sonrió—. Igual que el trabajo de la policía, supongo. Bueno, no he tenido tiempo de tomarme un coñac. ¿Te apetece uno?

—No, gracias. Estoy de servicio.

—Café, entonces. —Reeanna se acercó hasta un mostrador y pidió una copa de coñac y una taza de café solo—. Tendrás que disculpar mi falta de concentración. Vamos un poco retrasados hoy. Roarke necesitaba una información sobre ese nuevo modelo de realidad virtual y la quería desde el momento de concepción hasta el de su implementación.

—Eso ha sido un trabajo tuyo. Yo no lo sabía hasta que él me lo ha dicho, hace un momento.

—Oh, de William la mayor parte. Aunque yo he hecho una pequeña parte. Aquí tienes. —Le dio la taza de café a Eve y luego se llevó el coñac al otro lado del escritorio para tomar asiento—. ¿Qué puedo hacer por ti?

—Espero que aceptes esa consulta. El sujeto se encuentra

actualmente bajo custodia, asistido por un abogado, pero no creo que sea retenido allí. Necesito un perfil de personalidad desde el punto de vista de tu especialidad.

—Predeterminación genética. —Reeanna repicó con los dedos sobre el escritorio—. Interesante. ¿Cuáles son los cargos?

—No puedo hablar de eso contigo hasta que tenga tu consentimiento y haya obtenido el permiso de mi comandante. Una vez hecho esto, me gustaría que se realizara el examen a las siete de la mañana.

—¿A las siete de la mañana? —Reeanna hizo una mueca—. Uf. Yo soy más bien un ave nocturna. Si quieres que esté levantada y a punto a esa hora, tendrás que darme alguna motivación. —Sonrió un poco—. Supongo que Mira ya ha examinado al sujeto y que los resultados no han sido de tu gusto.

—Una segunda opinión no es algo poco habitual. —Fue una respuesta a la defensiva. Se sentía a la defensiva. Y, además, se sentía culpable.

—No, pero los informes de la doctora Mira son excelentes y muy raramente son cuestionados. Tú deseas condenarle.

—Yo deseo conocer la verdad. Para descubrirla debo separar la teoría de la mentira del engaño. —Se apartó del escritorio—. Mira, pensé que estabas interesada en hacer algo así.

—Lo estoy, y mucho. Pero me gusta saber en qué me meto. Necesito un escáner del cerebro del sujeto.

—Lo tengo. Como prueba.

—¿De verdad? —Le brillaron los ojos, como los de un gato—. También es importante que tenga toda la información posible de sus padres biológicos. ¿Son conocidos?

—Recopilamos toda esa información para el examen de la doctora Mira. Toda está disponible para ti.

Reeanna se recostó en el respaldo y removió el coñac en la copa.

—Debe de tratarse de un asesinato. —Al ver la expresión

de Eve, sonrió—. Después de todo, ése es tu campo. El estudio de cómo se quitan las vidas.

—Se puede decir así.

—¿Cómo lo dirías tú?

—El estudio de los que la quitan.

—Sí, sí, pero para hacerlo estudias a los muertos, a la misma muerte. Cómo sucedió, qué la provocó, qué hubo en esos últimos minutos entre la víctima y el verdugo. Fascinante. ¿Qué tipo de personalidad hace falta para estudiar la muerte un día tras otro, un año tras otro, como vocación? ¿Te asusta, Eve, o te endurece?

—Te saca de quicio —dijo, cortante—. Y no tengo tiempo de filosofar.

—Lo siento. Es una mala costumbre. —Reeanna dejó escapar un suspiro—. William me dice que lo analizo todo hasta el agotamiento. —Sonrió—. No es que sea un crimen, ese tipo de crimen. Y sí estoy interesada en ayudarte. Llama a tu comandante —la invitó—. Esperaré a ver si recibes el permiso. Entonces podremos entrar en detalle.

—Te lo agradezco.

Eve sacó el comunicador, se apartó un poco, y pidió el modo visionado. Resultaba más lento y era menos práctico. Codificar toda la información. ¿Cómo era posible añadir la intuición, la decisión, a una pantalla de visionado?

Pero hizo todo lo que pudo y esperó.

—¿Qué diablos intenta hacer, Dallas, pasar por encima de Mira?

—Quiero otra opinión, comandante. Todo esto se ajusta al procedimiento. Estoy intentando verlo desde todos los ángulos. Si no soy capaz de convencer a la Fiscalía de que acuse a Jess de coacción al suicidio, no quiero que los cargos menores se me escapen. Necesito verificar la intención de causar daño.

Eso era presionar, y ella lo sabía. Eve esperó con un nudo en el estómago mientras Whitney meditaba su decisión.

«Deme sólo la posibilidad —pensó—. Ese tipo necesita que le tiren de las orejas. Tiene que pagar por lo que ha hecho.»

—Tiene usted permiso para proceder con mi autorización, teniente. Será mejor que no sea un gasto de fondos inútil. Ambos sabemos que el informe de Mira tendrá un gran peso.

—Comprendido y se lo agradezco. El informe de la doctora Ott le va a causar un dolor de cabeza al abogado de Barrow, por lo menos. En estos momentos estoy trabajando para detallar la conexión entre el sospechoso y las víctimas. Tendrá los resultados a las nueve en punto.

—Asegúrese de ello. Mi culo está tan expuesto como el suyo en estos momentos. Corto.

Eve dejó escapar un suspiro calladamente. Había conseguido un poco más de tiempo y eso era todo lo que necesitaba, se dijo.

Con tiempo podía excavar más hondo. Si Roarke y Feeney no podían conseguir la información, no había nadie ni dentro ni fuera del planeta que pudiera hacerlo.

Jess pagaría, pero el asesinato quedaría sin castigo. Cerró los ojos un momento. Y ése era su terreno. Castigar el asesinato. Abrió los ojos otra vez, y esperó un momento para recomponerse antes de contar todos los detalles a Reeanna.

Entonces fue cuando lo vio, en blanco y negro en la pantalla del ordenador.

Mathias, Drew, registrado como AutoPhile. Mathias, Drew, registrado como Banger. Mathias, Drew, registrado como Holo-Dick.

El corazón le dio un vuelco, pero su pulso se mantuvo firme mientras encendía el comunicador y enviaba un código uno a Peabody y a Feeney.

Se necesitan refuerzos. Respondan inmediatamente a la llamada.

Se metió el comunicador en el bolsillo y se dio la vuelta.

—El comandante ha autorizado la consulta. Con reticencias. Voy a necesitar resultados, Reeanna.

—Los tendrás. —Reeanna dio un sorbo al coñac y dirigió la mirada hasta la unidad que se encontraba en su escritorio—. El pulso se te ha acelerado, Eve, y tu nivel de adrenalina se ha incrementado de forma dramática. —Ladeó la cabeza—. Oh, querida —murmuró, y levantó una mano. En ella sostenía un sorprendente aparato oficial de bloqueo del Departamento de Policía y Seguridad de Nueva York—. Eso es un problema.

Varios piso por encima, Roarke se encontraba repasando unos datos nuevos sobre Mathias. «Ahora estamos llegando a alguna parte», pensó. Puso el ordenador en modo auto y volvió a meterse en la información sobre la nueva unidad de realidad virtual. Resultaba extraño, pensó, e interesante, que parte de los componentes de la consola mágica de Jess Barrow fueran tan parecidos a los de su nueva unidad.

El TeleLink interno sonó y soltó un juramento.

—No quiero ninguna interrupción.

—Lo siento, señor. Está aquí una tal Mavis Freestone. Dice que usted la recibirá.

Roarke puso el segundo ordenador en modo auto y bloqueó tanto el modo vídeo como el audio.

—Déjela entrar, Caro. Y puede usted irse ya. Hoy no la voy a necesitar más.

—Gracias. La acompaño hasta aquí directamente.

Roarke frunció el ceño y con gesto distraído cogió la unidad de realidad virtual que Reeanna le había dejado para que la probara. Unos cuantos ajustes, pensó. Había que mejorarlo para la próxima entrega. Estaba equipado con opciones de contenidos subliminales, y era explicable la similitud. A pesar de eso, no lo creía. Empezó a pensar en una filtración en el Departamento de Investigación y Desarrollo.

Se preguntó qué era lo que William había calificado de alteraciones en la segunda tanda de manufacturación y puso un disco en el otro ordenador. No estaría de más ver algunos datos mientras se enteraba de qué era lo que Mavis tenía en mente. La máquina soltó un pitido de aceptación y empezó a cargar la información en el mismo momento en que la puerta se abría. Mavis entró como una tormenta.

—Es culpa mía, todo es culpa mía, y no sé qué hacer.

Roarke dio la vuelta al escritorio, tomó a Mavis de las manos y dirigió una significativa mirada a su ayudante.

—Váyase a casa. Yo me encargo de esto. Ah, y deje la puerta de seguridad abierta para mi mujer, por favor. Siéntate, Mavis. —La acompañó hasta una silla—. Respira. —Observándola, le dio unos golpecitos en la cabeza—. Y no llores. ¿Qué es culpa tuya?

—Jess. Él me utilizó para llegar hasta ti. Dallas dijo que no era culpa mía, pero he pensado en ello y sí lo es. —Sorbió por la nariz con gesto heroico—. Tengo esto. —Le mostró un disco.

—¿Y esto es?

—No lo sé. Quizá pueda ser una prueba. Tómalo.

—De acuerdo. —Él tomó el disco mientras ella hacía unos gestos desesperados con las manos—. ¿Por qué no se lo has dado a Eve?

—Lo hubiera hecho... iba a hacerlo. Pensé que estaba aquí. Creo que se supone que yo no debo tener esto. Ni siquiera le he hablado a Leonardo de esto. Soy una persona terrible —concluyó.

Roarke ya se había encontrado con mujeres histéricas anteriormente.

Se guardó el disco en el bolsillo, se alejó un poco y ordenó un tranquilizante suave.

—Aquí tienes. Bébete esto. ¿Qué tipo de prueba crees que puede ser, Mavis?

—No lo sé. ¿No me odias, verdad?

—Querida, te adoro. Bébetelo.

—De verdad. —Dio un sorbo, obediente—. Me gustas de verdad, Roarke, y no sólo porque estés nadando en créditos ni nada. Es bueno que no te guste ser pobre, ¿verdad?

—Por supuesto.

—Pero de todas formas, tú la haces tan feliz. Ella ni siquiera sabe hasta qué punto porque nunca le ha pasado antes. ¿Sabes?

—Sí. Respira tres veces ahora. ¿Lista? Uno.

—De acuerdo. —Ella respiró tres veces, con seriedad, sin dejar de mirarle a los ojos—. Eres bueno en esto. En calmar a la gente. Apuesto a que ella no te deja que se lo hagas.

—No, no me deja. O por lo menos, no sabe que lo hago. —Sonrió—. Los dos la conocemos, ¿verdad, Mavis?

—Los dos la queremos. Lo siento tanto. —Las lágrimas le inundaron los ojos, pero resultaron tranquilizantes—. Lo pensé después de que te diera el disco. Por lo menos lo pensé en parte. Es una copia de la realización de mi vídeo. Lo grabé para divertirme. Lo quería para la posteridad, ¿sabes? Pero hay una memo después.

Bajó la mirada a las manos.

—Es la primera vez que lo pongo, la primera vez que lo

oigo por completo. Él le dio una copia a Dallas, pero realizó unas notas después de esta versión, sobre... —Se interrumpió y le miró con los ojos secos—. Quiero que le hagas daño por haber hecho esto. Quiero que le hagas mucho daño. Ponlo a partir del punto en que lo he dejado.

Roarke no dijo nada, pero se levantó y puso el disco en el ordenador de ocio. La pantalla se llenó de luces y de música. Luego el volumen y la intensidad bajaron y se quedaron como fondo de la voz de Jess.

No estoy seguro de cuáles serán los resultados. Un día descubriré la llave para acceder a la fuente. De momento, sólo puedo hacer especulaciones. La sugestión se encuentra en la memoria. En la reactualización del trauma. Algo está en el corazón de esas sombras de la mente de Dallas. Algo fascinante. ¿En que soñará la noche en que vea el disco? ¿Cuánto tiempo pasará hasta que la seduzca para que comparta sus sueños conmigo? ¿Qué secretos oculta? Es tan divertido preguntárselo. Estoy deseando tener la oportunidad de ver el lado oscuro de Roarke. Oh, él tiene uno, y se encuentra tan cerca de la superficie que casi es posible verlo. Pensar en ellos dos juntos, con tanto control sobre su parte animal, me excita tanto. No puedo imaginar a dos sujetos más fascinantes para este proyecto. Dios bendiga a Mavis por abrirme la puerta. Dentro de seis meses les conoceré tan bien que podré anticiparme a sus reacciones. Seré capaz de conducirles exactamente donde quiera. A partir de ahí no habrá límite. Fama, fortuna, admiración. Seré el padre del placer virtual.

Roarke permaneció en silencio mientras veían el disco. No lo quitó. Estaba seguro de que lo destrozaría sin querer.

—Ya le he hecho daño —dijo al fin—. Pero no fue suficiente. Ni se le acerca. —Se volvió hacia Mavis. Ella se había levantado y estaba de pie, pequeña como un hada, con su vestido rosa de seda que le daba un aspecto extrañamente valiente—. Tú no eres responsable de esto —le dijo Roarke.

—Quizá sea verdad. Tengo que solucionarlo. Pero sé que él no se habría acercado tanto a ella, ni a ti, sin mí. ¿Ayudará esto a que se quede en prisión?

—Creo que tendrá que esperar mucho tiempo para que se le abran las puertas de la celda. ¿Me lo dejas?

—Sí. Ahora te dejo tranquilo.

—Siempre eres bienvenida aquí.

Ella hizo una mueca.

—Si no hubiera sido por Dallas, tú habrías salido corriendo en dirección contraria la primera vez que me viste.

Él se acercó a ella y le dio un firme beso en los labios todavía torcidos con la mueca.

—Eso habría sido un error por mi parte… y un pérdida para mí. Llamaré a un coche para ti.

—No tienes que…

—Un coche te espera en la puerta de delante.

Ella se restregó la nariz con el dorso de la mano.

—¿Una de esas magníficas limusinas?

—Por supuesto.

La acompañó hasta la puerta y la cerró cuando hubo salido, pensativo. El disco sería suficiente, esperaba, para ponerle otro clavo a Jess. Pero todavía no indicaba ningún asesinato. Volvió al escritorio y ordenó a ambas unidades que encendieran las pantallas. Sentado ante el escritorio, tomó las gafas de realidad virtual y estudió los datos.

Eve bajó la mirada hasta el aturdidor. Desde ese ángulo no podía estar segura de en qué modo estaba puesto. Un movimiento súbito podía provocar tanto una incomodidad ligera como una parálisis parcial y hasta la muerte.

—Es ilegal que un civil tenga o utilice un arma de ese tipo —dijo en tono frío.

—No creo que eso sea de especial importancia, dadas las circunstancias. Sácate la tuya, Eve, despacio, y con la punta de los dedos. Déjala encima de la mesa. No quiero hacerte daño —añadió Reeanna al ver que Eve no hacía ningún movimiento para obedecer—. Nunca he querido. No de verdad. Pero haré lo que sea necesario.

Sin apartar los ojos de los de Reeanna, Eve llevó la mano despacio hasta el costado.

—Y no pienses en utilizarla. No tengo esto puesto en máxima potencia, pero está en un modo muy alto. No podrás utilizar las extremidades en días, y aunque es posible que el daño cerebral no sea permanente, será muy desafortunado.

Eve conocía muy bien lo que un aturdidor podía provocar, así que se sacó el arma con cuidado y lo dejó en una esquina de la mesa.

—Tendrás que matarme, Reeanna. Pero tendrás que hacerlo cara a cara, en persona. Yo no seré como los demás.

—Voy a intentar evitarlo. Una sesión corta, indolora e incluso agradable con las gafas de realidad virtual y podremos reajustar tu memoria de la forma adecuada. Estás bien orientada respecto a Jess, Eve. ¿Por qué no dejarlo así?

—¿Por qué mataste a esas cuatro personas, Reeanna?

—Ellos se mataron a sí mismos, Eve. Tenías razón cuando Cerise Devane saltó de ese edificio. Uno tiene que creer lo que ve con sus propios ojos. —Suspiró—. O la mayoría debería. Tú no eres como la mayoría, ¿verdad?

—¿Por qué les mataste?

—Simplemente les animé a que terminaran con sus vidas de cierta forma y en cierto momento. ¿Y por qué? —Reeanna encogió sus elegantes hombros—. Bueno, porque era capaz de hacerlo.

Le dirigió una sonrisa encantadora y su risa sonó cantarina.

Capítulo veinte

$\mathcal{N}$o haría falta demasiado tiempo para que Peabody o Feeney respondieran a su llamada. Sólo necesitaba tiempo. Y tenía la sensación de que Reeanna se lo iba a proporcionar. Algunos egos, al igual que algunas personas, se alimentaban de la admiración de los demás. Reeanna era así en ambos casos.

—¿Trabajaste con Jess?

—Ese aficionado. —Reeanna llevó la cabeza hacia atrás en un gesto de desprecio—. Es un pianista. No es que no tenga cierto talento para la ingeniería elemental, pero le falta visión, y vísceras —añadió con una sonrisa felina—. Las mujeres somos mucho más valientes y perversas que los hombres, en general. ¿No estás de acuerdo?

—No. Yo creo que la valentía y la perversidad no tienen género.

—Bueno. —Decepcionada, Reeanna apretó los labios un momento—. De cualquier manera, me escribí con él hace un par de años. Intercambiamos ideas, teorías. El anonimato que proporcionan los servicios electrónicos encubiertos resulta útil. Yo disfrutaba de su tono aleccionador y le halagué para que compartiera parte de sus progresos técnicos. Pero yo iba por delante de él. Francamente, nunca pensé que él llegaría tan lejos como parece que ha llegado. Una simple intensificación del estado de ánimo, me imagino, con algunas sugerencias más directas. —Inclinó la cabeza a un lado—. ¿Me acerco?

—Tú fuiste más lejos.

—Oh, muchísimo más. ¿Por qué no te sientas, Eve? Ambas estaríamos más cómodas.

—Estoy cómoda sobre mis pies.

—Como quieras. Pero apártate unos pasos, si no te importa. —Hizo un gesto con el aturdidor—. No quisiera que intentaras utilizar tu arma. Tendría que usar esto, y no me gustaría perder un público tan bueno.

Eve dio un paso hacia atrás. Pensó en Roarke, que se encontraba unos cuantos pisos por encima. Él no iba a bajar a buscarla. Por lo menos, no tenía que preocuparse por eso. En cualquier caso, si daba con algo, llamaría. Así que él estaba a salvo y ella no tenía prisa.

—Tú eres médico —señaló Eve—. Psiquiatra. Has pasado años estudiando la manera de ayudar a la condición humana. ¿Por qué quitar vidas, Reeanna, si estás formada para salvarlas?

—Predeterminada genéticamente, quizá. —Sonrió—. Oh, a ti no te gusta esta teoría. Tú la habrías utilizado para apoyar tu caso, pero no te gusta. Tú no sabes de dónde procedes, ni de qué. —Vio que Eve tenía una mirada de nerviosismo y asintió con la cabeza, complacida—. Estudié toda la información existente sobre Eve Dallas en cuanto supe que Roarke estaba comprometido contigo. Me siento muy cerca de Roarke. Una vez jugué con la idea de hacer que nuestra aventura demasiado breve se convirtiera en algo más permanente.

—¿Él te dejó?

La sonrisa se le heló en los labios. La ofensa había dado en el blanco.

—Eso está por debajo de ti. Ese golpe tan típicamente femenino. No, no lo hizo. Simplemente fuimos por caminos opuestos. Al final digamos que yo intenté volver al camino inicial. Por eso me sentí intrigada cuando él demostró un interés tan ávido por una policía, precisamente. No correspondía con su gusto habitual, y ciertamente tampoco con su estilo habitual. Pero tú eres... interesante. Todavía más desde que pude acceder a la información sobre ti.

Se acomodó en el brazo del sillón de relajación. Mantuvo el arma apuntada con mano firme.

—La niña maltratada que fue encontrada en un callejón de Dallas. Destrozada, apaleada, confusa. Sin recordar cómo había llegado hasta allí, quién le había pegado, quién la había violado, quién la había abandonado. Sin memoria. Eso me pareció fascinante. Sin pasado, sin padres, sin ninguna pista de dónde provenía. Me va a gustar mucho estudiarte.

—No vas a poner tus manos en mi mente.

—Oh, sí lo haré. Incluso me lo sugerirás tú, cuando hayas tenido una o dos sesiones con la unidad que he diseñado para ti. De verdad que me disgusta tener que encargarme de que te olvides de todo lo que estamos hablando aquí. Tienes una mente tan buena, una energía tan fuerte. Pero eso nos dará la oportunidad de trabajar juntas. Por mucho que aprecie a William, él es tan... corto de miras.

—¿Hasta qué punto está él metido en esto?

—No tiene ni idea. La primera prueba que realicé con una unidad manipulada fue con William. Un éxito, e hizo que las cosas fueran mucho más fáciles. Pude hacer que él ajustara cada unidad que yo quería. Él es más rápido, más amante de la tecnología que yo. De hecho, él me ayudó a refinar el diseño y a personalizar la que le mandé al senador Pearly.

—¿Por qué?

—Otra prueba. Él hablaba mucho del mal uso de los contenidos subliminales. Le gustaban los juegos, como estoy segura de que ya has descubierto, pero estaba constantemente impulsando leyes para regularlos. Censura, si me preguntas mi opinión. Metió la nariz en la pornografía, consintió en el control dual para adultos, en los anuncios publicitarios y en que éstos utilizaran sugestiones, todo tipo de cosas. Yo le tomé como mi chivo expiatorio.

—¿Cómo conseguiste acceder a su esquema mental?

—William. Es muy listo. Tuvo que emplear varias semanas en trabajar intensamente, pero consiguió traspasar los sistemas de seguridad. —Inclinó la cabeza a un lado. Estaba disfrutando de ese momento—. También llegó al máximo nivel del Departamento de Policía y Seguridad de Nueva York. Inoculó un virus ahí. Sólo para que los tipos del Departamento de Detección Electrónica estuvieran ocupados.

—Y ahí fue donde encontraste mi esquema.

—Por supuesto que sí. Tiene un corazón tierno, mi William, le dolería muchísimo saber que tuvo un papel vital en cualquier tipo de coacción.

—Pero tú le utilizaste, le hiciste formar parte de eso. Y no te sabe mal en absoluto.

—No, no me sabe mal. William hizo que todo eso fuera posible. Y si no hubiera sido él, hubiera sido otro.

—Él te quiere. Tú te das cuenta.

—Oh, por favor. —Eso le hizo reír—. Es una marioneta. Todos los hombres lo son cuando están ante una mujer atractiva. Simplemente se sientan y suplican. Es divertido, de vez en cuando, irritante, y siempre es útil. —Intrigada, se llevó la punta de la lengua hasta el labio superior—. No me digas que no has empleado tu ventaja femenina en Roarke.

—No nos utilizamos el uno al otro.

—Pues te pierdes una ventaja muy básica. —Reeanna hizo un gesto de menosprecio—. La querida doctora Mira me calificaría de sociópata con tendencia a la violencia y una gran necesidad de control. Una mentirosa patológica que siente una fascinación peligrosa por la muerte.

Eve esperó un instante.

—¿Y estarías de acuerdo con esa definición, doctora Ott?

—Sí, por supuesto. Mi madre se quitó la vida cuando yo tenía seis años. Mi padre nunca lo superó. Me dejó con mis abuelos y se fue para superarlo. No creo que nunca lo consiguiera. Pero yo vi el rostro de mi madre después de que se hubiera tomado el letal puñado de pastillas. Estaba muy guapa y parecía feliz. Entonces, ¿por qué no puede ser una experiencia agradable quitarse la vida?

—Inténtalo —sugirió Eve—, y compruébalo. —Entonces sonrió—. Yo te ayudaré.

—Un día quizá lo haga. Después de que haya terminado mis estudios.

—Somos ratas de laboratorio, entonces; no somos juguetes, no se trata de un juego, sino de un experimento. Robots para diseccionar.

—Sí. El joven Drew. Me supo mal eso porque él era joven y tenía potencial. Le había hecho alguna consulta, de forma imprudente, ahora me doy cuenta, cuando William y yo estábamos trabajando en el Complejo Olimpo. Él se enamoró de mí. Tan joven. Yo me sentía halagada, y William es muy tolerante con las distracciones externas.

—Él sabía demasiado, así que tú simplemente le mandaste una unidad manipulada e hiciste que se colgara.

—Básicamente, sí. No hubiera sido necesario, pero él no quería que la relación se terminara. Y tenía que terminar, antes de que sus ojos perdieran ese velo que el enamoramiento pone en los ojos de un hombre, y echara un vistazo demasiado cerca.

—Desnudaste a tus víctimas —añadió Eve—. ¿Una humillación final?

—No. —Reeanna se mostró sorprendida y ofendida por la idea—. No, en absoluto. Un simbolismo muy simple. Nacemos desnudos, y desnudos morimos. Sin sufrir, sin dolor en absoluto. Con alegría, de hecho. No soy un monstruo, Eve. Soy una científica.

—No, eres un monstruo, Reeanna. Y en estos días la sociedad pone a sus monstruos en una jaula y los mantiene ahí. No te vas a sentir feliz en una jaula.

—Eso no sucederá. Jess pagará. Tú lucharás para meterle a él en una jaula después de mi informe de mañana. Y si no consigues que los cargos de coacción avancen, siempre creerás que él fue el responsable. Y cuando haya otros, seré muy selectiva, muy cuidadosa, y me encargaré de que cada uno de los sujetos que terminen con su vida queden fuera de tu jurisdicción. Nunca más te encontrarás otro de esos casos.

—Tú te encargaste de que dos de ellos estuvieran dentro de mi jurisdicción. —Sintió que el estómago se le retorcía—. Para llamar mi atención.

—En parte. Quería verte trabajar. Verte de cerca, cómo trabajabas paso a paso. Sólo para saber si eras tan buena como se decía. Tú detestabas a Fitzhugh, y pensé que por qué no hacerle un pequeño favor a mi amiga Eve. Él era un imbécil engreído, un tipo irritante, y un mal jugador. Prefería los juegos sanguinarios, ya sabes. Nunca le conocí en persona, pero me encontré con él en el ciberespacio unas cuantas veces. Un mal perdedor.

—Tenía familia —consiguió decir Eve—. Al igual que Pearly, Mathias y Cerise Devane.

—Oh, la vida continúa. —Hizo un gesto banal con la mano—. Todos se acostumbrarán. Es la naturaleza humana. Y en cuanto a Cerise, no era más maternal que una gata callejera. Todo era ambición en ella. Me aburría soberanamente. La única diversión que ha ofrecido en su vida fue morir ante las cámaras. Vaya sonrisa. Todos sonreían. Ése era mi pequeño chiste… y mi regalo para ellos. La última sugestión.

Morir, es tan hermoso, tan divertido, y tan agradable. Morir y experimentar placer. Ellos murieron sintiendo placer.

—Murieron con una sonrisa helada y con una quemadura en el cerebro.

Reeanna frunció el ceño.

—¿Qué quieres decir con una quemadura?

¿Dónde diablos estaban los refuerzos? ¿Cuánto tiempo más podría aguantar allí?

—¿No sabes eso? Tu pequeño experimento tiene un ligero defecto, Reeanna. Produce una quemadura en el lóbulo frontal, deja lo que se podría calificar como una sombra. O una huella. Tu huella.

—No es nada. —Pero apretó los labios mientras pensaba en ello—. La intensidad de los contenidos subliminales puede provocar eso, supongo. Tiene que penetrar con fuerza para traspasar la resistencia instintiva, el instinto de supervivencia reflejo que tenemos. Tendremos que trabajar en eso, ver si se puede solucionar. —La preocupación le había ensombrecido la mirada—. William tendrá que hacerlo mejor. No me gustan los fallos.

—Tus experimentos están llenos de fallos. Tienes que controlar a William para continuar. ¿Cuántas veces has empleado el sistema en él, Reeanna? ¿Un uso continuado puede aumentar esa quemadura? Me pregunto qué tipo de daño causa.

—Se puede arreglar. —Se dio unos golpecitos en la pierna con la mano que tenía libre, distraída—. Él lo arreglará. Le haré otro escáner, estudiaré la quemadura… si es que tiene una. La repararé.

—Oh, sí tendrá una. —Eve se acercó un poco, midiendo la distancia y el riesgo—. Todos tenían una. Y si no puedes reparar la de William, probablemente tendrás que acabar con él. No puedes arriesgarte a que se haga más grande y provoque un comportamiento incontrolable. ¿No es así?

—No. No. Me ocuparé de eso inmediatamente. Esta noche.

—Quizá ya sea demasiado tarde.

Reeanna la miró a los ojos.

—Se pueden realizar algunos ajustes. Se realizarán. No he llegado tan lejos ni he conseguido tanto para aceptar un fallo así.

—A pesar de todo, para tener un éxito completo tendrás que controlarme a mí, y no te lo voy a poner fácil.

—Ya tengo tu esquema cerebral —le recordó Reeanna—. Ya he implementado tu programa. Va a ser muy fácil.

—Te voy a sorprender —la avisó Eve—. Y Roarke. No puedes fabricar sin él, y él lo descubrirá. ¿Esperas controlarle a él también?

—Eso va a ser un placer muy especial. Tengo que ajustar los tiempos. Tenía la esperanza de disfrutar de él un poco, primero. Una pequeña sesión, podrías decir, hasta el país de los recuerdos. Roarke es tan creativo en la cama. No hemos tenido tiempo de comparar nuestras notas, pero estoy segura de que estarás de acuerdo.

Eso le hizo rechinar los dientes, pero Eve habló con frialdad.

—¿Utilizar tu juguete para una gratificación sexual, doctora Ott? Qué poco científico.

—Y qué divertido. No soy un genio como William, pero sí me gustan los juegos buenos y creativos.

—Y así es cómo conociste a todas tus víctimas.

—De momento sí. Encubiertamente. Los juegos pueden resultar relajantes y entretenidos. Y tanto William como yo estuvimos de acuerdo en que incorporar las sugerencias de los jugadores nos ayudaría a desarrollar opciones más creativas para la realidad virtual. —Se tocó el pelo—. No es que nadie supiera lo que yo estaba creando.

Dirigió la mirada hasta el monitor y frunció el ceño ante

los datos que estaban siendo transmitidos desde al oficina de Roarke. Se dio cuenta de que él estaba procesando las especificaciones de la unidad de realidad virtual.

—Pero ya has conseguido que Roarke se pusiera a investigar. No sólo acerca del joven Drew, sino acerca de la unidad misma. No me complació especialmente, pero siempre hay una manera de superar un inconveniente. —Sonrió—. Roarke no es tan necesario como tú crees. ¿Quién crees que será la propietaria de esto si algo le sucede a él?

Se rio otra vez, encantada, ante la mirada inexpresiva de Eve.

—Bueno, tú, querida. Todo esto será tuyo, estará bajo tu control y, por lo tanto, bajo mi control. No te preocupes. No voy a permitir que seas una viuda por mucho tiempo. Te encontraremos a alguien. Yo lo escogeré personalmente.

El terror le hizo helar la sangre, le inmovilizó los músculos y le cerró el corazón en un puño.

—Has fabricado una unidad para él.

—Justo la he terminado esta tarde. Me pregunto si ya la habrá probado. Roarke es tan eficiente, y está tan interesado en controlar en persona todas sus posesiones.

Disparó una ráfaga a los pies de Eve, adelantándose a ella.

—No lo hagas. Te voy a inmovilizar y esto va a resultar más lento.

—Te voy a matar con mis propias manos. —Eve se esforzó por respirar y se obligó a pensar—. Te lo juro.

En su oficina, Roarke frunció el ceño ante los datos que había traducido.

«Falta algo —pensó—. ¿Qué es lo que no estoy viendo?»

Se frotó los ojos para quitarse el cansancio de ellos y se recostó en el respaldo. Necesitaba un descanso, decidió. Dejar la mente en blanco, descansar la vista. Tomó la unidad de realidad virtual que tenía encima del escritorio y le dio vueltas entre las manos.

—No te vas a arriesgar. Y si lo haces, te dispararé y no llegarás a tiempo hasta él. Todavía tienes la esperanza de detenerle, de salvarle. —Sonrió ampliamente con expresión de burla—. Ya ves, Eve, te comprendo perfectamente.

—¿Ah, sí? —preguntó Eve y, en lugar de precipitarse hacia delante, se echó hacia atrás—. Apagar las luces —gritó mientras se precipitaba hacia su arma en cuanto la habitación se sumió en la oscuridad. Notó un ligero aguijonazo en el hombro; Reeanna había fallado el tiro.

Se tiró al suelo, ocultándose detrás del escritorio, y apretó las mandíbulas para soportar el dolor. Había rodado con rapidez pero no lo había hecho bien y se había golpeado con fuerza la rodilla dañada.

—Soy mejor en esto que tú —dijo Eve con calma. Pero la mano derecha le temblaba y tuvo que cambiar el arma de mano—. Tú eres la aficionada en esto. Tira el arma y quizá no te mate.

—¿Matarme? —Reeanna habló como en un siseo—. Tienes demasiado de policía. El empleo de la fuerza máxima sólo lo utilizarás cuando falle todo lo demás.

Cerca de la puerta, se dijo Eve conteniendo la respiración y forzando el oído. A la derecha de la puerta.

—Aquí no hay nadie aparte de tú y yo. ¿Quién se va a enterar?

—Tienes demasiada conciencia. No te olvides de que te conozco. He estado en tu cabeza. No podrías vivir con eso.

«Acercándote a la puerta. Eso es, continúa. Sólo un poco más. Intenta salir, zorra, y te frío como a un trozo de carne.»

—Quizá tengas razón. Quizá solamente te deje inválida.

Con el arma firmemente sujeta con la mano, Eve se arrastró sobre el estómago alrededor del escritorio.

La puerta se abrió, pero en lugar de que Reeanna saliera corriendo, fue William quien entró.

—Reeanna, ¿qué haces a oscuras?

A pesar de que Eve se puso en pie, Reeanna accionó el arma y arrasó el sistema nervioso de William.

—Oh, William, por Dios.

Fue más una expresión de disgusto que de horror. Mientras él empezaba a derrumbarse, Reeanna se agachó debajo de él y se lanzó contra Eve. La arañó con furia en el pecho y ambas mujeres cayeron al suelo.

Sabía dónde hacerle daño. Había atendido cada una de las heridas y hematomas de Eve y ahora las golpeaba, las apretaba, las perforaba. Una rodilla dio contra la cadera herida, un puño golpeó la rodilla destrozada.

Ciega a causa del dolor, Eve le dio un codazo y oyó con alegría el crujido del cartílago de la nariz de Reeanna. Reeanna soltó un chillido, agudo y femenino, y le clavó los dientes.

—Zorra. —Poniéndose a su nivel, Eve la agarró del pelo y tiró con fuerza. Luego, ligeramente avergonzada de ese lapsus, le puso el arma debajo de la barbilla.

—Si respiras demasiado fuerte, acabo contigo. Encender luces.

Respiraba con dificultad, estaba ensangrentada, y le dolía todo el cuerpo. Esperó que en algún momento tuviera la satisfacción de ver el hermoso rostro de su oponente herido y lleno de la sangre que no dejaba de manarle de la nariz rota. Pero por el momento, tenía demasiado miedo.

—Voy a acabar contigo de todas formas.

—No, no lo harás. —El tono de voz de Reeanna fue calmo y frío, y sus labios dibujaron una amplia y brillante sonrisa—

. Yo lo haré —dijo, y le retorció la muñeca de la mano con que Eve sujetaba el arma hasta que apoyó la punta sobre su propio cuello—. Odio las jaulas. —Y sonriendo, disparó.

—Jesús. Dios, santo. —Se puso en pie como pudo mientras el cuerpo de Reeanna todavía temblaba con los estertores, empujó a William a un lado y sacó el TeleLink del bolsillo. Él todavía respiraba, pero no le importaba en absoluto.

Empezó a correr.

—¡Contéstame! ¡Contéstame! —gritó al TeleLink mientras éste marcaba—. Roarke —ordenó—, oficina principal. Contéstame, maldita sea. —Tuvo que reprimir un grito al ver que la transmisión era rechazada.

Línea ocupada en estos momentos. Por favor, espere o inténtelo dentro de un momento.

—Pínchala, tú, cabrón. ¿Cómo se pincha una línea con esta cosa? —Aumentó el ritmo hasta la carrera sin ni siquiera darse cuenta de que estaba sollozando.

Oyó unos pasos que se dirigían hacia ella en el pasaje descubierto, pero no se detuvo.

—Dallas, por Dios.

—Quieto ahí. —Pasó corriendo al lado de Feeney y ni siquiera oyó sus frenéticas preguntas a través del fragor de terror que le ocupaba la cabeza—. Quieto ahí. Peabody, conmigo. Date prisa.

Llegó al ascensor y aporreó el control de llamada.

—Deprisa, deprisa.

—Dallas, ¿qué ha sucedido? —Peabody le tocó el hombro, pero ella se la quitó de encima—. Está sangrando, teniente. ¿Cuál es el estado?

—Roarke, oh, Dios, oh Dios, por favor. —Las lágrimas le caían por las mejillas, calientes, y le tapaban la visión. El sudor causado por el pánico le fluía por todos los poros y le empapaba la piel—. Ella le está matando. Va a matarle.

En respuesta a eso, Peabody sacó su arma mientras se precipitaban a través de las puertas del ascensor que se acababan de abrir.

—Al piso superior, ala este —gritó Eve—. ¡Ahora, ahora, ahora! —Le tiró el TeleLink a Peabody—. Haz que esta mierda pinche la línea.

—Está estropeado. Se ha caído o algo. ¿Quién tiene a Roarke?

—Reeanna. Está muerta. Completamente muerta, pero le va a matar. —No podía respirar, no podía. Los pulmones no le aceptaban el aire—. Le detendremos. Sea lo que sea que ella le haya ordenado hacer, le detendremos. —Miró a Peabody con una expresión salvaje en los ojos—. No se lo va a llevar.

—Le detendremos. —Peabody atravesó las puertas a su lado antes de que acabaran de abrirse.

Eve, a pesar de estar herida, fue más rápida. El terror le hacía ser más veloz. Se precipitó contra la puerta, soltó un juramento ante el sistema de seguridad y golpeó el lector con la mano.

Al entrar corriendo, chocó contra él, que justo acababa de llegar a la entrada.

—Roarke. —Se enterró contra su cuerpo, se hubiera introducido dentro de él si hubiera podido—. Oh, Dios. Estás bien. Estás vivo.

—¿Qué te ha pasado? —La apretó con fuerza al notar que temblaba.

Pero ella se apartó y le sujetó el rostro con las manos para mirarle a los ojos.

—Mírame. ¿La has utilizado? ¿Has probado la unidad de realidad virtual?

—No. Eve…

—Peabody, inmovilízale si hace un movimiento sospechoso. Llama a los médicos técnicos. Le llevaremos a que le hagan un escáner cerebral.

—Y una mierda vas a hacerlo, pero sí, llámales, Peabody. Esta vez se va a ir al centro médico, aunque tenga que dejarla inconsciente.

Eve dio un paso hacia atrás, luchando por respirar mientras le estudiaba con detenimiento. No se sentía las piernas, y se preguntó cómo era posible que se aguantara de pie.

—No la has utilizado.

—Ya te he dicho que no. —Se pasó una mano por el pelo—. Esta vez está destinada a mí, ¿verdad? Debería haberme dado cuenta.

Se dio la vuelta y miró por encima del hombro al tiempo que Eve levantaba el arma.

—Oh, baja esa cosa. No soy un suicida. Estoy enojado. Ella me lo ha colado. Justo empezaba a darme cuenta hace cinco minutos. «Medmen. Médico mental» —dijo—. Ése es el nombre que utilizaba en los juegos. Todavía lo utiliza, todavía juega. Mathias realizó docenas de transmisiones con ella durante el año anterior a su muerte. Y eché un vistazo más detallado al informe de los datos sobre la unidad. La que ella me dio y los detalles de los informes. No lo habían ocultado lo suficiente.

—Ella sabía que lo descubrirías. Es por eso que… —Eve hizo una pausa e inhaló aire. Lo oyó silbar en las profundidades de la cabeza—. Es por eso que personalizó una unidad para ti.

—Hubiera acabado probándola si no hubiera sido interrumpido. —Pensó en Mavis y casi sonrió—. Dudo de que Ree pusiera mucho esfuerzo en alterar los datos. Sabía que yo confiaba en ella y en William.

—No fue cosa de William… no, de forma voluntaria.

Él se limitó a asentir con la cabeza, echó un vistazo a la camisa destrozada de Eve y a las brillantes manchas rojas.

—¿Te ha hecho sangre?

—La mayoría es suya. —O eso esperaba—. No quería que la encerraran. —Exhaló con fuerza—. Está muerta, Roarke. Se quitó la vida. No pude impedirlo. Quizá no quería hacerlo. Me dijo… la unidad, tu unidad. —Volvía a ahogarse, el aire le salía sibilante de los pulmones—. Pensé… no creí que llegaría a tiempo. No conseguía que el TeleLink funcionara, y no podía llegar aquí.

Eve no oyó a Peabody que cerraba la puerta para que tuvieran intimidad. No le importaba la intimidad. Continuaba mirándole con la mirada perdida, y temblaba.

—No pude… —dijo otra vez—. Yo estaba ganando tiempo, todo el rato, para mi caso, y tú podrías haber…

—Eve. —Se acercó a ella y la atrajo hacia sí—. No lo estoy. Y sí llegaste aquí. No voy a dejarte. —Le acarició la cabeza con los labios cuando ella la presionó contra su pecho—. Ya ha terminado.

Eve sabía que eso se repetiría en su mente interminablemente, el pánico y el dolor insufrible, mil veces en sus pesadillas.

—No ha terminado. Habrá una investigación completa, no sólo de Reeanna, sino de tu empresa, de la gente que ha trabajado con ella en el proyecto.

—Puedo soportarlo. —Le echó la cabeza hacia atrás—. La empresa está limpia. Te lo prometo. No voy a causar ninguna incomodidad al ser arrestado.

Eve tomó el pañuelo que él le puso en la mano y se sonó la nariz.

—Es malísimo para mi carrera estar casada con un convicto.

—No te preocupes por eso. ¿Por qué lo hizo ella?

—Porque podía hacerlo. Eso es lo que dijo. Disfrutaba con tener el poder, el control. —Se enjugó las mejillas con el dorso de las manos en un gesto rápido y con pulso casi firme—. Tenía grandes planes para mí. —Tembló una sola vez, pero con violencia—. Una especie de animal de compañía, imagino. Como William. Su perrita entrenada. Y si tú estabas muerto, se imaginaba que yo iba a heredar todas tus cosas. ¿No vas a hacerme esto, verdad?

—¿Qué, morir?

—Dejarme todo esto.

Él se rio y le dio un beso.

—Sólo tú podrías estar molesta ante la idea. —Le apartó el pelo de la cara—. Ella tenía una unidad preparada para ti.

—Sí, no llegamos a probarla. Feeney está ahí ahora. Será mejor que le cuente qué ha pasado.

—Tendremos que bajar. Ella desconectó el TeleLink, por eso yo estaba de camino para ir a buscarte cuando tropezaste conmigo. Estaba preocupado porque no me podía comunicar contigo.

—Qué atento. —Le acarició la cara.

—Puedo vivir con ello. Querrás ir a la Central, supongo, para dejar esto listo esta noche.

—Es el procedimiento. Tengo un cuerpo… y cuatro muertes que cerrar.

—Te llevaré después de que hayas pasado por el centro de salud.

—No voy a ir al centro de salud.

—Sí, vas a ir.

Peabody llamó a la puerta y la abrió.

—Perdón, los médicos técnicos están aquí. Necesitan que se les permita la entrada.

—Yo me ocupo. Haz que vayan a la oficina de la doctora

Ott. Allí nos reuniremos con ellos. ¿Quieres Peabody? Allí podrán examinar a Eve antes de que la lleve a que le hagan un tratamiento completo.

—Te he dicho que no me voy a someter a un tratamiento.

—Te he oído. —Pulsó un control del escritorio—. Permita la entrada a los médicos, por favor. Peabody, ¿lleva sistema de sujeción?

—Son parte del equipo.

—Me pregunto si me lo puede prestar para que pueda inmovilizar a su teniente hasta que la deje en las instalaciones médicas más cercanas.

—Inténtalo, amigo, y veremos quién necesitará un médico.

Peabody se mordisqueó la lengua. Una sonrisa en esos momentos no hubiera sido del agrado de su teniente.

—Comprendo su problema, Roarke, pero no puedo complacerle. Necesito el trabajo.

—No importa, Peabody. —Pasó un brazo alrededor de la cintura de Eve y la levantó del suelo de camino a la puerta—. Estoy seguro de que puedo encontrar una alternativa.

—Tengo que cumplimentar un informe y tengo trabajo por terminar. Tengo que hacer transportar un cuerpo. —Eve le miró con el ceño fruncido cuando él llamó al ascensor—. No tengo tiempo para un examen.

—Ya te he oído —le repitió, y se limitó a llevarla en brazos hasta el ascensor—. Peabody, diles a esos médicos técnicos que vengan armados. Es capaz de querer escapar corriendo.

—Déjame en el suelo, idiota. No me voy a ir.

Eve estaba riéndose cuando las puertas del ascensor se cerraron.

J. D. Robb

PSEUDÓNIMO DE NORA ROBERTS

Nació y creció en Maryland, en el seno de una familia
de lectores empedernidos.
En su juventud trabajó como secretaria en una asesoría
legal, pero dejó el trabajo fuera de casa cuando nacieron
sus hijos.
En 1979, una fuerte ventisca de nieve obligó a Nora
y a su familia a permanecer en casa durante varios días, y
fue entonces cuando empezó a escribir. Su primer libro fue
publicado dentro de la serie Silhouette en 1981.
Es miembro de varios grupos de escritores y en su palmarés
cuenta con numerosos premios literarios del género.